Dans la gueule de l'ours

JAMES A. McLAUGHLIN

Dans la gueule de l'ours

Traduit de l'anglais (États-Unis)
par Brice Matthieussent

TITRE ORIGINAL
Bearskin

© James A. McLaughlin, 2018

POUR LA TRADUCTION FRANÇAISE
© Éditions Rue de l'échiquier, 2019

Le Code de la propriété intellectuelle interdit les copies ou reproductions destinées à une utilisation collective. Toute représentation ou reproduction intégrale ou partielle faite par quelque procédé que ce soit, sans le consentement de l'auteur ou de ses ayants droit ou ayants cause, est illicite et constitue une contrefaçon sanctionnée par les articles L335-2 et suivants du Code de la propriété intellectuelle.

Pour Rosa et pour Nancy

« La beauté du serpent à sonnette c'est sa menace. »

Jim HARRISON, *Suite de la déraison*

Prologue

La première nuit, Rice cacha un tuyau de fer sous son oreiller et fit semblant de dormir. Il avait acheté ce tuyau, garni d'un grip de skateboard à une extrémité, avec son dernier billet de cent dollars dissimulé sous la semelle intérieure de sa chaussure, et il en avait promis d'autres, car sa copine américaine devait bientôt lui rendre visite et lui apporter trois biffetons du même montant. Il savait qu'il s'était sans doute fait rouler.

Son compagnon de cellule, allongé sur son lit, lisait un exemplaire plié d'*El Universal*, dont il tournait les pages à intervalles réguliers. Sans quitter le journal des yeux, il alluma une cigarette et la fuma très vite. Rice était là depuis plusieurs heures, mais l'autre faisait comme s'il n'existait pas.

La lumière changea, l'ombre avala l'espace, deux hommes franchirent la porte ouverte. Plus tôt que prévu. Quelqu'un avait procédé aux calculs nécessaires, évalué les risques, pris sa décision. Rice était quantité négligeable, mais il comptait aux yeux de la jeune femme, ce qui permettait aux stups de faire pression sur elle en proposant de le rapatrier aux États-Unis. Supprimer cet avantage par une attaque préventive était une tactique classique du Sinaloa : astucieuse, brutale, expéditive.

Ensuite, ils surveilleraient la jeune femme. Elle n'aurait plus aucune raison de les trahir, et d'excellentes de ne pas le faire – c'était une professionnelle, elle garderait la tête froide.

Ces deux types qu'on lui avait envoyés, ils savaient forcément qu'il était fragile, toujours en état de choc, saturé d'adrénaline.

Ils n'étaient peut-être pas informés du tuyau.

Il attendit qu'ils soient près de lui, que l'un tende le bras pour lui basculer la tête en arrière, exposer sa gorge, sa poitrine et son ventre. Il perçut la chaleur de la main toute proche.

Douze secondes plus tard, il avait reçu plusieurs blessures, mais le couteau était davantage l'arme d'un assassin qu'un moyen de défense et les deux agresseurs gisaient par terre. Son tuyau métallique avait roulé sous le lit. Il abattit une fois sa chaussure contre le cou du premier homme, celui qui avait tendu la main vers ses cheveux. Il n'avait jamais tué, ni même blessé grièvement quiconque. Il eut l'impression de se voir de loin et vécut le premier de ces épisodes de dissociation qui se feraient ensuite si banals qu'il ne pourrait plus imaginer une seule époque de sa vie sans eux. Lucide, il comprit qu'il était devenu étranger à lui-même – non pas un autre, il n'aurait jamais dit une chose pareille, plutôt une version de lui qu'il en viendrait à considérer comme monstrueuse.

La chaussure levée, il s'apprêtait à briser le cou de l'homme quand derrière lui une voix ordonna : « Arrête. »

Il se figea.

Son compagnon de cellule l'observait au-dessus de son journal.

« Ils reviendront si je le fais pas.

— Davantage reviendront si tu le fais. Tranche-leur les talons.

— Quoi ?

— Les tendons. *De Aquiles*. »

Il s'agenouilla près du premier type et attaqua le tendon avec l'un des couteaux qu'ils avaient laissé tomber : un long clou aiguisé contre le sol en béton, puis fiché dans un manche en bois. Il tint la jambe, piqua et gratta avec la pointe du clou, tandis que l'homme grognait, essayait de se retourner. Le manche du couteau glissait contre la paume de Rice. Sur son avant-bras, le sang coulait d'une vilaine plaie ouverte.

Un claquement métallique derrière son oreille, le compagnon de cellule debout avec un cran d'arrêt. Il le fit pivoter pour tendre le manche en plastique noir.

« Les quatre », dit-il.

Rice s'interrogea brièvement sur le statut d'un prisonnier capable de garder un couteau sur lui. La lame était bizarre, semblable au bec incurvé d'un oiseau de bande dessinée. Son tranchant était dentelé et les tendons s'écartèrent à son seul contact, les muscles du mollet secoués de spasmes, fuyant violemment le point d'impact avant de se recroqueviller et de tressauter en tous sens.

L'autre type ne réagit pas aux coups de couteau et saigna moins que le premier.

« Celui-ci est peut-être mort.

— Il n'est pas mort. »

Lorsqu'un gardien arriva, le compagnon de cellule lui parla à la porte puis traîna les deux hommes dans le couloir, l'un après l'autre.

Rice essuya le couteau sur sa jambe de pantalon et le rendit à son propriétaire. Lequel le saisit sans un mot, se retourna, s'assit sur son lit, reprit son journal.

Il rejoignit son propre lit, passa la main dessous pour récupérer son tuyau en fer, puis le nettoya contre la face inférieure du mince matelas. Comme la blessure de son avant-bras saignait toujours, il déchira une partie de son drap pour en faire une compresse. Quand le sang cessa de l'imbiber, il déchira deux lanières et fixa la compresse sur son bras. Il glissa le tuyau sous l'oreiller, puis s'allongea, mais ne put dormir. Il se souviendrait ensuite de cette nuit pour des raisons évidentes, et une

13

autre : sa première leçon à Cereso consista paradoxalement à faire preuve de pitié, de mesure.

Il resta allongé. Dehors, la nuit fraîche du désert grattait doucement contre les murs bétonnés de la prison. Il ne ferma pas l'œil avant le matin.

1

Les abeilles logées dans le mur procédaient à des attaques suicide par groupes de deux, trois ou cinq. Elles fonçaient vers le visage de Rice, qui les écartait avec ses gants. Il avait renoncé à compter les piqûres. Une abeille se posa sur sa lèvre et tenta d'entrer dans sa narine gauche ; tandis qu'il s'en débarrassait en s'ébrouant comme un cerf, une autre le piqua au milieu du front. Il cligna violemment des yeux et continua de travailler pour en finir. Il coinça la pointe incurvée de son pied-de-biche sous les minces panneaux et les dissocia des montants, en allant du sol vers le plafond. Dès que les clous furent à demi arrachés, il se retourna pour prendre la masse et, d'un grand coup, fit tomber bruyamment tout le pan.

Il s'écarta vivement du mur et posa la tête de la masse sur sa chaussure. Le vent entra par la porte ouverte du bungalow et souleva la poussière. Ses yeux le piquaient, son nez coulait. La sueur ruisselait le long de ses joues. Il avait commencé avant l'aube et tout ce qu'il lui restait à faire, c'étaient ces deux mètres de panneaux qu'il avait gardés pour la fin à cause de l'essaim. Une partie de son boulot consistait à éradiquer les espèces invasives, mais ces abeilles européennes avaient rejoint la liste des espèces protégées, sans doute parce qu'elles habitaient dans le coin depuis environ cinq siècles et qu'une maladie nouvelle les décimait.

Cette dernière piqûre au-dessus des sourcils se mit à palpiter comme une violente migraine. Il se moucha dans une serviette en papier poussiéreuse et regarda les abeilles ramper sur les panneaux. Elles s'agitaient telle une procession d'ivrognes – des rangées et des colonnes tournaient en rond, se séparaient, adoptaient des configurations inédites. Deux ou trois cents valeureuses guerrières, toutes vibrantes d'une colère partagée, attendaient de voir ce que Rice allait faire maintenant. Les abeilles étaient des créatures déterminées qui se seraient volontiers passées de ce primate impertinent avec son bout de métal tordu et son gros marteau.

Il exhala un long soupir en direction du mur, puis se demanda comment se débarrasser de ces abeilles sans les tuer. Il devait au moins ôter les derniers panneaux pour voir à quoi il avait affaire. Il noua un bandana sur le bas de son visage, boutonna les manches et le col de sa chemise de travail. Dès qu'il s'approcha, le bourdonnement augmenta à l'intérieur du mur, un avertissement indubitable, mais il mit le pied-de-biche en place et appuya sur le manche. Les clous fichés dans les épais montants de chêne depuis presque un siècle lâchèrent en grinçant, puis quelque chose céda, un gros morceau de panneau se brisa et percuta le sol. Une masse jaunâtre grouillait là-dessous tandis que l'esprit de l'essaim se concentrait sur la décision à prendre, puis toutes les abeilles attaquèrent en même temps.

Une fois arrivé dans l'herbe derrière le bungalow, il cessa de courir, mais continua d'écarter les abeilles de ses cheveux et de sa chemise, son bandana tombé autour du cou. Un nuage d'abeilles furieuses vrombissaient dans l'encadrement de la porte, mais elles ne l'avaient pas suivi au-dehors, apparemment satisfaites de l'avoir expulsé du bungalow. La chaleur du soleil pesait sur ses épaules, le grand air était agréable à respirer. Des libellules survolaient ou fondaient vers une jungle d'herbes bleues qui montaient jusqu'au torse. En cette fin d'été, les grillons chantaient toute la journée et la stridulation obsédante des cigales pulsait depuis les immenses arbres à l'orée de la forêt. Très haut, la longue crête verte de Turk Mountain dominait le paysage, telle une vague immense déferlant vers le nord.

Aucun autre être humain ne vivait à des kilomètres à la ronde. Rice régnait seul sur sept mille arpents de réserve naturelle et privée, dont il était à la fois le gardien et le responsable scientifique. Il conduisait le tracteur John Deere. Sur le formulaire d'embauche, il avait exagéré ses compétences manuelles, sans doute une des raisons pour lesquelles on avait choisi un type comme lui. Cela et le fait qu'il était un technicien certifié en biologie, qui semblait capable de prendre soin de lui-même. Il avait accepté ce chantier dans le bungalow pour que les propriétaires ne fassent pas appel à des charpentiers qui seraient arrivés le matin dans leur pick-up et auraient gâché sa solitude.

Son cou lui faisait mal. Lorsqu'il retira un gant et leva la main pour toucher sa nuque derrière l'oreille, il sentit un bref coup de poignard, comme s'il se faisait encore piquer. Quelque chose resta coincé sous son ongle. Un infime amas d'entrailles d'insecte, attaché au minuscule dard barbelé. Toutes ces abeilles avaient enfoncé leur dard dans sa peau, puis laissé des organes vitaux derrière elles en s'envolant vers leur mort. Quelle organisation ! Les abeilles qui piquaient étaient toutes des femelles, des non-nourricières, des kamikazes – apparemment, leur survie personnelle comptait pour rien. Il leva le dard au soleil, tout près de son visage, y chercha son avenir comme dans une minuscule boule de cristal.

Une ombre venant de la droite le submergea soudain ; il s'accroupit aussitôt, fit deux pas rapides vers le seuil avant que la réflexion l'emporte sur les réflexes. Un vautour planait dans le ciel, ses ailes sifflaient à travers les airs tandis que son ombre glissait sur l'herbe et montait le long des bardeaux du bungalow.

Il se redressa, retrouva une respiration normale, sourit de sa bévue. Son pouls ralentit, mais cette chose qui n'était pas tout à fait de la peur – chaque fois elle évoquait davantage des retrouvailles : *la* voilà de retour, *elle* revient – mit un moment à se dissiper.

Six mois maintenant depuis son installation ici. Il aurait juré que personne ne savait où il était.

Il ramassa le gant qu'il venait de laisser tomber, puis s'engagea dans l'herbe. Les vautours arrivaient toujours à cette heure-ci, après que le soleil avait réchauffé la terre, en se laissant porter comme des cerfs-volants de papier dans les puissants thermiques qui grimpaient au-dessus du pré.

« Saleté de rapaces », dit-il sans méchanceté.

Deux autres apparurent, volant à la file indienne en formation serrée. Ils surgirent à la lisière de la forêt, donnèrent une douzaine de grands coups d'aile saccadés et dépassèrent à leur tour le bungalow. Leurs têtes noires et nues pivotèrent pour le regarder. Il agita la main vers eux en se disant qu'il valait mieux se montrer amical. Ils semblaient impatients de s'éloigner et de prendre de l'altitude, de mettre le monde à une distance plus convenable – à quatre mille pieds le paysage s'étendait comme une carte, un atlas routier avec de grosses lignes rouge sang pour le réseau des grandes routes, de minces traits couleur fuchsia pour les routes secondaires. Certaines pâtures teintées de rose signaleraient les agneaux mort-nés ou les vaches foudroyées par un éclair. Ces vautours noirs, plus petits que les vautours à tête rouge, avaient tendance à se montrer moins patients avec les animaux à l'agonie. Le mois dernier, il avait lu un article étonnant dans le journal : dans une banlieue nouvelle du nord de la Virginie, les vautours locaux attaquaient les animaux de compagnie. Une bande de ces volatiles repéraient un pékinois sénile trottinant trop loin de la maison, puis ils fondaient dessus tels des scarabées carnivores et le mettaient en pièces dans son jardin tandis que les enfants des voisins regardaient le carnage avec incrédulité depuis la fenêtre du premier étage.

Tout en surveillant les vautours, il sentit son visage enfler, se rappela que gamin il avait été allergique aux piqûres d'abeilles, se dit qu'il devrait peut-être rejoindre la maison et prendre un Benadryl, au cas où. Il se demandait ce qu'il allait bien pouvoir faire de ces abeilles, quand un gros animal émergea des bois à l'autre bout du pré. Il se trouvait à quatre cents mètres de là, tout déformé par les ondes de chaleur montant du sol. Rice plissa les yeux, mit la main en visière pour se protéger de l'éclat du ciel.

Il avait déjà vu des ours. Au début, c'étaient seulement quelques signes – traces de pas et tas d'excréments, pierres et bûches retournées –, mais ces dernières semaines les ours avaient commencé à se montrer. Plusieurs matins de suite, une femelle et ses deux oursons de moins d'un an s'étaient nourris dans un fourré de mûres, tout au bout du pré, et sur un versant de Serrett Mountain il avait aperçu un énorme adulte mâle qui courait en boitant. Deux jours plus tôt, au crépuscule, un jeune ours au poil luisant et à l'oreille croûteuse, fendue lors d'un combat, avait traversé le chemin d'accès. Rice avait relevé des traces sur l'ancienne piste coupe-feu, à moins de trente mètres du chalet, l'empreinte de la patte arrière aussi grosse qu'un pied humain, celle de devant révélant une large patte trapue. Il enfermait désormais ses ordures ménagères dans le hangar du tracteur et les emportait à la décharge publique tous les deux ou trois jours au lieu de les laisser s'entasser là.

La silhouette venait de s'arrêter à découvert, peut-être par prudence, mais elle repartit bientôt, en descendant la longue pente du chemin. Elle vibrait et ondulait dans l'air chaud, un esprit ours flottant juste au-dessus de la terre. Elle s'approcha et prit une forme reconnaissable : une personne, un homme, un type barbu portant un gros sac à dos, ses jambes cachées parmi les herbes hautes.

Rice s'élança au-delà du hangar du tracteur, trottina vers la galerie arrière de la maison en surveillant l'intrus du coin de l'œil. Il aurait été moins étonné de voir un ours. Le portail de l'entrée était toujours verrouillé et il n'avait jamais vu aucun marcheur émerger de la forêt. Il gardait un calibre .45 chargé dans le tiroir de sa table de nuit, en violation flagrante des accords passés avec son employeur, et c'était cette arme qu'il allait chercher.

En haut des marches, il se retourna pour jeter un dernier coup d'œil avant de foncer récupérer son pistolet. Le bras gauche du type semblait bizarre – il était court et se balançait selon un rythme qui détonnait avec celui des jambes, tel un bras d'enfant fixé sur un corps d'adulte.

L'homme fut soudain dans la cour, comme s'il venait d'effectuer un grand bond en avant pendant que Rice clignait des yeux. Un instant plus tôt, il était dans le pré, créature sauvage que Rice pouvait examiner à loisir, mais il venait de franchir cette distance si vite que Rice se demanda si lui-même n'avait pas perdu conscience durant quelques secondes.

Ses jambes semblaient solides, stables, ses pieds posés bien à plat sur les planches mal équarries. L'inconnu marcha vers la galerie.

Rice leva la main, la paume tendue devant lui, tel un policier arrêtant la circulation. « Hé, mec, dit-il. T'es perdu ? »

L'homme s'immobilisa et grimaça, dénuda des dents jaunes bien alignées. Il ne portait pas de chapeau, son visage buriné était bronzé au-dessus d'une barbe sombre. Sans doute la quarantaine, mais deviner l'âge d'un montagnard relevait toujours de la gageure. Il avait les yeux vert clair, un regard dénué de toute expression. L'espace d'un instant, Rice pensa qu'il était peut-être aveugle, que c'était un vagabond des bois qui avait perdu la vue, un prophète de passage, un pourvoyeur de miracles.

D'un vigoureux haussement d'épaules, l'homme se débarrassa de son sac à dos, qu'il laissa tomber à terre, et il resta là, les hanches en biais, le poids du corps sur une jambe. Son bras gauche se terminait par un moignon, juste au-dessus de l'endroit où son coude aurait dû se trouver. Il portait des chaussures noires poussiéreuses, un pantalon treillis usé, une chemise sans manches et déchirée, dont le tissu mouillé collait à son ventre plat. Un couteau dans son étui était fixé à une ceinture en cuir, juste derrière la hanche droite.

Il demanda quelque chose d'une voix rocailleuse. Cela sonnait comme : « Trépas dflotte ?

— Quoi ? »

Le visiteur mit sa main en coupe et la porta à sa bouche. Son bras était long et brun, ses muscles noueux se contractaient à fleur de peau comme des serpents. Tout en haut du deltoïde il y avait le tatouage rudimentaire d'un humanoïde à tête de carnivore, la gueule ouverte montrant les dents.

T'aurais pas de la flotte ?

Rice était censé expulser les intrus hors de la propriété, mais il faisait très chaud ; il avait passé presque toute sa vie dans le désert et il n'allait pas refuser un verre d'eau à quelqu'un. Il venait aussi de laisser tomber l'idée du pistolet. Il avait de bonnes raisons de garder le .45 à portée de main, mais se défendre contre un manchot équipé d'un sac à dos ne figurait pas sur la liste de ces raisons. Il trouva une vieille gourde de l'armée dans le placard de la cuisine, la rinça puis la remplit à l'évier en surveillant l'homme par la fenêtre grillagée. Il était immobile dans la cour, la tête renversée en arrière, suivant des yeux un oiseau ou un insecte volant au-dessus de lui ; mais alors que Rice l'observait, son regard s'abaissa soudain et se fixa sur la fenêtre, durant une seconde, comme si Rice venait de l'appeler. Puis le manchot se tourna vers le pré, qu'il scruta un instant, avant de se détendre et de regarder à nouveau l'horizon. Il rappela à Rice un chien alerte, attentif aux moindres bruits et aux odeurs têtues, aux fantômes et aux visions.

La gourde fut bientôt remplie et débordante, mouillant sa garniture en feutre, fraîche dans la main de Rice. La sueur lui coulait des aisselles, dégoulinait sur ses flancs jusqu'à la ceinture du pantalon. Il prit deux comprimés de Benadryl dans leur plaquette et les fit descendre avec une canette de Coors. Il se sentit désorienté – les objets situés de l'autre côté de la pièce lui semblèrent très éloignés, le sol de la cuisine tangua sous ses pieds. Au cours des dix-huit mois passés, il était devenu sujet à de brèves absences, à des accès de rêverie inopinés. Il interrompait alors ses activités en plein air – collectes de données biologiques, débroussaillage avec une machine équipée d'un fil rotatif, agrafage de pancartes *Propriété privée. Défense d'entrer* –, émergeait plus tard d'un long rêve éveillé, l'esprit vide et perplexe, le cul tout engourdi posé par terre, plusieurs espèces d'insectes rampant sur sa peau, des piqûres le démangeant aux chevilles, une tique enfoncée derrière le genou. Il ne se souvenait jamais de ce dont il venait de rêver, il avait vaguement conscience d'un mouvement continuel, d'un sifflement et d'un bourdonnement, de l'herbe qui vibrait dans l'air.

Tu es ici tout seul depuis trop longtemps, pensa-t-il. Tu te transformes en ermite. Tu accueilles des inconnus imaginaires. Au dernier moment, il prit une autre bière dans le frigo, qu'il emporta avec l'eau sur la galerie.

Il lança la gourde depuis la marche du haut et l'homme l'attrapa d'une main désinvolte, la serra entre ses cuisses pour en faire sauter le capuchon. Il but à longues gorgées, les yeux clos. Quand il eut fini, il s'essuya la bouche du dos de la main, remercia d'un signe de tête, lança la gourde vide à Rice, déclina l'offre d'une bière. Son infirmité ne le gênait nullement, ses gestes étaient fluides et puissants, son bras valide, aussi musclé que celui de Popeye, lui suffisait amplement. Un fouillis d'épais cheveux noirs dominait son large front. Il avait cet étrange regard d'aveugle, et sa barbe dissimulait un lourd menton et des lèvres qui remuaient à peine lorsqu'il parlait. Il rota doucement, puis fit basculer le poids de son corps sur les talons. Il semblait avoir quelque chose en tête, qu'il se retenait de formuler, peut-être par politesse.

« Qu'est-ce que vous faites dans le coin ? » demanda Rice d'une voix nasillarde qui sonnait comme une imitation. Cet accent lui venait machinalement dès qu'il s'adressait aux autochtones.

« J'ramasse des champis. » L'homme tapota un sac en toile accroché à sa ceinture. « Chanterelles, ginseng, myrtilles.

— Vous savez que c'est une propriété privée ? »

L'homme secoua la tête et dit une chose que Rice ne saisit pas.

« Quoi ? »

Il répéta exactement ses paroles, mais cette fois Rice comprit : « N'en ai pas pris par ici. » Son accent traînant dépassait tout ce que Rice avait pu entendre dans le comté – il avalait les consonnes, faisait chanter les syllabes qui du coup avaient du mal à s'assembler en mots.

« Vous ramassez ces champignons dans la forêt nationale et puis vous faites tout ce chemin jusqu'ici pour boire un peu d'eau ? »

Le visiteur se contenta de le regarder. Comme s'il ne comprenait pas que les paroles de Rice puissent formuler une question.

« Le problème, commença Rice, c'est qu'il y a toutes ces pancartes "Propriété privée" au portail, à huit kilomètres d'ici, je sais que vous les avez vues.

— Que'que chose à t'montrer. » L'homme fit pivoter son buste et, d'un signe de tête, désigna l'endroit d'où il venait, le versant de la montagne. « C'là-haut.

— Quoi ?

— Faut qu'tu voies toi-même. »

Rice renifla. Ce jour-là, il devait encore s'occuper des abeilles et vider le bungalow. Il avait un planning à respecter. La balustrade de la galerie grinça quand il se pencha pour examiner le ciel. Au-dessus de la montagne, une poignée de cumulus humilis restaient accrochés en altitude, inertes et amorphes, comme la lessive de Dieu, refusant de dégénérer en orage ou même de fournir beaucoup d'ombre. Cela ferait une trotte éreintante pour aller voir cette chose dans la montagne, qui pouvait tout à fait être la face de Jésus sur un rocher couvert de lichen, un serpent à sonnette albinos, la carcasse d'un avion monomoteur. Peut-être un groupe de *compadres* en embuscade sur la crête. La bière qu'il avait apportée pour son hôte transpirait sur la balustrade et, après un instant d'hésitation, Rice se décida et l'ouvrit pour lui. Il but une longue gorgée, puis plaqua le métal froid de la canette contre une piqûre d'abeille qui lui faisait une bosse sur le front.

« C'chez toi, pas vr' ? » Le bras valide du ramasseur de champignons décrivit un arc de cercle pour englober les rondins du vieux chalet à la massive cheminée de pierre, les bardeaux du hangar du tracteur, le bungalow d'été que Rice venait d'éventrer, l'immense pré.

« Non. Je suis le gardien. »

Une grande clameur explosa dans la forêt, puis un faucon à queue rouge jaillit au-dessus des herbes hautes en battant furieusement des ailes, poursuivi par une bande de corneilles qui plongeaient et remontaient en chandelle. Quand elles atteignirent le chalet, les corneilles se dispersèrent pour retourner dans les arbres, laissant le faucon planer vers le bas de la pente. Le ramasseur de champignons s'était retourné pour observer la scène, mais il dévisageait maintenant Rice avec des yeux semblables à des pierres pâles, debout dans une chaleur qu'il ne semblait pas remarquer.

« Je crois pas que tu es réel », dit Rice, mais l'homme ne répondit pas. Les grillons qui stridulaient dans l'herbe émettaient une vibration incessante qui aurait pu venir de l'air lui-même.

2

À la quatrième épingle à cheveux, Rice fut distancé. Il avait les jambes lourdes, le souffle court. La sueur saturait ses sourcils et lui coulait dans les yeux. La piste coupe-feu était accidentée, couverte de jeunes pins jaunes dont l'odeur de térébenthine imprégnait l'air chaud, et les aiguilles lui piquaient la peau. Loin devant lui, il aperçut le ramasseur de champignons qui l'attendait sur fond de ciel bleu. Puis il disparut encore.

Sur la crête, la piste obliquait une dernière fois avant de filer vers le nord le long de l'arête de la montagne. Aucun signe du ramasseur de champignons. Rice s'arrêta pour reprendre son souffle, les poings sur les hanches, rafraîchi par la faible brise qui montait du profond canyon situé à l'ouest. Moins de deux kilomètres plus bas, des falaises calcaires et verticales dégringolaient jusqu'à une large rivière, le saint des saints de la réserve de Turk Mountain, mille arpents de forêt primaire transmis par les bûcherons des XVIIIe et XIXe siècles, ensuite protégés par la famille Traver jusqu'à aujourd'hui. Plus loin se dressait Serrett Mountain, brumeuse et arrondie, et au-delà les Appalaches sauvages s'étendaient sans fin, en une succession de crêtes incurvées bleu-vert qui rejoignaient l'horizon.

27

La piste était moins pentue à partir de là et Rice se dit qu'il pourrait sans doute rattraper son retard. Il secoua la tête. À cause de la bière et du Benadryl, il se sentait trop bizarre pour se balader en montagne, et puis il se faisait sans doute mener en bateau, mais après un instant il pivota sur ses talons et se mit à courir.

À mi-chemin du sommet de la montagne, il s'arrêta encore, assez haut sur la crête, là où la forêt de chênes et de pins devenait rabougrie, clairsemée, et la piste plus dégagée, sans ombre, couverte d'éclats brisés de grès violet qui glissaient et roulaient sous ses chaussures. L'air sentait la pierre chaude. Des lézards détalaient parmi les feuilles cassantes. Il avait la gorge à vif, si sèche qu'elle menaçait de se bloquer dès qu'il déglutissait. Il aurait dû emporter la gourde. N'ayant pas vu le ramasseur de champignons depuis près d'une heure, il pensa que ce type avait sans doute changé d'avis et rejoint le couvert de la forêt.

Soudain pris de faiblesse, il se plia en deux, posa les mains sur ses genoux, regarda la sueur dégouliner de son nez et de son menton vers les éclats de grès qui à chaque impact liquide passaient de la couleur violette à un bleu presque noir.

« Elle est p' loin. »

Il se redressa trop vite et sa vision se brouilla. L'homme crapahutait au bord du chemin à moins de vingt pas.

Elle ?

Avant que Rice ait le temps de l'interroger, le ramasseur de champignons mit le cap à l'ouest à travers les fourrés, sans suivre le moindre sentier que Rice puisse identifier. Ils descendirent le versant à travers de jeunes chênes et des rhododendrons à l'écorce écailleuse, entremêlés à des lauriers de montagne qui s'accrochaient à leurs cuisses, les griffes de chat égratignant leurs tibias.

Des vautours s'envolèrent d'un bosquet de grands pins jaunes. L'homme rejoignit la base d'un de ces arbres, puis se laissa tomber sur un genou comme pour adresser une supplique à côté d'une masse qui gisait parmi les aiguilles de pin, la silhouette du manchot empêchant Rice de voir de quoi il s'agissait. Il ralentit, par prudence et sans bien savoir pourquoi. Des essaims bruyants et tourbillonnants de mouches bleues et vertes percutèrent ses jambes comme du petit plomb. L'odeur forte et cuivrée était vaguement familière – du sang et des viscères, une viande chauffée par le soleil.

Le ramasseur de champignons se releva et s'écarta d'un corps décapité allongé sur le flanc. Rice crut d'abord qu'il s'agissait d'une femme. Il en eut le souffle coupé et frissonna en reconnaissant ce que c'était.

« Z'ont dépiauté çui-là, dit le ramasseur de champignons. N'ai vu plus d'une douzaine. Certains écorchés. D'habitude ils prennent rien qu'les mains et la v'sicule. » Il se mit à marcher de long en large sous l'arbre en marmonnant dans sa barbe. La créature était nue, totalement écorchée, ses muscles rouges et fripés aux endroits où les fascias avaient commencé de sécher. On avait fendu l'abdomen et les vautours en avaient extrait de pâles longueurs d'intestins noueux. Les quatre membres se terminaient par des condyles blancs et nacrés aux articulations des poignets et des chevilles. Rice regardait, frappé par la ressemblance humaine. Au bout d'un moment, il réussit à parler.

« C'est un ours ? »

L'homme sursauta, comme s'il avait oublié sa présence.

« Une ourse », éructa-t-il entre ses dents, d'une voix étrange, plus basse et plus âpre qu'avant. Il semblait en colère. « Une f'melle. »

La tête toujours baissée, il débita des mots sans suite en évitant le regard de Rice. Il relevait les épaules pour lutter contre le poids de son sac à dos et se balançait d'un pied sur l'autre, faisait un pas en avant puis un autre en arrière, dansant presque, avec des gestes saccadés et puissants. Rice recula. Il voulut demander à cet homme s'il allait bien, mais celui-ci se retourna, plia le buste et disparut dans l'enfer des rhododendrons.

3

Une averse tiède s'abattit sur la forêt alors que
Rice redescendait de la montagne, juste assez de
pluie pour rendre insupportable l'air déjà moite,
dès le retour du soleil. C'était son premier été dans
les montagnes de Virginie, il trouvait l'humidité
irréelle et agaçante. L'air bourdonnant d'insectes
était presque palpable ; le jour comme la nuit, la
moindre brise était parfumée : herbe mouillée,
chèvrefeuille, putréfaction.

La descente fut plus facile que la montée, mais
les semelles de ses chaussures percutaient durement les pierres du chemin, il marchait à longues
enjambées engourdies, chaque pas était comme un
pari à cause de ses genoux flageolants et de ses
cuisses fatiguées. Il ressentit le vertige consécutif
à un léger traumatisme. Il y avait de nombreuses
explications : les piqûres d'abeilles, la bière et le
Benadryl, l'épuisement dû à la chaleur, la déshydratation, le manque de sommeil, la solitude. Une
combinaison de toutes ces raisons, sans aucun
doute, plus autre chose.

Une ourse, avait dit le ramasseur de champignons :
une femelle sauvage d'*Ursus americanus*. Tuée illé-
galement dans la réserve, bizarrement mutilée, puis
abandonnée aux charognards. C'était déjà assez

répugnant, mais ce fut l'apparition fugace d'une femme assassinée qui réveilla des images enfouies dans les profondeurs de son esprit. Maintenant qu'il redescendait la piste coupe-feu, il chassa ces images de sa pensée ; pourtant, le choc initial persista. L'ourse morte venait de lui rappeler que ce qu'il avait fui pouvait toujours se produire ici. Il s'était convaincu que la réserve de Turk Mountain constituait un refuge parfait pour lui et pour toutes les autres créatures qui y résidaient, une idée vraiment romantique pour un biologiste qui n'avait pas terminé ses études. Ce sentiment de sécurité, toujours fragile, venait de disparaître aussi sûrement et complètement que le ramasseur de champignons. Rice avait tenté de suivre cet homme, et il était loin d'être incompétent comme traqueur, mais au bout d'une centaine de mètres on aurait dit qu'il s'était tout bonnement évaporé.

Un appel perçant et caquetant éclata dans la forêt toute proche. Il s'arrêta pour scruter les arbres, pensa *grand pic-vert*, mais l'oiseau demeura invisible. Il connaissait désormais la plupart des espèces aviaires. Les premières notes de son journal de bord en mars et avril mentionnaient des choses comme *pic-vert noir à gros cul et crête rouge*. Alors qu'il examinait les frondaisons, une brise fraîche parcourut les grands tulipiers, les chênes rouges, les érables à sucre. D'énormes branches se soulevèrent et s'abaissèrent au ralenti, un million de feuilles se tordirent sur leur tige, montrant leur envers argenté. La forêt était étrangement animée, une gigantesque bête verte en train de rêver, sa peau parcourue d'ondes frissonnantes. Pas vraiment menaçante, mais puissante. Attentive.

Il imagina un instant que la forêt était en colère, déçue, qu'il était personnellement responsable de cette intrusion des braconniers tueurs d'ours. Il ressentit un peu de la fureur du ramasseur de champignons face à ce qu'il considérait apparemment comme un assassinat. Mais il écarta ces pensées. Il avait récemment remarqué en lui une propension excessive à l'anthropomorphisme. Et il faisait de son mieux pour maîtriser cette tendance.

Pourtant, même si l'on s'en tenait aux seuls faits, la situation était préoccupante. Une intrusion dans son refuge jusque-là inviolé, un soudain sentiment de vulnérabilité et d'agression. Peut-être faudrait-il faire appel aux forces de l'ordre. Et il se sentait humilié dans ses compétences mêmes de gardien : au moins un ours, et sans doute d'autres, avait été massacré sur les terres dont il devait assurer la protection. Une réaction s'imposait.

Depuis son arrivée en Virginie, Rice s'était soumis à une pratique quasi religieuse de la solitude, adoptant aussi les stratégies de comportement de certaines espèces menacées par leurs prédateurs : couleurs ternes, habitudes paisibles, ne jamais s'aventurer à découvert, éviter tout conflit. Un changement de stratégie serait risqué à maints égards, et il courait surtout le danger de céder à sa tendance consistant à pousser le bouchon plus loin que nécessaire. Il ne ferait pas appel aux forces de l'ordre – leur intervention l'obligerait à sortir de son anonymat –, mais il savait aussi qu'il ne pouvait pas rester les bras ballants à attendre d'autres intrusions. Le comté de Turpin abritait une communauté active et loquace de chasseurs d'ours, et les rares membres qu'il avait rencontrés n'avaient rien fait pour lui dissimuler leur hostilité. Malheureusement, il ne voyait pas par où commencer, sinon par eux.

Au chalet, il se débarrassa de ses vêtements trempés de sueur pour en mettre de nouveaux, puis, cachant comme d'habitude son pistolet à l'intérieur d'une fente découpée dans le siège passager de son pick-up, il démarra et entama le long trajet vers le bas de la montagne.

4

Rice longea le bar en faisant pivoter l'assise ronde et rembourrée des vieux tabourets ; tous oscillèrent et grincèrent dans le silence, puis s'arrêtèrent l'un après l'autre tandis qu'il s'asseyait au bout. Un jeu télévisé clignotait sur un écran muet au-dessus de la caisse. Un couple âgé, les seuls autres clients, était installé à une table, aussi immobile que des mannequins, près de la vitrine. L'enseigne au néon qui indiquait le nom de l'endroit n'était pas encore allumée : *Beer & Eat*.

Il fit signe à la serveuse, une trentenaire assez forte. Sa queue-de-cheval d'un blond sale était nouée par un ruban bleu foncé et l'inscription *Karla* cousue sur la chemise de travail bleue. Quand elle s'approcha de lui, Rice commanda un Rolling Rock, mais elle s'immobilisa, le dévisagea comme si elle hésitait à le servir. Il se rappela les abeilles, leva la main et tâta les bosses sur ses joues, son front. Il pencha le buste pour se regarder dans le miroir fumé derrière le bar.

« Piqûres d'abeilles, dit-il avec un haussement d'épaules en se redressant sur son tabouret. J'ai affronté une colonie aujourd'hui.

— Pourquoi vous venez ici ? »

Il sourit en posant les paumes sur le bois frais du comptoir. Il était entré une seule fois au *Beer & Eat*, au printemps dernier.

« Je comprends pas ce que vous voulez dire. »

Elle secoua la tête, puis rejoignit la glacière, s'arrêtant pour tirer une seule bouffée de la cigarette qu'elle avait laissée dans un cendrier près de la caisse. L'interdiction de fumer dans les bars et les restaurants de l'État restait apparemment sans effet dans la ville de Wanless. À la télévision, une publicité montrait un 4 × 4 noir et luisant, aux phares allumés, qui négociait à vive allure les virages d'une route longeant le bord d'une falaise californienne. La fumée montait du cendrier en un mince filet qui s'incurvait et se dispersait devant cette image. Karla poussa la bouteille vers Rice sans le regarder, puis battit en retraite derrière la caisse. Elle pointa une télécommande vers l'écran pour monter le son. Il porta le goulot de la bouteille à ses lèvres et but d'un coup la moitié de sa bière.

On l'avait mis en garde au moment de son embauche, mais les manifestations d'hostilité des gens du cru le surprenaient toujours. En tant que gardien de la réserve de Turk Mountain, il représentait de riches étrangers et une éthique de protection de l'environnement qui semblait à la fois absurde et élitiste aux autochtones. Cette hostilité était apparemment assez forte pour avoir poussé son prédécesseur à quitter son emploi. Sara Birkeland – il connaissait son nom à cause des journaux de bord et du courrier qui arrivait toujours dans la boîte à lettres – était une vraie biologiste, une herpétologue en études postdoctorales à l'université Virginia Tech, qui effectuait des recherches de terrain sur une espèce rare de lézard scincidé dont Rice n'avait jamais entendu parler. Elle était retournée à Blacksburg, partie depuis plusieurs mois lorsqu'il était arrivé, mais il avait cohabité dès le début avec son parfum citronné dans la chambre, son écriture dans les journaux de bord, de longs cheveux blonds dans les boules de poussière qu'il balayait sous les meubles. Grâce aux notes accumulées par Sara dans les journaux de travail, il savait qu'elle avait eu un faible pour les mésanges à tête noire ; il savait aussi quelles marques de détergent, de savon et de dentifrice elle utilisait. Elle avait même fait des apparitions dans ses rêves, une petite blonde au visage flou se promenant dans le chalet et refusant de lui parler. Voilà des mois qu'elle constituait sa meilleure approximation d'une compagnie humaine.

Il loucha une fois encore vers son reflet dans le miroir du bar. Sous cette lumière, ses yeux étaient voilés, sombres. Il ressemblait un peu à un cinglé.

Après plusieurs tentatives, il réussit à attirer l'attention de Karla et commanda une autre bière. Quand elle fut terminée, il en commanda une troisième, avec un verre d'eau. Un peu éméché, il regarda un moment la télévision avec plaisir. Il connaissait la plupart des réponses à ces questions faciles, jusqu'à ce qu'elles se focalisent sur la culture populaire actuelle, et il échoua lamentablement. Six mois passés à la réserve, pensa-t-il, et je suis aussi ignorant qu'un ermite des bois. Un Rip Van Winkle[1] piqué par les abeilles.

Après six heures, les employés de la scierie arrivèrent dans le bar par groupes de trois ou quatre pour commander des plats et des pichets de bière. C'était vendredi et la salle se remplit vite, l'air sentait maintenant la sciure et la térébenthine, la créosote et la sueur, la scierie de Wanless. Trois jeunes femmes franchirent la porte avec un aplomb exagéré et fondirent sur une table comme si elles avaient

---

1. *Rip Van Winkle* : nouvelle de l'écrivain américain Washington Irving, publiée en 1819. Le personnage éponyme s'endort dans la nature et se réveille plusieurs décennies plus tard. *(Toutes les notes sont du traducteur.)*

répété la scène devant l'entrée du bar afin de s'encourager. Elles s'étaient mises sur leur trente-et-un pour la salle de danse de Clifford – jeans moulants, bottes de cow-boy, coiffures tarabiscotées. La grande rouquine dévisagea longuement Rice, mais détourna les yeux dès qu'il lui sourit.

La cuisine située par-derrière était en ébullition et un panache de vapeur sentant le graillon s'échappait par les portes battantes chaque fois que la serveuse les franchissait. Rice commanda un hamburger et s'adossa au comptoir pour regarder les clients dans la salle, une majorité d'hommes d'âge mûr, en jeans, grosses chaussures, chemises d'ouvrier. La plupart portaient la barbe ou un bouc de dur à cuire. Sales et fatigués, ils discutaient tranquillement par petits groupes. Le claquement sec d'une queue de billard annonça une partie qui commençait dans l'arrière-salle. La musique country de Nashville sortait en nasillant d'un vieux juke-box à CD. Il détestait le top 40, mais là, c'étaient de bonnes vieilleries.

À la télé, une jeune femme en tailleur beige très moulant montrait une carte de Virginie et de Virginie-Occidentale : « Le temps pour le week-end. » Il allait faire beau et chaud, toujours la même chose, la sécheresse entamant sa neuvième semaine malgré quelques orages épars. La plupart des visages voisins s'étaient tournés vers l'écran : des hommes ayant des jardins à arroser, peut-être du bétail à la maigreur préoccupante, une dérisoire seconde coupe de foin dans le pré. Des parties de pêche sur le lac du barrage pendant le week-end. C'étaient des gens ordinaires menant des vies ordinaires. Personne ne les traquait. Rice se demanda à quoi ressemblaient leurs journées, de quoi ils parlaient le dimanche matin en prenant leur petit déjeuner à la table de la cuisine. Il s'autorisa une brève bouffée d'envie. Il appartenait sans doute à une espèce différente, malgré tous les soucis banals qu'il partageait avec ces braves gens.

Il se laissa glisser de son tabouret et rejoignit les toilettes, où régnait l'odeur habituelle du désinfectant et du déodorant, de l'ammoniaque et de la vieille pisse. Insultes et accusations tapissaient les murs. *Suzy est une pute. Johnny D. est un pédé.* Avec les numéros de téléphone. Il se baissa pour actionner la chasse d'eau et lut, écrit au crayon sur le mur, tout près de la poignée : *Achète vésicules d'ours, pattes. Aussi jinseng.* Il mémorisa le numéro de téléphone.

Quand il retourna au bar, son hamburger l'attendait et deux hommes s'étaient installés sur les tabourets voisins. Rice leur adressa un signe de tête et dit « B'soir » au type le plus proche, un gigantesque balourd au crâne rasé et à la barbe rousse broussailleuse. Lequel fit la sourde oreille et parla avec Karla de la longue semaine, de la canicule qui durait. Sa voix était absurdement haut perchée pour un tel colosse, presque une voix de fausset. Le juke-box jouait une chanson où il était question de quelqu'un assis dans un bar et écoutant un juke-box. Arrivé à la moitié de son hamburger, Rice se tourna de nouveau vers le géant installé près de lui.

« On pratique la chasse à l'ours dans le coin ? »

L'autre pivota sans se presser, braqua son visage sur Rice comme une parabole de télé. Rice interpréta cela comme une réponse négative.

« Vous connaissez quelqu'un qui le fait ? J'aimerais essayer, mais j'y connais pas grand-chose. »

Le gros type acquiesça, ourla les lèvres. « Des gars aiment bien chasser l'ours. Ils ont des chiens. Faut avoir des chiens. » Il se tourna vers le type avec lequel il était entré, puis barrit un hurlement de ténor : « Dempsey Boger a des clebs, pas vrai ? C'type veut lui en acheter un pour chasser l'ours. »

Une onde palpable d'attention générale déferla sur la salle. Rice interrompit le contact. Le gardien de la réserve de Turk Mountain, un soi-disant écofasciste, allait chasser l'ours – c'était intéressant, mais pas très longtemps. Tandis que le brouhaha reprenait dans leur dos, l'autre type haussa les épaules sans le regarder.

« Ouais, va voir Dempsey, dit l'homme à Rice. La dernière baraque de Sycamore Holla avant le rond-point. Un paquet de ruches à miel, un gros chenil datant de la guerre derrière la baraque. Il a toutes sortes de clebs. » Il acquiesça encore, puis pivota vers le bar.

Rice fit un signe à Karla et commanda d'autres bières pour eux trois. Quand elles arrivèrent, son gros voisin saisit le goulot entre pouce et index, renversa la bouteille pour boire, fit claquer ses lèvres, émit un grognement sourd, mais pas le moindre remerciement. L'autre type fit comme si sa bouteille n'existait même pas. Les bières gratuites, supputa Rice, devaient tous les jours apparaître magiquement devant ces deux messieurs.

Dans le miroir, il remarqua trois types vautrés dans un box au fond de la salle, qui l'observaient en fumant des cigarettes et en cajolant leur bière. Des ouvriers de la scierie comme les autres, âgés d'une vingtaine d'années, même s'il leur manquait l'aplomb et l'autorité de leurs aînés. L'un, maigre et pâle, avait une bouche dure aux lèvres minces, encadrée par une tentative malheureuse de pilosité faciale. Rice reconnut les deux autres. C'étaient des costauds au buste massif, au visage couvert de taches de rousseur et aux cheveux roux coupés en brosse – les frères Stiller. Le prénom du plus jeune était DeWayne, se rappela-t-il, qu'on prononçait *Dee*-Wayne.

Les Stiller étaient des apprentis gangsters du comté de Turpin, de minables dealeurs d'herbe, des fourgueurs d'oxy au petit pied, qui le week-end traînaient avec d'autres racailles à la supérette de leur père dans la non-ville de Stumpf, où Rice achetait de la bière, du lait et du beurre de cacahuètes quand il avait la flemme de rouler pendant cinquante minutes jusqu'à la vraie épicerie de Blakely. Les Stiller étaient aussi d'enthousiastes chasseurs d'ours, surtout Bilton, le père, qui adorait raconter à Rice combien il détestait la réserve de Turk Mountain, la famille friquée qui en excluait les autochtones depuis cinq générations, et tous les gardiens qu'on y avait installés, Rice étant apparemment inclus dans cette dernière catégorie. Les fils avaient essayé de le provoquer à la manière habituelle des primates mâles alpha – regards assassins, insultes marmonnées, coups de coude dans les côtes, ce genre d'âneries –, mais un conflit ouvert aurait attiré l'attention et Rice avait toujours fait semblant de ne rien remarquer.

Il se tourna vers les trois hommes et leva sa bière pour les saluer, mais leurs yeux vides aux paupières mi-closes ne réagirent pas, leurs bouches s'incurvèrent en une moue insolente pour manifester le mépris à leur manière convenue. Il sourit, but une gorgée comme s'il leur portait un toast. Il les surveilla discrètement dans le miroir ; lorsqu'ils eurent fini leur bière et qu'ils se levèrent pour partir, Rice demanda sa note.

5

Dehors, un lampadaire du parking, allumé trop tôt, émettait un bourdonnement sourd et une lueur bleue clignotante dans le soir tiède et calme. Les trois hommes montaient déjà dans un pick-up noir, un vieux F-350 qui ressemblait à une épave rafistolée par des amateurs : énormes pneus dépassant de la carrosserie et gros pare-chocs jaunes censés faire oublier le mastic de réparation et les aplats de peinture noire.

Rice les héla, puis marcha vers eux d'un pas rapide. Ils hésitèrent, aussitôt sur la défensive. Il ralentit et tenta de sourire, mais grimaça plutôt. Le plus petit des trois frères dit quelque chose aux deux autres, ils éclatèrent de rire, claquèrent les portières, puis démarrèrent sur les chapeaux de roue, les gros pneus dérapant sur le gravillon jusqu'à ce qu'ils atteignent la chaussée asphaltée en crissant, après quoi le pick-up fila dans l'unique rue de Wanless.

« Merde alors. » Rice regarda le véhicule noir disparaître dans la forêt tout au bout du village. Il aurait pu grimper dans son propre pick-up et se lancer à leur poursuite, mais ils auraient sans doute vu rouge et lui auraient tiré dessus avant qu'il puisse les interroger sur les ours. Quand un autre pick-up entra sur le parking et se dirigea vers la place libérée par les Stiller, Rice se protégea les yeux pour éviter d'être aveuglé par les phares. Quelqu'un ouvrit la porte du bar, le juke-box jouait maintenant un morceau de ZZ Top. Le couple âgé installé près de la vitrine était parti depuis belle lurette.

L'air frais et les odeurs de la rivière s'engouffrèrent dans la cabine du pick-up tandis qu'il suivait la route étroite et sinueuse de Dutch Pass. Des branches de sapins-ciguës malades filaient au-dessus de lui, infestées de pucerons, diaphanes devant le ciel. Il ralentit sur le pont de Sycamore Creek, pensa, bon Dieu, il est encore tôt, puis tourna à droite dans Sycamore Creek Road, une petite route de gravillon qui serpentait au fond d'une minuscule vallée et se terminait en cul-de-sac. De très modestes enclaves familiales avaient jailli de terre comme des champignons dans l'air bleu et humide : il y avait toujours une maison en bardeaux au bord de la chaussée, un groupe de caravanes par derrière, des voitures au moteur gonflé et des 4 × 4 customisés immobilisés sur des parpaings, une colossale parabole couverte de lierre braquée vers la bande de ciel située entre les montagnes.

Au bout de quelques kilomètres, la vallée s'élargissait un peu, de minces pâtures inondables longeant la route. Une poignée de vaches hereford paissaient et levaient leur face blanche pour regarder Rice passer. Plus haut, les versants crépusculaires étaient sillonnés d'un fin réseau de chemins de bûcherons zigzaguant à travers une forêt de feuillus de troisième génération, de petites clairières apparaissant parmi les rangées de pins blancs.

Le terrain de Dempsey Boger ressemblait tout à fait à la description qu'en avait faite Roy : situé au bout de la route sur une parcelle en demi-lune gagnée sur la forêt, une caravane extra-large et trois hautes cabanes en tôle ondulée, deux douzaines de ruches blanches disposées en un rectangle impeccable sur la pente par-derrière. La pelouse bien entretenue était décorée d'un pimpant bric-à-brac : sculptures en béton de cerfs et d'ours gambadant, bassin pour oiseaux, pneus de tracteur blanchis à la chaux d'où jaillissaient des massifs de soucis, de chrysanthèmes, de violettes. Deux larges lignes parallèles grossièrement couvertes d'un gravier qui crissait sous les pneus menaient à une sorte de cour située derrière la caravane, éclairée par deux projecteurs à vapeur de mercure. Quand Rice arriva, un imposant chenil grillagé, adossé à la forêt dont les branches le surplombaient, parut exploser brusquement : des chiens de toutes tailles et formes se mirent à bondir et à hurler. À côté de ce chenil étaient garés un pick-up Dodge gris, l'épave d'un grumier International et deux skidders, des engins de déboisement, dont l'un, doté d'un grand bras articulé, semblait assez neuf. L'autre avait connu des jours meilleurs et l'on avait soudé par-derrière des box métalliques pour chiens à l'endroit où aurait dû se trouver le treuil. Le propriétaire avait sans doute renoncé à utiliser ce vieux skidder et décidé de le convertir en véhicule pour la chasse. Rice se gara à côté, descendit de son pick-up et regarda les pneus hauts de presque deux mètres, équipés de boulons gros comme son poing.

D'autres chiens aboyèrent dans la maison quand il frappa à la porte, puis un homme au visage renfrogné lui ouvrit. Âgé d'une cinquantaine d'années, il était de taille moyenne, avec un gros ventre et des yeux foncés dans un large visage marron, bronzé. Derrière lui dans la pièce, une femme fluette aux cheveux sombres, assise dans un fauteuil avec une fillette sur les genoux, tourna la tête pour voir qui était le visiteur, les deux visages bleutés et leurs yeux brillants dans la lueur de la télévision. Un vieux bluetick debout près d'elles leva la tête pour lancer un gémissement sinistre vers le plafond. Quand Rice se présenta – son pseudonyme dans la région était Rick Morton –, l'homme sortit et referma la porte derrière lui.

« Vous êtes Dempsey Boger ? » s'enquit Rice.

L'homme acquiesça en dévisageant le visiteur. Rice allait lui demander s'il avait entendu parler de gens qui tuaient des ours en dehors de la saison de chasse, quand une soudaine agitation dans le chenil poussa les chiens à reprendre leurs aboiements et leurs hurlements. Les deux hommes se tournèrent dans cette direction, car le vacarme empêchait toute discussion. Boger cria, « La ferme ! », mais les chiens firent la sourde oreille. Rice le suivit dans l'allée, où il ramassa une poignée de gravier qu'il lança sans beaucoup d'énergie vers le chenil. Lorsque les chiens se calmèrent enfin, Boger pivota vers Rice. Il semblait amusé, un petit sourire faisait tressaillir la commissure de ses lèvres.

« Vous avez un problème d'abeilles. »

Rice leva la main pour toucher encore son visage boursouflé. « Je faisais des travaux d'intérieur. Il y a un essaim d'abeilles dans le mur.

— Sûr que c'est pas des rayées jaune et noir ? Je déteste les rayées.

— Ce sont des abeilles à miel.

— Reste pas beaucoup d'abeilles sauvages. Les varroas et le printemps pourri les ont massacrées. Celles qui ont survécu sont des costaudes. Voulez que je monte là-haut ? »

Quel coup de bol ! pensa Rice. « Vous connaissez l'endroit où j'habite ? La réserve de Turk Mountain ? »

Boger hocha la tête, tapota sa poche de chemise comme s'il cherchait des cigarettes. N'en trouvant pas, il croisa les bras en une posture pleine d'assurance. Rice dit « OK » puis repartit vers son pick-up.

Il l'interrogerait sur les ours le lendemain, quand le problème des abeilles serait réglé. Quelque part dans la vallée, plusieurs vaches meuglèrent en un concert âpre et harmonieux, lugubre et mélancolique.

« Verrouillez pas le portail ! lança Boger. Je passerai dans la matinée. »

Rice y pensa sans arrêt en rentrant chez lui. Pas une seule fois depuis le soir de son arrivée, il n'avait laissé le portail ouvert. Une légère bourrasque lui avait alors envoyé des flocons de neige au visage ; il avait dû serrer longtemps le cadenas gelé entre ses gants et souffler dessus avant que la clef puisse y jouer. C'était le 2 mars – jour de son trente-quatrième anniversaire – et le mauvais temps l'avait suivi tout du long depuis Albuquerque, où il avait consacré plusieurs journées à remplir des demandes d'emploi, louer des boîtes à lettres, faire semblant de s'installer pour de bon. Après des semaines passées à regarder par-dessus son épaule pour surveiller ses arrières, au moment de refermer ce cadenas glacé derrière lui il avait senti une corde tendue à se rompre commencer à se relâcher dans son esprit. Ce soir-là, il avait suivi le chemin d'accès long de trois bons kilomètres à travers la forêt, puis de deux autres jusqu'à la lisière incurvée du grand champ, passant en position quatre roues motrices pour traverser les dernières congères, et le stress lié à une vigilance de chaque instant s'était lentement dissipé. Il n'aurait pas dit qu'il se sentait désormais en sécurité, mais dans la réserve il s'était découvert capable d'envisager un avenir personnel qui ne se limitait pas à quelques jours ou à une ou deux semaines de vie, et cette perspective avait fait toute la différence du monde.

Ce soir-là, il ouvrit le portail, le franchit, le referma, remit la chaîne en place autour du montant central, mais il laissa le cadenas ouvert pour Boger. Cette nouveauté le tracassa tout le temps qu'il roula sur le chemin. Lorsqu'il se gara sur le gravillon du parking devant le chalet, il était prêt à faire demi-tour, à retourner fermer ce foutu cadenas finalement – il pourrait y faire un saut le lendemain matin de bonne heure et l'ouvrir avant l'arrivée de Boger. Il dormirait sans doute mieux cette nuit.

Il laissa le moteur tourner et les phares allumés. Il resta assis derrière le volant, les mains posées dessus, à se dire qu'il avait soigneusement effacé ses traces en février, qu'il vivait ici depuis six mois sans avoir remarqué le moindre indice suggérant qu'on avait pu le suivre, à se dire aussi que l'ourse écorchée l'avait secoué bien sûr, mais gardons la tête froide, le braconnage des ours dans le comté de Turpin n'avait strictement rien à voir avec les tueurs lancés à ses trousses pour le supprimer ; il se disait tout cela sans trop y croire quand un ours jaillit par la porte ouverte du bungalow dans la lueur des phares, franchissant la porte comme un bon gros chien de chasse qui s'enquerrait du visiteur venant de se garer.

6

L'ours était le jeune mâle à l'oreille blessée, celui que Rice soupçonnait de se promener la nuit autour des bâtiments. Il avait sans doute été chassé par sa mère au printemps et il se démenait pour survivre seul, affamé et déboussolé, en se méfiant des plus gros mâles qui risquaient de l'attaquer. Rice comprenait très bien sa situation et à son grand étonnement il se sentit submergé par une vague d'empathie interespèce. Il lui sembla connaître cet ours. La voix du scepticisme avait beau lui répéter que cette empathie était à sens unique et relevait de la sentimentalité pure, il ne pouvait nier le pouvoir de cette émotion : un accroc dans la trame du temps tandis que l'ours se figeait, ébloui par les phares, son oreille fendue tressaillant, ses narines dilatées, ses yeux – deux grosses pièces de monnaie vert vif dans la masse noire de son corps –, mille abeilles vrombissant autour de sa tête comme des électrons. Puis il fit volte-face, prit ses jambes à son cou le long du bungalow pour rejoindre le pré obscur.

Rice laissa les phares allumés, puis entra vérifier les dégâts occasionnés à la ruche, mais les abeilles le chassèrent avant qu'il ait pu voir grand-chose. Un morceau de rayon de miel gros comme la main gisait à l'endroit où l'ours l'avait laissé tomber, quelques

48

abeilles furieuses et déroutées bourdonnant toujours autour. Il le ramassa et, ne voyant aucune bave d'ours dessus, y enfonça un doigt en écrasant les petits hexagones de cire, puis il suça une goutte de miel sur son doigt. Le goût était plus fort que celui du miel du commerce. Il en prit une bouchée, en suça le miel, puis mastiqua la cire pour en faire une boulette, qu'il cracha dans l'herbe.

L'intrusion de l'ours n'était pas vraiment une surprise. Il s'agissait simplement d'un niveau inédit de porosité de la frontière séparant la vie sauvage et la vie domestique, une chose qu'il avait appris à accepter en habitant la réserve. La semaine précédente, par exemple, il avait failli marcher sur un serpent des blés installé au seuil de sa chambre, son pied nu s'était arrêté à quelques centimètres du dos du reptile. Le serpent avait redressé la tête mais n'avait pas semblé s'inquiéter outre mesure. C'était une créature lustrée et très décorative, dotée sur toute sa longueur d'une succession d'ovales orange et jaune cerclés de noir. Rice avait attendu qu'il se calme pour glisser les mains sous le reptile, le soulever à peine au-dessus du sol, sentir ce corps frais et compact glisser mystérieusement contre sa peau. Il s'échappa puis disparut derrière une porte, dans l'entrée sombre, pour chasser les souris des champs, les écureuils, les tamias et les bébés opossums qui eux aussi se glissaient dans le chalet. Ce bâtiment avait été intégré au pré durant les cent dernières années, et malgré ses efforts pour entretenir l'endroit, une osmose irrésistible était sans cesse à l'œuvre, la vie extérieure se frayant inévitablement un chemin à l'intérieur. Il fermait toujours les portes-moustiquaires, et les fenêtres étaient équipées de grillages, mais les mouches, les papillons et les guêpes tueuses de cigales entraient malgré tout. Par temps de pluie, il trouvait sur le sol de la cuisine des crapauds entrés il ne savait comment. Des araignées-loups rampaient sur les murs, des orbitèles tissaient leurs toiles dans tous les coins, celles vivant tout près des lampes grossissant de manière inquiétante à la fin de l'été. De minuscules martinets aux ailes effilées descendaient par la cheminée et le conduit d'aération pour entrer dans le chalet. Puis ils percutaient une vitre après l'autre au point de s'étourdir et il les ramassait par terre pour les porter à l'extérieur, légers et fragiles, d'un gris anthracite, dégageant une odeur de cendres anciennes. Dès qu'il ouvrait les mains, les oiseaux reprenaient conscience et s'envolaient en glissant à travers l'air comme un panache de fumée.

Rice finit de manger le miel abandonné par l'ours, et le sucre se répandit dans son sang en une trentaine de secondes. D'une main soudain fébrile, il éteignit les phares, puis claqua la portière du pick-up. Et maintenant ? Une lune gibbeuse faisait une tache claire dans le ciel, les étoiles les plus brillantes luisaient en une masse indistincte. Des lucioles dérivaient dans l'atmosphère en clignotant. Une puissante cacophonie provenait des arbres à l'orée de la forêt – trilles et pépiements isolés, cris d'amphibiens, rythme grinçant des sauterelles –, une nuit animée de fin d'été, toutes ces bestioles essayant de copuler les unes avec les autres avant l'arrivée de l'automne.

Dans le bureau, il brancha le vieux téléphone à cadran rotatif sur la prise murale. La coque dure en plastique vert mousse abritait deux coupelles en cuivre qu'un battant métallique venait percuter dès qu'on appelait. Il avait démonté cet appareil pour en vérifier le fonctionnement. Il n'attendait aucun appel, mais il débranchait systématiquement ce téléphone pour assurer sa paix et sa tranquillité.

Il coinça le lourd combiné contre son cou, puis composa le numéro qu'il avait relevé sur le mur des toilettes du *Beer & Eat* et attendit. Le ventilateur pivotant posé sur le bureau cliquetait deux fois dès qu'il changeait de direction, lui envoyant de l'air au visage et soufflant dans le téléphone toutes les sept secondes. C'était une antiquité, fabriquée avant qu'on ait décidé d'installer une grille métallique autour des pales pour empêcher les gens de fourrer les doigts dedans. Il posa doucement la paume en haut du socle, puis abaissa trois doigts vers les pales jusqu'à sentir l'air vibrer contre le bout de ses phalanges. Il se demanda si ces pales étaient assez coupantes pour lui trancher le bout des doigts.

Un homme répondit après la sixième sonnerie et Rice prit son accent local.

« Z'êtes le gars qui veut acheter des vésicules d'ours ? »

Il y eut un silence, de la musique country en fond sonore. Le type ne pouvait pas savoir d'où venait cet appel. Rice s'était assuré que l'identité de l'appelant était bloquée lors de tous ses coups de fil vers l'extérieur, l'une de ses premières précautions après son installation au chalet.

« T'en as ?

— Je pourrais.

— Tu pourrais.

— Ouais. Tu veux qu'on en parle ?

— Rappelle-moi quand t'en auras, fils de pute. »

L'homme raccrocha. Rice regarda un moment le combiné avant de raccrocher à son tour.

Debout sur la galerie arrière, toujours gonflé à bloc à cause du miel sauvage, il sautillait sur la pointe des pieds. Quelque chose dans la forêt obnubilait son esprit : une séduction inédite, une attirance nouvelle. La lueur blafarde des étoiles, la forêt obscure et ses bruits nocturnes. L'endroit où l'ours s'était enfui, et d'où le ramasseur de champignons était arrivé. Il n'aurait pu avancer aucune bonne raison pour justifier sa décision, mais il avait envie d'être dans la forêt. Il descendit les marches en trottinant, puis se dirigea vers la piste coupe-feu.

7

Le fracas d'un moteur diesel au-dehors, le crissement de pneus sur le gravillon. Rice se réveilla en
sursaut, tendit la main vers le tiroir ouvert près de
son lit, s'assit avec le .45 contre la paume avant de
se rappeler qu'il avait laissé le portail ouvert et qu'il
attendait le gars des abeilles. Il se laissa retomber
en arrière contre l'oreiller, roula face à la fenêtre.
Il émergeait à peine d'un rêve absurde et vague où il
marchait dans le désert. Des corneilles criaillaient,
une légère brise traversait la moustiquaire et agitait
le rideau. Quand il l'écarta, le soleil entra à flots et
l'aveugla. Pour la première fois depuis des mois, il
ne se réveillait pas à l'aube. Son rêve se dissipa : une
étendue sablonneuse, des fourrés de cactus chollas
qui l'incitaient à la prudence ; il cherchait quelqu'un.

Trois coups de klaxon. Les autochtones procédaient ainsi, non par grossièreté, mais parce qu'ils y
voyaient un moyen plus sûr et plus discret d'annoncer leur arrivée que d'aller frapper à la porte d'une
maison isolée dans la campagne. Une portière claqua.
Sa vision s'était habituée à la lumière éblouissante :
un pick-up Dodge était garé à côté de son Toyota,
Dempsey Boger coiffé d'une casquette orange Stihl
passait le bras par la fenêtre ouverte de son véhicule
pour klaxonner encore une fois.

Rice remballa le pistolet dans un vieux t-shirt imprégné d'huile spéciale pour armes à feu et le rangea dans le tiroir. En mai dernier, il avait repéré deux ou trois taches de rouille sur la glissière, et depuis lors il s'inquiétait à l'idée que son arme s'enraie à cause de toute cette humidité des Appalaches et ne fonctionne pas quand il en aurait besoin. Ce Colt Government Model 1911 taille standard avait appartenu à son père, même si d'après Rice celui-ci ne s'en était pas beaucoup servi. En tout cas, il ne venait certainement pas de l'Air Force. Bien que de conception ancienne, ce modèle était précis et fiable à condition de l'huiler correctement et d'utiliser des magasins adéquats. Rice appréciait le plaisir tactile qu'il en tirait : l'étroite plaque d'acier bien lisse, sa masse froide, compacte, agréable, comme un marteau bien équilibré, le claquement rassurant de la glissière percutant le butoir, toutes les pièces se mettant en place, prêtes à fonctionner. Les cartouches dodues avaient les mêmes proportions que de minuscules canettes de bière en cuivre et laiton, et lorsqu'elles cliquetaient au creux de sa paume, leur poids suggérait que c'étaient des objets précieux.

Sur le rebord de la fenêtre, sa montre indiquait toujours une heure dix-sept, mais elle se remit en marche dès qu'il la tapota contre le talon de sa main. Il la remit à l'heure, devina qu'il devait être environ sept heures et quart, la remonta, la reposa. Quand il écarta la main, le reflet du soleil sur le cadran métallique projeta une image miroir très nette sur l'érable décoloré du rebord : les traits signalant les heures sans aucun chiffre, les aiguilles des heures et des minutes, et puis celle des secondes tournant à l'inverse du sens habituel. Fasciné, il l'observa accomplir un tour complet et lui faire gagner une minute. C'était une hallucination convaincante du temps s'écoulant à rebours et Rice fut submergé d'une étrange impression de soulagement, comme s'il était soudain en apesanteur. La ruée en avant ralentit, s'arrêta. S'inversa. Ses narines le picotèrent, ses yeux s'embuèrent de larmes comme si l'on venait de briser une ampoule d'ammoniaque devant son visage. Tout allait se défaire.

Un nuage passa devant le soleil et le reflet disparut. Rice fit pivoter ses pieds vers le bois froid du plancher. Les fantasmes irréalistes le déprimaient et il chassa celui-ci hors de son esprit, essaya de ne plus y penser. Il s'habilla, emporta ses bottes sur la galerie, s'assit sur la marche du haut pour les enfiler.

« Vous voulez un café ? » lança-t-il.

Penché sur le plateau de son pick-up, Boger faisait glisser des caisses vers lui.

« Il est prêt ?

— Ça prendra pas longtemps.

— Non, faut que je rentre bientôt. Vous êtes un lève-tard, monsieur Morton ?

— Pas d'habitude. La nuit dernière j'ai été me balader en montagne. »

Boger hocha la tête comme si c'était là une explication acceptable. Rice bâilla, noua ses lacets encore trempés de rosée nocturne. Il ne dormait pas beaucoup depuis un certain temps, mais il s'était écroulé dans son lit seulement deux ou trois heures plus tôt et il avait vraiment besoin d'un café. Peut-être d'encore un peu de ce miel sauvage.

La nuit précédente, il avait dépassé la carcasse de l'ourse pour rejoindre un affleurement rocheux proche du sommet de Turk Mountain. Il y était resté assis des heures, les yeux fixés sur le canyon obscur à l'ouest, la sueur refroidissant sur sa peau. Des cascades bruissaient tout au fond du canyon, près de l'endroit où il débouchait sur la Dutch River.

55

L'attirance qu'il avait ressentie au chalet s'était renforcée et elle semblait émaner de la forêt primaire dans le canyon. L'une des règles de la réserve lui interdisait d'y descendre. Peu avant l'aube, il avait cru entendre une meute aboyer, mais c'étaient seulement des chiens réveillant les vaches dans une ferme misérable située au fond d'une dépression vers l'est.

Il transporta dans le bungalow la caisse blanche en bois apportée par Boger afin d'y piéger les abeilles, pendant que celui-ci fourrait de l'herbe sèche dans son enfumoir avant de gratter une allumette pour y mettre le feu. L'ours avait poursuivi les travaux de démolition entamés par Rice et arraché un grand bout de panneau pour accéder à l'essaim. Rice se demanda avec inquiétude si l'ours avait chassé toutes les abeilles, mais il fut rassuré en constatant que des centaines d'insectes bourdonnaient toujours dans les parages et que les dégâts infligés par le plantigrade n'étaient pas trop graves. Il avait sans doute surpris l'intrus avant qu'il ait le temps de s'attaquer au cœur de la ruche. Boger venait de pénétrer dans le bungalow et se tenait derrière lui.

« Un ours est entré hier soir », dit Rice.

Boger ne répondit pas. Il tripotait le couvercle de son enfumoir, qui ressemblait à une grosse boîte de conserve munie d'un embout et d'un soufflet fixé par-derrière.

« Pose cette caisse ici. Nous mettrons le couvain dedans si ton ours en a laissé un bout. »

Rice comprit que Boger se retenait de commenter l'histoire de l'ours dans le bungalow. Il mania doucement le soufflet une fois ou deux, puis il vida ses poumons par l'ouverture du couvercle. La fumée s'éleva et tourbillonna autour de son visage. Il dit enfin :

« C'est pas bon qu'un ours se comporte comme ça. Qu'il franchisse cette limite. »

Rice dégagea un endroit au sol, écarta du pied des bouts de panneau brisés, puis redressa la caisse destinée aux abeilles. Il repensa à l'ours sortant du bungalow avant de se figer dans la lueur des phares, à ses yeux verts et brillants.

« Je les nourris pas ni rien.

— C'est pas la peine. Ils savent. Les ours ressemblent beaucoup aux gens, juste en plus sauvage. Parfois, les adeptes du retour à la nature oublient que les ours sont des bêtes féroces, ils veulent en faire des animaux de compagnie. »

Rice se demanda si Boger le prenait pour un adepte du retour à la nature. Il vivait ici, à l'écart des gens, mais il ne se faisait aucune illusion : il achetait sa nourriture à l'épicerie, le camion lui livrait sa bonbonne de gaz deux fois par an et l'électricité arrivait par un câble enterré long de cinq kilomètres. Sa bière venait du Colorado, son café de pays tropicaux où il n'avait jamais mis les pieds.

« Les ours, poursuivit Boger, ils sont pas meilleurs que nous : suffit de laisser la porte ouverte pour qu'ils entrent et s'installent comme chez eux, mais ça finit toujours mal. Mauvais pour eux, mauvais pour toi.

— Peut-être que celui-ci se cachait pour échapper aux chasseurs. Et tout ce miel était juste un bonus. »

Boger referma bruyamment le couvercle de son enfumoir. « Y a pas de chasseurs autorisés dans ta réserve naturelle. Ça fait partie de ton problème. Ici, les ours ont perdu tout respect pour les humains.

— J'en sais rien, répondit Rice. Un type est passé me voir hier pour me montrer un ours mort qu'il a découvert dans la montagne. Quelqu'un l'a tué et dépiauté, lui a coupé les pattes et pris la vésicule biliaire, avant de laisser la carcasse pourrir. »

Boger s'approcha de l'essaim et actionna lentement le soufflet. Une épaisse fumée blanche sortit du bec et emplit le trou aux bords déchiquetés que l'ours avait fait dans le mur. L'odeur de l'herbe brûlée satura aussitôt l'air.

« Moi aussi j'ai trouvé des ours morts, la vésicule et les pattes envolées comme t'as dit. » Des abeilles se posèrent sur les bras de Boger et se mirent à y marcher, mais il fit comme si de rien n'était. « Six cette année. L'un était écorché. Quatre avaient été appâtés, ils avaient encore du pop-corn, du pain et des trucs comme ça dans la gueule. On les avait abattus avec des flèches, sans doute un salopard équipé d'une arbalète, pour pas se faire remarquer. C'est déjà arrivé, dans les années 1990. Des gens tuaient les ours pour le marché noir. La mafia s'en est mêlée, elle payait deux mille dollars la vésicule, éliminait le sel biliaire et la vendait aux Chinois qui s'en servent comme d'un médicament. On dirait que c'est reparti pour un tour.

— La mafia ? » Rice imagina des Italiens en costume sombre écumant les bois à la recherche d'ours. Ils rôdaient au clair de lune en agitant leurs mitraillettes, fumaient des cigarettes, faisaient craquer leurs jointures. « Vous n'avez pas idée de qui ça pourrait être ?

— Bon Dieu, non. En tout cas, c'est pas des chasseurs ordinaires. On tue pas les ours avant qu'ils aient fait du lard, vers novembre.

— Quand la saison est ouverte.

— La viande est bien meilleure à ce moment-là. Moi j'en tue un seul par an. J'en croise bien plus que j'en tire. »

Rice fut déçu. Il avait espéré que les chasseurs d'ours le renseigneraient, lui indiqueraient un cinglé quelconque. Une personne que lui-même pourrait ensuite trouver et... quoi ? Il aurait imaginé quelque chose.

Boger lui tendit l'enfumoir et lui dit de continuer à injecter de la fumée dans le trou, d'actionner doucement le soufflet pour que l'herbe ne brûle pas trop vite. Puis il rejoignit son pick-up et y prit un vieil aspirateur Shop-Vac noir et jaune, le brancha à une rallonge électrique orange que Rice avait fait courir depuis le boîtier du disjoncteur et se mit à aspirer toutes les abeilles qu'il trouvait. Celles-ci atterrissaient, apparemment indemnes, dans un récipient en plastique, de la taille d'une boîte à chaussures, qu'il avait fixé au tuyau avec du ruban adhésif, tout près du compartiment moteur. Rice pensa qu'une grille les empêchait sans doute d'être aspirées dans le mécanisme.

« Sacrément ingénieux ! » cria-t-il pour dominer le vacarme.

Boger écarta l'enfumoir. « Arrache donc le restant du panneau, qu'on y voie un peu plus clair. C'est qui ce type qui t'a montré l'ours ?

— Il ne m'a pas dit son nom. » Rice s'aperçut qu'il n'avait jamais pensé à le lui demander. « Il m'a seulement dit qu'il ramassait des champignons, du ginseng, ce genre de trucs. Il avait un bras en moins, coupé à hauteur du coude. »

Boger secoua la tête. « Connais pas. »

Rice trouva son pied-de-biche et se mit au boulot sur le pourtour du trou en arrachant les clous du panneau.

« Les écrase pas. Sinon elles vont se fâcher.

— Elles vont accepter sans réagir que je démolisse le mur de leur ruche ?

— Ça va pas beaucoup leur plaire non plus. Mais elles détestent encore plus la fumée. »

Le panneau se brisa en plusieurs morceaux et, quand Rice l'eut entièrement dégagé, il avait déjà été piqué une bonne dizaine de fois. L'essaim occupait tout l'espace situé entre les clous, à un mètre cinquante du sol, et il était couvert d'abeilles en colère.

« Y a plein de miel là-dedans, dit Boger. Je vais en prendre assez pour les nourrir cet hiver, je vais en remplir la caisse, mais le reste est à toi. On va le mettre là-dedans. » Il arrêta l'aspirateur, regarda le bungalow autour de lui, parut remarquer les travaux pour la première fois. « Pourquoi tu démolis ces murs ? »

Rice expliqua que les propriétaires – la Fondation Traver – désiraient transformer le bungalow d'été en lieu de résidence destiné aux chercheurs. Ils voulaient mettre en place un système de bourses : un doctorant ou un étudiant-chercheur ayant un projet d'étude sur la réserve aurait le privilège de loger ici à temps complet durant un ou deux semestres. « Il y aura une salle de bains et une cuisine. Je peux m'occuper seul de presque tous les travaux. Je ne suis pas charpentier, mais j'ai travaillé sur des chantiers pendant deux ans, avant le krach.

— T'es de l'Arizona ? »

Rice acquiesça en se disant qu'il passerait beaucoup plus inaperçu dans les environs s'il pouvait se procurer des plaques minéralogiques de Virginie. Boger sortit un couteau de cuisine et s'agenouilla par terre pour extraire le rayon hors des clous, en découpant des tranches qu'il rangeait dans les rainures verticales de la caisse à ruche. Ses gestes étaient d'une lenteur calculée, pour ne pas déranger les abeilles qui se posaient sur ses bras et son visage.

« T'es né là-bas ?

— Au Nouveau-Mexique. J'ai surtout grandi à Tucson. Mon père était dans l'Air Force. Il est mort quand j'étais encore au lycée. »

Boger s'immobilisa, une expression tacite de sympathie, de condoléances. Puis il dit : « T'es venu ici pour fuir que'que chose. » Ce n'était pas une question. Le rayon de couvain, rempli de cellules fermées contenant les pupes, était lourd et fragile. Boger le souleva délicatement et le coinça dans un cadre en bois. « D'habitude c'est le contraire : les fuyards partent vers l'Ouest. »

Rice enleva les outils d'une vieille caisse en bois ayant contenu des sodas, puis il en tapissa l'intérieur avec du papier paraffiné. Boger découpa une tranche de ce qui ressemblait à un rayon de miel parfaitement fermé et, quand Rice s'en saisit, il plia le bras et une abeille coincée à l'intérieur de son coude le piqua. Il ressentit une décharge électrique, marqua le coup, mais posa le rayon dans la caisse sans le lâcher.

« La voilà. » Boger brandit entre ses doigts une longue et grosse abeille, une géante dont l'abdomen se prolongeait très loin derrière les ailes. « Faut que tu viennes avec moi, ma fille. M. Morton ici présent aménage une résidence chic pour des chercheurs. » Il sortit de sa poche une petite boîte en plastique, une boîte à appâts Rapala pourvue de minuscules trous d'aération dans le couvercle, et y enferma la reine.

« Je ne suis pas sûr que ce sera très chic.

— Bien assez chic. Quand on est chercheur à l'université, on t'installe dans cet endroit ; mais si t'es chasseur d'ours habitant un peu plus loin sur la route, t'es pas le bienvenu dans la vieille forêt. T'as M. Morton au cul. Ils ont embauché un costaud pour changer.

— Oui, c'est moi. L'adjoint Dawg[1]. » Il ne savait pas très bien comment réagir au tour nouveau que venait de prendre la conversation. Boger semblait plaisanter, mais Rice avait appris à ses dépens qu'une

---

1. Référence à *Deputy Dawg*, dessin animé américain dont le personnage éponyme est adjoint au shérif.

61

partie de son boulot de gardien consistait à concentrer sur sa personne toute l'animosité envers les Traver et la réserve. « Il y a une chasse au cerf en automne, non ? »

Boger ne prit même pas la peine de répondre. La fondation organisait chaque année « une chasse de compensation » avec l'aide du département de la chasse de l'État et d'un club de chasse local. L'objectif consistait à contrôler la population de cerfs à queue blanche, aménager une trêve avec les voisins et fournir du gibier aux familles pauvres. Cette chasse devait avoir lieu à la mi-novembre, c'était la hantise de Rice – qui imaginait une offensive du Têt d'une semaine compromettant sa chère solitude –, mais au moins les chasseurs resteraient cantonnés dans la partie basse de la propriété.

« Je parie que vous n'êtes pas très convaincu par cette idée. La réserve, le fait de protéger la forêt primaire.

— La vieille forêt, c'est juste du bon bois qui se gâche. C'est pas correct de clôturer des terrains et de confisquer la clef du cadenas comme ils font ici. Les êtres humains font donc pas partie de la nature ? »

Cette dernière phrase fit sourire Rice. Merde alors, voilà au moins un point sur lequel ils étaient d'accord.

« Il me semble que si, dit-il. Les Traver ont décidé il y a longtemps que ce qu'ils voulaient faire de leurs terres, c'était les laisser à elles-mêmes. Et ils en ont sacrément les moyens.

— Ça me paraît injuste. La Bible dit que la terre appartient à l'homme. » Cet argument était de pure forme.

« La Bible dit beaucoup de choses. Vous croyez en Dieu ?

— Pas vraiment. Et toi ? »

Rice sourit et secoua la tête en se souvenant des cultes psychotiques de Santa Muerte et de Jésus Malverde qui s'étaient répandus dans les cartels. Il profita du silence qui suivit pour poser son autre question.

« Vous savez ce qui est arrivé au dernier gardien, la femme qui était ici avant moi ? »

Boger cessa de sourire. Il lança un regard perçant à Rice, puis tourna la tête, posa la boîte d'appâts contenant la reine sur la caisse abritant la ruche. Il agissait comme si Rice l'avait piégé et qu'il venait de s'en apercevoir.

« Pourquoi tu demandes ça ?

— Simple curiosité. »

Boger saisit son couteau et se mit au travail sur ce qu'il restait de l'essaim dans le mur. « Je sais ce que tout le monde sait dans le coin. » Il tendit à Rice un autre lourd rayon rectangulaire, que Rice déposa dans sa caisse en le séparant du premier avec du papier paraffiné.

« La femme qui m'a embauché a déclaré que Sara ne s'entendait pas avec les voisins.

— Hum. On peut dire les choses comme ça. Elle verbalisait les gens qu'elle surprenait sur la propriété, elle envoyait des lettres au journal local, elle témoignait aux audiences du service des Eaux et Forêts, elle protégeait la réserve contre les bûcherons, ce genre de choses.

— Une fanatique des arbres. Bon Dieu, quelle calamité ! »

Boger lui jeta un autre regard mauvais, puis il se concentra sur son couteau pour découper le dernier fragment de rayon de miel, qu'il donna à Rice. Il aurait apparemment assez de miel pour toute une année.

« Je sais que c'était une gentille fille, poursuivit Boger. Mais les habitants de la région dépendent du commerce du bois, de la scierie. J'ai entendu quelques plaintes. Pourtant, personne n'a voulu ce qui est arrivé.

— Et il est arrivé quoi ?

— Tu sais pas ? »

Rice attendit.

« Elle a été kidnappée à la décharge sur la Route 212, en direction de Blakely. Ils l'ont emmenée en voiture à Sycamore Hollow, sur la piste d'accès des chasseurs, à huit cents mètres de chez moi, ils l'ont traînée dans les bois. Ils l'ont battue, violée, puis abandonnée sur place. Ils ont bien failli la tuer, mais elle s'est sortie de là, sans doute en rampant. Un type qui habite près de chez nous l'a trouvée au bord de la route et l'a emmenée direct à l'hôpital.

— Merde », dit Rice. Boger s'était relevé et le dévisageait. Rice comprit qu'il avait sans doute l'air idiot avec sa bouche grande ouverte, une caricature de la stupéfaction. « On a arrêté les coupables ? »

Boger secoua la tête. À présent, il semblait sombrement satisfait de l'effet de son bref récit sur le gardien. « Ces salauds portaient des masques et ils lui ont noué un foulard sur les yeux. Le shérif enquête toujours. »

8

Boger fit signe à Rice de prendre l'autre poignée de la caisse contenant la ruche, puis ils la soulevèrent ensemble et la portèrent au-dehors. Boger monta sur le plateau de son pick-up, fit glisser la caisse vers la cabine et la coinça contre la boîte à outils. Une belle journée un peu brumeuse, une légère brise refroidissant le dos de Rice à l'endroit où la transpiration avait mouillé son t-shirt.

« Ça me surprend pas qu'on t'ait pas dit ce qui s'est passé. » Boger fixa la caisse à ruche à la boîte à outils avec des sandows tout effilochés. « Maintenant c'est de pire en pire. Tu débarques ici en venant de l'Ouest, je veux dire. »

Rice ne réagit pas aussitôt. Il s'était fait une image assez précise de Sara Birkeland et l'histoire de Boger n'avait rien d'original. Mais des associations malvenues envahirent alors son esprit. « Tu crois que je risque de me faire violer ? C'est ce qu'ils font subir à tous les gardiens de la réserve de Turk Mountain ? »

Boger sauta du plateau sans répondre, puis ils retournèrent au bungalow.

« À mon tour de te raconter une histoire bien saignante », dit Rice. Il rassembla l'enfumoir et les accessoires apportés par Boger pendant que celui-ci détachait de l'aspirateur Shop-Vac la boîte plastique remplie d'abeilles.

« Un type, Gutiérrez, était un gros dealeur qui opérait à Phoenix et dirigeait un réseau de distribution du cartel de Sinaloa en Arizona et dans l'Utah : herbe, cocaïne, héroïne, meth. Il y a un an, il s'est fait coincer par les stups et il a accepté de témoigner contre les huiles du cartel. » Rice n'en avait parlé à personne et il se demanda pourquoi il racontait ça à Boger.

« Son témoignage était crucial pour une affaire sur laquelle collaboraient les stups, le FBI et la police mexicaine. Ils l'ont planqué dans la villa d'un général sur la côte située au sud de Tijuana, mais un flic mexicain a refilé le tuyau et un commando venu de Los Ántrax a débarqué dans la villa en tirant sur tout ce qui bougeait et l'a kidnappé. Personne n'a eu la moindre nouvelle du dealeur pendant deux, trois jours, puis il a refait surface à l'hôpital Phoenix Memorial, extrait d'une voiture à l'entrée des urgences. Les caméras de surveillance ont montré deux types en sweat-shirt à cagoule grise qui l'aidaient à s'asseoir sur un banc. Sa tête était entourée de bandages, comme celle de l'Homme invisible. Il a failli mourir avant que quelqu'un remarque sa présence et qu'on le transporte aux soins intensifs. Les médecins ont trouvé des points de suture tout autour de son visage et de sa tête, mais rien ne manquait, les points étaient parfaits, le boulot d'un bon chirurgien. Gutiérrez ne se souvenait de rien ; il avait été tout le temps drogué. Personne n'a compris ce que ça signifiait, jusqu'à ce que des enveloppes contenant de grandes photos brillantes arrivent dans la chambre d'hôpital et à l'hacienda de la famille Gutiérrez à Scottsdale : des images très nettes, bien éclairées, de son crâne sanglant et souriant, le sac flasque de son visage entre les mains de quelqu'un d'autre.

Un enfoiré le portait comme un masque, des doigts maintenaient les paupières ouvertes, ses dents riaient derrière la bouche de Gutiérrez.

— Ils lui ont enlevé son putain de visage ?

— Avant de le lui remettre.

— Pourquoi donc, bordel ?

— L'idée, pour ces gars-là, c'était de montrer qu'ils pouvaient faire tout ce qu'ils voulaient. Qu'ils n'allaient pas trop loin, qu'ils se montraient magnanimes. Que personne ne pouvait imaginer ce dont ils étaient capables. Dès qu'il a repris conscience, Gutiérrez est revenu sur ses déclarations. La rumeur s'est répandue, les autres témoins ont été pris d'une soudaine amnésie. Et bientôt il n'y a plus eu assez de preuves pour inculper les coupables. »

Ils étaient debout près du pick-up, Boger avait posé la boîte des abeilles sur le siège passager, à côté de la boîte d'appâts contenant la reine. Il prit une profonde inspiration, laissa l'air sortir lentement de ses poumons, puis tendit la main pour attraper le paquet de Kool sur le tableau de bord. « Je ferais bien de rentrer en vitesse avant que ces bestioles commencent à clamser. »

Rice prit son portefeuille. Il était défrayé par la Fondation Traver. « Merci beaucoup, dit-il. On te doit combien ?

— Merde, tu me dois juste ces abeilles. Je t'ai dit qu'elles sont capables de résister à ce qui tue toutes les autres, et je suis bien content de les avoir. Tu me dois rien. Mais je regrette que tu m'aies causé du visage de ce type. C'est vachement perturbant.

— C'est pas pire que ce que des gars de ton coin ont fait subir à Sara Birkeland.

— Putain, non. » Il tenait une cigarette entre ses lèvres et ne semblait pas avoir l'intention de l'allumer. Il était très agité et désireux de s'en aller. « J'arrive pas à croire qu'on puisse même imaginer un truc pareil. »

Rice chargea les gravats du bungalow dans son pick-up, puis partit vers la décharge où Sara Birkeland avait été kidnappée. Debout sur le plateau, il lança les morceaux de panneaux brisés et de lourds sacs plastique remplis de débris divers en essayant d'imaginer ce qui s'était passé. L'endroit était situé à l'écart de toute habitation et une rangée d'arbres l'isolait de la Route 212, mais il y avait pas mal de circulation et une voiture pouvait se pointer à tout moment. C'était sans doute arrivé après la tombée de la nuit, ces types n'avaient pas traîné pour l'embarquer dans un véhicule et l'emmener loin d'ici. S'étaient-ils postés en embuscade pour agresser n'importe qui, ou bien l'avaient-ils suivie jusqu'ici ? Il se mit à envisager divers scénarios, sentit son pouls accélérer et se força à penser à autre chose. Il ne connaissait même pas cette fille.

Au lieu de rentrer à la réserve, il tourna à gauche sur la 212 et roula pendant une demi-heure pour rejoindre Blakely, se gara dans la rue près du café *Blue Bean*. À l'intérieur, des étudiants vautrés sur des chaises ou sur le canapé s'ignoraient et regardaient fixement leur téléphone portable ; un type au visage allongé et à la queue-de-cheval frisée, à peu près de l'âge de Rice, était assis tout seul près de la vitrine ; un couple musclé arborant la même teinte de cheveux gris échangeait des suppléments du *New York Times*. Il avait pris l'ordinateur portable du bureau, un modèle assez ancien, et après avoir payé un café ordinaire extra-large – il n'y avait pas de noms prétentieux au *Bean* –, il s'assit dans un coin à une petite table ronde, près d'une prise électrique. Comme toujours, il activa le routage en oignon pour dissimuler son adresse IP avant de rejoindre Internet.

Il envoya un e-mail à sa boss, la présidente de la fondation propriétaire de la réserve, mit en fichiers joints ses comptes du mois d'août ainsi que les données biologiques collectées durant ces derniers mois. Comme il était censé signaler « immédiatement » toute activité illégale sur la réserve, il rapporta de but en blanc qu'il avait découvert une carcasse d'ours et qu'il recherchait la personne qui avait bien pu le tuer, en espérant qu'aucun drame ne s'ensuivrait, même s'il savait que ce serait sans doute le cas. Après l'envoi de son e-mail et des fichiers, il jetait d'habitude un coup d'œil à l'*Arizona Daily Star*, consultait une poignée de sites et de blogs liés aux cartels mexicains et aux actes de violence le long de la frontière, mais ce jour-là il eut envie de s'informer sur le braconnage des ours.

Au bout de quelques minutes, la théorie mafieuse de Boger lui parut moins absurde que précédemment. Les réglementations de tous ordres s'étant globalisées durant les dernières décennies, le commerce illégal d'animaux sauvages et de leurs organes arrivait en quatrième position du marché noir mondial, derrière les stupéfiants, la contrefaçon et le trafic d'êtres humains, générant des milliards de dollars chaque année et attirant des groupes terroristes ainsi que « des entreprises criminelles traditionnellement spécialisées dans la drogue ».

D'autres recherches lui firent découvrir un post sur un blog écologique évoquant l'augmentation récente du braconnage des ours à cause de leur vésicule biliaire, après des années de prix modérés :

La bile d'ours entre dans la préparation de nombreux médicaments traditionnels asiatiques, et le développement d'une bourgeoisie relativement aisée en Chine ainsi que dans d'autres pays asiatiques a abouti à une demande sans précédent des consommateurs. Des articles de presse datant des années 1990 ou 2000 comparaient souvent les prix de la bile et du sel de bile à ceux de la cocaïne et de l'or. Conscients de la quasi-extinction de toutes les espèces asiatiques d'ours, les dealeurs se sont intéressés à l'ours noir américain, et un très lucratif marché noir de leurs vésicules biliaires a bientôt attiré l'attention de la police et des médias américains. Vers la même époque, la pratique atroce et répréhensible de « l'élevage intensif d'ours » en Chine, en Corée et au Viêtnam, a explosé pour fournir de la bile d'ours en quantités industrielles. Le braconnage a fortement diminué aux États-Unis et les populations d'ours noirs ont augmenté d'autant en Virginie.

Mais des rapports officiels nous ont récemment appris que dans certaines régions les chasseurs se voient offrir jusqu'à deux cents dollars pour une vésicule et les pattes d'un ours. Ces pattes qui, contrairement à la bile, ne peuvent être extraites de manière régulière d'ours captifs, servent à préparer de la soupe et d'autres mets recherchés – que les nouveaux riches et un certain type de touristes peuvent déguster dans les restaurants à la mode en Asie du Sud-Est et orientale.

On constate une tendance particulièrement troublante dans certains comtés : le paiement en nature plutôt qu'en argent liquide – meth, opiacés sur ordonnance et héroïne sont proposés en échange d'organes ou de parties d'ours, à mesure que les gangs de la drogue s'intéressent à ce trafic. Les fonctionnaires du département des Eaux et Forêts que nous avons contactés se sont refusés à tout commentaire, prétextant une enquête en cours.

Il trouva aussi un forum de juristes spécialisés dans la faune sauvage, où un professeur du Montana décrivait la contrefaçon de vésicules biliaires d'ours dans les années 1990 : un pourcentage significatif de « vésicules d'ours » confisquées sur certains marchés furent examinées au laboratoire fédéral de la faune sauvage de l'Oregon et se révélèrent des vésicules de cochons. On congelait ou l'on séchait les vésicules d'ours avant de les vendre, et si un expert était en mesure d'identifier les vésicules de cochon congelées, les vésicules de cochon séchées semblaient identiques aux vésicules d'ours séchées. Cette ressemblance entravait sérieusement le travail des policiers, car les lois interdisant le trafic de la faune sauvage dans la plupart des États empêchaient apparemment la police de procéder à des arrestations si les preuves se réduisaient à des contrefaçons.

Cela lui donna une idée. Il trouva un exemplaire disponible du *Turpin Weekly Record*, l'ouvrit à la page des petites annonces et parcourut la rubrique « Agriculture ». La plupart des annonces concernaient des œufs de ferme frais et du compost, mais à la lettre « P », il remarqua un texte très simple : « Porc à vendre. » Il déchira l'annonce et la fourra dans sa poche.

Il se resservit du café, consacra encore quelques minutes à l'étude en ligne des règlements de chasse, puis il chercha les passages du Code de la Virginie relatifs au braconnage et au non-respect de la propriété privée. Il les téléchargea sur son ordinateur. Avant de partir, il consulta de nouveau ses e-mails. Comme il s'y attendait, sa boss avait déjà répondu et elle lui demandait de l'appeler tout de suite. Il y avait un téléphone à pièces au fond du *Bean*, Rice pouvait donc appeler sans attendre et se débarrasser ainsi de cette obligation. Il referma son ordinateur, puis remplit une troisième fois son gobelet avant de rejoindre l'arrière-salle aux lambris sombres, où personne ne s'installait jamais. Il glissa quelques pièces de vingt-cinq cents dans la fente, composa le numéro, se retourna dos au mur.

« D'où appelez-vous ? » Pas de « bonjour » ni de « comment allez-vous ? ».

« Le café.

— Vous mettez encore des pièces dans un téléphone public. »

Il ne réagit pas.

« Même les dealeurs ont un portable, Rice.

— Je ne suis pas un dealeur.

— Vous savez très bien ce que je veux dire. Parlez-moi de cet ours. »

C'était Starr, de la famille Traver-Pinkerton, avec un trait d'union fort peu seyant. En février dernier, il était arrivé en pick-up dans sa somptueuse hacienda des contreforts des Catalina pour son entretien d'embauche après quelques semaines particulièrement pénibles, et il avait hésité devant les portes sculptées en bois de mesquite massif, de style colonial mexicain, manifestement d'époque. Il cherchait une sonnette quand les deux battants s'ouvrirent en même temps vers l'intérieur et révélèrent Starr, vieille hippie fortunée, d'une maigreur affolante dans sa robe à fleurs en coton, ses cheveux poivre et sel, ses yeux bleus limpides. Elle l'examina de la tête aux pieds, se présenta, puis le guida vers une cour aux dalles de grès où elle avait servi du thé glacé, en lui retraçant en long en large l'histoire de la propriété – son arrière-grand-père, l'industriel Marshall P. Traver, était descendu de Pittsburgh pour créer cette propriété grâce à une succession d'achats à la fin du XIXe siècle ; après son décès, la famille avait laissé l'endroit intact avant de l'intégrer à une fondation familiale à la fin des années 1970, etc. Elle avait déjà décidé de lui donner cet emploi, citant ses impressionnants relevés de notes universitaires, son expérience de terrain en tant que biologiste, son autonomie. Il soupçonna alors qu'elle avait été séduite par d'autres aspects originaux de son CV. Comme l'avait dit Boger, cette fois, ils avaient embauché un dur.

Il décrivit aussi brièvement que possible le ramasseur de champignons et la carcasse d'ours, ce que Dempsey Boger lui avait confié à propos d'autres ours tués, enfin ce qu'il venait d'apprendre sur Internet concernant le marché noir, les liens avec le trafic de drogue. Quand il eut terminé son rapport, elle lui suggéra sans enthousiasme de contacter le garde-chasse. Elle connaissait son allergie aux forces de l'ordre.

STP, comme il l'appelait désormais, s'était révélée une boss agréable, idéaliste et un peu brouillonne, mais plus que juste, tolérant ses marottes et prête à conspirer à sa disparition. Afin d'éviter les déclarations d'impôts, elle le laissait retirer sa paie en liquide « pour frais divers liés à l'entretien de la réserve de Turk Mountain » dans la banque locale de la fondation à Blakely – il conservait ses économies dans une petite boîte cadenassée et ignifugée dissimulée au grenier au-dessus de sa chambre – et elle acceptait volontiers son état d'isolement volontaire, se contentant d'appels téléphoniques et d'e-mails mensuels depuis le café *Bean*.

Il lui répondit qu'il préférait ne pas contacter le garde-chasse pour l'instant. Il avait son idée sur l'auteur du forfait ; il voulait d'abord fouiner un peu et, s'il trouvait quelque chose, on pourrait ensuite impliquer le garde-chasse, peut-être aussi le shérif.

« Pourquoi le shérif ?

— Parce que vous ne m'avez pas raconté ce qui était arrivé à Sara Birkeland. Pourquoi ? »

Elle lâcha un « Oh » étonné, puis elle prit une longue inspiration et exhala avant de répondre. Deux fois. Rice eut l'impression qu'elle fumait. Un pic des saguaros gazouilla en arrière-fond sonore. C'était encore le matin là-bas à l'ombre des Catalina, STP était assise dans sa cour avec un café et le journal, un cactus saguaro haut de dix mètres dépassant au-dessus du mur de l'hacienda.

« Vous pensez qu'il y a un lien ? demanda-t-elle enfin.

— C'est bien possible.

— J'aurais dû vous en parler avant. Je suis désolée. J'aime beaucoup Sara et j'ai essayé de respecter sa vie privée. Et puis, croyez-le ou non, j'ai tenté d'être délicate. Après ce qui est arrivé à votre petite amie.

— Merci. Mais ici tout le monde est au courant et j'ai vraiment été surpris. » Un autre silence, ponctué de chants d'oiseaux du Sonora encore plus évocateurs. Le désert lui manquait. Il se demanda quand il pourrait y retourner. Le jour où il avait quitté Tucson au volant de son pick-up, il était toujours traumatisé et le paysage lui-même avait pris des couleurs tragiques, un peu mélodramatiques, des dizaines de milliers de saguaros dressés là sur les pentes rocailleuses dominant la ville, d'un vert crépusculaire dans les dernières lueurs de cet après-midi d'hiver, grands, humanoïdes, résignés, levant les bras au ciel. Dans son rétroviseur, on aurait dit que les habitants de la ville étaient montés sur les collines et se tenaient là aux aguets, attendant la fin du monde.

« Dès que j'ai appris la nouvelle, j'ai pris l'avion pour la Virginie, dit STP. Il a fallu la plonger dans un coma artificiel jusqu'à ce que le traumatisme cérébral soit résorbé. Elle ne se souvient toujours pas très bien de ce qui lui est arrivé, mais elle va mieux, elle donne des cours, elle travaille de nouveau sur les lézards. Vous la rencontrerez bientôt. Elle voulait reprendre ses fonctions de gardienne, vous savez. Dès sa sortie d'hôpital, elle piaffait d'impatience. Je ne suis pas sûre qu'elle avait toute sa tête à ce moment-là, et nous avons dû beaucoup insister. C'était trop dangereux. » Elle s'interrompit, en comprenant sans doute les sous-entendus de ses paroles, mais sans rien en retirer.

« Vous n'avez aucune idée de qui c'était ?

— Non, répondit-elle. Ils portaient des masques. Et tous les éventuels suspects avaient des alibis. Le shérif Walker croit qu'il s'agissait d'individus étrangers au village.

— Bon. »

Elle inspira encore. Il sourit, imagina STP à l'autre bout du fil.

« Starr, vous fumez ?

— Non.

— Un bon gros barreau de chaise dans le patio ? »

Elle pouffa de rire, mais se reprit aussitôt. Il devina qu'elle avait beaucoup d'entraînement. Elle poursuivit avec le plus grand sérieux :

« Vous ferez attention aux chasseurs d'ours. Ils peuvent se montrer brutaux.

— Je compte seulement leur parler. Si je les attrape, je les photographierai avec le petit appareil que vous m'avez envoyé. Les criminels détestent qu'on les prenne en photo. Ensuite, nous avertirons les autorités. »

Elle lui conseilla une fois encore la plus grande prudence, puis ils se dirent au revoir et raccrochèrent avant qu'il puisse lui demander pourquoi elle avait déclaré qu'il ferait bientôt la connaissance de Sara Birkeland.

9

L'itinéraire indiqué par l'éleveur de cochons était absurdement vague. Rice se trompa plusieurs fois de chemin et dut reculer quand une route gravillonnée s'acheva sur un pont écroulé, les blocs de béton des contreforts à peine accrochés à la berge pentue, un seul câble rouillé tendu en travers de la chaussée pour empêcher les poivrots et les étrangers de diriger leur véhicule droit dans la rivière. Il s'arrêta près d'une caravane presque neuve où un adolescent était agenouillé comme en prière devant une moto tout-terrain posée à l'envers sur le sol. Le gamin baissait la tête d'un air frustré vers plusieurs pièces de moteur, des clefs à molette, des écrous et des chiffons sales qui jonchaient le gravier. Il leva les yeux quand Rice descendit de son pick-up, manifesta une joie éphémère comme si ce visiteur était le grand manitou de la réparation des motos venu spécialement l'aider, mais il sombra à nouveau dans la morosité dès que Rice lui demanda son chemin. Ensuite, Rice tenta une approche systématique, explora toutes les petites routes qu'il croisait et, une demi-heure plus tard, il découvrit la boîte à lettres sur laquelle était peint en rouge délavé et à la main le mot *SENS*.

Il s'engagea dans le chemin de terre défoncé. La partie méridionale du comté était pauvre – de petites pâtures à l'herbe rase et des bosquets de cèdres, des haies broussailleuses mêlées de rosiers multiflores poussant de part et d'autre des ornières. Après un portail en bois gauchi, une grange de plain-pied et plusieurs cabanes au toit de tôle ondulée se dressaient sur une dalle de béton envahie de mauvaises herbes. Plus loin, Rice découvrit une maison de deux étages à la charpente en bois, les bardeaux des murs conservant encore quelques traces d'une ancienne peinture à la chaux, comme si on les avait grattés pour y mettre une nouvelle couche, puis abandonnés aux intempéries.

Il se gara et descendit du pick-up. Rien ne bougeait dans la chaleur de cette fin de matinée. Une seule cigale chantait dans un bosquet de sycomores inclinés au-dessus de la rivière, son léger grasseyement montant et retombant telle une mélopée hypnotique.

À un bout de la grange, une porte coulissante en bois était accrochée au rail métallique supérieur par une seule roue toute rouillée. Il l'ouvrit, entra dans la travée obscure, attendit quelques secondes que ses yeux s'habituent à la pénombre. La première stalle était encombrée de vieux moteurs et de matériel agricole hors d'usage, mais dans la suivante il trouva des seaux à pâtée et une litière de paille étendue à même le sol, une odeur d'urine et des ordures rances. Dehors, une mule morte gisait près d'une clôture au bout d'un paddock à la terre sèche dépourvue d'herbe, une patte arrière raide dressée vers le ciel en guise de salut.

Après la stalle, il ouvrit une porte de fabrication récente et trouva un interrupteur mural. Les néons se mirent à clignoter et il entra dans une pièce au sol bétonné où des crochets d'acier pendaient du plafond, l'air immobile empestant la viande crue, une longue table poussée contre le mur du fond. Deux gros congélateurs flambant neufs encadraient un réfrigérateur blanc des années 1950, haute armoire trapue aux angles arrondis et à l'énorme poignée chromée. Dans ce frigo, il découvrit un sachet à hot-dog noué à une extrémité. Il s'en saisit et le tint à la lumière : trois sacs verdâtres, striés de sang, plus petits que ce à quoi il s'attendait, chacun fermé par un mince cordon blanc. Trois ne suffiraient sans doute pas. Le type en avait annoncé sept. Ce jour-là, il faisait un autre boulot en dehors de la ferme, mais il avait dit que son père serait là.

Quand Rice s'approcha de la maison, un chien sortit de sous la véranda en rampant et courut vers la clôture en fil de fer qui s'effondrait. Il s'immobilisa en agitant la queue.

« Hello ? Monsieur Sensabaugh ? » appela Rice.

Le chien aboya une fois et allongea ses pattes avant. Il était efflanqué, avec de longs poils comme un collie, d'un noir uniforme hormis une étoile blanche sur le poitrail. Derrière la porte-moustiquaire, une voix masculine surexcitée commentait un match de lutte professionnelle à la télévision. Rice ouvrit le loquet de la porte, le chien aboya encore et rampa vers lui en gémissant de peur et en laissant des flaques sombres dans la poussière. Une femelle. Il la laissa renifler sa main, ses jambes de pantalon, ses bottes. Il lui gratta le crâne, puis la collerette des épaules.

Un vieillard sortit de la maison et laissa claquer la porte-moustiquaire. La chienne le rejoignit en courant.

Rice se força à sourire, leva la main, l'agita mollement. « Monsieur Sensabaugh ?

— Ouaip. » L'homme debout sur la véranda mâchonnait une chique de tabac dans sa joue gonflée sans cracher le moindre jet de salive. Un trait de bave brune semblait suspendu à la commissure de ses lèvres. Petit et voûté, il portait une salopette d'un bleu délavé. Le grand chien maigre était couché à ses pieds, la tête posée sur les pattes.

« J'suis John Tolley. » Il avait trouvé ce nom dans l'annuaire téléphonique, car il ne voulait pas utiliser son vrai faux nom. « J'ai parlé à Wister, il m'a dit de passer aujourd'hui pour prendre les vésicules de quelques cochons qu'il tuait, et il y a un sac qui en contient trois dans le réfrigérateur. » Il brandit le sac à hot-dog en le tenant par son extrémité fermée, et les vésicules se balancèrent un instant dans l'air. Cette oscillation éveilla l'attention de la chienne. Elle se leva, s'approcha de Rice d'un air intéressé. « Mais il m'a dit que vous alliez tuer sept cochons. Savez-vous s'il a mis de côté les autres vésicules ?

— Combien que vous en voulez ? » Il émit un bref gloussement, remua encore les lèvres en montrant ses gencives blanchâtres, mouchetées de tabac.

« Eh bien, je crois qu'il a parlé de sept. »

M. Sensabaugh acquiesça distraitement. « Vous voulez pas des porcelets ?

— Non, juste les vésicules. Votre fils m'a dit que vous comptiez tuer sept cochons cette semaine.

— Peux pas les tuer. Sont un chouia trop jeunes. »

Rice plissa les yeux. Il avait deviné que ce ne serait pas une partie de plaisir. Sa conversation téléphonique avec le fils s'était résumée à une succession comique de malentendus.

« Je n'ai pas vu de cochons dans la grange. »

M. Sensabaugh réfléchit en clignant lentement les yeux. Il les avait petits, chassieux, profondément enfoncés dans son visage ridé. Il tendit un index crochu en direction du paddock.

« Va voir c'te carne », dit-il.

Rice se retourna dans la direction indiquée par l'homme. Il avait garé son pick-up pour qu'il ne soit pas visible depuis la maison. Une brise chaude, empestant la charogne, errait entre les bâtiments.

« La mule morte ? »

M. Sensabaugh hocha une fois la tête, en un mouvement presque imperceptible du menton. Rice ouvrit le portillon de la cour pour aller examiner la mule, mais le propriétaire des lieux l'appela : « T'es parent avec le vieux Stevie ? Tu viens d'Ar'sh Crick ? »

Rice se retourna. « Pardon ?

— Tu t'appelles Tolley.

— Oui, mais je suis pas d'ici. J'ai aucune famille dans la région. »

Il marcha vers le paddock et s'appuya contre la clôture en bois non peinte. Il n'y avait que la mule dans l'enclos. Il ouvrit la porte et entra, en respirant par la bouche. Quand il s'approcha de la carcasse, des essaims de mouches vertes s'agitèrent, puis se posèrent. Des guêpes s'activaient sur la viande sèche à l'endroit où le ventre avait été fendu en deux, elles en arrachaient de minuscules morceaux, qu'elles emportaient ensuite vers la grange. Il y eut un bruit de lutte étouffé, la patte dressée vers le ciel frémit.

Il donna un léger coup de chaussure dans le dos poussiéreux de la mule. Mille mouches jaillirent vers le ciel, leur vrombissement semblable à un chant. Des couinements sourds montèrent de la charogne. La face de la mule demeurait impassible, ses yeux arrachés par les corneilles, ses lèvres crispées dénudant de grosses dents jaunes et carrées en une expression ambiguë, ni sourire ni grimace, mais autre chose. Comme si une sagesse ultime et inattendue lui était enfin venue. Il assena un nouveau coup de chaussure, plus énergique, et quatre gorets maculés de sang et de merde jaillirent en couinant de peur comme si le ventre béant de la mule venait de les mettre au monde, puis ils traversèrent le paddock en courant vers la stalle.

Ils se calmèrent dès qu'ils furent à l'intérieur. Le regard de Rice s'attarda un moment derrière eux, vers l'entrée sombre de la stalle, tandis que les mouches réintégraient la carcasse.

Quand il retourna vers la maison, la chienne noire le rejoignit de nouveau à la clôture.

« Monsieur Sensabaugh ? »

Pas de réponse. Seulement le jingle absurde d'une publicité télévisée. La chienne s'assit en haletant, sa queue allait et venait dans la poussière. Il passa la main au-dessus de la clôture et la caressa derrière les oreilles. Le vieux ne se montra pas. Rice coinça trois billets de cinq dollars dans une fente du montant de la porte, même si Wister lui avait dit qu'il n'aurait rien à payer, que d'habitude lui-même jetait les vésicules. Il n'avait pas demandé ce que Rice voulait en faire. Lorsqu'il fit demi-tour au volant de son pick-up et s'en alla, la chienne était toujours assise près de la porte, les oreilles dressées, et elle le regardait s'éloigner.

À Blakely, il s'arrêta au *Loue-Tout* de Marble Valley pour prendre un nettoyeur haute pression et un chauffage portable de chantier. Il n'arrima pas l'équipement sur le plateau du pick-up et ralentit donc dans les virages en rentrant à la réserve. De toute façon, il conduisait lentement depuis des semaines. Une contravention pour excès de vitesse ou un feu arrière défectueux pouvait déclencher une réaction en chaîne dans l'administration – procès-verbal, signalement automobile, fichier de la compagnie d'assurance – qui risquait au mieux de lui coûter un bras, au pire de divulguer publiquement son adresse actuelle.

Une échelle fixe en bois permettait d'accéder à la soupente surchauffée du hangar du tracteur, où il noua trois longueurs de ligne de pêche monofilament à une poutre, avant d'accrocher une vésicule de cochon à chacune. Il les laissa se balancer en constatant qu'elles n'étaient guère impressionnantes et en se demandant combien de temps elles mettraient à sécher. Il les aurait volontiers installées dans le bungalow devant le radiateur qu'il venait de louer, mais quelqu'un aurait pu les voir. Il brancha une longue rallonge électrique orange dans la prise toute proche du tracteur et alla chercher le ventilateur tournant dans le bureau. Il resta un bon moment à transpirer dans la soupente, les yeux fixés sur les trois vésicules qui pivotaient dans le courant d'air du ventilateur comme des figues sanglantes.

Dans le bungalow, il marcha en équilibre sur les lambourdes à nu du plancher et tenta de chasser une bonne vingtaine d'abeilles déboussolées qui erraient dans les parages du mur d'où leur essaim avait disparu. Il avait démoli le plancher la veille et téléphoné à Boger dans la soirée pour lui dire qu'il y avait encore des abeilles ici et qu'il aurait peut-être envie de venir les capturer.

« J'ai pas besoin de ces traînardes », lui avait rétorqué Boger non sans une certaine hostilité. Rice soupçonna qu'il s'était enfilé quelques bières. « Suffit que tu laves ce miel et la cire collée au mur pour qu'elles reviennent plus. »

Il brancha le tuyau d'arrosage et fit démarrer le nettoyeur haute pression. Se débarrasser des vestiges de la ruche lui prit environ dix secondes. Il avait oublié combien ce genre d'activité pouvait être amusant – le cône liquide décapait à fond tout ce qu'il touchait, comme un balai magique. Il installa ensuite le chauffage pour sécher le mur avant que la moisissure puisse s'y développer, un souci qu'il n'aurait pas eu à Tucson, puis il lava toutes les galeries du bungalow, les marches en bois, les dalles de pierre menant au parking. Il resta là sur le gravier, avec l'embout dégoulinant et le compresseur qui grondait derrière lui.

Les bardeaux extérieurs du bungalow et du hangar, repeints moins de deux ans plus tôt, n'avaient besoin d'aucun nettoyage. Et puis il avait entreposé deux mètres cubes de bois de chauffe derrière le hangar, qu'il n'avait aucune envie de déplacer. Une grande porte coulissante en bois, incluse dans la façade du hangar, donnait accès à un garage spacieux où se trouvait le vieux tracteur John Deere. Il recula le tracteur jusqu'au parking, puis nettoya la dalle de béton qu'il fit sécher en laissant la porte ouverte.

Le compresseur vrombissant toujours sur le plateau du pick-up, il transporta le tuyau et l'embout sur le chemin gravillonné, vers les marches de la galerie de devant. Il devait bien y avoir quelque chose à nettoyer dans le chalet. Le bloc principal et les deux chambres étaient bâtis sur des fondations de pierres sèches naturellement décorées de lichens pittoresques et les gros rondins des murs en châtaignier – des arbres abattus et découpés sur la propriété avant de tomber malades – brillaient d'une patine argentée et centenaire. STP l'aurait fait fusiller si jamais il les avait décapés. Il renonça donc, arrêta le compresseur, puis rangea le long tuyau sur le plateau du pick-up.

Quelque chose le tracassait, sans doute cette scène d'un autre âge qu'il venait de vivre chez les Sensabaugh. Rice n'était pas une mauviette, mais des « gorets sortant d'une charogne de mule » tournait en boucle dans le cinéma de son esprit. Pour quelqu'un de moins raisonnable que lui, pensa-t-il alors, une vision pareille fourmillerait de présages métaphysiques.

Bien que dépourvu de tout diplôme de l'enseignement supérieur, il avait étudié la biologie à l'université et il regardait le monde de façon scientifique – ou du moins quasi scientifique. La superstition, pensait-il depuis toujours, était une histoire destinée à expliquer ce qu'on n'avait pas encore compris, une capitulation face au besoin humain d'un confort mental superficiel, un outil vraiment peu fiable pour prédire les causes et les effets. Néanmoins, depuis son arrivée à la réserve, ses rêves étaient devenus aussi réels que la vie éveillée, et il avait dû chasser hors de son esprit un pourcentage désagréablement élevé de ses expériences conscientes qu'il considérait comme des « hallucinations ». La présence qu'il sentait émaner de la forêt était désormais aussi constante et perceptible que des acouphènes.

Il ouvrit le rangement situé sous la galerie et en tira la tondeuse à gazon asthmatique jusqu'à l'herbe rase de la cour. Elle démarra au bout de la septième traction sur le cordon du starter, sans doute un record. Couper l'herbe ne lui prit guère de temps. Chaque fois qu'il le faisait, il laissait le pré s'étendre un peu plus, et l'arpent qu'il avait commencé par tondre en mars se réduisait désormais à un quart d'arpent irrégulier qui incluait à peine le chalet et les autres bâtiments. Il préférait les hautes herbes folles à la pelouse rase, mais en octobre, quand les jeunes animaux auraient déserté leurs nids et leurs tanières, il lui faudrait débroussailler les cinquante arpents situés au-dessus du chalet, deux jours de boulot abrutissant au volant du tracteur décrivant des cercles concentriques. Le pré situé en contrebas, plus vaste que l'autre, avait été semé d'herbes autochtones, qu'on brûlait apparemment au lieu de tondre, tous les trois ans, cent cinquante arpents d'herbes partant en fumée. Il pensa que le spectacle serait sans doute impressionnant.

Ses chaussures étaient trempées après le nettoyage à l'eau sous pression, et couvertes de fragments d'herbes. Il les enleva, puis ses chaussettes, et les mit au soleil. Il s'allongea sur le dos dans l'herbe coupée, pour essayer de se détendre. Un vautour à tête rouge apparut au-dessus de lui, qui montait dans les thermiques. L'oiseau dessinait des cercles, de plus en plus haut dans le ciel bleu et blanc. Un nuage de moucherons tourbillonnait en un mouvement brownien jusqu'à ce que la brise les emporte au loin, puis l'air devint vide, sans profondeur. Quand ses chaussures seraient sèches, il irait dans la montagne procéder à quelques études prévues de longue date en suivant un trajet rectiligne. Il en profiterait pour guetter d'éventuels braconniers d'ours. L'une de ces études de terrain, sa préférée, traversait une partie de la forêt primaire à l'entrée du grand canyon, de l'autre côté de Turk Mountain. Ces études consistaient à marcher lentement en suivant une direction fixée à l'avance et à classer ses observations dans plusieurs catégories prédéfinies : la floraison et le développement des feuilles de certaines plantes ; la présence d'insectes ; des traces et des visions directes d'animaux ; des chants d'oiseaux ; l'humidité des sols. C'était de la biologie à l'ancienne, mais ici on faisait des observations systématiques presque sans interruption depuis la fin du XIXe siècle. La continuité de ces données au fil des décennies leur conférait une grande valeur, surtout pour les chercheurs étudiant les effets du changement climatique sur l'écosystème.

Il ouvrit la porte en bois qui grinçait sur ses charnières et il allait remiser la tondeuse à gazon dans son rangement quand un mouvement sur le sol l'arrêta – une vipère cuivrée se détendit comme un ressort et frappa l'air trois fois en une succession de mouvements rapides.

Il sentit l'habituelle décharge électrique de l'adrénaline et frissonna de la tête aux pieds. Le serpent n'essaya pas de s'enfuir, il resta simplement lové là dans le rectangle de lumière venant de l'ouverture, son cou formant un S compact, sa tête menue de reptile braquée sur Rice. Ces trois détentes dirigées vers l'intrus ressemblaient davantage à un avertissement qu'à de vraies tentatives de morsure. Ses yeux étaient laiteux, sa peau terne et presque poussiéreuse, sur le point de muer, ce qui rendait la vipère presque aveugle, vulnérable, donc irascible. Dès que l'ombre de l'homme tomba sur elle, elle frappa encore. La vipère cuivrée ne vous tuait pas, mais la morsure de n'importe quelle vipère provoquait un œdème spectaculaire, une nécrose, une dégénérescence cellulaire, parfois la gangrène, et c'était l'une des choses les plus désagréables qui risquaient de vous arriver ici. Il se pencha dans l'embrasure de l'entrée du chalet, tendit le bras vers l'endroit où étaient rangés les pelles et les râteaux, prit une grande pelle à grain en aluminium qui lui avait servi à dégager la neige en mars dernier. Il comptait attraper ce serpent, le transporter dans les bois avec l'outil, puis le relâcher.

La vipère frappa encore lorsqu'il glissa la pelle sous elle, ses crocs percutèrent le métal avec un léger tintement. Elle parut se calmer au bout de quelques secondes. Il la souleva et fit mine de reculer vers l'extérieur, mais ce mouvement déclencha la panique du reptile qui se tortilla aussitôt en tous sens ; Rice eut beau essayer de la garder au centre de la pelle qu'il tenait comme une crosse en bois amérindienne ou une épuisette, la vipère réussit à en descendre et à atterrir sur le sol avec un claquement sec. Elle se dirigea aussitôt vers le fond du rangement.

Sans réfléchir aux conséquences probables de son geste, Rice allongea les bras pour lui bloquer le chemin avec la pelle : la vipère cuivrée se détourna de la plaque d'aluminium et, toujours en proie à la panique, avança vers le pied nu de Rice. Elle voulait seulement échapper à la pelle, mais le système nerveux sympathique de Rice interpréta ce déplacement comme une attaque. Il riposta avec le tranchant de la pelle et le serpent se trouva décapité en un instant, son corps fouettant le sol et le peignant de sauvages giclures de sang très pollockiennes. Rice lâcha un juron, puis recula dans la cour. Il avait la chair de poule. Il n'était pas censé tuer les créatures sauvages vivant sur la réserve, même les vipères en colère.

Le corps se contorsionnait toujours dans la pelle lorsqu'il le transporta avec la tête jusqu'à la lisière de l'herbe fraîchement coupée, où il les abandonna aux corneilles. Quand il revint au chalet pour ranger enfin la tondeuse à gazon, il s'accroupit afin d'examiner le sang répandu sur le sol, les giclures incurvées, les gouttelettes lustrées qui s'assombrissaient déjà. Encore un signe de mauvais augure, supposa-t-il. Ce sang sècherait et durcirait. Il souleva la tondeuse au-dessus des taches rouges pour ne pas en détruire les motifs.

10

Sierra Vista, Arizona. Casita Cantina.

Apryl Whitson coiffait ses cheveux en une épaisse natte noire, une splendeur qui à cet instant précis reposait sur son épaule gauche comme un mamba endormi. Durant les cinq derniers jours passés au Mémorial national de Coronado, Rice avait oublié combien de fois il avait eu envie de pendre Apryl dans un peuplier par cette natte et de l'abandonner là aux pécaris.

« À mon avis, dit-elle, nous ne devrions plus jamais travailler ensemble. »

Rice poussa son assiette vide vers le bord de la table à l'intention de la serveuse, qui débarrassait. Les autres membres de leur groupe étaient partis quelques minutes plus tôt. La sono diffusait des standards du rock. Autrefois, c'était plutôt de la musique ranchera.

« Ça me va, répondit-il. Le docteur Warnicke m'a annoncé que je bosserai désormais en solo.

— Oui, toi tout seul, ça vaudra sans doute mieux. » Elle avait les yeux bleu foncé, presque violets, et d'épais sourcils incurvés. Son nez et sa bouche, presque trop gros, pouvaient paraître sensuels lorsqu'elle n'arborait pas une moue moqueuse. À un moment de sa vie, elle avait inséré un mince anneau d'argent près de la pointe de son sourcil gauche. Elle dirigeait ostensiblement l'équipe, mais Rice avait près de dix ans de plus qu'elle et ils s'étaient disputés sur presque tout, depuis l'endroit où planter le camp jusqu'à la quantité d'eau que les quatre doctorants et eux-mêmes devaient emporter, ou encore la manière d'accrocher des sacs d'appâts pour les ours, les procédures à adopter pour tester l'eau et le sol ou pour enquêter sur la grenouille aboyeuse, l'objectif premier de leur petite expédition. L'un des doctorants lui avait confié qu'Apryl pouvait choisir le sujet de ses investigations, car elle apportait beaucoup de donations anonymes. Et personne ne connaissait ses contacts.

Le regard assassin qu'elle lui décochait à présent était si comique qu'il leva son verre vide de margarita et le porta à ses lèvres pour dissimuler son sourire. Les glaçons réunis au fond hésitèrent un moment avant d'obéir à la gravité, de glisser et de s'écraser contre ses dents.

Il les fit tintinnabuler dans son verre. « Tu sais, tu es une espèce de tyran. Tu leur flanques une trouille bleue, à tous » – d'un geste de la tête il désigna le parking où les étudiants venaient de disparaître.

Elle haussa les épaules. « Ils font leur boulot. » Son expression ne changea pas. « Et toi, tu es un putain de monsieur je-sais-tout. »

Rice héla la serveuse, lui montra leurs verres et leva deux doigts. Elle acquiesça et rejoignit le bar. Apryl lança : « *Y dos sidecars, por favor.* »

Rice se leva et haussa les sourcils en entendant l'espagnol approximatif de sa voisine.

« Ça atténue le côté sucré », se justifia-t-elle.

Il se dirigea vers le fond de la salle en cherchant les toilettes. À son retour, leurs boissons étaient arrivées, mais les deux petits verres étaient vides.

« Je les ai versés dans les grands. » Du doigt, elle montra celui de Rice. « Tu ferais mieux de mélanger. »

90

Il prit un couteau, le seul couvert restant sur la table, pour mélanger la tequila. Apryl le regarda avaler une longue gorgée, écraser un peu de glace, déglutir. Ça avait un goût d'essence sucrée.

« La tequila ajoutée fait vraiment la différence, dit-il.

— Alors, pourquoi ne m'as-tu pas posé de question ? »

Pas la moindre pause ni le soupçon d'une blague. Il but une autre gorgée de son margarita, en prenant le temps de réfléchir.

« Et toi, pourquoi fais-tu tant de mystères ? » répondit-il.

Avant l'aube du troisième jour, il s'était levé pour pisser à l'écart du camp lorsqu'il la vit s'éloigner discrètement avec son sac à dos. Il l'avait suivie sur trois kilomètres, jusqu'à la frontière, puis de l'autre côté – dans cette région reculée, la démarcation entre les États-Unis et le Mexique était très floue. Elle était descendue dans une vallée asséchée qui partait vers le sud-est. Rice avait gravi une pente toute proche et sorti ses jumelles. Deux 4 × 4 et trois hommes en tenue de camouflage ressemblant à l'uniforme de l'armée mexicaine attendaient sur une aire gravillonnée. Apryl s'approcha, sortit de son sac à dos un gros sachet noir de la taille d'une bonbonne et le remit aux trois hommes. Ils l'ouvrirent, en examinèrent le contenu, puis le refermèrent. Il ne put entendre si des paroles étaient échangées. Au bout d'un moment, l'un des hommes adressa un signe de tête à Apryl, qui acquiesça, et ils se séparèrent. Rice suivit Apryl qui rentra aux États-Unis. Il était certain qu'elle ne l'avait pas vu.

Assise en face de lui, elle attendait la réponse de Rice, la tête penchée en avant si bien que ses yeux semblaient encore plus foncés que d'habitude, d'un violet orageux sous ces épais sourcils incurvés.

Il posa son verre et le fit glisser sur la mince pellicule de condensation qui disparaissait vite du formica. « OK, qu'y avait-il dans le sac ? »

Elle secoua lentement la tête, une seule fois ; un coude sur la table, elle se pinça la lèvre inférieure entre le pouce et l'index, sans le quitter les yeux. Après un certain temps que, rétrospectivement, il se découvrit incapable d'estimer, les contours du restaurant se brouillèrent autour de lui. Puis la salle se mit à osciller sur un rythme nauséeux, des doigts invisibles s'enfoncèrent dans ses orbites.

Il se réveilla sur le siège passager de la Jeep d'Apryl, les mains immobilisées derrière le dos, les chevilles ligotées avec des colliers de serrage en plastique. Debout devant le véhicule, Apryl scrutait l'horizon à travers les jumelles de Rice. Il se rappelait vaguement qu'elle avait payé l'addition, puis s'était excusée auprès de la serveuse dans son mauvais espagnol, tandis que les deux femmes le portaient et le traînaient vers le parking. Elle s'était ensuite garée sur une falaise de grès et le paysage était partout d'un bleu strié d'ombres, hormis à l'ouest le ruban d'un rose saumon éclatant du Baboquivari. Ils étaient très loin du restaurant de Sierra Vista.

« Les fais pas tomber. » Sa voix était moins forte qu'il l'avait souhaité. Il se racla la gorge et leva les pieds pour actionner la poignée de la portière. Celle-ci s'ouvrit, mais quand il essaya de descendre de la Jeep, il s'aperçut que sa ceinture de sécurité était attachée. Il tordit le buste pour tenter d'atteindre le bouton avec les mains. Il se sentit envahi d'une légère nausée.

Elle lui répondit sans se retourner. « Comment un minable comme toi peut-il se payer d'aussi bonnes jumelles ? » C'étaient des Leica, qu'il glissait dans son sac à dos dès qu'il partait en randonnée dans l'arrière-pays.

« Héritage paternel. Lui non plus ne pouvait pas vraiment se les offrir. » Il avait découvert ces Leica dans le carton d'objets personnels mis de côté par sa mère à son intention, avec le pistolet .45 que Rice gardait dans son pick-up et une Rolex GMT au boîtier en acier, une luxueuse montre de pilote achetée par son père au Moyen-Orient, mais qu'il avait rarement portée. Elle valait plusieurs milliers de dollars. Rice l'avait rendue à sa mère en lui disant de la vendre et de s'acheter une chose dont elle avait vraiment besoin.

Apryl abaissa les jumelles, les laissa pendre au bout de leur lanière passée à son cou, puis elle se retourna, rejoignit le côté droit de la Jeep, passa la main derrière sa hanche droite et prit le petit pistolet semi-automatique qu'elle portait depuis le début de l'expédition dans un holster à rabat, pour les serpents à sonnette, avait-elle expliqué. Elle se pencha vers Rice et lui pressa le canon de l'arme contre la tempe tandis qu'il se débattait avec le fermoir de sa ceinture de sécurité.

Il la regarda en biais pour surveiller le visage de la jeune femme. « C'est un joli flingue, tu sais. Un Colt Woodsman. On a cessé de les fabriquer. »

Elle recula d'un pas dès qu'il eut réussi à enlever sa ceinture de sécurité, le laissa sautiller jusqu'au rocher plat situé devant la Jeep. Debout en équilibre instable, il admira la vue pendant environ trois secondes avant qu'elle lui décoche un coup de pied derrière le genou, qui le fit tomber par terre devant elle.

« Tu avais ces jumelles. Tu as vu leur visage.

— Pas très bien. Il faisait encore nuit.

— Tu n'imagines pas à quel point il est dommage pour toi que tu aies vu ces types. Tu n'aurais surtout pas dû voir ceux-là. Je me fiche que tu sois un flic infiltré ou juste un chercheur raté qui a envie de fouiner dans les affaires des autres, mais j'opte plutôt pour la seconde hypothèse. Si jamais ils découvrent que tu les as vus, ils te tueront, mais ils me tueront aussi, ils tueront ma sœur. » Sa voix s'était mise à trembler, elle resta un instant silencieuse, puis reprit d'un ton plus ferme. « Ils tueront aussi sans doute nos parents pour faire bonne mesure, même si j'en ai rien à foutre. »

Il avait encore les idées embrouillées à cause du séda-tif ou de la saleté qu'elle avait mise dans son margarita, mais il fut frappé à la fois par la gravité et le ridicule de la situation. Les pieds d'Apryl se déplacèrent sur la dalle rocheuse pour s'éloigner de lui. Un réflexe, le désir inconscient de ne pas rester à proximité de l'impact de la balle, du sang qui risquait de jaillir. C'était bien qu'elle n'ait pas vraiment le cran de le faire, mais mauvais qu'elle soit à deux doigts de le faire. Là où il était tombé, le calcaire lui avait ouvert les genoux et ses plaies le piquaient. Il se tourna pour la regarder. Apryl Whitson ne blaguait pas, elle avait le regard sombre et effrayant d'une divinité hindoue de l'apocalypse.

Il sourit. Aucun doute, il était un peu amoureux d'elle.

« Arrête de jouer au dur, Rice. » Sa voix tremblait à nouveau, c'était la première fois qu'elle l'appelait par son prénom. « Putain, il va peut-être vraiment falloir que je te bute. »

11

Assis à califourchon sur le faîte du toit du bungalow, Rice sondait avec un tournevis le joint de silicone
posé autour du conduit d'aération. Les plombiers et
les électriciens avaient fini le gros œuvre la veille, et
l'inspecteur du comté – un type blasé pestant contre
la distance qui séparait le bungalow de la route –
avait accordé sa bénédiction officielle après avoir jeté
un simple coup d'œil aux travaux, si bien que Rice
avait examiné lui-même le boulot des ouvriers. Le
scellement autour du conduit d'aération était fonc-
tionnel mais laid, et il avait décidé de le recouvrir
d'une bande de métal peint de la même couleur que
le toit. Le restant des travaux était acceptable, voire
de bonne qualité, mais les plombiers s'étaient sans
doute dit que personne n'irait regarder de trop près
la sortie du conduit d'aération.

Un mouvement à la périphérie de son champ
visuel : un véhicule arrivait dans la partie inférieure
du chemin, émergeait de la forêt. Rice bascula vers la
partie arrière du toit, sa main libre saisit la garniture
métallique du rebord, puis il se laissa glisser jusqu'à
ne plus être visible du chemin. Il resta accroupi là
et observa. Le break bleu roulait vite, encore trop
éloigné pour qu'on puisse l'entendre.

Le ciel était couvert mais lumineux, il faisait très chaud en ce début septembre et, ce matin-là, il avait négligé d'enfiler une chemise. La demi-douzaine de cigales habituelles braillaient dans les arbres à la lisière du pré. Ces insectes, beaucoup plus bruyants que leurs congénères de l'Ouest, créaient la plupart du temps un fond sonore remarquable, de vrais singes hurleurs des Appalaches. Il ne s'y était pas encore fait. À leur propos, les plombiers avaient parlé de sauterelles, de cette même espèce qui arrivait tous les étés. « Attendez mai prochain, avaient-ils dit, quand les sauterelles âgées de dix-sept ans sortiront de terre par millions et qu'il y aura un tel boucan dans la forêt que vous devrez vous boucher les oreilles. » Rice n'était pas certain de les croire. Il avait dû empêcher ces mêmes plombiers de tuer un serpent noir long de deux mètres qui, avaient-ils juré encore et encore, était venimeux – ils en étaient intimement persuadés, la preuve étant la queue du serpent furieux qui vibrait contre le sol à l'endroit où ils l'avaient coincé avec des pelles sous le bungalow. « Ces saletés de serpents noirs copulent avec les serpents à sonnette », disaient-ils. Rice dut attraper le serpent avec les mains – les plombiers secouant la tête d'un air navré face à cette inconscience – et le porter jusqu'à l'orée de la forêt pour l'y relâcher, avant qu'ils se remettent au travail. Il trouvait étrange que tant de gens de la campagne soient hostiles à l'endroit où ils habitaient et même terrifiés par leur environnement. Ce n'était pas seulement le peu de temps que ces paysans surmenés avaient à consacrer aux préoccupations sophistiquées des écolos urbains décadents. Ce qui stupéfiait Rice, c'était qu'on puisse passer toute sa vie immergé physiquement dans un écosystème spécifique et néanmoins y rester aveugle, par superstition, tradition ou préjugé. Là-bas dans l'Ouest, c'était la guerre sainte des ranchers contre les prédateurs et leur vénération pour des animaux domestiques indo-européens qu'ils élevaient sur des terres trop sèches pour les nourrir. Ici, dans les Appalaches, on rencontrait de robustes travailleurs des champs qui refusaient de se promener en forêt durant tout l'été parce qu'ils avaient peur des serpents.

Il fourra le tournevis dans une poche et se remit à croupetons pour surveiller l'approche de la voiture. Le chemin d'accès étant visible sur deux kilomètres dès qu'il émergeait de la forêt en contrebas, il était presque impossible d'arriver incognito au chalet et à ses dépendances. Il l'avait remarqué dès le premier matin, en mars, quand il était sorti sur la galerie avec une tasse de café pour découvrir l'endroit où il venait d'atterrir.

La voiture – elle ressemblait à un vieux break Subaru – soulevait un panache de poussière qui stagna au-dessus du pré dans l'air immobile de l'après-midi. Il ne s'attendait pas à voir les tueurs arriver en plein jour dans une Outback bleue, mais ce visiteur avait en tout cas réussi à franchir le portail cadenassé. À quatre pattes, il rejoignit l'échelle qu'il avait laissée contre le bord du toit derrière le bungalow, la descendit, longea en courant l'arrière du hangar pour se glisser par la porte de derrière du chalet. Une fois dans la chambre, il enfila très vite une chemise, ouvrit le tiroir à côté de son lit, défit le chiffon, prit le pistolet. Il dirigea l'arme vers le sol, du pouce abaissa la sécurité, l'index droit posé contre la base de la glissière – ces gestes obéissant à un réflexe acquis à force d'entraînements –, puis sa main gauche saisit la glissière et la fit reculer un peu, juste assez pour apercevoir l'éclat cuivré de la balle dans la chambre. Une fois la glissière en position de tir, il fit jouer la sécurité. Armé et verrouillé, comme on disait, « l'étape un » : une munition dans la chambre, le chien armé, la sécurité enclenchée.

Il ressortit par la porte de derrière – il ne voulait pas se retrouver piégé dans le chalet – et retourna vers le bungalow. Tel était son plan d'action si une voiture inconnue arrivait sur le chemin : prendre le pistolet et se cacher derrière le bungalow. Si le visiteur se révélait inoffensif, il pouvait sortir d'un air dégagé par la porte du bungalow ; si le véhicule était bourré de tueurs, alors il prendrait ses jambes à son cou vers la forêt. Il enjamba la tranchée fraîchement creusée par les plombiers pour les conduites d'eau et de gaz, puis s'agenouilla sur la mousse à la base du pilier d'angle et se pencha pour apercevoir le chemin d'accès dans l'espace situé sous le bungalow.

Des reflets sur le pare-brise rendaient l'intérieur de l'habitacle invisible quand la voiture dépassa le bungalow et se gara près de son pick-up. La conductrice en descendit, en jean, sandales marron, elle fut aussitôt debout sur le gravier. Il franchit la porte arrière du bungalow, lâcha le pistolet dans un carton vide. Debout sur les planches de contreplaqué qu'il avait posées sur les lambourdes, il regarda par une fenêtre de devant. Elle arborait d'énormes lunettes de soleil, une chemise oxford blanche dont les pans flottaient librement, des cheveux blonds qui lui tombaient sur les épaules. Elle attendit un long moment près de sa voiture, une main sur la portière ouverte ; elle respirait profondément et regardait autour d'elle, attentive, absorbant tout.

Quand il appela depuis la porte, elle se retourna, surprise. Les rares fois où dans ses rêves il l'avait vue clairement, elle était menue, apeurée. La femme qui se dressait sur le gravier du parking était grande et solide. Plus jeune que Rice, mais pas beaucoup.

Il regretta que STP ne lui ait pas dit que Sara avait gardé une clef.

« Pourquoi ne répondez-vous pas au téléphone ? » Elle avait un léger accent du Sud.

« Je le laisse débranché jusqu'à ce que j'aie besoin de passer un coup de fil. »

Cette explication la fit rire, un son agréable, le genre de son qu'il n'avait pas entendu depuis un moment, remarqua-t-il.

« Starr m'a dit que vous étiez bizarre. »

Il marcha vers le parking. Elle souriait toujours en retirant ses lunettes. Une mince cicatrice verticale barrait sa pommette gauche, légèrement aplatie. Des yeux bleu ciel, des taches de rousseur en travers du nez. Une bouche large, des dents très blanches. Son sourire transformait son expression à ce point qu'on aurait dit un changement de personnalité, comme un paon déployant soudain sa queue.

« Comment ça, bizarre ? »

Elle lui tendit la main. « Je suis Sara.

— Rick Morton. »

Elle rit encore et il comprit que STP lui avait sans doute révélé son vrai nom. Sa poignée de main était ferme, presque virile.

« Bizarre, comme quelqu'un qui garde son téléphone débranché. Quelqu'un qui prend un pseudonyme. "Ne l'interrogez pas sur son passé, m'a dit Starr. Il est si mystérieux." »

Ils se dirigèrent vers le chalet. Elle continua de parler. Elle lui avait apporté « quelque chose de la part de Starr », elle devait récupérer des livres et des notes qu'elle avait laissés dans le débarras derrière le bureau.

Durant sa longue période solitaire, Rice avait développé une grande intimité avec sa version imaginaire de Sara Birkeland, et il se trouva décontenancé en présence de la vraie Sara, une femme solide et loquace, aux pieds blancs chaussés de sandales à lanières qui claquaient sur le bois des marches menant à un endroit qu'elle considérait sans doute toujours comme son foyer. Ce qui lui était arrivé, ce à quoi elle avait survécu, il n'arrivait pas à en faire abstraction. Peu sûr de ce qu'il pouvait dire – *Bienvenue chez vous ? Comment se passe la rééducation ?* –, il resta muet. Tandis qu'il maintenait ouverte la porte-moustiquaire, son embarras dut se manifester, car le regard qu'elle lui lança alors fut tout sauf chaleureux. Cela ne tenait pas à lui ; en présence de Sara, les gens ne savaient pas sur quel pied danser.

Elle entra et l'assaillit aussitôt d'une rafale de questions sans lui donner le temps d'y répondre : aimait-il ce boulot, se servait-il du poste de télévision et du lecteur de DVD qu'elle avait convaincu Starr d'acheter, mais peut-être n'appréciait-il pas le cinéma, sans doute trouvait-il ainsi le temps de numériser toutes les vieilles données consignées dans les carnets, écoutait-il de la musique, etc. C'était Sara qui avait eu l'idée de numériser les anciennes observations relatives à l'histoire naturelle de la réserve afin de les rendre disponibles aux chercheurs. Elle-même et quelqu'un d'autre à Tech avaient créé le logiciel dont on se servait pour enrichir une base de données décrivant la phénologie de plusieurs dizaines de plantes et d'espèces animales. Rice dormait mal : il avait passé des centaines d'heures nocturnes à lire les ouvrages scientifiques et d'histoire naturelle de la bibliothèque de la réserve, mais aussi à transcrire dans l'ordinateur portable les observations de gardiens et de membres de la famille Traver morts depuis longtemps. Cela lui permettait de passer ses nuits d'insomnie à autre chose qu'à remâcher ses propres pensées et souvenirs.

Peu désireux d'évoquer ses insomnies devant Sara, il l'emmena au bureau en essayant d'orienter la conversation vers le jeune ours qui était sorti du bungalow sous ses yeux, le miel dans le mur, le type aspirant les abeilles. Quand il alluma la lumière, il regretta aussitôt de l'avoir amenée là, mais il n'y avait pas d'autre moyen d'accéder au débarras.

« C'est sympa. » Elle regarda autour d'elle avec un léger sourire. À mi-chemin, pensa-t-il, entre le rire et l'inquiétude.

Trois murs couverts d'étagères laissaient à peine la place pour un petit bureau installé près de la fenêtre donnant au nord. L'ordinateur portable de la réserve était posé sur ce bureau à côté du registre des observations, ouvert à la semaine en cours. Le problème, c'étaient les étagères, car tous les livres en avaient disparu, remplacés par sa collection florissante d'objets trouvés. Rapporter ces choses de la forêt était presque devenu pour lui une obsession. Il les voyait comme des fétiches, au sens chamanique : un ancien nid de frelons gros comme une pastèque, des mues de serpents translucides, une bonne douzaine de crânes d'animaux allant du colibri au coyote, des pointes de flèches ou de lances indiennes, des cristaux de quartz, des ramures de cerf grignotées par les rongeurs, des carapaces de tortue, des mollusques fossiles, des plumes de dinde, de faucon, de chouette ou de vautour.

« Ce n'est pas une collection très scientifique. » Il tendit le bras pour prendre la clef sur l'étagère du haut. Il devait garder le débarras fermé à clef, car la Winchester Model 52 de la réserve – une bonne vieille carabine de calibre .22 dotée de mires à œilleton et d'une bandoulière militaire en cuir, pour tuer les moufettes agressives et les chats sauvages – y était rangée.

« Ça me plaît. » Elle saisit un mince fragment de mue de serpent, le brandit à la lumière de la lampe. « Un crotale des bois.

— C'est aussi ce que j'ai pensé. Aucune autre mue n'est aussi épaisse.

— J'ai vu ici beaucoup de gros serpents à sonnette, le genre de reptiles que partout ailleurs les gens veulent tuer dès qu'ils les voient. Curieusement, les plus gros semblaient tous de couleur jaune. Vraiment magnifiques. J'ai été étonnée de ne jamais découvrir leurs tanières. »

Il avait déjà décidé de ne pas avouer qu'il venait de tuer une vipère cuivrée. Les cartons étaient empilés à l'entrée du débarras, avec tous les livres qu'il avait retirés des étagères. Il avait lu la plupart d'entre eux au printemps : essais, ouvrages de référence, anciens numéros de revues spécialisées – *Nature, Science, Conservation Biology*.

« En août, j'en ai vu un gros tout jaune en haut de la piste coupe-feu. » Il se mit à repousser les cartons pour dégager l'entrée du local. « Il se comportait comme un crotale diamantin de l'Ouest, furieux contre le monde entier, il voulait me faire déguerpir de la montagne. Je croyais que les crotales des bois n'étaient pas agressifs. »

Sara remit la mue de serpent sur l'étagère, puis rejoignit le mur proche de la fenêtre, où il avait fixé plusieurs éléments de cartes topographiques à grande échelle. Les limites de la propriété étaient indiquées en rouge et Rice avait noté au crayon les emplacements où il avait vu des ours et d'autres phénomènes intéressants : des sources cachées, un affleurement de sel, des entrées de grottes. Deux tanières de crotales qu'il avait repérées en mai dernier, quand les serpents en étaient sortis.

Elle effleura les contours du bout des doigts.

« Vous avez passé beaucoup de temps là-haut. »

Il montra un « C » tracé au crayon à côté de la ligne pointillée de la piste pare-feu. « C'était juste là. Le gros serpent à sonnette. »

Dans le débarras, de la taille d'une petite pièce, moitié moins grand que le bureau, éclairé au néon, tout le mur du fond était couvert d'étagères métalliques grises. La carabine au canon long était rangée dans un coin.

« J'ai découvert qu'ils ont des personnalités étonnamment affirmées.

— Les serpents à sonnette ? » Il s'effaça pour laisser Sara entrer dans le débarras.

« Oui, il paraît que les cobras royaux sont encore plus individualisés. Mes petits lézards scincidés sont vraiment plus banals. »

Elle hésita, parut se raidir. Quand elle passa près de lui, il reconnut le parfum de son shampoing, dont il avait utilisé le quart restant d'un flacon lors de son arrivée au chalet en mars, à une époque où il ne pouvait rien gaspiller. Il se demanda ce qu'elle avait ressenti ici en janvier dernier, quand à peine remise de l'agression elle avait rangé ses affaires dans des cartons dans un état second, tandis que la neige et la pluie glacée trempaient les vitres.

Elle leva le bras et posa la main sur une étagère couverte de cartons, située au niveau de son épaule. « Tout ce qui est là est à moi. Plein de revues spécialisées dont je ne pensais pas avoir besoin, mais deux ou trois d'entre elles ne sont toujours pas consultables sur internet, si vous arrivez à le croire. Je suis confrontée à un problème d'analyse statistique que je dois résoudre au plus vite, et la solution se trouve quelque part dans ces cartons. »

Elle en tira un, très lourd, à moitié hors de l'étagère et elle se dressait sur la pointe des pieds pour essayer de regarder dedans lorsqu'il bascula et glissa vers elle. Rice se précipita pour le rattraper et le remettre en place, heurtant de son avant-bras l'épaule de Sara.

Le coude de la jeune femme lui percuta la tête, vite et fort. S'il ne s'était pas rattrapé de la main à l'étagère, il se serait effondré à genoux. Il crut d'abord à un geste malencontreux, mais lorsqu'il réussit à lever les yeux, Sara avait reculé contre le mur du fond, le plus loin possible dans le débarras, et elle tenait un pistolet paralysant en plastique noir.

Le temps d'un ou deux battements de cœur, leurs regards restèrent rivés l'un à l'autre : le prédateur et sa proie. Elle avait les yeux écarquillés de terreur, toute sa belle assurance soudain envolée. Il se vit dans le visage de Sara : monstrueux, meurtrier, penché vers elle, puant la sueur virile. Autre chose encore : la certitude sauvage d'une résistance jusqu'à la mort. Il pensa au crotale jaune rencontré sur la piste coupe-feu, au grincement menaçant de sa crécelle.

« Oh merde, je suis désolé. » Il leva les paumes en un geste qu'il espéra rassurant. Aucun arc électrique ne reliait les deux filaments argentés du pistolet paralysant, elle n'avait donc pas allumé son arme, ce qu'il interpréta comme un bon signe. Il battit en retraite vers le bureau où il tripota des objets sur la table avant de retourner dans le débarras avec un marqueur rouge Sharpie. Toujours plaquée contre le mur du fond, les yeux clos et le pistolet baissé, on aurait dit qu'elle se concentrait sur sa respiration, peut-être un exercice que son thérapeute lui avait appris. Il se pencha vers elle et posa le marqueur sur une étagère.

« Faites une croix sur les cartons que vous voulez emporter et venez me chercher quand vous serez prête. Je vais nous préparer du café. » Il quitta la pièce avant qu'elle ait le temps de répondre.

12

Il versa du café moulu dans le filtre, mit l'équivalent de huit tasses d'eau dans le réservoir et appuya sur le bouton. Sa capacité à interagir de manière civilisée avec d'autres êtres humains s'était manifestement atrophiée. J'aurais dû être davantage sur mes gardes, se dit-il, ne pas me laisser avoir par ses simagrées du genre *tout va bien*. Au bout d'un moment, la machine se mit à crachoter. Pas de Sara. Il ouvrit des placards, fit du bruit pour qu'elle sache qu'il était occupé ici dans la cuisine et non pas planqué derrière une porte, il se lança dans des activités domestiques banales, prit du sucre, des mugs, ouvrit le frigo, en sortit une bouteille en verre de lait local. Elle portait sans doute son pistolet paralysant dans une espèce de holster caché sous un pan de chemise. Il eut l'impression d'être un parfait crétin.

La machine à café venait de cracher ses dernières réserves d'eau et il s'apprêtait à aller chercher Sara, quand elle apparut sur le seuil, légèrement penchée dans l'encadrement de la porte.

« Ça sent bon. » La peau de ses joues et de son front semblait moite, elle avait rassemblé ses cheveux en une queue-de-cheval ; elle était sans doute passée à la salle de bains. Elle semblait épuisée, mais calme.

« C'est mon vice. » Il écarta une chaise de la table, mais Sara resta là où elle était. « Je bois trop de café. Vous préférez une bière ?

— Non, un café sera parfait. Et je suis désolée. Vous avez essayé de m'aider et je crois que je vous ai donné un coup de coude sur la tête. »

Rice écarta ces excuses d'un geste du bras, puis il rejoignit l'évier pour se laver les mains en remarquant qu'il aurait dû le faire avant de préparer le café. Il sentait aussi qu'un œuf de pigeon grossissait juste au-dessus de sa tempe gauche, mais cette bosse resterait cachée dans ses cheveux qui, maintenant qu'il y pensait, étaient longs, hirsutes et pas très propres.

« Vous m'avez sans doute épargné un lumbago, dit-elle. Je suis incapable de prévoir ce qui va déclencher ma panique. Ça me tombe dessus complètement par surprise.

— J'aurais dû vous laisser prendre votre temps. » Il voulut la complimenter pour ses réflexes et sa technique de self-défense – elle s'était de toute évidence entraînée –, mais il décida au dernier moment que ce serait stupide. « Je suis vraiment content que vous ne m'ayez pas balancé un coup de pistolet paralysant.

— Moi aussi. Mon instructeur m'a dit avoir vu des types perdre le contrôle de leur vessie en prenant une décharge de ce truc. »

Rice sourit en s'essuyant les mains sur un torchon. « Ç'aurait été très gênant. »

Elle le dévisagea assez longtemps pour le mettre mal à l'aise.

« Starr m'a assuré que vous êtes plus gentil que vous en avez l'air. »

Rice ne sut que dire, mais elle ne paraissait pas attendre une réponse. Elle prit la chaise qu'il lui proposait, s'y adossa, croisa les jambes. Son long visage nordique était pâle dans la lumière indirecte. « Elle m'a parlé de la carcasse d'ours que ce type vous a montrée. »

Il supposa que c'était un effort héroïque de Sara pour se lancer dans une conversation ordinaire, et il l'apprécia à sa juste valeur. Il en conclut qu'il n'était pas forcément le genre de type qui terrifiait les femmes. Il prit le café et remplit deux mugs. Le sucre et le lait étaient sur la table. « Vous avez déjà vu ce genre de trucs ? Des ours morts ? Des ramasseurs de champignons manchots ?

— Merci, noir c'est parfait. Non, jamais. Mais j'ai une histoire pour vous. »

Il s'assit face à elle sur l'autre chaise, versa un peu de lait dans son café.

Un bon ami, raconta-t-elle, un biologiste spécialiste de la faune sauvage à Tech, avait travaillé avec le département des Eaux et Forêts de l'État sur une étude relative aux ours pour engager des modes d'interaction inédits entre les paysans et la population croissante de ces animaux dans la région. Ils avaient mis des colliers avec radio-émetteurs à plusieurs ours dans les Blue Ridge Mountains, mais durant l'hiver, la plupart avaient été tués en trois semaines. Les braconniers s'étaient branchés sur la fréquence des émetteurs, avaient localisé leurs proies et tué les ours pendant leur hibernation. Ils leur avaient coupé les pattes, extrait la vésicule biliaire et avaient abandonné les carcasses sur place.

« Dès que les chercheurs ont compris ce qui s'était passé, ils ont localisé les animaux survivants, les ont mis sous tranquillisants, ont ôté leurs colliers, mais deux autres ours ont été tués avant qu'ils puissent intervenir.

— Combien en tout ?

— Il ne me l'a pas dit exactement. Je sais seulement qu'ils avaient posé jusqu'à vingt-cinq colliers. C'est passé à la télé l'automne dernier. »

Sara semblait avoir retrouvé son énergie. Peut-être à cause du café. Le département des Eaux et Forêts, dit-elle, avait tenu à faire mousser l'étude alors qu'elle était toujours en cours, et des chaînes de télé locales avaient envoyé des équipes auprès des chercheurs. Les gens de la télé voulaient filmer un ours sans risque, ils accompagnaient donc seulement les chercheurs quand ils faisaient des prises de sang et des mesures sur un animal sous sédatif et avec collier. Les producteurs aimaient bien le côté high-tech des colliers équipés de radio-émetteurs et les reportages insistaient beaucoup sur l'emploi de ces radios pour localiser les ours. Les braconniers avaient sans doute vu un de ces reportages et ça leur avait donné une idée.

Rice réfléchit. C'était parfaitement possible. « Il suffit de se procurer un scanner programmable haute-fréquence et d'avoir quelques compétences en électronique. On trouve facilement ce genre de matériel. Dans les surplus de l'armée par exemple.

— J'imaginais un génie diabolique. »

Il secoua la tête. « Sans doute un gars du coin qui se débrouille. S'ils ont tué douze ours et qu'ils ont vendu les vésicules deux cents dollars pièce, ça fait un joli paquet de fric pour les gens d'ici. »

Mais pas assez pour intéresser la mafia, pensa-t-il, et puis les spécialistes du crime organisé ne se déplaceraient pas pour tuer des ours ; ils se contenteraient d'acheter et d'exporter. C'était beaucoup plus lucratif. Ce soir, Rice tenterait de découvrir le fin mot de l'histoire. Il avait repéré sur l'autoroute une aire de repos pour routiers encore équipée de téléphones à pièces – il ne voulait plus prendre le risque d'appeler depuis le chalet – et avait de nouveau composé le numéro trouvé au *Bear & Eat*. Maintenant que Rice avait des vésicules à vendre, l'acheteur bougon acceptait de lui parler. Ils étaient convenus de se retrouver après neuf heures. Rice devait le rappeler vers sept heures pour savoir où, ce qui l'emmerdait prodigieusement, mais le type avait beaucoup insisté.

« Ce serait une grosse somme pour moi », dit Sara. Elle serra les lèvres, prit son mug, finit son café, puis reposa la lourde tasse sur la table en lâchant : « Enfoirés. »

Rice trouva cette réaction intéressante. Il se leva et proposa encore du café. « J'ai rencontré un type qui me semble OK, un chasseur d'ours de… des environs. » Il avait failli dire *Sycamore Hollow*, mais s'était rappelé à la dernière seconde que c'était l'endroit où Sara avait été violée. « C'est lui qui est venu aspirer les abeilles dans le bungalow. Cette histoire de braconnage lui donne des boutons. Il a eu l'air scandalisé que ces salopards abandonnent la carcasse des ours. »

Sara opina du chef en regardant fixement le café qu'il venait de servir.

« Il dit aussi que les ours de la montagne n'ont aucun respect parce qu'ils ne sont pas assez chassés. Il sait que des gars du coin entrent sur la propriété, et j'ai eu l'impression que lui-même ne se gênait pas. Ça fait apparemment partie de la culture du chasseur d'ours. Les propriétés privées et les règlements de l'État, c'est pour les autres. » Non sans un sentiment de culpabilité, Rice posa la question : « Vous avez déjà surpris des chasseurs d'ours ici ?

— Deux ou trois fois, répondit-elle. Ils roulent en quad, franchissent le portail des services forestiers, empruntent la piste coupe-feu. C'était avant que Starr installe la clôture. Quand je les rencontrais sur le versant de la montagne, ils se comportaient comme si j'étais sur *leurs* terres. Je leur ai demandé de partir et ils sont devenus agressifs, ils m'ont bien montré leurs armes et dit qu'ils cherchaient leurs chiens. Apparemment, c'est leur prétexte habituel. J'ai appelé le garde-chasse sur mon portable et ils ont eu des ennuis, ils ont dû payer une amende. »

Elle haussa les épaules comme si ce n'était pas grand-chose, que ça s'arrêtait là. « Vous faites du bon café, pour un célibataire.

— Merci. Le secret est d'en mettre assez. » Tous ses sens étaient en éveil, mais de toute évidence elle voulait changer de sujet.

« La plupart des célibataires sont radins, ajouta-t-elle. Leur café ressemble à de l'eau de vaisselle.

— Pas moi.

— C'est la vie de château ici. »

La conversation cala lamentablement. Ils burent leur café. Rice se demanda ce qu'elle voulait dire par « la vie de château ». Il avait plutôt l'impression de vivre comme un ascète. Il voulut lui poser la question, mais Sara semblait tendue, mal à l'aise. Elle se leva, rejoignit l'évier, regarda par la fenêtre de la cuisine. Il observa sa silhouette immobile, se demanda comment des chasseurs d'ours pouvaient braquer leurs armes sur une femme vivant seule dans les bois et ce qu'ils lui feraient pour se venger de les avoir confrontés à la loi.

Au-dehors, le plafond nuageux était plus bas et plus sombre. Rice avait espéré être en montagne à cette heure-ci. Tous les jours de la semaine précédente, il avait crapahuté là-haut, à la recherche de traces de chaussures, de mégots de cigarettes, de boîtes de sardines, d'empreintes de pneus, de n'importe quoi. Il avait besoin de quelques heures à lui avant de rejoindre l'aire de repos des routiers, d'où il appellerait son acheteur.

Regardant toujours par la fenêtre, Sara demanda : « Que comptez-vous faire si jamais vous attrapez ces chasseurs d'ours sur la propriété ?

— J'ai dit à Starr que je les prendrais en photo. Nous pourrons ensuite contacter les forces de l'ordre, comme vous l'avez fait. »

Elle se retourna en lui souriant comme s'il la décevait. Elle secoua la tête et dit : « Mauvaise pioche. »

Elle avait inscrit un X rouge sur six lourds cartons du débarras. Ils firent deux voyages pour les apporter jusqu'à la voiture, Rice en prenant deux, Sara insistant pour en transporter un à chaque fois. Quatre entrèrent dans le coffre après qu'elle eut retiré le paquet d'UPS envoyé, dit-elle, par Starr, puis Rice fit glisser les deux derniers sur la banquette arrière en poussant une liasse de courrier publicitaire, des manuels de biologie, des copies d'étudiants, une tenue de sport, des sacs de courses vides.

Le paquet venant de STP avait été posté à l'adresse de Sara à Blacksburg par une compagnie du Wisconsin. Elle l'avait fait envoyer à Sara parce qu'elle craignait qu'UPS ne le dépose devant le portail cadenassé et qu'il ne se fasse ensuite voler. Rice ouvrit le paquet avec son canif. Il contenait cinq « appareils photo numériques spécial faune sauvage » avec les câbles de connexion, plusieurs cartes mémoire, des piles AA rechargeables et un chargeur.

« À cause de vous, Starr s'inquiète pour les ours. J'espère que ça ira. Vous êtes un vrai sorcier des données. » Elle s'assit sur les marches face au bungalow et tenta d'ouvrir l'emballage plastique d'un des appareils photo. « Starr m'a demandé si je vous croyais capable d'utiliser ce matériel pour documenter la population des ours, en garder la trace au fil du temps. Je lui ai répondu que vous pourriez aussi consulter les sites publiant des études sur leur habitat, de manière à ce que l'intégration des données se fasse de manière cohérente. Vous allez aussi recueillir plein d'infos sur d'autres espèces, pas seulement les ours. Je suis vraiment désolée, c'était en partie mon idée, et ce sera du travail en plus pour vous. »

Il prit une autre boîte contenant un appareil photo, avec son canif fendit le plastique parfaitement étanche de l'emballage, tint l'appareil à la lumière, en ouvrit le dos. Il lut sur la boîte : *Professional high output covert infrared*[1]. C'était du matériel haut de gamme, de bien meilleure qualité que celui qu'il avait utilisé en Arizona. Il les avait toujours surnommés des appareils de piste – on les installait d'habitude sur les pistes fréquentées par des animaux pour les photographier quand ils passaient par là.

Sara renonça à ouvrir l'emballage plastique et tendit l'appareil à Rice ; puis elle se lança dans des explications, qu'il redouta fort longues, sur l'importance cruciale de ces nouvelles données, que la population des ours de la réserve avait été stable durant tout le XXe siècle, même quand ceux-ci se faisaient rares ailleurs, ce qu'il avait déjà appris dans les vieux registres. L'ami biologiste de Sara soupçonnait que ce long isolement loin de toute intrusion humaine et la disponibilité permanente d'énormes arbres morts ou en phase terminale pouvant leur servir de refuge, le genre d'arbre qu'on trouve seulement dans les forêts primaires, avaient peut-être favorisé ici le développement d'une population d'ours unique. D'abord, ce biologiste prédisait qu'on trouverait beaucoup d'ours âgés dans la réserve, mais, plus intéressant encore, il avait affirmé que la « culture » des ours serait intacte. Même s'ils n'avaient pas une organisation sociale aussi poussée que les loups ou les lions, les ours noirs pouvaient vivre quarante ans

---

1. Infrarouge professionnel à haut rendement.

si personne n'essayait de les tuer, ils étaient intelligents et omnivores, leurs habitats témoignaient d'un degré élevé de partage et d'entraide. Un réseau social très complexe pouvait se développer dans un environnement protégé, où des relations de réciprocité s'approfondissaient durant des décennies entre un grand nombre d'ours.

Rice fut intrigué par le concept de culture des ours. Voilà bien une chose à laquelle il n'avait jamais réfléchi et il se demanda si des connaissances partagées spécifiques à une population pouvaient persister dans le temps chez de vieux ours, voire se communiquer d'une génération à la suivante. Lorsque les propos de Sara bifurquèrent vers l'analyse statistique, il l'interrompit pour lui dire que son idée des appareils photo était excellente et que ce travail supplémentaire ne le dérangeait nullement. Il lui proposa d'aller voir l'intérieur du bungalow.

Il appuya sur l'interrupteur et les ampoules nues tombant du plafond s'allumèrent. Il comprit aussitôt que ça ne ressemblait pas à grand-chose. Il régnait une odeur de terre montant de l'espace vide situé sous le plancher, de bois à cause du contreplaqué et de la sciure laissée par les plombiers et les électriciens qui avaient percé des trous dans les vieilles poutres. Son pistolet était dans un carton proche du mur du fond ; il pensa qu'elle ne le remarquerait pas.

« La cuisine et le salon formeront une seule pièce. Une vraie salle de bains près de la cuisine. La chambre sera à l'arrière. » Il désigna l'extrémité ouest du bungalow, se donnant l'impression d'être un agent immobilier. Il soupçonna Sara d'être l'espionne de STP, venue ici vérifier les activités et le moral du nouveau gardien, ce qui n'avait rien de choquant, car STP le laissait sans supervision depuis plus de six mois et la Fondation Traver payait les travaux de rénovation sans que sa présidente ou aucun membre de la direction en ait reçu la moindre photo.

Elle acquiesça, manifesta une approbation de pure forme, marcha sur le plancher provisoire en contre-plaqué vers ce qui serait la cuisine, regarda autour d'elle comme si elle imaginait les placards, les appareils ménagers. Puis elle pivota vers lui, prit une profonde inspiration, mit les mains sur les hanches. Elle semblait nerveuse. « Il faut que je vous dise quelque chose. J'espère que ça ne posera pas de problème. »

Il attendit.

« J'ai candidaté pour la première résidence. »

Il mit une seconde à comprendre de quoi elle parlait. « Vous voulez dire : auprès de la fondation, pour vivre ici ? Pourquoi serait-ce un problème ? » La perspective que quelqu'un d'autre – n'importe qui – puisse habiter ici lui flanquait la trouille, mais Sara paraissait à peu près supportable.

« Eh bien, je faisais votre boulot. Vous pensez peut-être que je meurs d'envie de le récupérer, que je vous espionne et cherche à savoir si vous le faites bien. »

Il faillit sourire, mais se retint, peu sûr de la façon dont elle le prendrait. « Je ne m'inquiète pas pour ce genre de trucs. Je parie que vous avez de grandes chances d'être sélectionnée. On dirait que vous êtes dans les petits papiers de Starr. »

Quand elle rougit, il vit qu'elle comprenait : tout son discours préparé à l'avance était inutile, comme ses inquiétudes relatives à la réaction de Rice, la situation était on ne peut plus claire et elle aurait dû s'en rendre compte au cours de l'heure qu'ils venaient de passer ensemble. Elle s'embourba dans des explications filandreuses touchant à ses propres motivations, son refus de profiter de la situation, sa difficulté à finir sa thèse autrement.

« Un accès idéal aux lézards scincidés, dit-il. Suffit de se baisser pour en trouver.

— Exactement. » Son sourire était reconnaissant. Elle se retourna et fit un grand geste vers l'intérieur ravagé du bungalow. « Alors, qu'avez-vous prévu comme peinture ? Un joli coquille d'œuf ne serait pas mal, non ?

— Je n'y ai pas vraiment réfléchi.

— Je vous ennuie encore.

— Non, vous avez raison. Je crois que ce sera blanc. » Il regarda autour de lui avec un œil neuf. « Merde, Starr va réclamer des échantillons. »

Il imagina des conversations sans fin sur les nuances de couleurs et les humeurs qu'elles évoquaient.

« Pas de souci, on peut procéder à tous ces essais en ligne. Grâce à In-ter-net ! Dès que les cloisons seront en place, vous lui enverrez des photos par e-mail et elle pourra faire une simulation avec différentes couleurs. Elle peut décider ce qu'elle veut et passer commande toute seule. Vous réceptionnez les pots au magasin de peinture et... fonce Alphonse.

— Ah. Tant mieux. » Il sortit sur la galerie. Sara, devina-t-il, était depuis le début la favorite pour la résidence, peut-être même la principale raison de sa création. En fait, le boulot de Rice consistait simplement à lui aménager un espace de vie flambant neuf et à la soulager de ses fonctions de gardienne.

Elle s'arrêta près de lui. Ils observèrent le ciel d'un air dégagé. Il ne pleuvait pas encore, mais ça n'allait pas tarder. « Si je décroche cette résidence, je vous promets que vous remarquerez à peine ma présence.

— Qui est Alphonse ?

— Quoi ? Oh. C'est une expression. » Elle marqua une pause. « Je n'ai aucune idée de qui est Alphonse ni de pourquoi il doit foncer.

— Vous pouvez en chercher l'origine. Sur In-ter-net. » Craignant d'avoir relancé la conversation, il descendit de la galerie et se dirigea vers la voiture en espérant qu'elle l'imiterait. Elle le suivit, mais s'arrêta en posant la main sur la poignée de la portière.

« Une dernière chose. » Elle ouvrit la portière, puis se retourna vers lui. « Avez-vous vu une chatte ?

— Vous parlez d'un chat noir domestique ?

— Vous ne l'avez pas tuée ? »

Il secoua la tête négativement. À deux ou trois occasions, il avait aperçu un petit chat noir, sans jamais l'examiner de près.

« Elle est à vous ?

— Pas vraiment. Elle était sauvage. Je l'ai aperçue plusieurs fois au bord du chemin, je l'ai d'abord prise pour une fouine, tellement elle était maigre. Un jour elle était dans les broussailles près de la boîte à lettres et je lui ai parlé, je ne sais plus ce que je lui ai dit, mais le lendemain matin je l'ai découverte ici et elle s'est mise à me suivre, elle se matérialisait soudain, comme un esprit ou un elfe, assise sur les poutres de la galerie ou sous les marches, parfaitement immobile, m'observant. C'était un peu effrayant. Chaque fois que j'essayais de la caresser, elle bougeait soudain et s'en allait, disparaissait.

— On est supposés tuer les chats, ici. Vous savez aussi bien que moi où se trouve la carabine. » Il tourna la tête vers le chalet et vit Sara sourire. Après sa bourde de tout à l'heure, elle voyait plus clair en lui. « Pensez aux grives des bois, dit-il, aux hirondelles, aux lézards.

— Je sais, mais je n'ai pas réussi à le faire. J'ai essayé de l'attraper avec le grand piège Havahart du hangar, je voulais l'emmener chez le vétérinaire pour la faire stériliser, convaincre mon frère de l'adopter. Mais elle n'a pas voulu s'en approcher. J'ai acheté une boîte de pâtée pour chat, que j'ai mise dans le piège. La chatte n'a même pas semblé tentée. Elle n'avait pas l'air d'avoir faim, elle se montrait seulement intéressée, attentive. »

Sara espérait sans doute poursuivre cette conversation sur la chatte, mais Rice avait rendez-vous avec un acheteur de vésicules quelques heures plus tard et il devait faire plusieurs choses avant. Comme il restait silencieux, elle s'assit derrière le volant et leva les yeux vers lui.

« Je vais voir si elle est toujours dans les parages », dit-il enfin. N'ayant pas croisé l'animal depuis environ un mois, il n'aurait pas été autrement surpris que les coyotes l'aient tuée et dévorée – au moins deux bandes de gros coyotes passaient du temps sur la propriété –, mais il n'en parla pas. « Comment s'appelle-t-elle ? »

Elle ferma la portière, fit démarrer le moteur, baissa la vitre. « Comment savez-vous que je lui ai donné un nom ? »

13

En franchissant le vieux pont situé à l'ouest de la ville, il regarda entre les montants métalliques sans ralentir : une rue et un parking mal éclairé vingt-cinq mètres plus bas, quelques voitures garées çà et là pour la nuit. Au bout du pont il tourna à droite, puis dépassa quelques rues d'un quartier résidentiel avant de se garer. Quand il avait téléphoné depuis l'aire de repos des routiers, l'acheteur l'avait fait attendre une demi-heure avant de le rappeler pour lui indiquer le lieu de rendez-vous.

Il ouvrit la portière, puis tendit la main droite vers la fente située sur le côté du siège passager et ses doigts se refermèrent sur la crosse du .45. Il marqua un temps d'arrêt, le pistolet calé dans la paume, la mousse plastique enserrant ses phalanges. Il avait laissé son étui au chalet, mais il pouvait toujours porter son arme à la mexicaine, ce ne serait pas une nouveauté pour lui.

D'un autre côté, il avait désormais un casier judiciaire : s'il se faisait prendre avec son pistolet sans permis de port d'arme, il atterrirait sans aucun doute en prison. Et puis il n'avait pas besoin d'être armé, c'était simplement une vieille habitude – prendre son pistolet pour un rendez-vous clandestin au milieu de la nuit. Cette fois ce ne serait pas dangereux. Les durs du coin, par exemple les frères Stiller, se montraient volontiers belliqueux comme leurs ancêtres confédérés et ils accueilleraient avec plaisir l'escalade depuis l'échange d'insultes jusqu'à celui de coups de feu, mais – espéra-t-il – ils n'allaient pas l'assassiner froidement s'il n'avait aucune arme pour se défendre. Par ailleurs, son enquête sur le braconnage des ours se résumait à une simple démarche privée, uniquement liée à la réserve, et selon l'interprétation légèrement intéressée qu'il faisait de son contrat d'embauche, il n'avait pas le droit de porter une arme au travail. Sa main glissa hors de la fente du coussin, laissant le .45 où il était.

En fait, son contrat de travail stipulait que, en tant que gardien de la réserve de Turk Mountain, Rice n'avait pas le droit de porter une arme sur la propriété, sans doute parce que les membres de la direction craignaient qu'un gardien armé d'un pistolet tire sur un intrus et qu'eux-mêmes se retrouvent inculpés. Mais les braconniers étaient des intrus par définition armés et Rice avait envisagé d'emporter la carabine de calibre .22 pour les traquer dans la montagne. Cette Winchester conçue pour le tir de précision était une sacrée arme – après l'avoir découverte dans le débarras au mois de mars, il l'avait testée à une distance de trente mètres et, s'il se concentrait suffisamment, la carabine logeait sept balles dans le même trou déchiqueté. Mais elle était lourde et peu pratique, le genre de matériel qu'on n'avait aucune envie d'emporter en randonnée. À la place, comme il l'avait dit à STP la semaine précédente, il se munissait de l'appareil numérique très simple qu'elle lui avait fait parvenir au printemps pour prendre en photo les espèces végétales qu'il ne parvenait pas à identifier lors de ses explorations. Il avait lu quelque part que photographier des intrus sur une propriété privée était plus efficace que de leur ordonner seulement de s'en aller.

Ce soir-là, l'appareil photo était dans sa poche de chemise. L'image d'un des frères Stiller regardant bêtement l'objectif en tenant un sachet de vésicules biliaires séchées constituerait pour Rice un atout de poids qui les tiendrait à l'écart de la réserve.

Des marches de béton fendu dégringolaient depuis l'extrémité du pont vers une poignée de places de parking gratuites en contrebas. L'eau d'un orage récent dégouttait en résonnant dans cet espace sombre et caverneux. Le bruit de ses pas fit roucouler des pigeons invisibles parmi les poutrelles métalliques. Très peu de lumière filtrait du ciel brumeux. Il pénétra dans l'ombre plus dense d'un pilier de pont.

La nuit était fraîche après la pluie, l'air sentait le béton mouillé et les ordures. Les sauterelles stridulaient sur un rythme lent, somnolent. Il exhala un panache de vapeur grise vers le lampadaire faussement ancien à l'autre bout du parking. La glacière souple en nylon, suspendue à son épaule, était légère, mais il la posa par terre.

Il fit le guet pendant cinq minutes, dix. Aucune voiture n'entra dans le parking. Le type était sans doute déjà là. Rice tenait sa lampe torche dans sa main droite, le pouce posé sur le bouton. Il pensa à diriger le rayon lumineux de sa lampe dans l'obscurité, mais il ne voulait pas se trahir : le faisceau qu'on obtenait en appuyant une seule fois sur le bouton manquait de subtilité, quelque chose comme deux cents lumens. Quand on appuyait une seconde fois sur le bouton, le faisceau se transformait en une lueur plus douce, mais utile, qui tirait moins sur les piles. Cette petite lampe torche, un cadeau d'Apryl avant que son ancienne vie tourne vinaigre en Arizona, avait été customisée en arme de poing, équipée d'un épais biseau métallique à chaque extrémité, d'un autre autour de la lentille et d'un dernier qui entourait le bouton de mise en marche sur le capuchon arrière de la lampe.

Un quart d'heure. L'acheteur était sans doute là quelque part, faisant exactement comme Rice : attendre et observer, ne pas se montrer.

À droite, une brève lueur rougeâtre apparut sur une petite aire de pique-nique à l'écart du parking. Aucun lampadaire là-bas. Il regarda et la lueur brilla encore, montrant un homme en blouson Carhartt de couleur sombre – le carré blanc du logo bien visible sur la poitrine –, assis à une table de pique-nique. Rice abaissa la visière de sa casquette de base-ball pour plonger son visage dans l'ombre, puis il se mit en route avec la glacière.

L'homme se leva, silhouette ramassée se dépliant à l'approche de Rice. Ce n'était pas un Stiller.

« Où est ton véhicule ? Tu devais te garer ici. » Il s'exprimait d'une voix calme, avec un accent beaucoup moins prononcé qu'au téléphone.

« Où est le tien ? »

Plus petit que Rice, assez grand malgré tout, environ un mètre quatre-vingts. Trapu, costaud, méfiant. Ses gestes étaient emphatiques, comme s'il réussissait à peine à contenir son énergie. Il tournait volontairement le dos au lampadaire. Rice posa la glacière sur la table et appuya deux fois sur le bouton de sa lampe torche avant de diriger le faisceau lumineux vers le visage de l'homme – il avait la quarantaine, des cheveux roux foncé et une petite barbe. La peau était tendue sur les pommettes et le front, comme si on avait tiré dessus ; son regard était intense, avec des yeux bleus rapprochés qui se plissèrent lorsque son avant-bras s'interposa devant le faisceau de la lampe.

« Éteins ça. »

L'homme avait sa propre lampe torche, un modèle de la police, en métal et long d'une cinquantaine de centimètres, équipé d'un filtre rouge. Elle émettait une lueur terne, que Rice avait remarquée un peu plus tôt, à peine visible de loin et très pratique dès qu'on était habitué à l'obscurité.

« Les mains en l'air.

— Quoi, tu veux me braquer, mec ?

— Je vais te fouiller.

— Compte là-dessus.

— Si tu veux qu'on fasse notre business, mets les mains en l'air, putain. »

Rice haussa les épaules et leva les bras comme un épouvantail en se félicitant d'avoir laissé le pistolet dans le pick-up. L'homme passa derrière lui et tapota Rice sous les aisselles, autour de la taille, sur les cuisses et les chevilles. Rice avait déjà été soumis à ce genre de fouille superficielle : celle-ci était rapide, presque routinière.

« J'ai eu ton numéro par ce vieux type qu'est en affaires avec les Stiller, DeWayne et les autres. Je parie qu'eux et toi...

— Ouvre la glacière.

— Très bien. D'accord. Tu vois, paraît que les Stiller magouillent plein de trucs ici. Quand t'auras palpé tout le monde, on pourra peut-être bosser tous ensemble. » Rice recula lorsque l'homme dirigea le faisceau rouge de sa lampe dans la glacière.

« Où sont les pattes ? »

Merde. Il s'était dit que leur absence poserait peut-être problème. « Tu m'as jamais parlé de pattes.

— Tout le monde sait qu'il faut les pattes.

— T'en fais quoi ?

— J'en fais rien. Un bridé coréen prépare une putain de soupe avec, ça t'intéresse ?

— T'envoies tout ça jusqu'en Corée ?

— Ouais, je FedEx ces merdes à mon pote Moon Dung Bin à Séoul et il me vire le fric par PayPal. »

Rice resta un moment silencieux avant de rire, comme s'il essayait de deviner s'il s'agissait d'une blague. « Bon, OK. Je peux t'en trouver plein d'autres.

— Hum. T'es un sacré chasseur d'ours, hein ? » La voix de l'homme avait maintenant un tranchant qui déplut à Rice.

« Mes cousins et moi, ouais. On a aussi de la famille en Virginie-Occidentale. L'an dernier, ils ont tué onze ours là-bas. Nous, huit. On a mis de côté toutes les vésicules.

— Mais pas les pattes.

— On savait pas.

— T'es un vrai connard de bouseux alors ?

— Je t'emmerde, mec. Tu les veux, ces vésicules, ou pas ? Moi, j'en veux cent billets pièce, vu que j'ai pas les pattes. »

L'homme prit la peine de plonger la main dans la glacière de Rice, puis d'en sortir le grand sachet plastique Ziploc contenant les trois vésicules biliaires ratatinées. Il les brandit devant la lueur rouge de sa lampe torche. Il sourit sans joie, ses dents semblant ensanglantées dans la lumière.

« Je te donne cinq dollars pour les trois si tu me laisses la glacière. »

C'était en train de foirer. Rice cracha un « Conneries ! » sonore, arracha le sachet de la main de l'homme, le jeta dans la glacière. Ses questions sur les Stiller n'avaient même pas provoqué de réaction, et ce type était un client trop sérieux pour supporter d'être photographié. Rice refermait la glacière lorsque l'homme la fit tomber de la table avec sa lampe torche.

« T'as pas de pattes parce que c'est même pas des vésicules d'ours, pas vrai ? »

Il tenait sa lampe tout près du visage de Rice, qui leva le bras pour la repousser. Il se retourna pour ramasser la glacière sur le sol et, continuant de jouer son rôle, se mit à déblatérer sur les enfoirés incapables de reconnaître une bonne affaire quand on leur en proposait une, mais l'homme contourna très vite la table et lui assena un grand coup de sa grosse lampe derrière le genou. Sa jambe plia et il voulut rouler vers la droite, mais l'homme lui attrapa le cou avec son bras et serra de toutes ses forces.

« Tu fais vraiment chier, tu sais. » Il bascula la tête de Rice en arrière, son avant-bras musclé appuyant sur la carotide pour essayer de l'étouffer. Rice rentra le menton et leva les épaules pour protéger son cou. La violence de l'homme était soudaine, confiante, ses gestes ceux d'une brute habituée à dominer physiquement les autres. « J'en ai marre des pauvres débiles ignorants et malhonnêtes de ton espèce. »

Rice sentit la lampe torche s'abattre encore, cette fois sur sa cheville, mais sa botte atténua l'impact du coup. Il tenait toujours sa propre lampe et il frappa le biseau crénelé contre le coude de son assaillant, trois coups rapides, touchant enfin le nerf ulnaire à la troisième tentative, lequel s'enflamma aussitôt en arrachant un « Ah ! » stupéfait à l'acheteur tandis que le bras lâchait prise. Rice respira à pleins poumons, s'empara du bras paralysé, fit passer son autre main derrière le genou de l'homme, puis se glissa sous son centre de gravité, tout cela en même temps, pour le soulever de terre comme un pompier transportant un blessé. Il allait lui briser le dos contre la table de pique-nique quand il sentit un métal froid se presser contre sa tempe.

« OK, ça suffit. Repose-moi, connard. »

Rice le déposa sur ses pieds, se débarrassa de lui et recula en gardant ses mains bien visibles. L'homme se redressa contre la table – sa silhouette éclairée en contre-jour par les lumières lointaines du parking. Dans la lueur rouge de la lampe torche tombée à terre, Rice distingua un pistolet semi-automatique de taille moyenne dans sa main droite. L'homme avait du mal à respirer, mais le flingue était fermement tenu. Le langage corporel suggérait qu'un coup de feu était possible, mais pas imminent. Rice s'accroupit lentement sans quitter l'arme des yeux pour récupérer sa propre lampe et sa casquette de base-ball, il saisit la lanière de la glacière et la passa à son épaule. Le sachet contenant les vésicules avait disparu. Il jeta quelques coups d'œil alentour, en vain. C'était désormais sans importance.

« T'es qui, putain ? » demanda l'homme. Sa voix était calme, la violence derrière lui. « Tu veux quoi ? »

Sans répondre, Rice tourna le dos au pistolet et rejoignit les marches situées sous le pont, envahi de fourmillements le long de sa colonne vertébrale. Lorsqu'il baissa les yeux depuis le garde-fou supérieur, le type avait disparu. Il fit le tour du pâté de maisons en s'assurant qu'il n'était pas suivi, boitant un peu, s'appuyant plutôt sur sa jambe droite, heureux que son agresseur n'ait pas abattu la grosse lampe torche sur sa rotule de verre. Il était néanmoins furieux de s'être laissé entraîner dans une bagarre lors de sa première tentative d'enquête incognito. Près de l'endroit

126

où il s'était garé, il s'adossa à un vieil érable noir dont les racines défonçaient l'asphalte du trottoir. Hormis la musique lointaine d'une fête d'étudiants, la ville était tranquille. Vingt minutes plus tard, il rejoignit son pick-up et s'en alla.

14

Debout près de la cabane de la source, Rice sortit le .45 de l'étui et tira plusieurs balles dans les silhouettes en carton qu'il avait fabriquées. Il tira des coups isolés, des paires, des doublés ; il s'entraîna à viser la tête, le buste, à exécuter des Mozambique ; il tira à deux mains, de la droite, de la gauche, debout, assis, allongé, caché derrière un arbre, en marchant. Il essaya de courir, mais après le coup de lampe torche assené par l'acheteur de vésicules il avait encore mal à la jambe. Il travailla ses changements de magasins, s'exerça chaque fois à tirer en position de glissière verrouillée. Des types qui avaient survécu à un nombre ahurissant de bagarres meurtrières lui avaient conseillé de s'entraîner ainsi, car dans le monde réel personne ne comptait les coups de feu tirés, on continuait simplement d'appuyer sur la détente jusqu'à s'apercevoir qu'on n'avait plus de munition et il fallait alors recharger son arme malgré la panique qui vous nouait les tripes.

Il avait acheté tout un lot de balles garanties sans plomb pour le .45 – il refusait de polluer l'eau potable – et environ une fois par mois il rejoignait en pick-up cette petite dépression aux pentes abruptes pour imiter au fond des bois les séances de tir de

Travis Bickle, le héros de *Taxi Driver*. Il utilisait le holster que son père avait gardé avec le pistolet, un étui plat fabriqué par un type de Boise, qui maintenait l'arme assez haut derrière sa hanche droite, invisible sous une chemise sortie du pantalon, la crosse inclinée en avant et collée contre le bas du dos. Si Rice l'avait récupéré dans un état presque neuf, son cuir, après deux années dans le désert, était désormais taché de transpiration et moulé à son corps.

Sa décision de ne pas porter d'arme lors de ses rapports avec les autochtones avait été facile à prendre, mais il commençait à revoir sa position. L'acheteur de vésicules de la nuit précédente l'avait pas mal impressionné, sa manière de se servir de son arme, de la sortir d'une main sûre alors qu'il était soulevé au-dessus du sol. Sans doute un ancien soldat. Mais certainement pas un rustre qui griffonnait son numéro de téléphone sur le mur de toilettes publiques en faisant une faute au mot *ginseng*, à moins que ce ne soit volontaire. Les organisations criminelles d'Arizona – cartels mexicains, gangs des rues, bikers – recrutaient activement du personnel militaire, des vétérans qui, au retour des combats, étaient abandonnés à la pauvreté. Il se demanda si l'acheteur travaillait pour un gang de la côte est en relation avec l'Asie.

Il ne savait pas très bien quoi tenter ensuite. Le plus simple consisterait à surprendre des braconniers sur la propriété. C'est là-haut qu'il passait le plus clair de son temps, mais la montagne était vaste et, d'après Boger, ils se servaient d'arbalètes : il ne fallait donc pas s'attendre à des coups de feu. Il envisagea un instant de rappeler Boger, de lui demander les noms de quelques autres chasseurs d'ours à qui il pourrait parler, mais l'autre soir Boger s'était montré inamical, comme s'il ne souhaitait pas se lier davantage avec lui.

Il ramassa les douilles, chargea ses cadres et ses silhouettes dans le pick-up, remit les mottes de terre en place, ratissa des feuilles mortes par-dessus. Quand il retira ses bouchons d'oreille, le bruit de l'eau jaillissant de la cabane de la source lui parut incroyablement fort. La famille Traver avait fait construire une cabane en pierre et en maçonnerie, de la taille d'un minivan, au-dessus de la faille de calcaire, et ils avaient enfoui une canalisation allant jusqu'au chalet situé quelques centaines de mètres en contrebas, si bien que l'eau descendait par simple gravité, sans la moindre pompe. Un tuyau de vingt-cinq centimètres dépassait de la cabane pour le trop-plein et l'eau qui s'en déversait formait la source de la Perry Creek, une rivière à truites qui dégringolait vers la vallée de la Dutch River – le boulot de Rice consistait entre autres à placer un filet dans la rivière deux fois l'an pour compter les insectes qu'il y attrapait.

Il montait dans son pick-up quand il repéra quelque chose sur la cabane de la source, un animal perché là, parfaitement immobile, qui l'observait. Ce frêle animal était d'un noir d'encre, profond, comme un trou dans le monde environnant, et il pensa *fouine noire*, puis il se rappela la description qu'avait faite Sara de la chatte sauvage. Il s'étonna que les coups de feu ne l'aient pas chassée. On aurait dit qu'ils l'avaient au contraire attirée là. Il descendit de la cabine et s'approcha.

« Tu es donc Mel. » Ce nom ne lui allait pas. Lorsqu'il avait demandé à Sara si ce n'était pas un diminutif de *mélanisme*, elle avait haussé les épaules, puis déclaré qu'elle était scientifique, pas poétesse.

La chatte le regarda en clignant des yeux. Puis elle disparut sans paraître avoir bougé. Il grimpa sur la cabane pour voir, mais il n'y avait plus aucune trace d'elle et il se demanda s'il n'avait pas tout imaginé. Il apporterait le piège Havahart dès le lendemain, au cas où ; sa conscience lui interdisait de la laisser là.

Il nettoya son pistolet sur la table une fois au bureau, puis s'obligea à s'y asseoir pour passer quelques coups de fil à ses fournisseurs – plaques d'aggloméré non toxique pour le sous-plancher, isolant recyclé, placoplâtre spécial, tout cela aux frais de STP. Il rangea dans le tiroir de la table le carnet où il consignait ses notes sur le chantier du bungalow et remarqua, empilées dans un coin, plusieurs cartes de visite professionnelles de Sara mentionnant l'université Virginia Tech. Le téléphone était toujours branché dans la prise murale. Il composa son numéro avant de pouvoir changer d'avis.

Elle ne parut pas surprise qu'il ait vu la chatte. « Je savais qu'elle survivrait.

— Eh bien, elle n'est pas censée survivre dans la réserve. Je vais essayer de l'attraper avec le piège qui est dans le hangar. J'aurai peut-être davantage de chance que vous. »

Sara lui demanda s'il avait installé les appareils photo sur les pistes animales, ce qu'il avait complètement oublié de faire. Elle s'invita alors pour mercredi. Elle monterait au chalet de bonne heure, l'aiderait à fixer ces appareils photo et récupérerait la chatte s'il parvenait à la capturer d'ici là.

Il ne répondit pas tout de suite.

« Rice, ça vous va ? Voyez-vous, j'ai pris un risque en vous demandant si je pouvais vous rendre visite. Soyez gentil, dites-moi oui.

— Je crois que je suis libre mercredi.

— Vous êtes libre tous les jours que Dieu fait. Pourquoi ne me proposez-vous pas de rester dîner ? Nous verrons bien si nous sommes capables de nous supporter. »

15

Cap au sud, en pleine réserve de Tohono O'odham, Rice et Apryl avançaient au clair de lune dans un ravin à sec. Ce chemin était confortable, ils l'avaient déjà emprunté une demi-douzaine de fois. De chaque côté, les parois hautes d'environ cinq mètres creusaient une tranchée au fond de laquelle ils restaient invisibles pour quiconque surveillait le paysage environnant. Ils avaient réceptionné deux sacs de vingt litres dans une planque de Phoenix, des sacs scellés avec un genre spécial de ruban antieffraction que le cartel utilisait désormais. Encore peu aguerri, Rice dépensait son énergie mentale en pure perte à s'interroger sur le contenu de ces sacs. Le calcul était facile : si c'était de l'argent liquide et rien que des billets de cent, chacun devait contenir environ deux millions de dollars. Mais ce serait lourd, plus de vingt kilos par sac, et ils n'étaient pas entièrement pleins. Quand même. Il s'agissait peut-être d'une denrée plus intéressante que de l'argent liquide, peut-être des pierres non taillées, des titres de propriété, des cartes bancaires prépayées d'un montant de neuf mille neuf cents dollars pièce. La valeur faramineuse de ce qu'Apryl transportait d'habitude pour le cartel l'avait stupéfié.

Trois mois plus tôt, sur cette corniche donnant sur le Baboquivari, il avait dit à Apryl qu'elle devrait embaucher quelqu'un pour surveiller ses arrières, que ses commanditaires s'attendaient à ce qu'elle travaille avec un équipier, qu'elle avait peut-être fait semblant d'en avoir un, simulé la confiance qui est la vôtre lorsqu'on sait, et qu'on sait que l'autre sait aussi, que quelqu'un veille sur vous, quelqu'un d'armé, caché à proximité, à qui rien n'échappe. Mais, lui dit-il ce soir-là, la nouvelle finirait par se répandre, elle travaillait seule, et un jour un connard en profiterait forcément.

Elle n'en était pas revenue. Sans le faire exprès, en contestant les choix tactiques d'Apryl, il lui avait fait oublier qu'elle voulait lui flanquer une balle dans la tête. Ils discutèrent et elle posa son pistolet sur le grès avant de s'asseoir en tailleur derrière lui. Elle prit ensuite un couteau et coupa les minces courroies plastique qui lui enserraient les poignets et les chevilles. Elle reconnut qu'elle livrait des paquets – elle ne parla pas de contrebande – pour pouvoir acheter des médicaments à sa petite sœur schizophrène qui avait fugué de chez leurs parents afin de vivre avec elle. Croyant qu'elle blaguait, il éclata de rire, mais elle parlait sérieusement. Son dealeur l'avait convaincue de faire la mule après avoir découvert qu'elle gagnait sa vie en randonnant dans l'arrière-pays, le long de la frontière. Elle connaissait bon nombre des agents de la patrouille frontalière ; tous la prenaient pour une amoureuse folle dingue de la nature. Le fournisseur mexicain de son dealeur, un nouveau venu dans le cartel – elle refusa de dire lequel, mais Rice le devina –, aimait bien Apryl, son cran, sa fiabilité ; elle l'avait accompagné dans son ascension au sein de l'organisation. C'était une alliance inhabituelle. Il préférait apparemment une approche diversifiée à la contrebande ordinaire et il faisait entièrement confiance à Apryl pour transporter des marchandises peu encombrantes et de valeur modérée à élevée de part et d'autre de la frontière. Elle occupait ainsi une niche.

Après avoir fait ce boulot pendant dix-huit mois, elle gagnait assez d'argent pour acheter les médicaments de sa sœur, faire quelques économies pour elle, au cas où il lui arriverait quelque chose, et financer plusieurs études en biologie qu'elle jugeait indispensables. Sa manière à elle de remercier la région de la frontière. Selon Apryl, les chaînes de montagnes frontalières étaient les seuls endroits « réels » de tout le continent, mais depuis une dizaine d'années l'anarchie y gagnait du terrain, car la patrouille frontalière avait obligé les flux migratoires allant vers le nord à s'aventurer dans des contrées plus isolées et chaotiques, une géographie mortelle aux noms poétiques : les Perillas, les Pedregosas, les Dos Cabezas. Apryl avait un faible pour les Chiricahuas, un massif montagneux presque inexploré, à la diversité biologique ahurissante, hanté par les fantômes de ses ancêtres Cochise et Geronimo, qui fournissait des itinéraires improbables à des centaines de migrants désespérés emportant vers le nord et ces étendues quasi sauvages leurs rêves et leurs bidons d'eau en plastique. Apryl était à moitié apache, une généalogie dont selon Rice elle faisait trop grand cas ; toute petite, elle avait été adoptée par les ultraconservateurs M. et Mme Whitson en proie à une bouffée de libéralisme et à la panique du couple d'âge mûr sans enfant. L'année suivante, Mme Whitson était tombée enceinte de Tracy, la sœur d'Apryl, et – tout cela d'après cette dernière – leur mère avait ressenti le remords de l'acheteuse envers la fillette basanée qui manifestait des problèmes de comportement.

Cette nuit-là, tandis qu'ils marchaient dans le canyon à sec, elle lui avait parlé à voix basse du mur prévu tout le long de la frontière entre l'Arizona et le Mexique, puis de son projet de financement d'une étude majeure montrant que ce mur bousillerait la migration transfrontalière d'espèces menacées de gros animaux. Il y réfléchissait, se demandant s'ils pourraient récolter de bonnes données sur une quelconque espèce en danger, car il n'y en avait pas beaucoup de répertoriées, et les services de sécurité du territoire se contrefichaient sûrement de la Loi sur les espèces menacées d'extinction. Ses pensées s'embrouillèrent à cause de la chaleur abrutissante, même au milieu de la nuit ; quand deux *coyotes* guidant un groupe de migrants clandestins arrivèrent à l'entrée d'une courbe, il était trop ahuri pour réagir vite. Les migrants, des survivants à l'esprit vif, firent aussitôt demi-tour et détalèrent. L'un des *coyotes* tira un coup de feu tandis que Rice et Apryl se réfugiaient derrière un rocher. Lorsque Rice riposta avec son .45, la flamme sortant du canon l'aveugla presque. L'autre type ouvrit le feu avec une arme automatique, les balles sifflèrent autour d'eux, ricochèrent sur les pierres, avec le bruit d'une mitraillette 9 millimètres.

Pendant qu'Apryl s'accroupissait près de lui en jurant, son .22 en main, une impression de détachement submergea Rice : il se dit qu'il vivait son premier échange de coups de feu, qu'au lieu de poursuivre une carrière scientifique, il était devenu une sorte de ridicule hors-la-loi du désert – un Clyde dilettante flanqué d'une Bonnie à peine plus crédible –, et que les balles qui sifflaient autour de lui ressemblaient à des insectes vrombissants.

Ils n'étaient pas complètement naïfs. Ils avaient essayé de se préparer à ce genre d'échauffourée. En dehors des scènes de combats qu'ils avaient vues au cinéma, ni l'un ni l'autre n'avaient la moindre expérience d'une quelconque fusillade, mais sur l'insistance de Rice ils rejoignaient une ancienne décharge dans le désert une fois par semaine pour tirer au pistolet sur des appareils ménagers rouillés. C'était un lieu impressionnant, post-apocalyptique, où quelqu'un – ils imaginèrent les membres d'un gang s'exerçant au tir – avait abattu tous les saguaros, apparemment à la mitraillette. Ils savaient qu'ils ne résisteraient pas au premier affrontement violent, mais ils avaient bâti leur succès sur la furtivité, leur couverture d'innocents biologistes et leur connaissance de cette région frontalière isolée. Jusque-là ils avaient eu de la chance. Ils se retrouvaient maintenant dans une zone reculée du désert de Sonora, un petit ou un gros magot dans leurs sacs à dos, et des criminels équipés d'armes automatiques leur tiraient dessus.

Il demanda à Apryl de lui donner son pistolet et, lorsqu'elle refusa ainsi qu'il s'y attendait, il tendit la main et le lui arracha. Quand le second *coyote* cessa de tirer pour recharger, Rice se pencha hors de son abri et vida les deux magasins en direction de l'agresseur, tirant dix-sept coups de feu le plus vite possible – un vacarme assourdissant, des flammes, des ricochets – dans l'espoir de convaincre ses adversaires qu'Apryl et lui étaient beaucoup mieux armés qu'en réalité. Il inséra son deuxième magasin dans la crosse du .45 et entraîna Apryl vingt mètres plus loin vers un surplomb rocheux du canyon, il la poussa derrière cet abri de fortune et tomba sur elle. Les *coyotes* tirèrent encore trente ou quarante balles en position automatique, sans rien viser de précis, pendant qu'Apryl gigotait et se démenait sous lui comme la chatte dans les dessins animés de Pépé le Putois en lui crachant à l'oreille de se barrer de là, putain, et de lui rendre son putain de flingue.

Les *coyotes* semblèrent se trouver à court de munitions et battirent en retraite pour se réapprovisionner. Ils avaient sans doute quitté le canyon, car Apryl et Rice ne les revirent pas. Apryl interpréta l'incident à sa manière toute personnelle. Après avoir menacé de le tuer si jamais il essayait encore de lui prendre son arme, elle déclara simplement : « Faut qu'on s'équipe. » Il ne pouvait pas dire le contraire. Quelques semaines plus tard, tous deux suivirent un stage d'entraînement tactique de trois jours près de Phoenix. Trois jours en compagnie de vrais fondus des armes. Les autres stagiaires étaient tous des citoyens parfaitement respectables, la plupart reconnaissaient sans problème qu'ils se préparaient en vue de a) l'insurrection islamique ou socialiste que le nouveau président socialo-musulman allait déclencher, b) la narco-invasion que les cartels mexicains fomentaient de l'autre côté d'une frontière aussi poreuse qu'une passoire, et/ou c) l'invasion toujours imminente des États-Unis par les hélicoptères noirs des Nations unies.

Rice et Apryl tirèrent les conclusions de leurs connaissances nouvelles et décidèrent qu'ils avaient besoin d'une arme de guerre automatique pour travailler près de la frontière. Apryl procéda à de minutieuses recherches avec son efficacité habituelle, compara les mérites respectifs de divers calibres, des mécanismes à piston *versus* la conception de « l'impact direct », des optiques, des bandoulières, etc. Il lui dit qu'elle se comportait comme les cinglés des cartels et les frimeurs de la mafia qu'elle méprisait, mais il savait que ces dernières années les paramilitaires de Los Zetas avaient bouleversé les règles du jeu. Comme le disait sobrement Apryl, « on ne pouvait plus échapper à cette merde militaire ».

Rice pensait avoir adopté une approche raisonnable de l'emploi des armes, entre la naïveté des pacifistes et l'enthousiasme délirant des cinglés de la gâchette. Il aimait tirer, mais n'avait jamais cédé à la fascination des flingues et il éprouvait quelque réticence à ajouter le piment fort de la haute technologie des armes mortelles à la soupe ordinaire de la société humaine. Apryl, quand ses amies pacifistes vegan lui reprochaient de posséder, et de se balader avec non seulement une arme à feu, mais un vrai pistolet, leur rétorquait qu'il était ridicule de nier la technologie, qu'on se retrouvait ainsi à la merci de crétins malfaisants qui n'avaient pas ces scrupules. « Dans le cas présent, ajoutait-elle, le pot aux roses technologique a déjà été découvert. » Le pot aux roses technologique en question, supposait Rice, incluait tout ce qui pouvait blesser ou tuer, depuis le bambou taillé en pointe et les lames bien aiguisées jusqu'aux pistolets de calibre .22 et les fusils semi-automatiques à gros chargeur, mais pas encore les mitrailleuses de calibre .50, les RPG, les Manpad, les missiles Hellfire, les hélicoptères d'attaque Apache, etc. Il lui dit que, comme pour tout ou presque, il fallait poser une limite. C'était devenu aux yeux de

Rice une approche pragmatique, une sorte de course aux armements : si les voyous qu'il risquait d'affronter possédaient telle ou telle arme, il tenait à avoir la même.

Quelques semaines après ce stage, ils retournèrent à Phoenix et rencontrèrent un Blanc obèse à l'accent du New Jersey qui vendait des armes à feu au marché noir dans son pick-up et ils payèrent trois mille dollars un FN Scar 16S camouflé pour le désert. Un fusil haut de gamme, selon Apryl, enverrait un signal, et celui-ci ferait ce boulot, putain. C'était une arme belge neuve, un 5,56 millimètres doté d'une crosse pliante, facile à dissimuler dans un sac à dos, très pratique pour tirer de près, et tout aussi précis au-delà de trois cents mètres. Ils achetèrent également pour un bon prix plein de chargeurs, une bandoulière et un viseur Trijicon compact qui leur coûta la moitié du prix du fusil. C'était une sacrée arme, qu'il transporta dans son sac pendant presque un an – la sortant pour couvrir les rendez-vous solo d'Apryl avec les types du cartel –, et bien qu'il n'ait jamais eu à s'en servir pour tuer, il apprécia de plus en plus et d'une manière troublante la confiance qu'elle lui donnait, un sentiment d'invincibilité. Près de la fin, quand il commença de soupçonner que Mia Cortez, la nouvelle amie d'Apryl, n'était pas ce qu'elle prétendait être, il enfouit le fusil dans les Chiricahuas à l'intérieur d'un tuyau scellé en PVC comme un bon survivaliste, en se disant que, s'il se trompait à propos de Mia, il pourrait toujours venir le récupérer.

16

Dans la cuisine, Rice écoutait d'une oreille distraite les infos sur son radio-réveil en attendant le bulletin météo, quand il se rappela que Sara devait passer le matin même. Les résultats sportifs suivirent les nouvelles. Il éteignit l'appareil et regarda, par la fenêtre, le ciel virer de presque noir à un gris anthracite peu engageant. Nuageux, sans doute de la pluie.

Il se dit une fois encore que ç'avait été une erreur, l'autre jour, d'appeler Sara. Il s'étonnait encore de sa réaction. Après tous ces mois de solitude douillette, quoi, il se sentait soudain seul ? Maintenant on ne pouvait plus rien y faire. Il mit en route une seconde tournée de café et décida qu'il devait prendre une douche. Une fois habillé, il la trouva assise dehors sur les marches, en train d'écrire dans un carnet à spirale, les cheveux attachés en une épaisse queue-de-cheval blonde qui lui pendait dans le dos. Une glacière en plastique bleu était posée sur la galerie.

Il poussa la porte-moustiquaire et sortit. Elle se retourna en entendant le bruit et lui sourit.

« Il y a du café, dit-il.

— J'ai senti l'odeur. » Elle lui tint la porte pendant qu'il prenait la glacière. « Alors, où est ma chatte ?

— J'ai attrapé un opossum à la place. Il a refusé de sortir du piège. Il a fallu que je le secoue. »

Dans la cuisine, elle transféra de la glacière au réfrigérateur plusieurs récipients en plastique et une cocotte en verre. Deux bouteilles de shiraz australien apparurent sur le comptoir. Quand elle retira son blouson, elle le surprit à chercher des yeux le pistolet paralysant.

« Je l'ai laissé dans la voiture, dit-elle.

— Un acte de foi ?

— Quelque chose comme ça. »

Ils préparèrent des sandwichs au beurre de cacahuète et au miel pour le déjeuner. Ces sandwichs rejoignirent le sac à dos de Sara, car Rice porterait les appareils photo et le matériel de montage, et puis il n'avait pas envie que ces trucs sentent le beurre de cacahuète. Les appareils photo étaient suffisamment malmenés par les ours pour ne pas empester en plus la nourriture humaine.

Rice gravit la pente à une allure modérée, bien que Sara n'ait aucun problème pour le suivre. Elle le regarda en silence fixer le premier appareil photo à un arbre, mais il sentit qu'elle se retenait ; dès que sa main atteignit sa nuque pour en ôter la transpiration et l'essuyer sur le boîtier, elle se mit à protester. Il expliqua que les ours noirs aimaient bien détruire les appareils photo et il avait dû inventer de nouvelles manières de les fixer et de les dissimuler afin d'obtenir des données à peu près fiables. Un peu d'odeur humaine ne les ferait pas fuir, mais les dissuaderait peut-être de mordre le boîtier de l'appareil. Ça dépendait des ours : on verrait bien ce que ça donnerait.

Lorsqu'elle lui demanda comment il le savait, il expliqua qu'il avait travaillé sur un contrat scientifique pour une organisation de protection de la nature, installé et surveillé des appareils photo sur les chemins empruntés par les animaux le long de la frontière mexicaine. Il s'agissait de l'étude qu'Apryl et lui avaient en partie financée à travers des canaux labyrinthiques imaginés par Apryl, pour estimer l'impact de la future clôture frontalière sur les gros mammifères qui allaient et venaient entre leurs habitats états-unien et mexicain, surtout des espèces rares comme les jaguars, les jaguarondis, les antilopes d'Amérique. L'an dernier, ils avaient presque terminé leur travail quand tout avait foiré, mais ensuite Rice n'avait vu aucun article publié dans les revues spécialisées. Les gars des services de sécurité avaient sans doute enterré les résultats de leur étude.

Il ne comptait bien sûr pas informer Sara en détail de cette étude. Il préféra lui décrire les images récoltées : beaucoup de migrants, quelques contrebandiers portant de la marijuana dans d'énormes sacs à dos improvisés, des chevreuils, des coyotes, des ratons laveurs, des coatis, des pécaris, parfois un puma ou un jaguarondi, et de nombreux gros plans flous d'ours noirs curieux. Durant les mois qu'ils avaient consacrés à ce projet, sur les milliers de photos exploitables d'animaux, il y en avait eu seulement trois qui, sans aucun doute possible, montraient un jaguar.

Sara s'en remit dès lors à l'expertise de Rice, allant et venant à quelques mètres devant les appareils photo pour qu'il puisse régler les détecteurs de mouvement, et elle parlait presque sans arrêt de sujets allant des lézards et des salamandres indigènes à la politique du département de zoologie. Elle évoqua son projet avec les lézards scincidés, destiné à comparer les génomes des plestiodons anthracites de la réserve avec ceux des populations vivant dans des zones moins protégées. Elle avait apparemment consacré beaucoup de temps à chasser ces lézards avec un coupe-ongles afin de prélever des écailles ou un fragment de queue pour analyser leur ADN.

Elle était restée gardienne pendant presque deux ans, mais ses horaires d'enseignement l'avaient contrainte à passer deux nuits par semaine à Blacksburg durant les semestres d'automne et de printemps. Il valait beaucoup mieux, dit-elle, avoir quelqu'un sur la réserve à plein temps, surtout maintenant qu'on y braconnait des ours. Il attendit qu'elle lui relate l'histoire de sa rencontre mouvementée avec les chasseurs d'ours sur la propriété, mais elle semblait toujours réticente à en parler.

Lorsqu'ils eurent fini d'installer les appareils photo, les nuages s'étaient épaissis en un plafond bas d'où tombait une fine bruine qui dans l'air plus frais menaçait de se transformer en vraie pluie. Ils décidèrent de quitter le transect pour rejoindre la falaise dominant la gorge intérieure et ils restèrent un moment sans parler près du bord. La vue était époustouflante : trente mètres plus bas, la canopée moutonneuse de la forêt primaire occupait tout le canyon. Les cimes majestueuses de sapins-ciguës, de chênes rouges et blancs, de hickorys, de gommiers, de frênes – une douzaine d'espèces au moins, uniquement des spécimens géants, oscillant dans la brise humide chargée de brume. Çà et là, des branches nues émergeaient de la canopée comme des doigts osseux. Sous leurs yeux, les falaises du bord opposé disparurent derrière des nuages bas dont les volutes remontaient de la rivière située plusieurs kilomètres en aval. L'énergie émanant de cette forêt si proche grondait dans la poitrine de Rice, comme s'il se tenait tout près de grandes orgues.

Sara déballa leurs sandwichs et ils déjeunèrent, adossés à l'un des blocs calcaires de la taille d'une voiture qui parsemaient le sommet de la falaise tels

143

des dominos géants. Rice contourna l'un de ces blocs et entra dans les broussailles pour aller pisser et, au retour, il marcha sur une brindille qui se brisa net. Une gélinotte huppée jaillit droit vers le ciel depuis l'un des rochers tout proches, puis elle déploya ses ailes, se laissa glisser dans la gorge avant de plonger derrière la cime d'un énorme pin blanc.

« Vous n'êtes pas très discret. » Elle sortit une pomme de son sac et la proposa à Rice, qui secoua la tête en signe de refus. « Nous avons passé notre matinée à effrayer les bêtes sauvages », dit-elle.

Elle avait raison. Ils avaient certes vu des animaux, mais toujours en fuite : une grande bande de dindes s'étaient envolées au-dessus de la piste coupe-feu, quelques chevreuils avaient détalé, la queue bien haute, et près de la source un gros animal seulement entraperçu avait bruyamment filé devant eux à travers d'épaisses broussailles, sans doute un ours. Il se retint de répondre qu'il ne vivait pas la même expérience quand il était seul, mais cela lui arrivait de temps à autre et il se disait alors qu'effrayer les animaux risquait de révéler sa position à des braconniers en maraude.

Elle observa son visage.

« À quoi pensez-vous ? Vous semblez soucieux tout à coup.

— Savez-vous ce qu'est une tenue de camouflage de type *ghillie* ? »

Elle secoua la tête.

« Les Ghillies étaient des bergers écossais ; ils se montraient si habiles pour se camoufler et passer inaperçus que les riches propriétaires fonciers commencèrent à les embaucher comme gardes-chasse et pour surveiller leurs terres. Ils sillonnaient les domaines afin d'attraper les braconniers. Ils ont inventé des tenues de camouflage bien particulières, des gros vêtements broussailleux, couverts de feuilles et de brindilles cousues, et puis ils puaient pour masquer leur odeur. Aujourd'hui encore, les snipers de l'armée portent ce genre de tenue. Quand on sait se servir d'une tenue *ghillie*, on peut disparaître. Comme par magie.

— Vous êtes vous-même une sorte de *ghillie*. Avec une de ces tenues, vous pourriez attraper les braconniers. » Elle mordit dans sa pomme et continua de parler derrière sa main. « Comment font-ils pour puer ?

— Ils se servent de tout ce qui dégage une forte odeur, j'imagine. La merde d'opossum, les branches de cèdre. Suffit de laisser sa tenue une semaine dans les bois, pour que les ours pissent dessus. »

Ils restèrent un moment silencieux. Rice garda les yeux fixés sur l'endroit de la forêt où la gélinotte venait de disparaître et il imagina comment il s'y prendrait pour fabriquer une tenue *ghillie*. Sara termina sa pomme, glissa le trognon dans un sachet plastique, qu'elle rangea dans une poche extérieure de son sac. Quand la bruine vira à la pluie, ils mirent leur capuche.

« Vous êtes déjà descendu dans ce canyon ? » La voix de Sara était étouffée par la capuche. Il la regarda, vit les minces ruisselets de pluie courir dans le dos de son anorak.

Elle se retourna vers lui. « Rice ?

— Non. Non, jamais.

— Vous êtes un peu dans la lune.

— Pardon. Je ne dors pas beaucoup. D'habitude ce n'est pas un problème. » Il cligna des yeux, tenta de se concentrer. « J'en ai fait le tour en longeant les crêtes, mais je n'y suis jamais descendu. On m'a ordonné de ne pas y aller.

— On m'a dit la même chose. »

À l'exception du transect qui coupait en ligne droite l'extrémité nord-ouest où les falaises étaient plus basses, l'intérieur de la gorge leur était interdit. En cette époque, nommée anthropocène, de réchauffement climatique et d'intrusions omniprésentes, les biologistes soucieux d'écologie avaient renoncé à défendre l'idée d'un quelconque endroit « immaculé », mais la famille Traver protégeait cette vallée depuis si longtemps que cette partie isolée de la réserve servait de référence absolue, un rare fragment – peut-être unique – de forêt primaire des Appalaches où la plupart des pièces du puzzle étaient toujours en place.

La politique prohibant toute intrusion humaine était stricte, et elle l'était devenue de plus en plus au fil des années, à mesure qu'on comprenait mieux l'importance de minimiser l'arrivée et l'implantation d'espèces invasives. Il fallait déposer une demande auprès du conseil d'administration de la fondation pour obtenir la permission d'entrer à l'intérieur du canyon, et il fallait avoir une bonne raison de le faire. D'après ce que Rice savait, personne n'avait fait de demande en ce sens depuis qu'il était gardien, mais il avait découvert dans les registres qu'on accordait cet accès à un ou deux individus ou groupes par an. La plupart étaient des scientifiques, mais la fondation avait aussi accepté des poètes, des musiciens, des peintres, des photographes, des groupes d'autochtones américains et des « chercheurs spirituels ». Si la base de données de Sara voyait le jour, il s'attendait à ce que le nombre des demandes augmente beaucoup. La réserve deviendrait alors une forêt populaire et de première importance pour les scientifiques. Peut-être était-ce même ce que tout le monde voulait.

Sara lui sourit dans la caverne bleue de sa capuche. D'après Rice, cette grosse pluie ne durerait pas et, comme si elle lui obéissait, elle faiblit aussitôt.

« Il est juste midi passé, dit-elle. Nous pourrions descendre et rejoindre la rivière avant la tombée de la nuit. »

Il espéra qu'elle blaguait. Il y avait un sacré bout de chemin jusqu'à la rivière. Il se représenta les cartes fixées au mur du bureau, suivit mentalement le large lit du cours d'eau jusqu'à ce qu'il rétrécisse en une gorge encaissée après un ou deux kilomètres, les lignes de niveau si proches qu'elles se fondaient en une bande brune uniforme, le trait bleu du torrent se tordant en tous sens. Même sur une carte topographique très précise, il était impossible de savoir exactement ce qu'il y avait là.

Une forte brise balayait la gorge et malmenait les frondaisons des arbres géants, les faisait osciller au ralenti, dans un sens puis dans l'autre. Pourtant, l'air était calme à l'endroit où ils se trouvaient, la pluie avait cessé. Il retira sa capuche, vécut l'infime révélation habituelle : des sons nouveaux, le ciel immense, la vision périphérique retrouvée. Sara l'imita bientôt. Elle agita les bras pour en faire tomber la pluie.

« J'ai toujours eu envie de voir à quoi ressemblaient les reptiles tout en bas. Starr disait qu'elle pouvait m'obtenir la permission d'aller y faire une étude, mais j'ai eu peur. Je sais que ça paraît bizarre. »

Il y réfléchit. Oui, ça paraissait bizarre et il faillit lui demander ce qui l'avait fait changer d'avis, mais il se reprit à temps. Il n'avait pas vécu un dixième des épreuves qu'elle avait traversées et il lui semblait parfois que son propre ADN était endommagé.

De pâles rideaux de pluie arrivèrent à nouveau et obscurcirent la pente verte opposée de la gorge, puis la falaise, le vent agitant la cime des arbres en contrebas. Au-dessus de leur tête, le ciel était un dense tourbillon gris. Il se dit qu'il allait pleuvoir par intermittence toute la journée.

« Ça fait une drôle d'impression, dit-il. C'est tellement ancien. » Il se leva et prit son sac. « Allons-y. »

17

Ils trouvèrent une cheminée pentue, légèrement moins verticale que la falaise et semée de gros massifs de rhododendrons vigoureux. Rice passa en premier, face à la paroi. Il testa chaque prise en pesant dessus de tout son poids, mais le rocher était plein d'anfractuosités qui facilitaient la descente, et puis les troncs et les branches souples des rhododendrons évoquaient les barreaux d'une échelle.

La lumière changea lorsqu'ils atteignirent la canopée de la forêt. Ils firent halte sur une étroite plate-forme rocheuse pour se reposer, le dos collé à la pierre incrustée de lichens. Ils regardèrent les feuilles dégoulinantes de pluie et les immenses branches mouillées. L'air, plus frais qu'en haut, sentait l'odeur puissante des sapins-ciguës poussant le long du torrent, mais il y avait aussi autre chose. Aucun des deux ne parlait. Rice eut l'impression qu'ils venaient d'entrer dans une contrée différente, sombre, verte, primitive. Même le bruit de l'eau qui se ruait tout en bas, à une trentaine de mètres d'eux, semblait nouveau, exotique.

Lorsqu'ils eurent achevé leur descente et qu'ils atteignirent la base de la falaise, Sara demanda en chuchotant : « Tu sens ça ? »

Il acquiesça.

Elle se mit à crapahuter le long du torrent, souleva des pierres, écarta des tas de feuilles mortes, identifia des espèces inhabituelles de plantes, d'insectes, de reptiles. Elle prit son téléphone pour photographier les animaux qu'elle découvrait. Chuchotant toujours, elle l'appela pour lui montrer une petite salamandre noire qui, dit-elle, était une salamandre de Jefferson. Elle remit dessus les feuilles qu'elle venait d'ôter, puis entraîna Rice vers une souche en train de pourrir, retira un bout de bois friable et montra une autre salamandre, plus grande, au corps couvert de rayures verticales, une salamandre tigrée de l'Est.

« Je n'ai jamais vu ni l'une ni l'autre en liberté, dit-elle. La *jeffersonianum* est peu répandue, la *tigrinium* est une espèce menacée en Virginie, que d'après les manuels on trouve seulement dans quelques endroits, certainement pas ici. »

Elle continua de ramper et de griffonner des notes dans son carnet. Il s'adossa contre un arbre et laissa son esprit dériver à travers la forêt primaire. Maintenant qu'il était dans le canyon, l'effet semblait moins puissant, mais seulement parce qu'il était plus diffus, réparti entre des entités individuelles. Les arbres géants évoquaient des dieux endormis, ils émettaient une vibration qu'il ne parvenait pas à identifier, pas tout à fait celle d'un être sensible, chacun différent des autres, chacun racontant sa propre histoire séculaire. Sur le sol de la forêt, des troncs de châtaigniers morts depuis l'épidémie s'étaient transformés en énormes talus putrescents couverts d'une épaisse couche de mousse qui chuchotait paisiblement. Quelque chose l'interpella, il se retourna face à un tulipier noueux et voûté comme un vieillard, excavé par la pourriture, les éclairs, d'anciens incendies. Il eut la chair de poule.

Sara lui apporta un petit serpent, long d'une trentaine de centimètres, couleur kaki avec des taches noires. Il glissait sans se presser d'une main à l'autre de la jeune femme, jusqu'à ce qu'il renonce à essayer de s'enfuir et se love autour de son poignet.

« *Virginia valeriae*, dit-elle. *Virginia pulchra.* » Quand elle leva le serpent au niveau de son œil, Rice tendit la main et passa l'index sous le menton crémeux du reptile. Celui-ci y posa la tête, sa langue dardant hors de la gueule pour procéder à une subtile analyse chimique de la peau humaine.

« C'est la première fois que j'en vois un comme ça, déclara-t-il.

— Normal. Ils sont rares, et fouisseurs. Même pas supposés habiter cette partie de l'État. On dirait vraiment le Monde Perdu ici. » Le serpent se remit à s'agiter et glissa bientôt vers l'autre main de Sara. « Tant de gens détestent les serpents, murmura-t-elle comme pour elle-même. Je crois que c'est parce qu'ils menacent la vision du monde des humains – ils sont étranges, dépourvus de membres, inconcevables, ils évoquent la magie noire : un bâton doté de vie. Mais nous aussi sommes peut-être des bâtons devenus vivants. » Le serpent s'enroula autour de son pouce et elle s'adressa à sa face impassible. « Nous aimons penser que nous sommes exceptionnels, nantis d'une âme, des anges ou des fées, les enfants préférés de Dieu. Le tour de magie qui fait de nous de la matière animée ne nous suffit pas. »

À grands pas, elle délimita un carré de vingt mètres de côté, dont elle marqua les angles avec des bâtons, puis elle demanda à Rice de prendre son téléphone pour photographier tout ce qu'elle trouvait. Elle désirait procéder à une étude rapide et brouillonne afin de montrer à Starr un échantillon à peu près représentatif quand elle lui exposerait leur proposition de recherche. Il faudrait que Rice l'aide, dit-elle. Ils pourraient travailler sur le terrain au printemps et signer conjointement un article.

Il sourit. « Tu ne peux pas parler de ça à Starr. Nous n'avons pas le droit d'être ici.

— Je dirai qu'on s'est perdus à cause de toi. »

Leur article, ajouta-t-elle, fixerait de nouveaux standards pour la diversité des vertébrés dans les forêts du centre des Appalaches. Au fil des décennies, les gens avaient oublié ce qu'une forêt aurait dû être, ils en étaient arrivés à trouver normales des exploitations forestières de deuxième, troisième ou quatrième génération. Leur article ferait voler en éclats les a priori déprimants de cette perception conventionnelle et complaisante. Quelques autres endroits comme celui-ci échapperaient peut-être alors aux tronçonneuses. Les humains arrêteraient sans doute leurs conneries.

Il secoua la tête face à tant d'optimisme, mais elle ne le remarqua pas. Il commençait à apprécier la compagnie de Sara, son idéalisme, son enthousiasme, jusqu'à sa volubilité, et il lui dissimula le fond de sa pensée, il ne lui dit pas que malgré la résilience de cette forêt au cours des millénaires, malgré la puissance troublante qui s'en dégageait et qui, même à présent, bouleversait Rice, l'amère vérité était que ce lieu, intact depuis la dernière ère glaciaire, allait disparaître dans un avenir relativement proche. Il avait lu les revues scientifiques accumulées jusqu'à une date récente sur les étagères du bureau, et toutes ces données avaient imprégné son subconscient, renforcé son pessimisme inné. Les sapins-ciguës s'en iraient en premier ; les pucerons n'étaient pas encore dans la gorge, mais ils arrivaient. Sans la protection permanente de la canopée, le torrent se réchaufferait, la gorge deviendrait plus aride. Vers cette époque, le microclimat serait sujet à de graves instabilités, les boucles de rétroaction multiples entreraient en jeu, des merdes que personne n'imaginait pour l'instant. Il voyait déjà les flammes dévorer les frondaisons géantes, un incendie catastrophique stériliser les sols. Seules les mauvaises herbes pousseraient dans ce canyon ravagé, des espèces invasives, à reproduction rapide. La biodiversité anéantie en un clin d'œil géologique. Pas seulement ici. Partout. Attends soixante-dix millions d'années.

Quand Sara lui tendit son téléphone, il sourit et s'en saisit. Il lui dit qu'il serait ravi de participer à cet article. Qu'il espérait que ça changerait les mentalités.

Deux heures plus tard et un bon kilomètre vers l'aval, Rice s'accroupit en haut d'une cascade de trente mètres et but l'eau du torrent dans la coupe de ses mains. Après quelque hésitation, Sara l'imita. Non loin de là, le torrent devenu puissant après avoir absorbé des dizaines de petits affluents dans le canyon s'élançait au-dessus d'une lèvre rocheuse et tombait dans le bassin écumant en contrebas. Un rugissement sourd en montait et les entourait. Des falaises lisses, couvertes de mousses, se dressaient des deux côtés. Une pluie douce et régulière tapotait sur leurs capuches. La lumière diminuait dans la gorge et, après avoir marché dans l'eau froide, ils étaient trempés jusqu'aux cuisses. Sara tremblait depuis un moment déjà. Il prit la polaire dans son sac et la lui tendit. Elle refusa, mais il insista pour qu'elle l'enfile sous son anorak. Une petite imprudence au mauvais moment risquait d'aboutir à l'hypothermie et de les tuer tous les deux.

C'était la troisième grande cascade qu'ils rencontraient. Ils avaient dû descendre des falaises le long des deux premières, et chaque fois la paroi rocheuse était plus dangereuse, plus à pic, avec davantage de passages difficiles. Sara attendit avec leurs sacs à dos qu'il ait trouvé une voie pour contourner cette cascade, en suivant une piste d'animaux qui aboutissait à un étroit rebord rocheux avant de disparaître. Il retourna sur ses pas et descendit dans une fissure verticale. Deux fois, il lâcha prise à cause du rocher rendu glissant par la pluie, puis il dégringola jusqu'au rebord suivant où il réussit à arrêter sa chute, mais il y avait des passages où une erreur lui aurait coûté la vie.

Pressé et inquiet à l'idée de devoir affronter ce genre de paroi dans l'obscurité, il descendit seulement assez loin pour repérer un itinéraire qui leur permettrait d'arriver près du fond. De retour en haut de la cascade, il trouva Sara en pleine contemplation de l'eau qui s'incurvait en une lentille verte et translucide avant de franchir la lèvre rocheuse. Bizarrement silencieuse, la jeune femme était plus épuisée que lui. Dès qu'elle remarqua sa présence, Sara sortit son téléphone de la pochette plastique de son sac et lui montra l'écran.

« Je suis censé voir quoi ?

— Pas de réseau, dit-elle en souriant.

— Ça t'étonne ? Au fond de la gorge ? »

Elle secoua la tête sans ajouter un mot. Il improvisa un harnais élémentaire avec une sangle en nylon de son sac, puis expliqua que c'était un peu vertigineux par endroits. Quand il lui demanda si elle savait descendre en rappel, elle fit signe que non, ce qui étonna Rice. Il serait préférable d'assurer Sara tandis qu'elle descendrait. Comme il n'avait que sa corde de huit mètres qu'il gardait dans son sac pour les situations d'urgence, il leur faudrait enchaîner de brèves étapes le long de la falaise.

Lors du premier passage délicat, il s'appuya contre une large fissure verticale et cala ses pieds en dévidant la corde tandis que la jeune femme descendait. Lorsqu'elle eut atteint le mince rebord qu'il lui avait montré, elle cria « Assurage terminé ! » ainsi qu'il lui avait demandé de le faire, puis elle tendit le pouce vers le ciel gris. Elle s'assit le dos à la falaise, fit passer la corde derrière ses reins, puis autour de la taille, lança un « OK ! » sonore en voulant l'assurer à son tour comme il venait de le faire pour elle. Il lui répondit que tout allait bien, qu'il n'avait pas besoin d'être assuré. Elle secoua violemment la tête. Dans la lumière déclinante, elle parut surprise, puis choquée. Il lâcha son extrémité de la corde et descendit vers elle.

Quand il eut rejoint Sara sur le rebord rocheux, elle lui agita sous le nez la corde enroulée dans son poing.

« Tu fais quoi, bordel ? »

Il lui fit remarquer qu'ils n'avaient ni pitons, ni coinceurs, ni aucun matériel d'alpinisme pour amarrer solidement la jeune femme à la paroi en vue d'un assurage, et qu'elle ne pourrait jamais le retenir en cas de chute. « Si je tombe, dit-il, je t'entraîne avec moi jusqu'en bas.

— Alors on arrête tout. » Elle défit le harnais improvisé autour de sa taille et le lui tendit, toujours attaché à la corde.

Son obstination irrationnelle était lassante. « Sara, réfléchis un peu. Si je t'assure, ça réduit les risques pour nous deux, pour l'équipe... pour notre collaboration. Mais ça ne peut marcher que dans un sens. Il serait absurde de te faire courir un risque simplement pour que tu ne te sentes pas coupable.

— Coupable ? Tu crois que je ne veux pas me sentir coupable ? » Elle criait à présent, elle gesticulait et faillit perdre l'équilibre. Elle s'arrêta en voyant Rice se tasser sur lui-même, prêt à bondir pour la rattraper. Ses bras retombèrent le long de son corps.

« Tu as les yeux exorbités », dit-elle en se collant contre la pierre glacée et humide de la paroi, avant de rire doucement.

La pluie venait enfin de s'arrêter, mais un vent violent se leva dans le canyon tandis que le ciel se dégageait et que tous deux tremblaient de froid. Il énuméra les signes classiques de l'hypothermie et lui demanda de le surveiller au cas où il se mettrait à bafouiller ou si ses lèvres viraient au bleu.

« Nous devrions nous servir de la corde ici », dit-il, mais elle ne répondit pas. Dans la faible lumière grise elle regarda au-delà de ses chaussures l'étape suivante de la descente, puis commença. Elle progressait lentement, avec soin, mais sans hésitation. Il la regarda en rangeant la corde mouillée dans son sac. Il leva ses mains froides et égratignées vers ses lèvres et souffla dessus. Comment leur équipée avait-elle débuté ? Ils devaient installer des appareils photo sur les pistes des animaux, puis rentrer à pied au chalet pour dîner. Mais ils avaient transgressé le règlement de la réserve pour rejoindre la gorge interdite – comme tout cela était freudien ! – et ensuite sa prise de conscience hallucinée, vertigineuse, d'esprits forestiers individuels, l'excitation de Sara en découvrant de rares espèces de reptiles. Le désir fou de longer le torrent vers l'aval, les obstacles suscitant peu à peu chez eux d'abord l'amusement, puis l'excitation, enfin la peur. Leur situation périlleuse était un tel cas d'école qu'il en fut presque gêné : les victimes commençaient par prolonger leur randonnée sur un coup de tête, puis de fil en aiguille elles franchissaient plusieurs points de non-retour. La nuit tombait, il faisait de plus en plus froid. La panique lui noua le ventre, elle s'installa tel un organe familier et pesant, nichée quelque part près du foie. Il se dit brusquement que Sara et lui se causaient mutuellement du tort.

Dès qu'il la retrouva, il comprit qu'ils étaient échec et mat : lors de son repérage de l'itinéraire, il avait mal évalué la distance qui les séparait de la base de la falaise. Le rebord rocheux où ils se tenaient se trouvait encore à plus de sept mètres au-dessus du bassin tumultueux à la base de la cascade. Il ne s'en était pas rendu compte, mais la partie de la falaise située en contrebas était en dévers, impraticable. Ils regardèrent l'eau du bassin.

« C'est moins haut qu'un plongeoir olympique, dit-elle.

— Mais tu n'as aucune idée de la profondeur de l'eau. » Le bassin était sombre, peut-être profond, mais peut-être pas. Impossible de le savoir dans cette lumière. Les autres bassins qu'ils avaient dépassés faisaient moins de deux mètres de profondeur, et ce n'était pas suffisant. « Il y a peut-être des rochers ou des troncs d'arbre cachés sous l'eau, masqués par l'écume. Je peux essayer de te faire descendre au bout de la corde. »

Tout en prononçant ces mots, il regarda autour de lui et comprit que ça ne marcherait pas. Le rebord, à peine plus large que ses chaussures, était incliné vers le vide. Rice ne pourrait pas supporter le poids de Sara avec des appuis aussi précaires. Il n'y avait rien à portée de main qui puisse servir d'ancrage, ni racine ni saillie rocheuse. Sept ou huit mètres plus haut, la falaise présentait une large fissure verticale où il aurait pu coincer une jambe et une épaule pour éviter de tomber. Mais sa corde était trop courte pour envisager cette solution.

157

C'était absurde de rester là, ils attendirent néanmoins assez longtemps pour que son quadriceps se mette à tressauter. Sara avait les jambes qui tremblaient. Ils devaient battre en retraite jusqu'à cette fissure où ils pourraient se reposer. Il leur faudrait ensuite escalader dans l'obscurité, retourner en haut de la cascade, refaire tout le chemin en sens inverse. Ils se serviraient de sa lampe frontale. Il passerait en premier, puis il ferait glisser la lampe sur la corde et assurerait Sara pendant sa montée. Si elle acceptait qu'il l'assure. Il y aurait seulement deux brèves étapes. Ils trouveraient ensuite un endroit où s'abriter de la pluie et passer la nuit. Il ferait du feu. Le lendemain matin, ils exploreraient l'autre côté. Pour l'instant, ils devaient absolument quitter ce refuge de fortune et remonter vers le haut de la cascade. Mais il restait là, paralysé.

Elle se tourna vers lui, le regarda, eut un sourire las et sauta, sa queue-de-cheval brusquement soulevée de son dos puis oscillant au-dessus de sa tête tandis que Sara tombait.

Sa première réaction, qui ne dura qu'un instant, fut que Sara était peut-être plus atteinte qu'il ne l'avait cru. Cette pensée fut suivie par plusieurs flashes stroboscopiques, les étapes successives d'un plan d'urgence : déterminer son état de conscience et ses blessures, comment la récupérer sans risquer lui-même de se tuer, bricoler une attelle pour une jambe cassée, peut-être un tourniquet en cas de fracture ouverte – puis son esprit subit un black-out total et, avant même que Sara ait percuté l'eau du bassin, il dit *rien à foutre* et sauta de la falaise derrière elle.

Les lois de la physique limitèrent sa chute à un peu plus d'une seconde, mais son expérience ne devait rien à la physique et il eut l'impression de passer une éternité à tomber à travers l'air frais et humide. Sara percuta la surface du bassin sur sa gauche et disparut sous l'eau. Il respira à pleins poumons et se ramassa en boule quand ses bottes frappèrent la surface, pour tenter de ne pas filer comme une flèche vers le fond. L'eau froide se referma sur sa tête, son sac à dos lui lacéra les épaules et il était toujours en boule quand ses semelles claquèrent contre le lit du torrent. Il y avait plus de deux mètres de profondeur, mais guère davantage. Il bascula en arrière, son sac amortissant l'impact, presque tout l'air fut chassé de ses poumons en une énorme bulle argentée qui se désintégra en s'éloignant vers le haut. Il leva les bras vers la surface scintillante. La basse vibrante de la cascade lui emplissait les oreilles, l'eau était plus froide qu'il l'avait cru possible, le pan brisé de lumière au-dessus de lui semblable à un plafond de glace. Il resta là, immobile, à écouter cette voix en essayant de la comprendre. Puis ses mains trouvèrent la surface, sa tête l'atteignit, il cracha de l'eau, inhala une grande goulée d'air et chercha Sara.

Il était sûr qu'elle était blessée, une jambe cassée, une cheville foulée. Elle n'avait même pas visé la partie la plus profonde du bassin. Il pivota vers l'aval du torrent en se laissant porter par le courant en direction des hauts fonds situés au bout du bassin. Sara était déjà là, le pantalon collé aux cuisses, le sac à dos suspendu à un coude, elle avançait sur du gravier mouillé et regardait autour d'elle, toute tremblante et dégoulinante, ses cheveux trempés aplatis sur le dos. Ses yeux étaient écarquillés et, dans les dernières lueurs du crépuscule, elle semblait ravie, en extase. Elle lui sourit, puis leva le bras pour montrer le premier objet fabriqué par l'homme qu'ils rencontraient depuis leur départ du chalet – un gros tuyau de fer rouillé sortant de l'extrémité opposée du bassin. C'était la prise d'eau aboutissant au petit camp d'été sur la Dutch River, un camp dont quelqu'un s'était occupé dans les années 1920. L'endroit avait périclité durant la Grande Dépression et la famille Traver avait acquis ces terrains pour les ajouter à la réserve.

Il eut bientôt pied et pataugea jusqu'à Sara. « Je sais où nous sommes », dit-il.

18

Assis l'un près de l'autre à la table de la cuisine, ils plantaient leurs fourchettes dans un récipient de lasagnes froides. Il était plus d'une heure du matin. La première bouteille de shiraz était presque vide.

Trop épuisés pour parler, ils venaient de marcher une heure dans la nuit noire, depuis la rivière jusqu'au chalet, sur des chemins que Rice connaissait. Sara avait transporté un sac dans la chambre inoccupée pour mettre des vêtements secs et n'était pas ressortie de cette pièce. Rice s'était changé lui aussi avant de s'endormir sur le canapé, se réveillant après minuit d'un rêve où il tombait dans le canyon. Il avait frappé à la porte de Sara pour voir si elle voulait manger quelque chose et, quelques minutes plus tard, elle était sortie de sa chambre l'air vaseux.

Ce n'étaient pas d'authentiques lasagnes, mais Sara s'était donné du mal pour les préparer correctement, avec des pâtes au blé entier, des épinards et des champignons, des pignons de pin, de la viande de dinde hachée. Rice savourait son premier plat décent depuis longtemps et il se servit plusieurs fois.

« Je ne peux plus manger », dit-il en posant sa fourchette sur la table.

Sara regarda le récipient en verre. « Ce plat aurait pu te durer un moment. »

Quand elle se leva, sa chaise bascula en arrière et, avant de pouvoir s'en empêcher, il tendit le bras pour l'attraper. Mais il se figea aussitôt en se rappelant la réaction de la jeune femme dans le débarras le premier jour. Il tint la chaise en attendant le coup de coude, qui ne vint pas. Au bout de quelques secondes, elle sourit. « Tu devrais te voir, plaisanta-t-elle. On dirait que tu attends l'explosion d'une grenade. »

Il répondit en marmonnant qu'il ne voulait surtout pas lui faire peur.

Elle croisa les bras, parut le trouver amusant. « Tu sais, j'ai un radar assez fiable qui me dit que tu ne comptes pas flirter avec moi. »

Ce soudain changement de ton lui fit hausser un sourcil, mais il ne trouva rien à rétorquer. Il fut tout à coup hors de sa zone de confort.

« Je me fais souvent draguer, je crois que pour les mecs je me situe dans ce groupe agréable des filles modérément séduisantes, pas vraiment belles, mais sans doute infiniment reconnaissantes de l'attention masculine. Les types qui savent que j'ai été violée réussissent à modérer leurs ambitions, mais avec toi, c'est carrément hors sujet. Je ne me plains pas, ça explique en grande partie pourquoi je me sens à l'aise seule avec toi. Mais je suis curieuse. Tu n'as pas l'air d'un eunuque et tu n'es pas gay.

— Non. Et toi ?

— Certains mecs me prennent pour une lesbienne. C'est sûr, j'ai essayé.

— Vraiment ?

— Oh, super, soudain je t'intéresse. »

Il fit mine d'élever une objection, mais elle ouvrit grand les yeux et dit « Ah, les hommes ! » avant de l'observer à nouveau. Le vin l'avait désinhibée et l'intérêt quasi scientifique manifesté par Sara à son égard le déstabilisait. Il éprouvait une certaine sympathie pour les lézards qu'elle étudiait. Il regarda les mains de la jeune femme en s'attendant presque à la voir sortir un coupe-ongles de sa poche et s'approcher de lui pour prélever un échantillon d'ADN.

« Alors, j'ai raison ? Mon radar est fiable ?

— Tu as raison. Je fais une pause. » Il s'interrompit, pensant que cela ferait bientôt un an, qu'il semblait impossible que le monde puisse revenir au mois de novembre à nouveau. Toute cette merde de l'an passé aurait dû dérégler le calendrier, l'expédier directement à travers des saisons inconnues vers l'enfer ou l'oubli qui l'attendait.

« Oh, non. Désolée. » Elle avait sans doute remarqué l'expression de son visage. « Une rupture douloureuse ?

— Oui.

— Aucun problème si tu ne veux pas en parler. »

Il ne répondit pas. La formulation de l'enquêteur, « tortures sexuelles ayant entraîné la mort », lui revint à l'esprit et il comprit que, s'il y avait quelqu'un de qualifié pour l'entendre parler de ça, c'était bien Sara. Un jour, peut-être.

Elle remit le couvercle sur le récipient presque vide des lasagnes, puis ouvrit le réfrigérateur, son visage pâle et serein dans la lueur jaune émanant de l'intérieur. Il ne savait pas si elle était déçue. Dès qu'elle se retourna, Sara se renfrogna :

« Voilà maintenant que tu me dévisages. »

C'était la vérité, il l'observait. Pour prendre une décision.

« Les chasseurs d'ours que tu as surpris sur la propriété, quand tu as appelé le garde-chasse. Des gros costauds, des rouquins ?

— Hmm hmm. Leur père a un magasin à Stumpf.

— Ils t'ont menacée ? » Il craignait que cette question lui déplaise, mais à présent elle lui faisait apparemment confiance et elle n'hésita pas une seconde.

« Bien sûr que oui. Ce sont de sales connards. J'en ai parlé au shérif, mais tous avaient bien sûr des alibis la nuit où j'ai été agressée. Il m'a dit qu'il devait les exclure de la liste des suspects.

— Rien de plus facile à trouver qu'un alibi dans le secteur. Les Stiller sont des dealeurs minables, mais dotés d'impulsions violentes. S'ils vendent aussi des organes d'ours en braconnant sur la réserve, ils avaient une bonne raison de vouloir te causer du tort, te chasser d'ici.

— Ah, lâcha-t-elle sans vraiment rire. Ils se sont fait avoir.

— Pourquoi ?

— Maintenant c'est toi qu'ils ont sur le dos. »

Il pensa à l'ourse morte que le ramasseur de champignons lui avait montrée, à sa tentative ratée de prise de contact avec l'acheteur de vésicules. « Jusqu'ici je ne leur ai pas vraiment mis des bâtons dans les roues. »

Elle ne répondit pas, mais son attitude était pleine de défi et d'une certaine sauvagerie, comme si elle souhaitait surprendre à nouveau ces types dans la montagne. Sara, la reine du self-défense, les mets au tapis à force de coups de coude meurtriers et de décharges de pistolet paralysant. Les braconniers d'ours pissent dans leur froc. Ils auraient sans doute moins de problèmes avec Rice comme gardien.

« Je vais aller discuter avec ces types, dit-il.

— Qui, les Stiller ? »

Il la regarda. Haussa les épaules.

« Ils refuseront de te parler », ajouta-t-elle.

19

Un peu au sud du Camino del Diablo et de la limite méridionale de la réserve naturelle de Cabeza Prieta, à quelques centaines de mètres dans l'État de Sonora, au Mexique, peu après quatre heures du matin.

Rice coinça sa lampe torche entre ses dents et enfila une paire de gants de cuir. En prenant garde aux scorpions, il écarta des ordures, des broussailles et des fragments de cactus cholla compactés par les inondations dans l'extrémité nord d'un ponceau sous la Federal Highway 2, mettant enfin au jour une armature de tiges métalliques soudées. Elle semblait solide, mais il tira dessus, puis recula pour flanquer un grand coup de pied dedans, réveillant un serpent à sonnette qui se réfugia aussitôt dans l'obscurité du ponceau. Malgré ses coups de pied, le grillage ne bougeait pas. Il éteignit sa lampe, puis s'éloigna du contrefort en béton pour rejoindre la lueur d'une lune gibbeuse.

« Merde », chuchota Apryl derrière lui.

Un semi-remorque passa au-dessus d'eux en rugissant. Quand le vacarme du camion se fut éloigné, le serpent à sonnette émettait toujours son aigre bruit de crécelle. Sans doute un crotale diamantin de l'Ouest, pensa Rice. Il avait emporté un bâton à serpent, mais ils n'avaient ni assez de temps devant eux ni les outils nécessaires pour s'occuper du grillage, et ils allaient devoir traverser l'autoroute. Il préférait le serpent à sonnette. Derrière eux, au-delà des bornes alignées le long de la frontière, s'étendait l'une des régions les plus désertiques et lugubres de tous les États-Unis. Mais ici, au Mexique, bien avant l'aube, la ruche du commerce était en pleine activité.

Apryl regardait au-dessus du contrefort, guettant le prochain véhicule. Il décida de tenter sa chance une dernière fois.

« C'est un signe, dit-il. Nous devons retourner en arrière. »

Elle ne le regarda même pas. « Mia a dit que ce serait peut-être coincé. C'est sans importance, ici la surveillance est on ne peut plus laxiste. Allons-y. »

Pliée en deux, elle courut vers la chaussée asphaltée et la traversa en courant. Rice la suivit en se sentant pataud comme un tatou et en remarquant les phares arrivant de l'est à quatre cents mètres. Les routiers voyaient sans doute des tas de gens traverser cette autoroute en courant. La plupart allant dans la direction opposée.

Mia Cortez, leur contact du cartel aux États-Unis depuis quelques mois, avait organisé ce rendez-vous, soi-disant avec des gros bonnets du narcogouvernement de Sonora qui avaient besoin des compétences uniques d'Apryl et de Rice. Mia s'occupait désormais de la gestion des opérations du cartel à Chicago, elle était intelligente et elle connaissait beaucoup de gens du côté mexicain. Elle participait même au blanchiment de l'argent d'Apryl et Rice pour financer leur étude sur le mur frontalier. Mais elle avait toujours fait mauvaise impression à Rice ; Apryl et lui avaient même failli se séparer à cause de Mia Cortez. Le seul point qu'il avait réussi à faire valoir pour ce rendez-vous, c'était qu'ils laissent leurs armes aux États-Unis, enterrées dans les Chiricahuas. Il était hors de question de se faire arrêter avec un flingue au Mexique.

La nuit précédente, ils avaient campé près de Quitobaquito Springs, car ils tenaient à arriver sur le

166

lieu du rendez-vous assez tôt pour jeter un coup d'œil aux environs. Mia avait prévu de descendre en voiture depuis Phoenix. La certitude de Rice que le projet du jour se révélerait désastreux avait frisé la prémonition avant même que Mia envoie un texto à Apryl après minuit pour l'avertir qu'elle était retenue en ville et ne pourrait donc pas être à l'heure. Eux-mêmes ne pouvaient rater ce rendez-vous, ajoutait-elle dans son texto, ils devaient être ponctuels, même en son absence. « C'est un piège, avait dit Rice, un plan foireux, on laisse tomber » ; mais Apryl lui demanda alors de lui faire confiance, comme elle-même faisait confiance à Rice depuis un an, et il décida que, s'il ne pouvait pas la convaincre de fuir cette débâcle annoncée, il s'y précipiterait avec elle.

Au sud de l'autoroute, ils durent traverser huit cents mètres d'une étendue presque plate vers un bosquet de tamaris le long du río Sonoyta quasiment à sec. Ils marchèrent vite à découvert parmi des arroches qui leur montaient aux genoux, plein sud d'après la boussole de Rice, pliés en deux et s'abritant dans les rares ombres du paysage. Parmi les tamaris, ils cherchèrent vingt minutes au clair de lune, avant de le trouver, le grand cairn, des galets de rivière entassés avec soin en une pyramide toute proche du cours d'eau. Ce cairn ne datait pas de la veille ; Rice imagina alors un gamin doté de certaines compétences en maçonnerie, voulant signaler l'endroit où il avait baisé pour la première fois. Ou peut-être s'agissait-il du point de départ d'un migrant quittant le vieux Mexique pour goûter aux promesses d'*el Norte*.

Les clients devaient les guetter au cairn. Ils leur demanderaient peut-être de transporter un ou deux sacs de l'autre côté de la frontière. Mia saurait quoi faire de ces sacs.

Apryl surveilla le cairn pendant que Rice partait explorer les environs. Il ne mit pas longtemps à trouver ce qu'il attendait : deux vieux Bronco sans toit mais équipés de gros pneus, quatre *federales* vautrés dans chaque véhicule, qui fumaient et bavardaient à voix basse. Il aurait pu les repérer les yeux fermés.

Au cairn, il prit Apryl par la main et l'entraîna plus loin dans le bosquet.

« Des *federales*, lui chuchota-t-il à l'oreille. À quatre cents mètres vers l'aval.

— Ce sont nos clients, Rice. »

Il la dévisagea.

« Ce sont les flics, ajouta-t-elle. Des deux bords. En mission secrète. Je ne peux pas t'en dire plus pour l'instant. Ces forces de police sont sans doute ici pour assurer la sécurité de notre rendez-vous.

— Quoi ? » Il vit rouge. Mia Cortez avait volé le cerveau d'Apryl. « Elle t'a dit ça ? Je savais que c'était une flic, putain. Viens avec moi. »

Un peu en aval, sur la berge de la rivière, ils rampèrent vers la lisière du bosquet et il lui tendit ses jumelles.

« Ces types ne sont pas nos clients. Ils sont venus nous arrêter. »

Elle les regarda un moment. Puis elle rendit les jumelles à Rice sans rien dire.

« Nous devons rentrer, dit-il. Maintenant. Le jour va bientôt se lever. »

Ils battirent en retraite jusqu'au bosquet. L'autoroute semblait déserte dans les deux sens et ils couraient sur l'étendue plate, à mi-chemin du ponceau, quand quatre voitures de police approchèrent sur la voie allant vers l'est, les gyrophares allumés.

« C'est peut-être pas pour nous », dit-il en pensant le contraire. Apryl et lui s'aplatirent dans le sable derrière une petite éminence.

Les voitures de police ralentirent et se garèrent deux à deux sur le bas-côté, de part et d'autre du ponceau. Un gros SUV noir s'arrêta devant la voiture de tête. Derrière eux, en direction de la rivière à sec, un moteur au silencieux défectueux démarra, puis un autre. Ils gémirent et

168

grincèrent, tandis que les Bronco gravissaient la berge en première.

L'arrestation fut d'une parfaite civilité, sans doute en partie en raison de la présence de deux agents des stups américains. Rice se réjouit qu'Apryl et lui n'aient pas pris leurs armes, car il n'y avait pas la moindre raison de les coffrer, mais les types des stups se tournèrent alors vers les États-Unis d'Amérique pendant que le capitaine mexicain sortait deux préservatifs remplis de quelque chose, sans doute de la cocaïne, et les glissait dans le sac à dos de Rice. Le capitaine poussa ensuite Rice dans l'un des véhicules mexicains tandis que les deux flics des stups emmenaient Apryl dans le Suburban et démarraient vers le poste-frontière de Lukeville.

20

Bilton Stiller avait installé son épicerie générale dans un bâtiment centenaire aux bardeaux peints, sur une berge basse de la Dutch River. Une seule grande pièce penchait un peu à partir de la porte d'entrée vers l'arrière du magasin, où une petite véranda surplombait la berge. Les néons trop brillants qui pendaient au plafond bourdonnaient et clignotaient. Dans cette lumière éblouissante, les trophées de cerf et d'ours décorant les murs semblaient ahuris, soumis à un interrogatoire. Une armoire frigorifique bourrée d'un stock impressionnant de bières constituait une addition récente au vieux bâtiment – en été on aurait dit un petit cube d'Antarctique transporté par magie dans les montagnes de Virginie. Sur le chambranle de la porte du magasin, on avait inscrit des dates à côté de traits à peine visibles indiquant le niveau des eaux lors des inondations passées. La plus haute de ces marques arrivait à la poitrine de Rice : 5 novembre 1985. La plus ancienne lui montait à la taille, elle datait du 17 octobre 1927.

Rice estima que la fille assise derrière la caisse était en âge d'aller au lycée, mais il n'était plus très sûr de son jugement. Elle parlait avec un grand échalas langoureux, penché sur le comptoir, si bien que leurs têtes étaient très proches l'une de l'autre.

Des tatouages de prison, bleus et brouillés, sur ses bras, mais il semblait bien jeune pour ça. Tous deux sourirent avec chaleur à Rice lorsqu'il entra dans le magasin, sûrement sans le reconnaître. Il leur demanda s'ils savaient où il pourrait trouver DeWayne ou son frère.

« Lequel ? » répondit le garçon en souriant toujours.

Rice lui rendit son sourire. « Celui qui n'est pas en prison.

— Nardo, dit-il en regardant la fille.

— Je les ai pas vus de toute la semaine. Ils font la fête au *Ape Hanger* si vous voulez y aller un peu plus tard.

— Je savais pas qu'ils avaient des motos. »

Elle éclata de rire. « Ils en ont pas encore. Ils traînent tout le temps avec un type à... » Son copain fit « Chut » sans la regarder et elle se tut en restant la bouche ouverte. Puis elle la referma.

Le garçon s'adressa à Rice : « M'sieur, si vous voulez de la came, je peux vous dépanner. »

Rice secoua la tête, dit qu'il devait parler d'un truc bien précis à DeWayne et aux autres. Il quitta le magasin, roula quarante minutes jusqu'à Clifton et trouva le bar dans une ruelle proche de l'autoroute. Deux Harley étaient garées devant, ainsi qu'un pick-up Chevy aux roues jumelées équipées de gros garde-boue en forme de silhouette féminine – les caractéristiques sexuelles secondaires de la femme, fantasmées par de jeunes mâles. Sur les fenêtres entièrement peintes en noir clignotaient des enseignes publicitaires pour des marques de bière bon marché. La jeune caissière de l'épicerie avait dit que les Stiller « traînaient » tout le temps dans ce bar, sous-entendant qu'ils désiraient rejoindre un club. S'ils comptaient élargir le champ de leurs activités de trafiquants de drogue, ce qui selon Rice était très probable, le club en question était ce qu'on appelait communément un gang de bikers hors-la-loi.

Une fois encore, il laissa son pistolet dans le pick-up. Il n'y aurait pas de bagarre ici. Rice n'avait jamais rencontré le moindre problème avec les bikers : chaque fois qu'il s'était aventuré dans leur monde, ils l'avaient toujours traité correctement. Il n'aimait pas le niveau de décibels de leurs motos et il trouvait légèrement ridicule la structure sociale compliquée de leurs clubs pour ados attardés, mais même la violence des gangs hors-la-loi était moins psychotique que celle des cartels, et l'ethos non conformiste de leur sous-culture lui convenait très bien.

Dès qu'il s'installa au bar, il eut droit à quelques regards appuyés, mais il se sentit plus à l'aise qu'il ne l'avait été au *Bear & Eat* et certainement davantage chez lui qu'au café de Blakely. Les étudiants du *Bean* levaient parfois la tête de leur téléphone portable et le fixaient d'un œil vitreux comme si un ours grizzly venait de franchir la porte.

Le jeune barman grassouillet avait un visage ouvert et franc, qui détonnait avec le stéréotype du bar de bikers. Il accueillit Rice en habitué, et celui-ci commanda une Bud et un petit verre de Wild Turkey avant de faire pivoter son tabouret vers les autres clients de l'établissement. Un après-midi tranquille : un couple d'amoureux, plus trois ados et une jeune fille installés au bar. La musique était du métal migraineux, mais pas trop forte, pas encore.

Il n'avait jusque-là eu aucune raison de s'intéresser aux clubs de motards de la région, mais à présent il était curieux. Le barman n'essaya pas de faire la conversation, il avait peut-être appris à s'en dispenser, et Rice dut lui faire signe d'approcher.

« Alors, comment ça va par ici ?

— T'es pas du coin ? »

Rice secoua la tête. « J'ai flingué ma bécane il y a deux ans et ça fait un bail que j'ai pas roulé. J'ai enfin trouvé la bête qui me convient, j'ai envoyé mon chèque aujourd'hui. Je compte rester dans les parages, je veux savoir ce qui se passe.

— Le folklore habituel, mais on les voit pas beaucoup. Y a plus de mecs dans les clubs de supporters. Ça va aller pour toi. »

Rice connaissait ce genre de clubs ; il avait quelquefois eu affaire à eux en Arizona. Sans aucun doute un gang criminel, l'un des plus gros, d'habitude bien organisé et entièrement voué aux activités illégales.

« Je m'inquiète pas, dit-il. C'est le respect qui compte.

— Cent pour cent d'accord. »

Le barman lui servit une autre bière et un second whisky sans consulter Rice. C'était davantage d'alcool qu'il n'en avait bu depuis longtemps.

« C'est quoi comme bécane ?

— Quoi ?

— La bécane que t'achètes. » Il jeta un coup d'œil en biais à Rice. Cette petite merde me teste, pensa Rice. Il faillit éclater de rire.

« Shovelhead 81. Faudra que je bosse un peu dessus. » C'était la moto qu'Apryl avait achetée et promptement bousillée peu après que Rice eut commencé de faire équipe avec elle. Sa seule erreur.

Le visage du barman s'illumina. « Une Shovelhead 81, répéta-t-il. Ça me paraît super.

— Je serai content de me balader dans le coin, dit Rice.

— Fais gaffe aux touristes. »

Rice secoua la tête sans comprendre.

« Tu sais, les fans de *SOA*. Ils se pointent ici le week-end, ils font semblant de se passionner pour les bécanes et tout le bordel, ils cherchent les bikers "un pour cent". » Ses doigts mimèrent des guillemets et il secoua sa tête de gamin dans le coup et las du monde entier. « Suffit qu'ils voient un gars barbu et fringué pour vouloir le photographier avec leur téléphone. J'ai dû les virer d'ici pour leur éviter de se faire casser la gueule.

— C'est quoi *SOA*, putain ?

— Un truc à la télé. Une série sur un club, t'as pas vu ça ?

— Non, je regarde pas beaucoup la téloche.

— Une connerie d'Hollywood. » Il secoua la tête, puis s'immobilisa, surveilla les tables derrière l'épaule de Rice et ajouta à voix basse : « Parfois c'est OK. » Il sortit son téléphone, appuya sur une touche, balaya l'écran avec ses pouces, le tendit de l'autre côté du bar. Une vidéo d'une brune costaude en lunettes de soleil : cheveux poivre et sel, âge mûr, sexy. Un peu vulgaire, assez pour éveiller l'imagination.

« C'est la nana du président du club. En spectacle. On lui donne soixante balais, mais me dis pas qu'elle est pas bandante. »

Rice regarda encore en se sentant déconnecté et rendit le téléphone. « Merde, petit, cette femme te baiserait *à mort*.

— Ouah ! dit le barman. Et comment. »

Il répéta ces derniers mots en s'éloignant pour s'occuper des jeunes de plus en plus agités à l'autre bout du bar. Ils buvaient des pressions en pichet pour se pinter à trois heures de l'après-midi. Rice lui-même n'était pas loin d'être ivre. Il avait l'impression que sa tête gonflait comme un ballon de baudruche. Il aurait dû manger quelque chose avant de quitter la réserve. On ne semblait pas servir de nourriture ici. Quand il eut fini de sermonner les jeunots, le barman revint vers Rice en levant les yeux au ciel. Il le prenait apparemment pour un vrai dur.

Rice consulta sa montre. « Je dois retrouver quelqu'un, mais on dirait que je suis en avance. Tu connais les Stiller ? DeWayne, Nardo ?

— Je les connais. Ils viennent souvent. Eux et leur pote.

— Un connard maigrichon ? »

Le barman rit. « Ouais, c'est lui. Jesse. Mais je lui chercherais pas des poux.

— Ils ont dit qu'ils rejoignaient un club.

— Merde. Ils sont trop bons pour les clubs de supporters, ils postulent à fond dans une organisation locale, sans doute la seule de la région.

— C'est quoi ? »

Le barman se contenta de secouer la tête en souriant. Rice lui rendit son sourire. Sans rancune.

« Je croyais qu'ils se contentaient de traîner dans le coin.

— Ils disent qu'ils postulent. Ils sont très liés à ce type. » Il haussa les épaules. « Peut-être des conneries. »

D'après ce que comprenait Rice, quand on voulait devenir membre d'un de ces clubs, il fallait d'abord traîner dans les endroits où les affiliés et leur entourage faisaient la fête. On se démenait alors pour se faire remarquer et, si vous leur plaisiez, ils vous adoptaient comme « postulant », un statut probatoire impliquant un travail d'esclave et des brimades dignes des fraternités estudiantines. Ce petit jeu pouvait durer des années, mais quand ils vous sentaient prêt à les rejoindre, ils vous laissaient intégrer leur groupe. Tout cela était affreusement sérieux, une question de vie ou de mort pour certains impétrants.

Il sentait toujours l'effet du whisky et il se dit qu'il ferait mieux de décamper avant d'avoir envie d'en

175

boire un troisième. Il paya, laissa un généreux pour-
boire et, alors qu'il partait, son nouveau copain lui
lança qu'il devrait lui montrer cette Shovelhead dès
qu'il l'aurait. Rice acquiesça et poussa la porte en
plissant les yeux dans la lumière vive de l'après-midi.
Il devrait peut-être acheter une moto. Le gardien de
la réserve de Turk Mountain fonçant en Harley dans
le comté de Turpin en effrayant tous les animaux
sauvages. STP adorerait.

Quand il rejoignit son pick-up, la fenêtre côté
conducteur était brisée, il y avait des morceaux de
verre sur le siège et sur le gravillon, où ils brillaient
au soleil. Il essaya d'ouvrir la portière, mais elle était
toujours verrouillée, si bien qu'il sortit sa clef. On
n'avait touché à rien dans la cabine. Son pistolet
était toujours dans sa cache. Et puis il n'y avait rien
d'autre à voler.

Il fit le tour du véhicule, mais ne remarqua aucun
autre dégât. Le parking brûlant était désert, les mêmes
motos garées à l'ombre, le gros pick-up. Silencieux
hormis le bruit de l'autoroute. Il trouva un marteau
dans le fouillis derrière son siège, fit tomber le restant de la vitre, puis retira le verre sur le coussin. Il
s'assit, referma la portière, attendit un moment avant
de tourner la clef de contact, la bière et le whisky
émoussant sa perception de l'événement. Il avait la
tête qui tournait et il pensa que dans la région il ne
fallait pas grand-chose pour attirer l'attention.

21

Le squelette avait été mis en pièces par les coyotes et nettoyé par de plus petits charognards. Sans l'obstacle de la peau, ça n'avait pas pris longtemps. Des os rouge foncé gisaient épars au milieu des aiguilles de pin ; la colonne vertébrale avait été traînée à l'écart de l'arbre, mais était en partie intacte, toujours reliée aux côtes qui dépassaient d'un tas de feuilles de chêne. Les restes de viscères dont même les vautours n'avaient pas voulu étaient accrochés à la cage thoracique comme une infecte viande séchée.

Rice s'accroupit sur ses talons près du grand pin en se remémorant le jour où le ramasseur de champignons lui avait montré l'ourse. Il lui semblait que beaucoup de temps s'était écoulé depuis, alors que cela ne remontait sans doute qu'à deux semaines. Il dormait de moins en moins, le temps lui paraissait filer comme dans un rêve, sans réelle logique. Il était venu ici en partie pour s'assurer que l'après-midi passé en compagnie du ramasseur de champignons n'avait pas été une hallucination.

Le soleil lui chauffait le cou, mais la lumière était pâle et automnale, le tapis poussiéreux des aiguilles de pin brillait dans les taches éclairées. C'était samedi, donc Sara et lui s'étaient aventurés dans le canyon seulement quelques jours plus tôt. Il baissa la main pour creuser jusqu'à la terre. Elle était fraîche, pas vraiment humide. Toute cette pluie s'était vite évaporée, la sécheresse sévissait encore dans cette partie de l'État. Un système de hautes pressions s'était établi et au nord le ciel arborait un bleu profond, impénétrable. Les masses cotonneuses des cumulus ornaient l'horizon à l'ouest. Il avait failli geler la nuit dernière et, en l'absence de la lune, la Voie lactée avait illuminé le ciel.

La veille, dans une casse située au nord de Clifton, il avait trouvé une vitre pour son pick-up et on lui avait réclamé seulement cinquante dollars, plus cinquante autres pour la pose. D'habitude il traînait des pieds pour ce genre de réparation, mais il ne pouvait pas se payer le luxe de se faire arrêter par la police. Le type de la casse lui expliqua que ce genre de vandalisme en plein jour était très rapide : les mecs se garaient près du véhicule et le passager défonçait la vitre avec un marteau sans même quitter son siège. Il demanda si Rice avait des ennemis et Rice répondit qu'il ne s'en connaissait pas, mais il était sûr que ce couple de jeunes à l'épicerie générale avait appelé les Stiller dès qu'il avait franchi la porte du magasin. Au retour de la casse, il s'était arrêté à l'épicerie pour parler à ces deux jeunes, mais le vieux Bilton Stiller était calé sur son siège habituel derrière la caisse et il refusa de révéler leurs noms à Rice ou de lui dire où ses fils habitaient ni rien de ce genre. Ensuite, un hamburger pour dîner sans problème au *Beer & Eat* dans une salle de nouveau bondée le vendredi soir. Il s'était assis à une table près de la fenêtre afin de pouvoir surveiller son pick-up. Ses diverses tentatives pour entamer une conversation avaient fait chou blanc. Il avait attendu presque jusqu'à la fermeture, en sirotant une troisième bière, mais les Stiller ne s'étaient pas montrés.

Il s'appuya contre le tronc du pin pour se relever. Quand il tira sur une côte, la colonne vertébrale et la cage thoracique de l'ourse se soulevèrent tout d'une pièce au-dessus des feuilles mortes, étonnamment légères et dégageant un relent de pourriture. Il considéra les autres os gisant sur le sol en pensant qu'il devrait en choisir un pour le rapporter au chalet, l'ajouter à sa collection dans le bureau. Le crâne aurait été l'idéal, mais le braconnier avait emporté la tête de l'animal avec la peau. Il se promena un moment alentour en donnant des coups de pied dans les feuilles et les aiguilles de pin, cherchant un fémur ou quelque gros os jusqu'à ce qu'il sente un malaise l'envahir. Il pensa soudain que le pillage d'os d'ours n'était sans doute pas approprié. Il se demanda pourquoi, ne trouva aucune réponse, mais son malaise persistait. Maintenant qu'il en comprenait l'origine, ce sentiment de culpabilité ne refluait pas, mais lui hérissait les poils des bras. Il regarda les fourrés autour de lui, en s'attendant presque à voir un ours noir le surveiller. Il se dit pour la centième fois qu'il ne devenait pas tant superstitieux que victime d'un brouillage indéniable des contours de la prétendue réalité.

Il avançait à tâtons à travers les broussailles en se dirigeant vers la piste coupe-feu lorsqu'il l'entendit pour la première fois : un cri ténu, fatigué, très loin derrière lui, quelque part dans le canyon, au fond de la forêt primaire. Il retint son souffle et tendit l'oreille, immobilisa ses pieds parmi les feuilles bruissantes.

Pas un bruit familier. Il attendit, essaya de le rejouer dans son esprit, mais il n'avait aucune idée de ce que ça pouvait bien être. Il respira, mit les mains en coupe derrière ses oreilles pour mieux entendre. La journée avait été calme, pour la première fois de l'après-midi l'air se mit en mouvement, une brise tiède sur son visage, montant de la gorge comme l'exhalaison d'un dieu. Elle sentait la mousse et les feuilles putrescentes, l'odeur astringente des pins et des sapins-ciguës. Le chuchotis qu'elle faisait naître parmi les branches des pins était doux et triste. Il s'éteignit, laissant derrière lui l'infime bruit blanc des cascades. Puis le falsetto qu'il avait déjà entendu se transforma en une seconde syllabe, plus grave – l'aboiement lugubre d'un chien. Un autre, venant de plus loin.

Il se prit les pieds dans une vrille de griffe de chat, mais des branches de laurier amortirent sa chute et il se rétablit aussitôt avant de se mettre à courir. La pente augmenta, les fourrés de lauriers et de rhododendrons firent place à une forêt de pins et de chênes, et il se retrouva bientôt à courir trop vite, sans pouvoir se contrôler. Il savait qu'il devait s'arrêter, s'appuyer contre un arbre, reprendre son souffle, imposer à nouveau sa volonté à son corps, mais ses jambes semblaient se mouvoir selon une volonté indépendante, comme s'il possédait soudain un cerveau secondaire de sauropode dans le bas du dos, qui avait choisi ce jour précis pour faire son coup d'État et réduire à néant les ordres de l'autre cerveau.

Un tronc abattu jaillit soudain sur son chemin, il fit quelques petits pas précipités et bondit par-dessus, volant à travers les airs avant de toucher terre, de glisser sur le terreau moelleux et les feuilles mortes, à deux doigts de la chute. Il retrouva son équilibre, fit encore quelques pas rapides et hasardeux, bondit de nouveau, vola sur trois mètres, atterrit en une longue glissade contrôlée. Il descendit ainsi le versant de la montagne en volant à moitié, multipliant les contorsions à travers les airs pour éviter les troncs d'arbres qui filaient tout près de son visage. Il perdit tout sens du temps et de la distance parcourue, mais il savait qu'il approchait du cœur interdit de la réserve. Les chiens hurlaient plus fort ici et, dominant le vacarme de ses pieds écrasant les feuilles mortes, leurs voix se répondaient comme des sirènes, des cris d'agonie et bientôt des gémissements sous-marins semblables au chant des baleines. Enfin, inévitablement, son pied percuta une racine très lisse cachée parmi les feuilles et se déroba sous son corps. Il tomba violemment sur les fesses, glissa, puis se mit à faire des sauts périlleux involontaires jusqu'à ce qu'il percute le tronc d'un sapin-ciguë.

L'impact lui coupa le souffle et il resta un moment immobile, en essayant de respirer. Les chiens s'étaient calmés. Il avait mal aux côtes à l'endroit où elles avaient percuté l'arbre et quelque chose dans son sac à dos s'était enfoncé entre ses épaules, mais il n'avait apparemment rien de cassé et il ne ressentait pas ce vertige nauséeux qui accompagne d'ordinaire les blessures graves. Il s'assit, respira plusieurs fois à fond pour s'oxygéner le sang et au bout de quelques secondes il eut les idées plus claires. Les arbres étaient énormes ici, presque aussi gros qu'au fond de la gorge ; la lumière était tamisée, crépusculaire, l'air humide, terreux. Le torrent rugissait quelque part en bas.

Il eut mal au genou et des spasmes firent trembler ses cuisses dès qu'il se releva, il se retourna pour regarder de l'autre côté du sapin-ciguë, vers le bruit de l'eau. Là, à trois mètres de lui, se trouvait la falaise, un vide aboutissant au monde vert, à la forêt touffue de la gorge. Il s'approcha du bord en vacillant sur des jambes cotonneuses, regarda la paroi calcaire, le lit du torrent tout en bas, les veines argentées de l'eau parmi les rochers minuscules couverts de mousse.

Il se trouvait légèrement en amont de l'endroit où Sara et lui étaient descendus dans le canyon. Il faillit s'évanouir lorsqu'une main géante le poussa dans le dos pour le précipiter au fond de la gorge, et il se débattit contre lui-même afin de s'éloigner de la falaise et s'asseoir parmi les feuilles. S'il n'était pas tombé lors de sa course folle... il se vit franchir le bord en courant comme un personnage de dessin animé, ses jambes s'activant à toute vitesse, ses bras tournant comme des moulins à vent au plus fort de la tempête, tandis que dans sa chute il décrivait un arc gracieux. On ne l'aurait peut-être jamais retrouvé tout en bas. Il serait mort, explosé sur les rochers, et son cadavre aurait pollué l'eau durant des mois, tué toutes les truites qui nageaient en aval du point d'impact.

Un écureuil roux jacassa tout près. Rice entendit ses battements de cœur accélérer au fond de ses oreilles, mais un autre rythme, à contretemps de ses battements de cœur, venait de la pente située derrière lui. Il se retourna. Un chien l'observait à l'abri d'un arbre, le souffle court, la langue pendante, les babines retroussées en un sourire canin. Il aboya deux fois et se mit à descendre la pente vers lui. Une femelle au poil ondoyant blanc et couleur foie, davantage un setter qu'un chien de chasse. Elle portait un collier équipé d'un cylindre rouge, gros comme le poing, d'où une petite antenne dépassait. Quand il l'appela, elle rampa vers lui et posa la tête sur sa cuisse. Il lui caressa le cou. Pendant qu'il examinait le collier et le transmetteur, elle renifla délicatement ses mains, son pantalon, ses oreilles. La plaque de cuivre disait : *Dempsey Boger, 221 Sycamore Creek Road, Wanless, VA.* Il y avait un numéro de téléphone.

« Bon Dieu, Dempsey ? » Le setter lui lança un coup d'œil interrogateur. « Pas de ta faute », ajouta-t-il. Il lui ôta le collier sans trop savoir ce qu'il allait en faire. Il existait une loi interdisant de retirer les colliers radio ; il était tombé dessus en faisant des recherches au *Bean*. Elle avait été adoptée, imagina-t-il, grâce à une alliance éphémère et contre nature entre les chasseurs d'ours et de ratons laveurs d'un côté de la salle, et les très chics chasseurs de renards de l'autre côté, chaque groupe feignant d'ignorer la présence de l'autre.

Le setter dressa les oreilles et se tourna vers l'amont. Une clameur éloignée d'aboiements et de grondements, une meute de chiens se chamaillant quelque part vers l'ouest. Rice se leva, puis se dirigea vers ce vacarme, le setter zigzagant devant lui, le museau au ras du sol comme s'ils chassaient la gélinotte. Ils pénétrèrent bientôt dans une zone d'air malsain, une puanteur qui vous prenait à la gorge, plus infecte que l'habituelle odeur de charogne, une viande en putréfaction et une douceur écœurante. C'était presque visible et il marcha vers sa source aussi sûrement que s'il suivait un panache de fumée.

Deux animaux apparurent à droite, des chiens noir et beige courant la tête haute. Ils firent un écart en remarquant Rice, puis s'assirent pour l'observer. « Allez, venez », dit-il. Ils agitèrent la queue. L'un poussa un hurlement déchirant. Trois autres chiens au poil plus clair traversèrent la pente très vite et faillirent culbuter les deux premiers. Tous coururent ensemble vers la source de la puanteur. Tous portaient des colliers transmetteurs.

La réglisse. L'odeur douçâtre était celle de la réglisse. Il comprit qu'il respirait de l'appât à ours. D'après Dempsey, on avait appâté les ours morts qu'il avait découverts ; Rice avait procédé à des recherches sur Internet : les chasseurs transportaient un grand sac de nourriture avariée dans la forêt, puis ils se planquaient à proximité pour tuer les ours affamés et attirés par la puanteur des mégacalories. Il s'accroupit au sommet d'une crête derrière un gros hickory à l'écorce pelée pour examiner la forêt en contrebas. Les aboiements et les grondements se firent plus violents, la femelle setter se rapprocha de lui. Elle semblait discrète et timide, il se demanda comment elle réussissait à survivre au milieu d'une meute de chiens de chasseurs d'ours.

Ils étaient réunis là, une douzaine de molosses qui s'agitaient, excités par une chose cachée derrière une petite butte. Au premier plan, une énorme tête de vache toute bourdonnante de mouches et de guêpes à cinq mètres du sol, une charolaise d'un blanc sale, un fer à béton enfoncé dans les orbites et suspendu à un gros fil de fer. Elle oscillait lentement dans la faible brise : à gauche, à droite, à gauche, comme si elle cherchait quelque chose dans la canopée en surplomb. Juste en dessous de cette tête, on avait amassé des bûches et des branches mortes dans un enclos à peu près carré où trois chiens grattaient et reniflaient le sol nu. La plupart de leurs congénères étaient plus haut sur la colline. Il recula en contrebas de la crête et partit vers le nord au pas de course, le setter sur ses talons, comme un complice. Ils rampèrent pour s'abriter derrière une saillie calcaire et observer la scène en bas de la pente.

Les chiens s'étaient calmés et il se demanda s'ils avaient repéré son odeur, mais aucun ne semblait regarder dans sa direction. Cette fois il la vit, au-delà de la tête de la vache, une carcasse d'ours noir qui gisait dans une petite clairière, le restant de la meute réuni autour.

« Putain », lâcha-t-il. Le setter lui lança un autre regard interrogateur.

« Pas ta faute, j'imagine. »

L'un des molosses, un énorme mâle couleur fauve et à la tête noire, mordait et tirait sur une oreille de l'ours, arc-bouté sur ses pattes pour le traîner par terre, réussissant à déplacer la carcasse d'un ou deux mètres, puis s'arrêtant pour claquer des mâchoires vers un concurrent trop proche de lui. Ce chien aussi gros qu'un bouvillon avait le crâne et les joues énormes d'un mastiff. À une centaine de mètres derrière le premier ours, plusieurs chiens énervés s'attaquaient à une autre carcasse beaucoup plus grosse.

Il n'y avait personne dans les environs, aucun humain avec ces chiens. Il se releva et descendit la pente vers la première carcasse. Le gros molosse jaune le remarqua, aboya une fois et se dressa d'un air menaçant devant l'intrus, sa tête noire baissée, sa lippe épaisse semblable à des rideaux noirs masquant d'énormes canines jaunes. Il émit un grondement si profond et lugubre que Rice sentit des picotements sur la nuque et ses poils résiduels s'y dresser en une piteuse imitation du pelage hérissé du chien, dont la crête courait tout du long jusqu'au milieu du dos. Ils s'observèrent sans broncher, deux mammifères s'affrontant du regard avant la tuerie, jusqu'à ce qu'un des autres chiens sente une ouverture et plonge sur la carcasse. Le mastiff rugit et, d'un coup d'épaule, envoya bouler son rival, mais dans le même mouvement il pivota vers Rice, ayant apparemment décidé que l'humain constituait la principale menace à sa possession de l'ours mort.

« Régale-toi, mon gros », dit Rice en passant près de lui pour rejoindre l'autre carcasse.

Plusieurs chiens s'approchèrent alors de lui pour réclamer son attention en gémissant, en se roulant sur le dos, en glissant dans les feuilles sèches. Il leur gratta le ventre et leur retira leur collier transmetteur,

185

qu'il fourra à mesure dans son sac à dos. Certaines de ces bêtes appartenaient à Dempsey Boger, mais la plupart n'avaient aucune plaque d'identité. Tous sentaient faiblement la moufette.

Aucun des deux ours n'avait été écorché, mais leurs pattes manquaient et on leur avait fendu l'abdomen. Ils semblaient morts depuis un moment, les chiens n'avaient donc rien à voir avec les circonstances de leur décès. Le second ours, un gros mâle d'au moins cent cinquante kilos, était peut-être mort un ou deux jours avant le plus petit. La plaie indiquant l'entrée du projectile se trouvait en haut de la cage thoracique et suggérait un tireur embusqué dans un arbre. Rice ouvrit son vieux couteau Buck et gratta la blessure avec la lame pour retirer les poils imprégnés de sang. Une espèce de poudre blanche était mélangée au sang séché et la plaie dessinait un X béant plutôt que le trou aux contours nets signalant l'entrée d'une balle. Il tenta de se rappeler l'aspect de la blessure sur la carcasse d'ours que le ramasseur de champignons lui avait montrée, mais il n'avait même pas pensé à l'examiner.

Il resta debout près de la carcasse, le setter et trois autres chiens réunis autour de lui. Pendant qu'il poursuivait des acheteurs de vésicules, des bikers et autres gangsters ruraux, quelqu'un était entré dans la réserve pour tuer ces ours. Il avait négligé son boulot, il n'avait pas été à la hauteur de ses responsabilités.

Dans l'enclos de fortune des appâts, trois chiens se goinfraient des miettes d'une pâtisserie quelconque, de plaques de glaçage sucré, des restes poisseux de miel sur la terre compactée à force d'avoir été léchée. L'odeur de réglisse venait d'une huile visqueuse et sombre dont on avait enduit plusieurs troncs d'arbres à environ deux mètres du sol, certaines taches striées de griffures. Un chien se dressa sur ses pattes arrière et bondit en vain vers la tête de la vache. Accrochée trop haut pour être accessible, elle avait sans doute rendu les ours fous de colère. Un examen plus approfondi des lieux révéla des marques de chaussures à crampons le long du tronc d'un chêne. Elles aboutissaient à une grosse branche horizontale, où le tireur embusqué avait attendu sa proie.

Les braconniers utilisaient sûrement des viseurs ou des lunettes de vision nocturne pour pouvoir tuer les ours dans l'obscurité avec des arbalètes silencieuses et sans doute n'entraient-ils jamais sur la propriété avant minuit. Rice restait dehors après la tombée de la nuit, mais pas toute la nuit. Et pas tout le temps. Voilà pourquoi il ne les avait pas vus ni entendus. Le prix de cet équipement avait beaucoup baissé. Dans le sud de l'Arizona, les types de la patrouille frontalière avaient les mêmes appareils de vision nocturne que les soldats de l'armée, et la nuit ils roulaient sans lumières pour donner la chasse aux migrants. Les groupes de miliciens civils les mieux équipés avaient du matériel de presque aussi bonne qualité, et les narcos ainsi que certains *coyotes* s'étaient récemment procuré le même. Seuls les migrants pauvres et les mules désargentées restaient aveugles dans l'obscurité. Apryl et lui envisageaient d'acquérir ce genre de viseur quand ils s'étaient fait arrêter.

Il ne toucha pas à l'enclos des appâts et se servit d'un bâton pour effacer ses empreintes de bottes dans la terre sous la tête de la vache.

Les chiens semblaient avoir perdu tout intérêt pour les carcasses – les ours vivants étaient plus amusants – et ils déguerpirent les uns après les autres. Ils étaient sans doute tombés par hasard sur ces appâts et ces carcasses ; ils n'avaient rien à voir avec le braconnage, mais Rice aurait juré que certains de leurs propriétaires étaient impliqués.

Il les suivit un moment sans réfléchir, marchant derrière le setter. La chienne le guida vers l'amont jusqu'à un endroit où la falaise gardant l'accès à l'intérieur de la gorge était moins élevée, puis au-delà d'un écran de lauriers montant à hauteur des épaules, vers un chemin pentu emprunté par les animaux. Il descendit après elle en direction du torrent, où quelques chiens se désaltéraient déjà.

Il s'allongea sur une grande pierre plate pour plonger son visage dans le courant et boire, en claquant presque des dents à cause de l'eau glacée. L'épaisse couche de mousse qui recouvrait les rochers était douce et fraîche contre son ventre, l'air était saturé de vapeur d'eau en provenance d'une petite cascade située à une dizaine de mètres en amont. Tous les chiens – même le mastiff arrogant – avaient suivi et buvaient maintenant avec lui, comme si la présence d'un humain inconnu les dispensait de chercher encore des ours. À moins que la découverte des carcasses n'ait rendu toute l'entreprise caduque. Comment savoir ? Il roula sur le dos, leva les yeux vers les sombres et denses entrelacs de sapins-ciguës penchés au-dessus du cours d'eau, puis, beaucoup plus haut, les feuilles vertes et dorées des peupliers qui frottaient contre le toit bleu du ciel. Tout là-haut, ces feuilles semblaient aussi lointaines que des étoiles, reliées fortuitement aux troncs et aux branches massives qui les nourrissaient.

Le setter se lova près de lui et les autres se couchèrent dans des anfractuosités rocheuses garnies d'aiguilles de sapin. Rester allongé là sans penser à rien fut aisé – le monde se réduisit à la pierre fraîche, à l'eau vive, au halètement des chiens. Aucun d'eux n'était bien sûr censé être ici, tout en bas. Il devait emmener les chiens hors du canyon, à l'écart de la propriété. Il se leva, retira encore quelques colliers transmetteurs qu'il fourra dans son sac à dos – s'il ne parvenait pas à trouver les chasseurs d'ours, il pouvait les contraindre à venir jusqu'à lui.

22

Assis avec une bière sur les marches de la galerie, il surveillait le chemin d'accès. Le setter et cinq chiens étaient couchés à l'ombre, les autres avaient détalé avec le mastiff pendant le trajet du retour. Rice avait sorti un seau rempli d'eau et leur avait donné une vieille conserve de saucisses de Francfort qu'il avait trouvée dans le garde-manger. Onze colliers radio imbriqués les uns dans les autres reposaient en tas en haut des marches, diffusant en silence leur emplacement. Il avait laissé son .45 dans le tiroir près du lit, fidèle à sa politique anti-armes même si un groupe de chasseurs d'ours en colère allait débarquer ici d'un instant à l'autre. Il espéra que les cinq kilomètres de grimpette depuis le portail refroidiraient un peu leur ardeur.

Il avait marqué l'emplacement des appâts sur la carte du bureau. Il n'y avait aucun accès à proximité pour les véhicules à moteur, ce qui le laissait perplexe et torpilla toutes ses hypothèses sur les endroits où chercher les braconniers. Au-dessus des appâts, la pente raide et semée de troncs morts dissuadait les quads. D'un autre côté, c'était un lieu astucieux pour installer des appâts, car assez proche du fond de la gorge pour attirer les ours qui s'y réfugiaient. Les braconniers pouvaient efficacement chasser dans la partie la plus reculée et protégée de la réserve sans devoir escalader les falaises.

À sa droite, le soleil descendait juste au-dessus de Turk Mountain et diffusait de minuscules rayons semblables à des piquants de porc-épic lorsque Rice plissait les yeux. Il allait disparaître et les sauterelles stridulèrent moins fort tandis que l'air refroidissait. Le coucher et le lever du soleil, pensa-t-il, les limites du jour, étaient les seuls moments de la journée où l'on voyait l'astre se déplacer dans le ciel. Le disque lumineux toucha le haut de la crête et s'évanouit peu à peu. Rice se rappela que c'était la rotation de la Terre, que le soleil semblait simplement se déplacer, mais quelle différence cela faisait-il ? Il eut l'impression de voir le temps lui-même s'écouler. Le dernier quart éblouissant se réduisit à un huitième, à un seizième, à un point, et puis plus rien, seul le négatif sombre de la boule de feu s'attardant encore sur sa rétine.

Bon Dieu, se déplaçait-il aussi vite toute la journée ? Il imagina le soleil fonçant à travers le ciel, laissant derrière lui un sillage enflammé comme une gigantesque comète, sans que personne le remarque. Dans la vallée, l'ombre de la montagne avançait inexorablement vers la Blue Ridge, répandant sa teinte bleu nuit qui oblitérait le quadrillage géométrique des terres cultivées et des parcelles boisées. Une corneille invisible appela dans les bois, lançant des notes couplées. *Caw-caw, caw-caw, caw-caw.* Comme une espèce de code.

Au-dessus du chalet, les martinets ramoneurs en résidence tissaient une spirale étourdissante et piailleuse. Il y en avait bien une centaine, qui passaient la nuit dans le gros conduit en pierre. Les jeunes martinets volaient désormais avec vigueur. Ces oiseaux partiraient bientôt pour leur migration vers l'hémisphère opposé. Ils tournoyaient de plus en plus vite. Rice imagina qu'ils engrangeaient de la force centrifuge, suffisamment pour les propulser enfin à dix mille kilomètres de là, vers le sud et le bassin de l'Amazone. En se sentant désespérément provincial, il souleva le restant de sa bière pour porter un toast aux martinets et leur souhaiter bon voyage, puis il lança la canette derrière lui vers la porte-moustiquaire et tendit le bras vers la canette numéro deux qu'il avait laissée à côté du montant de la balustrade. Il l'ouvrit, toujours froide et ruisselante de fines gouttelettes. Il aimait ce moment de la journée, quand le soleil venait de disparaître et que le monde était plongé dans une mélancolique lueur bleuâtre. D'après le calendrier, ce serait demain l'équinoxe d'automne, l'équilibre quasi parfait entre le jour et la nuit tandis que cette partie du monde basculait pour s'éloigner du soleil en mettant un terme à la débauche féconde de l'été.

Les chiens se levèrent tous en même temps, comme si la terre était soudain électrifiée, puis ils avancèrent un peu sur la piste coupe-feu en aboyant vers la montagne. Dès qu'ils se turent pour reprendre leur souffle, Rice entendit le *put-put-put* caverneux de moteurs à deux temps, des quads qui descendaient lentement dans les épingles à cheveux envahies par la végétation. Ces enfoirés avaient sans doute démoli la clôture neuve de STP au bout de la piste coupe-feu. Ils n'avaient sûrement pas bousillé le portail du service des Eaux et Forêts : les poteaux d'acier étaient coulés dans le béton et un boîtier en acier protégeait le cadenas. Il aurait fallu passer la main dans ce boîtier, en retirer un gros nid de guêpes en pleine activité, puis tâtonner avec la clef pour ouvrir le cadenas.

Les 4 × 4 dépassèrent le bungalow et entrèrent dans la zone gravillonnée du parking. Les chiens avaient reculé dans l'herbe coupée devant le chalet, aboyant toujours pour déclarer leur nouvelle allégeance au gardien de la réserve de Turk Mountain, désormais leur fournisseur attitré d'excellentes saucisses en conserve. L'un de ces gros rougeauds de frères Stiller qu'il avait vu au *Beer & Eat* de Wanless un certain soir – DeWayne, pas Nardo – conduisait le premier engin, et Jesse le maigrichon en conduisait un autre. Trois chiens se tenaient debout sur la plateforme métallique fixée derrière le siège de la machine de Jesse. Deux types plus âgés occupaient le troisième quad. Ils portaient des casquettes de base-ball arborant les mots *Black & Tan* et des silhouettes de chiens. On aurait dit des jumeaux aux yeux bleus injectés de sang et aux barbiches identiques, poivre et sel, tachées de tabac. Celui installé derrière tenait une carabine calée sur la hanche. Il avait sans doute vu un acteur adopter cette posture dans un vieux western, un cow-boy pittoresque assis sur le siège avant d'une diligence.

DeWayne mit pied à terre et attrapa l'un des chiens par la peau du cou tandis que les cinq autres battaient en retraite en trottinant au-delà de la galerie, hors d'atteinte, avant de s'asseoir dans l'herbe pour regarder ce qui allait se passer. Personne ne semblait avoir remarqué Rice, assis sur la marche supérieure, caché derrière la rambarde. Il se leva, puis rejoignit le centre de la galerie, où les autres étaient forcés de le voir. Les gaz d'échappement des trois quads empestaient l'huile brûlée.

« Où est le putain de collier ? » se plaignit DeWayne. Il se retourna et dit : « Hé, Jesse, ils avaient pas… », mais s'arrêta de parler quand l'autre lui montra Rice.

Il lança les colliers de chiens, attachés les uns aux autres, dans la cour vers DeWayne. Puis il prit sa bière sur la marche du haut, la posa sur le bord horizontal de la rambarde, se pencha en avant et attendit la suite. Les autres coupèrent le contact de leur engin. DeWayne abattit sa paume ouverte sur le côté de la tête du chien récalcitrant, le traîna jusqu'au paquet des colliers, en prit un et le fixa autour du cou de l'animal. Il tripota les autres colliers, en rejeta plusieurs, puis hissa le chien sur son quad. Tel un chat, l'animal bondit sur la plate-forme derrière le siège et attendit que DeWayne fixe une courte laisse à son collier. DeWayne arrêta le moteur.

Dans le silence soudain, il dit quelque chose à voix basse et le visage de Jesse s'illumina d'un bref sourire atroce, qui dévoila une rangée de dents marron plantées de guingois dans le maxillaire inférieur.

« Je pense que vous savez que vous êtes sur une propriété privée, les gars, dit Rice.

— On a le droit pour nous, enfoiré. » DeWayne cracha le jus de la chique coincée sous sa lèvre inférieure. « On peut aller sur les terres de qui on veut pour récupérer nos clébards et t'as commis une infraction en leur enlevant leur collier.

— Section 18, article 2, paragraphes 97 et 136 du Code de Virginie. » Rice sourit. « Mais vous n'avez pas le droit de porter une arme à feu quand vous recherchez vos chiens, et pas le droit non plus d'utiliser des véhicules sans l'autorisation du propriétaire. Et comme c'est seulement la saison d'entraînement des chiens, vous n'avez pas le droit de porter une arme à feu tout court. On est donc quitte. » Il n'allait pas les interroger à propos des appâts, il ne voulait pas que se répande la rumeur qu'il était au courant.

Jesse eut un sourire mauvais, mais DeWayne ignora carrément la tirade de Rice. « Où sont les autres ? »

Rice haussa les épaules. « Ils se sont barrés avec le gros connard jaune. Vous les retrouverez avec vos radios – le gros ne m'a pas laissé lui ôter son collier. »

Les deux vieux, toujours assis l'un derrière l'autre sur leur engin, éclatèrent d'un rire haut perché, ridicule. Rice se demanda si c'étaient des simples d'esprit.

« Y a personne que l'vieux Bilton qui peut l'approcher ! » couina l'un d'eux.

Quand DeWayne grommela une insulte, ils se turent, mais celui assis à l'arrière se renfrogna soudain, épaula son fusil en prenant son temps et le braqua sur la tête de DeWayne. Rice se dit qu'il allait assister à un meurtre, mais le vieux lâcha un « Pan ! » à voix basse avant d'abaisser son arme. Les autres ne lui accordèrent aucune attention.

DeWayne fit lentement quelques pas vers la galerie. Il semblait lutter contre le désir impérieux de foncer sur Rice pour l'étrangler, mais au bout de quelques secondes ses lèvres se tordirent en un sourire moqueur.

« Paraît que tu nous cherchais. Que quelqu'un a vandalisé ton pick-up. »

Rice lui retourna son sourire. « Casser une vitre et décamper, c'est assez nul pour des mecs qui veulent devenir des bikers hors-la-loi, DeWayne. » L'homme fronça les sourcils, mais sembla incapable de trouver une réponse adéquate.

« J'aime bien tes chiens, reprit Rice. T'en veux combien pour ceux qui m'ont suivi jusqu'ici ?

— Y en a qu'un à nous », dit DeWayne. Toujours campé en contrebas de la galerie, il regarda Jesse, qui n'avait toujours pas adressé la parole à Rice, tripoter un récepteur radio. Il finit par monter sur le siège de son véhicule pour brandir au-dessus de sa tête une antenne métallique en forme de H. « Et il est pas à vendre.

— Et les autres ?

— C'est les clebs de Dempsey Boger. Nous, on chasse pas avec ce Black de merde. Appelle-le si t'as envie. »

Jesse agitait l'antenne d'avant en arrière, selon un large cercle qui allait en diminuant, tout en écoutant les bips aigus du récepteur, tel un sourcier cherchant de l'eau. Quand les bips devinrent rapides et réguliers et que Jesse cessa de remuer les bras, l'antenne pointait vers le sud et la Dutch River. Il prit un talkie-walkie et parla avec quelqu'un, la voix de son interlocuteur était très forte, furieuse, quasi incompréhensible. Jesse regarda Rice.

« Tu vas nous laisser passer par ton foutu portail ou tu vas nous obliger à péter le cadenas ? » Il avait des petits yeux gris rapprochés et une peau si pâle que Rice distinguait l'entrelacs des veines bleues sur ses tempes.

Rice réfléchit. Il n'allait certainement pas les accompagner jusqu'à la sortie de la propriété, mais il n'avait appelé ni le garde-chasse ni le shérif, et il pensait que cette menace de cadenas démoli n'était pas à prendre à la légère. Il se demanda si à lui tout seul il ne pouvait pas les empêcher de le bousiller. Il jeta un coup d'œil à son pick-up, s'imagina rejoindre le portail devant eux, puis garer son véhicule en travers pour bloquer l'accès. Et ensuite ? Ces crapules devraient retourner dans la montagne, refaire tout le chemin à l'envers. Ça leur apprendrait, mais il ne voulait pas qu'ils traversent à nouveau la propriété sur leurs saletés d'engins. C'était donc sans solution.

« T'aurais pas dû déconner avec leurs colliers, fils de pute. » DeWayne, qui s'était rapproché de la galerie, se tenait maintenant dans l'herbe en contrebas de Rice et multipliait les regards assassins. Son crâne était rose sous ses cheveux roux hérissés, la sueur dégoulinait sur la peau enflammée et semée de taches de rousseur de son large front plissé. Il rappela à Rice une tortue serpentine, ses pâles yeux verdâtres levés vers l'eau trouble au fond d'un étang boueux.

« Allez viens, DeWayne. » Jesse venait de faire démarrer le moteur de son quad, mais DeWayne n'en avait pas encore terminé.

« On chasse sur cette montagne quand on veut. Y a rien que tu peux y faire.

— Tu te trompes. Je suis tout le temps là-haut et je peux faire beaucoup de choses. Ça ne va pas te plaire. »

Les vieux pouffèrent de rire. « V'là un nouveau shérif qui débarque ! »

Le visage de DeWayne vira au rouge cramoisi. Il n'avait pas encore prononcé sa réplique que Rice la connaissait déjà.

« Alors tu ferais bien de surveiller tes arrières quand tu te balades dans les bois. »

Rice ressentit une excitation perverse. Ce type était d'une bêtise affolante.

« DeWayne, je crois que tu viens de proférer des menaces à mon encontre. »

Il descendait déjà les marches sans bien savoir ce qu'il allait faire. DeWayne se raidit, recula de deux pas en serrant et en desserrant ses gros poings semés de taches de rousseur. Il était plus lourd que Rice, mais pas aussi grand. Marrant qu'il soit si nerveux. D'après ce que Rice avait entendu dire sur les frères Stiller, ils dérouillaient volontiers tous ceux dont la tête ne leur revenait pas.

« Tu te souviens de l'ancienne gardienne, Sara ? Tu l'as menacée, elle aussi ? Tu lui as montré que

197

tu étais un dur ? » Il marchait droit sur DeWayne en guettant sa réaction, et ce qu'il vit fut assez ambigu : une pause, un éclair de surprise, peut-être, DeWayne baissant un instant la garde. Ce fut suffisant.

« Va te faire foutre ! On lui a jamais rien fait. » Puis il ajouta : « Elle a jamais piqué de colliers, bordel.

— Faut qu'on y aille, DeWayne, lança Jesse. Ils sont près de la putain de rivière. »

DeWayne parut saisir l'intention de Rice avant même celui-ci et il changea de tactique, choisit l'attaque préventive. Il se mit à crier, la salive s'amassant à la commissure de ses lèvres, mais Rice n'entendit pas ce qu'il disait, il eut seulement dans les oreilles un sifflement suraigu, semblable à celui de l'essaim d'abeilles lorsqu'il avait démoli le panneau du bungalow et qu'une brève pause avait précédé l'attaque des insectes. Aussitôt, la sensation familière et pas désagréable de tomber en avant en se soumettant à la gravité, comme s'il sautait encore du haut de cette falaise après Sara. DeWayne fonça sur lui le poing levé, le coude plié en arrière. Rice feinta à droite, puis se déplaça à gauche tandis que l'avant-bras de DeWayne lui frôlait l'oreille, puis il s'approcha et balança un crochet du gauche vers la joue de DeWayne. Il imagina que son poing traversait le crâne de DeWayne et en ressortait par la tempe opposée. La tête du gros frère Stiller cogna violemment contre sa propre épaule et une giclure de chique brune jaillit de sa bouche. Il recula d'un pas, puis ses fesses percutèrent durement le gravillon.

Rice s'obligea à en rester là, à laisser DeWayne assis sur son cul, pas trop mal en point. Il jeta un coup d'œil au vieux armé du fusil : sur le quad, son jumeau et lui rigolaient et opinaient du chef comme s'il s'agissait d'une bonne farce mise en scène par Rice pour les amuser. Il rejoignit l'engin de DeWayne et détacha la laisse du chien. Sa main gauche lui faisait mal, il aurait dû faire partir son coup de poing à partir de l'épaule comme il l'avait appris. Le chien remua la queue, haleta, bondit de la plate-forme en levant un regard plein d'espoir vers Rice. Il volait des chiens de chasse à l'ours, à présent ? Il y en avait trois autres à libérer, mais quand il s'approcha du quad de Jesse, ces chiens, qui ne le connaissaient pas, s'assirent et se mirent à aboyer. Ils avaient de grosses voix furieuses qui pénétraient dans son crâne comme des pieux métalliques. Le setter et les autres chiens de Boger se mirent eux aussi à aboyer, nerveux, inquiets, arpentant la cour. Rice sentit la situation lui échapper. Il regarda Jesse, qui recula en tenant son récepteur radio devant lui comme un bouclier, puis il bifurqua vers le chalet au moment précis où l'un des vieux – toujours hilare – lui abattit sur le front une bûche de chêne ramassée dans le tas de bois.

Pendant que Rice gisait, étourdi, sur le gravier, DeWayne vacilla jusqu'à lui et lui flanqua un coup de pied dans les côtes, pas très fort, car lui-même ne semblait pas au sommet de sa forme. Il se pencha pour ramasser quelque chose, Rice ne vit pas ce que c'était, peut-être la bûche du vieux, mais il y eut un claquement métallique et quelqu'un chantonna un « hum hum » moqueur. DeWayne lâcha alors un juron, jeta par terre l'objet en question, puis sortit très vite du champ visuel de Rice.

Les quads s'en allèrent. Il tenta de se relever, mais il avait l'impression qu'on lui avait fendu le crâne en deux et il se sentit dériver vers l'inconscience ; il resta allongé, les yeux fermés, en essayant de ne penser à rien jusqu'à ce qu'il fasse presque nuit. L'un des chiens vint lui renifler l'oreille, mais il n'ouvrit pas les yeux pour voir lequel. Quand il se leva enfin, ils avaient tous disparu. Il se sentit très triste sans raison. Sa main gauche enflait, ses articulations palpitaient. Du sang séché dans les yeux, les oreilles qui bourdonnaient. Il prit six aspirines avec la bière tiède restée sur la balustrade de la galerie, puis il s'allongea sur le canapé, une serviette sur la tête pour absorber le sang. Il devina qu'il se souviendrait bientôt en riant de sa performance du jour, mais pour l'instant la douleur qui lui martelait le crâne réduisait à néant son sens de l'humour. Dès que l'aspirine commença à faire son effet, il s'évanouit.

23

Cereso Nogales, État de Sonora.

Jour de visite numéro cinq. Comme tous les autres tau-
lards, il était devenu un obsédé des chiffres. Deux mois
et quatre jours de prison, encore un nombre indéterminé
à supporter, cinq jours de visite, cinq visites d'Apryl. Elle
arriva ce jour-là en jean moulant, Docs éraflées, blouson
de cuir sur un t-shirt noir. L'uniforme standard. Elle souriait,
pour cacher son stress. Il serait inutile, il le savait, d'essayer
de lui en demander la cause. Plus tôt, elle s'était inquiétée
du danger qu'elle faisait courir à sa sœur, mais elle avait
convaincu Tracy de retourner vivre chez leurs parents à
Scottsdale, un endroit où elle serait à peu près en sécurité.
Ils s'installèrent à leur table habituelle, dans l'angle. Les
gardiens postés le long des murs regardaient droit devant
eux. À d'autres tables, des prisonniers retrouvaient une
maîtresse, une épouse, leur famille. Murmures étouffés
en espagnol du Sinaloa, dont Rice comprenait les trois
quarts. Des nouvelles de la maison, pour l'essentiel. Ce
qu'on avait envie d'entendre quand on était en taule.
« Comment va ? » Elle l'observa avec attention, sans
sourire désormais, le souci qu'elle se faisait pour lui chas-
sant à présent ses autres préoccupations.

« En pleine forme. Pas de bière, pas de tequila, rien d'autre à manger que l'excellente bouffe de la prison. Je fréquente assidûment la salle de gym. Raoul m'initie à la voie du *sicario*. »

Elle écarquilla les yeux. Il n'était pas censé prononcer à voix haute le nom de son compagnon de cellule, celui qui lui avait prêté le couteau lors de sa première nuit en prison. « Putain, Rice. Ne crois pas une seconde que ce genre de blague va me faire rire.

— On s'entend très bien.

— Arrête ! » Penchée en avant, elle venait de parler un peu trop fort. Des têtes se tournèrent vers eux. Quelques regards réprobateurs, d'autres inexpressifs. Elle se rassit, respira. « Tu es trop naïf. Je me suis renseignée. Ces connards des stups se sont arrangés pour te mettre avec lui. Personne ne s'entend avec ce type. On lui survit, on essaye de ne pas se faire trop démolir par lui, mais d'habitude c'est lui qui a ta peau.

— Je vais survivre. Franchement, mon ami ne mérite pas cette mauvaise réputation. »

Il ne voulait pas qu'elle cède aux pressions des stups et qu'elle devienne une cible du cartel. Ainsi, il lui avait déjà dit que Raoul Fernandez le protégeait. Il lui avait aussi dit de ne pas s'inquiéter. Fernandez comptait beaucoup pour le cartel de Juárez et, les Aztèques étant sur la défensive, Rice était plus en sécurité à Cereso qu'Apryl dans le sud de l'Arizona, prise en étau entre les stups et les Sinaloas.

Elle trouvait bien sûr absurde sa version des faits et elle lui adressa un regard furieux assez appuyé pour justifier un changement de sujet.

« J'ai couché avec M. », dit-elle. Elle ne baissa pas les yeux, ne les détourna pas, se contenta de hausser le sourcil gauche.

« Vraiment ? » demanda-t-il.

Elle hocha la tête. Elle semblait contente d'elle. Ils savaient à présent que l'agente des stups Mia Cortez avait infiltré le cartel de Chicago, mais venait d'être transférée au bureau de Tucson. D'après Apryl, elle jurait ses grands dieux qu'elle n'était pour rien dans la situation de Rice, mais que c'étaient ses patrons qui avaient insisté pour se servir de lui comme d'un levier ou d'un appât. Lors de leurs conversations des jours de visite, les réponses très évasives distillées par Apryl agaçaient Rice, mais pour ce qu'il en savait, elle avait joué le jeu, lâchant quelques tuyaux juteux mais insignifiants dans son rôle d'informatrice confidentielle, en espérant inclure Cortez dans un mirifique projet dont elle refusait de parler, travaillant pour les deux bords selon un équilibre dangereux qui rendait Rice fou d'inquiétude.

« Et comment c'était ? » demanda-t-il.

Elle secoua légèrement la tête d'un air impatient, grimaça. « Tu vois ce que je veux dire.

— Va falloir que tu colles un sticker arc-en-ciel sur ta Jeep ? » Il dut reconnaître qu'il se sentait un peu jaloux. Ensuite, bien sûr, il regretta de ne pas avoir été présent. Mia Cortez était séduisante, à peu près de la taille d'Apryl, toute en rondeurs. Son imagination s'enflamma.

« Rice. » Encore ce regard violet. Elle savait à quoi il pensait.

« Oui, bon, maugréa-t-il comme s'il comprenait ce qu'elle magouillait. Sacrée bonne nouvelle. »

24

Il rêva de serpents : de grosses vipères apathiques lovées avec arrogance sur tout le mobilier du chalet, sous le lit, sur les comptoirs de la cuisine. Leurs têtes en céramique étaient des crânes de serpents hilares ; aussi dangereuses et invincibles que des dieux, les vipères l'ignoraient tandis qu'il essayait prudemment de vivre dans un endroit qui n'avait jamais été le sien. Il finit par comprendre qu'elles l'ignoraient simplement parce qu'il était déjà mort, et ce depuis longtemps : il n'était qu'un fantôme et les serpents attendaient quelque chose qui n'avait rien à voir avec lui. Cette découverte le réveilla et il resta un moment allongé sur le canapé dans la lueur grise précédant l'aube en se demandant si sa tête lui ferait très mal quand il s'assoirait. Depuis quelque temps il rêvait souvent de la mort. Il sentait parfois qu'il procédait à des répétitions, comme si son subconscient avait décidé qu'il lui fallait s'entraîner, comme si nous apprenions tous à mourir dans nos rêves.

Dempsey Boger arriva vers sept heures, puis enfonça son klaxon, longtemps, avec colère. Les Stiller avaient sans doute exécuté leur menace de démolir le cadenas du portail. Les coupe-boulons faisaient sûrement partie de l'outillage standard de ces types. Boger avait garé son pick-up pour que le plateau soit tout près du chalet. Dos à la galerie, il abaissa le hayon et tira vers lui la carcasse raide d'un chien, qu'il traîna jusque sur le hayon. Deux autres chiens regardaient la scène à travers le grillage de leur chenil aménagé sur le plateau du pick-up.

Rice passa le pouce dans les colliers radio de Boger et sortit pieds nus sur la galerie. Il frissonna. C'était seulement la fin septembre, mais cette fraîcheur matinale suggérait l'automne filant vers l'hiver. Il avait fixé un carré de gaze sur la plaie de son crâne, qui nécessitait sans doute des points de suture. La douleur et le sang perdu lui donnaient la nausée et le vertige. Il se sentait perméable, poreux ; le vent soufflait à travers son corps.

« Dempsey. » L'homme se retourna en entendant la voix de Rice.

« Je t'ai apporté quelque chose. » Il souleva la carcasse et la posa par terre à ses pieds. « Çui-là on l'appelait Monroe, à cause de ses beuglantes. »

Rice regarda le chien mort couché sur le gravillon, sa gueule entrouverte. *Mon*roe, avec l'accent sur la première syllabe. Sûrement un orgueilleux solitaire. Le poil du chien était boueux, maculé de sang.

« Qu'est-il arrivé ?

— Ben, ce Monroe, là, commença Boger, on dirait bien qu'il s'est fait écraser après que t'as retiré ces fichus colliers de chien, putain. J'l'ai trouvé ce matin sur la route, dans la gorge. Le véto m'a dit qu'on lui en avait apporté un autre, lui aussi percuté par un véhicule, un petit setter. Y en avait encore d'autres en vadrouille le long de la rivière. » Il se tut, les yeux fixés sur la carcasse de l'animal. Il avait la voix rauque du fumeur, mais aussi celle, modulée, douce et rythmée, du conteur. « Y en a encore un qui manque à l'appel. Y sont pas habitués aux bagnoles, aux routes. J'essaie de les tenir à l'écart des routes. »

Rice décida qu'il ne pouvait pas rester sur la galerie. Il se demanda ce que Boger savait de ce qui s'était passé avec Stiller et les autres. En descendant les marches, il ne ressentit aucune colère, plus rien de cette étrange impulsion qui la veille l'avait poussé à affronter DeWayne. La brise était fraîche, mais le soleil lui chauffa tout de suite le visage. Le gravillon du chemin sec et froid sous ses pieds. Loin à la lisière sud du pré, un bosquet infesté de sauterelles lâchait dans l'air de minuscules feuilles qui virevoltaient sans bruit vers le sol comme une averse.

Il s'accroupit pour examiner le chien de Boger, qu'il reconnut bientôt : c'était l'un des mâles qui l'avaient suivi jusqu'au chalet. Il passa les doigts le long de la cage thoracique, sentit les saillies et les creux, le poil froid et trempé. Ce chien avait été mince, athlétique. Il leva les yeux vers Boger, si proche que Rice sentit sur lui l'odeur de la cigarette. Il eut envie de lui dire qu'il était vraiment désolé, que si ce vieux type ne l'avait pas assommé, il aurait surveillé ses chiens jusqu'à ce qu'il vienne les récupérer.

La main posée sur le poitrail de l'animal, il dit : « Tes chiens étaient sur cette propriété, tu le savais, comme tout le monde sait que la chasse à l'ours est interdite ici depuis environ un siècle. Vous ne pouvez pas faire courir vos chiens sur Turk Mountain *sans* qu'ils viennent sur cette propriété, et je ne le tolérerai pas. » Il se releva et posa les colliers de Boger sur le hayon du pick-up.

« Alors si je laisse partir mes chiens dans la forêt nationale et qu'ils entrent sur vos terres à vous autres, tu vas voler les colliers ?

— Je le referai peut-être pas, mais je trouverai le moyen de bousiller votre chasse. » Boger ne semblait pas être le genre de type à porter plainte pour les raisons invoquées par DeWayne Stiller, mais Rice n'allait pas tenter sa chance. Une convocation au tribunal pour répondre d'un délit de première catégorie – il n'avait vraiment pas besoin de ça.

Boger glissa la main dans son blouson en jean, prit son paquet de Kool dans une poche de chemise. Il cogna deux fois le paquet sur le talon de sa paume, en fit sortir une cigarette, qu'il alluma avec une allumette en bois en protégeant son visage du vent contre la cabine du pick-up. Il secoua l'allumette, l'éteignit, la lança sur le plateau du véhicule, tira sur sa cigarette, plissa les yeux à travers la fumée en regardant Rice.

« Et ça te paraît pas absurde ?

— C'est complètement absurde. C'est mon boulot. »

Boger remarqua alors le pansement sur la tête de Rice. « Ton boulot va te faire tuer si tu continues à frapper les frères Stiller. »

Rice crut entrevoir l'ombre d'un sourire, ou peut-être un simple pincement de lèvres amusé, derrière l'habituelle moue sceptique du bonhomme. De toute évidence, l'entente cordiale ne régnait pas entre Dempsey Boger et les Stiller. C'était probablement la seule et unique raison qui poussait Boger à lui parler.

« Ils ont bien failli me tuer hier. » Rice prononça ces mots d'un ton neutre, sans le moindre humour.

Une tête blanche hirsute apparut dans la cabine. C'était la femelle setter, sa compagne dans la montagne. Quand il s'approcha, elle leva le museau vers la fenêtre ouverte côté passager pour renifler ses mains et ses avant-bras. Un plâtre en fibre de verre bleu ciel enserrait sa patte arrière gauche. Elle posa la tête sur la portière et ferma les yeux tandis qu'il lui grattait la tête derrière les oreilles.

Sa cigarette entre les lèvres, Boger ramassa la dépouille de Monroe, la remit sur le plateau et fit claquer le hayon. Puis il resta là à fumer en regardant Rice et le setter.

« C'est une mauvaise fracture », dit-il.

Rice continua de regarder la gueule paisible de la chienne. « Tu es courageuse, ma vieille, pas vrai ?

— Elle a que trois ans.

— Comment s'appelle-t-elle ?

— Sadie.

— On dirait qu'elle chasse plutôt les oiseaux que les ours. »

Boger ne réagit pas. « Bilton Stiller retrouve toujours pas trois de ses bêtes, dit-il enfin. Dont son meilleur clebs, à ce qu'il prétend, un molosse jaune.

— Je vois lequel c'est. Un chien hargneux.

— Bilton dit que tu les as tués, que tu les as laissés dans les bois. Que t'as ôté la batterie de leur collier. » Boger ne semblait pas vraiment convaincu de ces accusations.

« Eh bien j'espère que tu lui as dit le contraire.

— Ah ! » Boger fit un large sourire, un vrai sourire cette fois, mais le regard de ses yeux brun foncé resta réservé. « Je dis pas grand-chose à Bilton Stiller. » Il observa Rice, qui montrait un air perplexe. « Je suis pas son genre.

— Pourquoi ça ?

— T'es vraiment idiot, ou tu fais semblant ? Encore du politiquement correct californien à la con ?

— Je viens d'Arizona. »

Boger se contenta de le dévisager, en attendant une réponse. Rice le regarda, en commençant pour de bon à se sentir idiot. Il remarqua les rides qui partaient en éventail depuis les yeux de Boger et au-dessus de ses pommettes hautes, ces yeux d'un brun très foncé, au blanc pas tout à fait net, plutôt couleur coquille d'œuf injecté de rouge comme s'il venait de passer toute la nuit à chercher ses chiens, ce qui était sans doute le cas.

« Alors tu dis que c'est un truc raciste ?

— Ouais, c'est raciste. Nous autres les métis noir cherokee qu'habitons Sycamore Creek, on est même pas assez bien pour astiquer le pick-up monstre de Bilton Stiller.

— Hmm. » Rice n'avait pas remarqué que la dynamique sociale était aussi complexe dans le nord-ouest du comté de Turpin.

« Tu sais donc pas ce que ça veut dire, hein ?

— Je sais ce qu'est un pick-up monstre.

— Ça veut dire que les gens comme les Stiller ont besoin de croire qu'y a des gens en dessous d'eux. Tu sais pas non plus qu'ils se fichaient de ta gueule au *Bear & Eat* quand ils t'ont envoyé chez moi pour aller chercher un chien de chasse à l'ours.

— Tu es au courant de ça ?

— Envoyons ce connard à Sycamore Hollow, ah ah ah, p't-être qu'il en reviendra pas. Mais t'as vite fait de me causer de ces abeilles. Si j'avais su que t'allais m'accuser de braconner l'ours, je t'aurais peut-être descendu avant de t'enterrer derrière le chenil. Je l'aurais fait pour sûr, si j'avais su que t'allais tuer Monroe. »

Il pinça son mégot entre deux doigts, le lança sur le plateau vers l'allumette, le chenil et la carcasse de Monroe, puis il prit son paquet souple. Rice se demanda si ce type était un gros fumeur ou s'il était simplement en rogne.

« Le molosse jaune portait toujours son collier radio la dernière fois que je l'ai vu. Ils auraient dû le retrouver. Tu crois que je devrais passer au magasin et faire un brin de causette avec M. Stiller ?

— Ça pourrait donner lieu à une conversation intéressante. À ce qu'on dit, le vieux Bilton est dingue de ses clebs. Un truc qu'il a pas transmis à ses gars. Ils s'en branlent de leurs chiens. Comme du reste.

— Ils se serviraient d'appâts ?

— L'appât est seulement utile s'il permet à tes chiens de repérer une odeur et ensuite de partir de là. Faut placer tes appâts dans plusieurs endroits, ajouter sans arrêt du pop-corn, des pommes pourries, tous ces machins. Ça te donne un sacré boulot en plus. Je connais aucun amateur de chiens qui fait ça.

— Et si tu te passes des chiens, si tu installes ton appât avant de te planquer dans un arbre avec ton arbalète en attendant que l'ours se pointe. Tu as dit toi-même que tu avais trouvé des ours morts qu'on avait appâtés.

— C'est différent. T'en as découvert un autre ?

— Deux. Vos chiens à vous tous les ont trouvés hier. » Quand Sadie gémit, Rice tourna la tête. Elle dormait, ses joues se gonflaient tandis qu'elle aboyait en geignant. Elle rêvait. Rice la caressa depuis les sourcils, puis sur la tête et le cou. Il avait lu que les chiens aimaient les caresses, car elles leur rappelaient leur mère les léchant quand ils étaient petits. Sadie ouvrit les yeux à demi, puis les referma. On lui avait sans doute administré des sédatifs. « C'était au fond de ce canyon, près du haut des falaises. Les ours n'avaient plus ni vésicule ni pattes, et comme tu me l'as déjà dit, les blessures étaient en forme de grande croix, avec de la poudre blanche dedans.

— C'est pas un canyon. Personne ici parle de canyon.

— Comment ça ? Pour moi, ça ressemble vraiment à un canyon.

— C'est un vallon. »

Rice acquiesça, attendit que Boger reprenne le fil de leur conversation, mais celui-ci se contenta de le regarder à travers le nuage de fumée de sa nouvelle cigarette.

« Alors, t'en penses quoi ? hasarda Rice. De l'appât ? Les Stiller vont-ils revenir pour rajouter de l'appât, comme tu as dit ?

— Quelqu'un va revenir.

— Pas les Stiller ?

— Les gars Stiller sont pas des foudres de guerre.

— Tu crois que c'est quelqu'un d'autre ?

— J'ai entendu des choses.

— Mais tu ne vas pas me dire ce que tu as entendu.

— Pas sûr que ton attitude me plaise. »

Rice secoua la tête, mais ne répondit pas.

« Ce que je crois, reprit Boger, c'est que t'as décidé de régler ce petit problème tout seul. Tu crois peut-être pouvoir *affronter* ces bouseux de braconniers qui balancent des gâteaux rassis et des beignets rances dans ta précieuse *forêt primaire*. Qui tuent des oursons.

— Ouais, ça se pourrait. Je comprends pas pourquoi tu les protégerais. »

Dempsey lança un regard mauvais à Rice, comme s'il était à deux doigts de lui dire d'aller se faire foutre, mais sa colère passa et il se racla la gorge, se mit à tousser, sa quinte de fumeur l'obligeant à se détourner du pick-up pour mettre la main devant sa bouche.

Le setter s'était réveillé, réagissant sûrement à la tension sensible dans les voix masculines. Debout sur le siège, Sadie tournait en rond en cognant son plâtre contre le tableau de bord, puis elle se coucha sur le côté, allongea les pattes arrière, roula sur le dos. Avec son plâtre dressé vers le ciel, elle ne semblait pas à l'aise. Rice passa le bras dans la cabine pour lui gratter le ventre. Il tenta de changer de sujet. « Comment vont les abeilles ?

— Elles vont bien.

— J'ai mangé beaucoup de ce miel. Il te fait le plein d'énergie.

— Le miel sauvage a cet effet. » Boger se glissa derrière le volant et le setter posa la tête sur ses cuisses. L'espace d'un instant, il baissa les yeux vers elle comme s'il voyait un chien pour la première fois. « Si t'en manges assez, tu deviendras l'un de ces ours dont tu t'inquiètes tant. Et les Stiller voudront te tuer pour de bon. »

Il referma la portière et se mit à parler par la fenêtre ouverte, mais une autre quinte de toux, plus brève que la précédente, l'en empêcha. Il se frappa la poitrine, puis examina le restant de sa cigarette. Il ne savait pas d'où elle venait. Il n'en voulait plus. Il l'approcha du cendrier et l'y écrasa, puis tourna vers Rice des yeux larmoyants. Ce type avait besoin de rentrer chez lui et de dormir.

« Toi et les propriétaires de la réserve, vous devez vous rappeler qu'y a ici des familles qui chassent l'ours sur cette montagne depuis que leurs arrière-arrière-grands-pères en ont viré les Vrais Habitants il y a deux siècles, et y a rien au monde que toi ni personne puissiez faire pour les en empêcher. Si tu continues comme t'as commencé, ça va virer à la guerre ouverte, une que t'aimeras pas beaucoup.

— Peut-être. On m'a déjà dit à peu près la même chose hier », rétorqua Rice. Il avait froid, il croisa les bras. « Et les Cherokees ? Ils chassaient l'ours dans le coin ? Avant de se faire virer ?

— Pas beaucoup. Cette montagne est hantée. Ils l'appelaient *ooh joo teeah nee sew ee ohdah*. La Montagne de Maints Autres. » Il ricana et tourna la clef de contact. Il souriait, sans une once de bienveillance dans le regard. « Je sais que tu sais de quoi je parle. »

Il enclencha la première, puis s'engagea lentement sur le chemin.

25

Rice trouva la pochette plastique des cadenas et ouvrit le dernier disponible avec sa clef. Le deuxième cadenas était très haut dans la montagne, protégé par des guêpes à l'intérieur du boîtier métallique fixé sur le portail du service des Eaux et Forêts. Avant la fin de la semaine, il monterait là-haut un demi-rouleau de fil de fer barbelé pour réparer la partie de la clôture que, il en était certain, les Stiller avaient coupée avant d'entrer dans la propriété.

Il laça ses chaussures montantes, versa le contenu de toute une cafetière dans une grande bouteille thermos, puis partit sur le chemin. Une balade paisible, espéra-t-il, l'aiderait à retrouver ses esprits. La journée s'annonçait calme, hormis une légère brise qui se transformait parfois en bourrasque malmenant les branches. Le gravillon crissait sous ses semelles. Les sauterelles étaient omniprésentes ; des corneilles croassaient au loin. Quelques feuilles mortes quittèrent les arbres, s'envolèrent au-dessus de lui, translucides, et brillant un bref instant dans le soleil.

La Montagne de Maints Autres. Boger avait sûrement inventé cette connerie.

À l'entrée, le portail était fermé – les Stiller l'avaient sans doute laissé grand ouvert, mais Boger avait beau être en rogne, il ne pouvait pas s'en aller sans le refermer. Rice ouvrit la boîte aux lettres en se disant que les Stiller étaient peut-être revenus y mettre un serpent à sonnette vivant, mais elle était tellement bourrée de courrier inutile qu'il n'y aurait pas eu la place pour ça. Manifestement, elle n'avait pas été vidée depuis un moment : publicités, journaux gratuits, lettres d'associations adressées à Sara et qui n'avaient pas été transférées, épaisses brochures de coupons pour des merdes dont il n'avait pas besoin. Il laissa la boîte telle quelle en se promettant de la vider bientôt. Aucun courrier ne lui était destiné. Tout ce qu'il aurait pu recevoir à son ancienne adresse de Tucson, il l'avait fait suivre vers des boîtes postales où il ne comptait nullement se rendre.

Un pick-up rouge équipé d'un treuil et d'un pot d'échappement vertical franchit le virage en rugissant juste au-delà du chemin. Rice recula sur le bas-côté tandis que le conducteur frôlait la boîte à lettres avant d'accélérer encore dans la ligne droite, en route vers Stumpf. Le passager se retourna pour regarder par la fenêtre arrière, en riant, des dents bien blanches au milieu d'une barbe noire peu fournie. Un visage inconnu de Rice. Un autocollant translucide en haut de la fenêtre annonçait en majuscules *AIE PEUR DE ÇA*, une variante du slogan *MÊME PAS PEUR* que les ados de la région semblaient affectionner. Rice se demanda si ces garçons connaissaient quoi que ce soit à la peur. S'ils avaient la moindre idée de ce que leurs slogans idiots signifiaient.

Il referma le portail derrière lui et fixa la chaîne avec le cadenas tout neuf en acier laminé. Au bout de quelques recherches, il trouva l'ancien dans les mauvaises herbes, sa tige coupée. Ce n'était pas un petit cadenas, mais maintenant son jumeau, ou son triplé, semblait bien fragile accroché là contre le montant central. La chaîne, qui lui avait paru si rassurante chaque fois qu'il l'avait attachée au portail, lui sembla tout aussi frêle. Il pouvait acheter un meilleur matériel, une chaîne et un cadenas neufs, mais il devrait alors envoyer des clefs à toute une liste de gens censés avoir accès à la propriété : STP tenait à en garder une à Tucson pour une raison inconnue, le shérif et le garde-chasse devaient eux aussi en avoir une. Sans oublier les pompiers. Et puis, comme il l'avait déjà constaté, Sara en conservait une apparemment.

Il mit le cadenas vandalisé dans sa thermos vide et repartit en sens inverse sur le chemin, marchant vite, puis courant, ce qui augmenta ses douleurs crâniennes. Le cadenas cliquetait au fond du thermos. Il accéléra encore son allure. Boger avait raison : Rice comptait résoudre tout seul le problème du braconnage, même s'il s'était montré jusque-là parfaitement inefficace. Deux autres ours avaient été tués. Les Stiller se baladaient impunément en quad dans la réserve. Abandonnant tout sang-froid, il s'était bagarré avec DeWayne avant de se faire assommer avec une bûche de son propre tas de bois. Il avait laissé filer les chiens de Boger, qui s'étaient fait tuer ou blesser, et maintenant le seul autochtone avec qui il croyait s'être lié, qu'il prenait pour son seul et unique allié, lui conseillait de renoncer.

Il courut tout du long jusqu'au pré, où il trébucha et faillit tomber, se plia en deux et vomit son café dans l'herbe. Il resta un moment assis sur le chemin. Il toucha doucement la plaie enflée au bord de ses cheveux ; déjà, une vilaine ecchymose s'étendait depuis la blessure jusqu'à la partie droite du front. Il s'était coupé les cheveux à la va-vite avec des ciseaux et un rasoir, avait lavé l'entaille au savon et à l'eau, puis désinfecté avec de l'alcool isopropylique. Dès la fin du saignement, il avait appliqué deux pansements et enduit le tout de Neosporin.

Après avoir tué deux ours grâce aux appâts, les braconniers resteraient peut-être un moment inactifs, à moins qu'ils ne remettent tout de suite des appâts au même endroit, mais ils reviendraient tôt ou tard – la population de plantigrades dans la réserve devait être d'un attrait irrésistible. Alors il les attraperait. Il passerait toutes ses nuits là-bas, il hanterait la montagne comme l'un des fantômes dont Dempsey avait parlé. Boger avait mis Rice en garde contre ses approches trop musclées, mais le métis ne se doutait pas qu'en réalité Rice s'était retenu d'aller trop loin et que cette attitude réservée constituait pour lui un handicap. L'une des rares leçons que le père de Rice avait réussi à lui inculquer avant de mourir, c'était que tergiverser revenait à choisir d'échouer, car on n'essayait pas de toutes ses forces. Il s'agissait, avait déclaré son père, du choix rationnel de gens qui préféraient échouer exprès plutôt que risquer de découvrir qu'ils n'étaient pas assez bons ; mais quand on faisait ce choix, on devait au moins avoir l'honnêteté de le reconnaître.

Sa chemise trempée de sueur lui collait à la peau. Il la retira et la noua autour de sa taille. Au lieu de continuer à gravir le chemin, il bifurqua vers le nord le long de la forêt et aboutit au bosquet infesté de sauterelles, bien visible depuis la galerie du chalet. Ces arbres abritaient un ancien cimetière de bétail, des ossements blanchis par le soleil, en partie cachés dans l'herbe, aussi brillants que les ruines de quelque ville miniature. Il n'avait aucune idée de leur origine. Nulle part dans les anciens registres on ne mentionnait quiconque ayant élevé des bêtes sur le pré.

Il ramassa un crâne de vache, regarda dans les orbites ombreuses striées de lichen vert. L'os effilé du museau était abîmé, brisé par endroits. Encore un totem pour le bureau. Il le posa avec sa thermos.

Il dégagea en tirant un peu dessus un os du bassin enfoui dans l'herbe. Il le frotta pour le nettoyer et le retourna entre ses mains. Décoloré par le soleil, il était intact, symétrique, joliment incurvé en forme de casque. Il y avait sur le devant deux trous ovales qui semblaient observer le monde. Il le posa près du crâne.

Un peu plus loin dans le pré éclaboussé de lumière, il se baissa pour ramasser une côte parmi un fouillis d'autres os, une côte longue d'une soixantaine de centimètres, arrondie en forme de faux, dotée d'une protubérance à la base dessinant un angle droit. L'intérieur de la côte était étonnamment tranchant. Il l'abattit sur un grand chardon. La moitié supérieure de la plante frémit, trembla, puis tomba dans l'herbe. Il l'abattit encore, plus fort, et coupa le chardon près de la base.

Son esprit dériva vers l'un de ses états seconds, une version coléreuse des transes qui s'emparaient parfois de lui. Ses sens s'aiguisèrent, le soleil aveuglant bourdonna autour de lui, la brise hérissa les poils sur sa peau. Il refusait depuis longtemps de reconnaître cette part de violence qui avait causé tant de dégâts l'an passé. Mais quel tort pouvait-il bien provoquer ici ? Il marcha dans le pré et trouva un bosquet de raisin d'Amérique haut de quatre mètres, où il se déchaîna avec la côte, tel Samson armé de son maxillaire. Une rage désespérée et frénétique s'empara de lui, ses gestes devinrent de plus en plus violents, les tendres tiges juteuses explosèrent parmi des giclures de sève, les grosses plantes basculèrent au ralenti, les baies violacées jaillirent en pluie vers le sol. À bout de force, il s'arrêta et contempla les tiges de raisin décapitées, ce carnage vert et pourpre. Ce n'était que de la végétation.

Au pied d'une modeste butte, il découvrit quatre dépressions ovales dans l'herbe où des cerfs avaient dormi. Il se pelotonna dans l'une d'elles. Le cerf avait rendu le sol confortable, sans bâton ni pierre susceptible de blesser sa peau nue. Il allait se reposer ici jusqu'à ce qu'il se sente mieux. La chaleur ténue du soleil ne suffisait pas à dissiper la fraîcheur de la brise qui lui donnait la chair de poule.

Son rêve fut un non-rêve – tout en dormant, il resta simplement conscient de ce qui se passait autour de lui : il perçut le mouvement lent et inexorable du soleil, le doux bruissement du vent parmi les herbes, l'odeur métallique, moisie, de la terre tiède. Il surveilla l'approche de trois cerfs, qui renâclaient et dont les sabots antérieurs frappaient le sol face à cet étrange humain endormi, puis ils se lassèrent et détalèrent en bondissant, de mornes drapeaux blancs flottant et frémissant au-dessus de leurs croupes. Un corbeau silencieux décrivit un seul cercle au-dessus de lui, puis s'éloigna dans la forêt. Des fourmis rampèrent sur ses jambes, un moustique lui piqua le bras.

De violents frissons le réveillèrent et il s'assit, frigorifié mais calme. Durant son sommeil, un peu de sang s'était écoulé de sa plaie à la tête, avant de sécher dans ses cheveux et sur la tempe. Il empestait la sueur rance. Malgré tout, ces cerfs s'étaient approchés de lui. Ils avaient compris ce qu'il était et ils étaient venus si près qu'il aurait sans doute pu en tuer un s'il l'avait voulu. Il y réfléchit, se demanda ce que cela signifiait.

Le soleil avait dépassé son zénith depuis longtemps ; il le regarda un moment pour essayer de le voir bouger dans le ciel ainsi qu'il l'avait fait en rêve, et il se retrouva à demi aveuglé. Il retourna au bosquet des sauterelles pour récupérer sa thermos et les ossements. Il tenta d'ajuster l'os du bassin de la vache sur sa tête pour le porter comme une coiffe cérémonielle du pléistocène, mais plusieurs vertèbres soudées au niveau du sacrum l'en empêchèrent. Il posa l'os par terre, brisa une partie du sacrum avec une pierre, et cette fois le bassin de la vache lui alla parfaitement, posé sur sa tête, ses yeux regardant à travers les trous.

À mi-chemin dans le pré, il s'arrêta pour se reposer. La vue était meilleure d'ici et il tourna lentement sur lui-même, pivotant comme une caméra, le monde réduit à deux fenêtres ovales. Turk Mountain dominait le chalet comme une antique menace, la vallée resplendissait au soleil, la Blue Ridge délimitait l'horizon oriental. Toute cette lumière ! L'équinoxe. Désormais, les nuits seraient plus longues que les jours.

Il tourna le dos au soleil et découvrit dans l'herbe son ombre grotesque, la silhouette d'un homme portant un casque en os. Un monstre à la tête massive surmontée de petites cornes trapues. Un Minotaure. Aie peur de ça, pensa-t-il. Son cœur battait dans sa poitrine selon son rythme habituel. *Aie peur de moi.* Un rugissement explosa dans les arbres de la montagne : le vent atteignit le pré quelques instants après, plus dur et froid qu'auparavant, marquant la fin de l'après-midi. Il attendit encore et sentit la lumière du soleil pénétrer lentement dans son corps. Il n'avait rien d'autre que ces vieux os ; il était constitué d'air et de lumière, d'eau et de terre. Il frissonna encore, frissonna de tout son corps, tel un ours.

26

Cereso Nogales, État de Sonora.

Elle lui avait rendu visite moins d'une semaine plus tôt. Elle s'était montrée plus soucieuse que d'habitude et, s'il n'avait pas su qu'elle était sans peur, il aurait pensé qu'elle redoutait quelque chose. Mais comment imaginer pire que ce qu'elle vivait déjà depuis huit mois ? Quand il avait insisté, elle s'était tue quelques secondes pour jauger ce qu'elle pouvait lui dire, pas grand-chose au final. « Ça va aller », articula-t-elle lentement comme pour tenter de donner davantage de poids à ses paroles qu'elles n'en avaient en réalité. « Peu importe ce qu'on raconte. Je vais bien. »

Fernandez apprit la nouvelle avant tout le monde et décida de l'annoncer à Rice. Selon la version officielle, il s'agissait d'un acte de violence aveugle lié à la drogue ; Apryl effectuait des recherches sur des plantes rares pour la forêt nationale de Coronado, près de Lochiel. Les gars de la patrouille frontalière avaient découvert son corps enterré à la va-vite dans le canyon Antonio, comme l'aurait fait un couguar dans l'intention de revenir plus tard pour s'en repaître. Mais ce n'était ni un couguar ni une violence aveugle. Et Apryl n'allait pas bien.

Rice sentit quelque chose glisser à l'intérieur de lui, comme s'il marchait sur de la glace noire. La nausée remonta de son bas-ventre vers sa gorge, une vague, puis une autre. Sa peau le démangea, se glaça. Des lobes translucides couleur indigo apparurent dans sa vision périphérique, menaçant d'engloutir le beau soleil matinal du Sonora.

*
* *

Elle s'engagea sur une piste défoncée au nord de Sells et roula vers le cœur d'un massif montagneux oublié de Dieu dans la réserve, expliquant d'une voix étonnamment désinvolte qu'elle allait escalader une paroi à pic et qu'elle voulait passer la nuit avec lui là-haut. Sur la montagne, ils préparèrent des enchiladas avec du prosciutto sur son petit réchaud de camping, ils burent une bouteille de cabernet bon marché, prirent une ligne de cocaïne chacun. Une seule – elle lui avait dit un peu plus tôt qu'elle refusait de travailler avec un enfoiré de toxico. Plus tard, au clair de lune, ils baisèrent sur un mince matelas jusqu'à ce que l'euphorie de la coke ait disparu.

Voilà comment tout avait commencé : une chaste ligne blanche de cocaïne, la lune gibbeuse et déclinante se levant tard, les pieds nus sur le grès tiède, des coyotes jappant tout près, le doux gémissement du vent du désert. Essayer de chanter et éclater de rire parce qu'ils ne connaissaient pas les mêmes chansons, le rire insouciant d'Apryl qu'il entendait pour la première fois, une fraîcheur enfantine qu'il ne lui connaissait pas. Il comprit beaucoup plus tard le sens de tout cela, l'importance de ces moments partagés, la confiance qu'elle lui avait accordée. Ce n'était pas une femme très démonstrative ; pour elle, cette nuit-là fut un couronnement, le sceau apposé à quelque engagement intime. Rien d'autre n'était nécessaire. Elle avait pris sa décision.

Apryl avait fini par lui apprendre que l'amour était la même chose que le courage. Il le comprit seulement lorsqu'il se trouva enfermé à Cereso. Il regretta d'avoir mis tant de temps à s'en apercevoir.

*
*　*

Rice émergea de ce souvenir et se retrouva dans la cour de la prison, toujours assis sur le banc en béton à côté de Raoul Fernandez. Il se leva et s'éloigna, comme si l'autre occupant du banc émettait des radiations mortelles.

Fernandez l'appelait Rice-Moore, avec l'accent sur le premier nom, comme dans *Rushmore*.

« Tu es *sicario*, Rice-Moore. »

Il disait cela doucement, en souriant, comme si l'absurdité consistant à accorder ce titre à un type tel que Rice sautait d'emblée aux yeux, et que cette promotion relevait d'une extrême générosité. Rice comprit ce que Raoul suggérait, et la compassion apparemment sincère de ce sociopathe qui torturait et tuait des gens comme Apryl pour gagner sa vie était si perverse, complexe et surréelle, qu'elle poussa Rice à franchir une limite au bord de laquelle il se tenait depuis des mois.

Le lendemain matin, il commença à s'entraîner pour de bon.

27

Rice se mit à passer ses nuits en montagne, attendant l'arrivée des frères Stiller dans l'obscurité, anticipant l'éclat des lampes de mineur : une procession d'hommes à la mine lugubre chargés de sacs de provisions avariées, de paniers de pommes pourries, des carcasses de chevreuils tués sur la route sur leurs épaules, des revolvers à canon long coincés dans la ceinture, des hommes qui n'apprécieraient guère l'intervention de types comme Rick Morton.

Il attendit, mais ils ne vinrent pas.

Il surveilla le poste des appâts, grimpa dans l'arbre déjà utilisé par les braconniers, guetta, collé au tronc tandis que la lumière diminuait et que les environs se transformaient en un décor plus sinistre encore, les vestiges d'un rituel sauvage qui aurait mal tourné : les carcasses d'ours démembrées, une cage en bois construite au petit bonheur la chance dans un but mystérieux, l'affreuse tête de vache suspendue en l'air, surveillant les environs.

D'autres nuits, il arpentait les crêtes, à l'affût de voix, de moteurs grondants, de bruits de pas, mais il entendait seulement la symphonie déclinante des insectes, trois espèces de hiboux, le jappement rauque des renards, une meute de gros coyotes de l'est qui hurlaient comme des loups, et une fois le cri d'un lynx, si désespéré et sauvage qu'il en eut les larmes aux yeux.

Le croissant de lune grossit en un œil oblong et brillant qui, chaque soir, disparaissait derrière Serrett Mountain quelques minutes plus tard que la veille. Rice découvrit qu'il réussissait très bien à se repérer dans la réserve, même à la lumière ténue des étoiles : il savait toujours où il se trouvait, précisément placé sur sa carte mentale tridimensionnelle. Il s'en étonna. Les mois passés à entrer dans la banque de données de Sara les notes consignées dans les registres depuis un siècle, à localiser toutes les observations avec une précision maniaque sur les cartes, tout cela avait sans doute construit dans son subconscient une sorte de mémoire synthétique, une connaissance approfondie de la réserve, comme s'il vivait là depuis plusieurs générations.

Pendant la journée, il concentrait ses efforts sur le bungalow, mais il manquait de sommeil, il était angoissé et distrait, inquiet à l'idée que les braconniers puissent revenir à l'improviste et en plein jour. Il envisagea d'appeler Sara, pour lui parler de sa rencontre avec les chasseurs d'ours. Elle serait sans doute déçue d'apprendre qu'il avait cassé la figure à un seul d'entre eux. Il savait aussi qu'il aurait dû appeler STP, lui rapporter l'intrusion, le cadenas coupé. Mais il ne pouvait se résoudre à brancher le téléphone.

Il se mit bientôt à négliger le bungalow, préférant les tâches qui exigeaient sa présence dans la montagne. Il répara la clôture détruite par les Stiller sur la partie du périmètre gérée par le service des Eaux et Forêts ; il parcourut le chemin du transect dans la partie supérieure de la gorge, changea les cartes mémoire et les batteries des cinq appareils photo. Ce matériel utilisait la lumière infrarouge pour prendre des images dans l'obscurité complète, et les dix premières qu'il téléchargea sur l'ordinateur portable montraient, de nuit, un jeune ours de la taille d'un gros labrador en train de boire à la source la plus élevée, son corps voûté d'un noir de jais devant les feuilles mortes du sol, le feuillage d'un blanc brillant. Il avait programmé les appareils pour qu'ils prennent cinq images en rafale après l'activation du détecteur de mouvement, puis ils attendaient trois minutes avant de se remettre en marche. Ce délai empêchait des centaines d'images similaires du même animal de saturer la carte mémoire. Les cinq images suivantes avaient été prises dix heures plus tard, dans la journée, et l'on voyait quelques biches à queue blanche tournicoter autour de la source. Puis deux autres ours la nuit suivante, beaucoup plus gros que le premier. Un raton laveur, des opossums, un renard. Un autre ours, un énorme mâle, traversant très vite le cadre de la photo. Il disparaissait après la troisième image.

Rice remplit son sac avec du matériel de clôture et des panneaux *Entrée interdite*, puis il longea les vingt-cinq kilomètres de la limite arrière de la propriété, remplaçant à mesure les panneaux manquants ou illisibles et réparant la clôture. Il explora la forêt nationale adjacente, emprunta des chemins de bûcherons pour suivre les crêtes et les éperons de Serrett Mountain. Il ne trouva aucune trace du moindre braconnier d'ours ni de quiconque.

À la fin de la première semaine, il retourna moins souvent au chalet et n'y resta pas longtemps. En montagne, il buvait l'eau des torrents ou des sources qui suintaient des falaises calcaires ; il mangeait des asimines trop mûres et des poignées de minuscules grains de raisin sauvage. Il déféquait dans des trous qu'il rebouchait ensuite, s'essuyait avec des feuilles, nageait dans la rivière en milieu de journée. Il avait toujours faim. Les nuits étaient fraîches et humides, il cessa bientôt de remarquer qu'il tremblait en permanence.

Les animaux persistaient à le considérer comme un intrus : Rice émettait toujours des vibrations dérangeantes. Les chevreuils détalaient ; les corbeaux l'observaient avec un silence désapprobateur ; les geais et les écureuils le réprimandaient. Juste après une aube noyée de brume, une ourse d'un an vint renifler autour du poste des appâts vide et repéra vite Rice perché dans l'arbre du braconnier. Elle fit volte-face, s'éloigna en trottinant à une dizaine de mètres, s'assit sur les fesses, puis, avec une vague curiosité mâtinée d'ennui, elle examina cet étrange singe arboricole qui essayait de se cacher parmi les frondaisons. Rice se sentit ridicule. Quand il descendit de son perchoir pour rejoindre la lisière de la gorge intérieure, l'ourse le suivit un moment avant de se désintéresser de lui et de s'en aller.

Le brouillard se dissipa sous l'action du soleil et la matinée devint venteuse. Il se reposa à l'endroit de la falaise où Sara et lui avaient mangé des sandwichs au miel et au beurre de cacahuète sous la pluie. Il laissa ses pieds pendre dans le vide. Il se souvint de la gélinotte planant au-dessus de la forêt après qu'il l'eut effrayée. Sara avait raison, il avait besoin d'une tenue *ghillie*.

28

De retour au chalet, il passa deux bonnes heures à fouiller dans les débarras et les placards poussiéreux pour rassembler les matériaux de base. Une épaisse décoction de coques de noix, d'achillée, de laiteron, d'ortie, de sumac, de colorant alimentaire bleu et quelques mûres écrasées dans de l'eau salée bouillante aboutit à une épaisse teinture verte. Dans les plus grandes casseroles qu'il put trouver, il immergea avec des pierres des sacs vides en toile de jute et des rouleaux de ficelle d'emballage en sisal. Puis il fit mijoter le contenu de ces casseroles sur la cuisinière.

Il découpa des morceaux d'un vieux filet de badminton abandonné et les fixa avec de la colle époxy sur un poncho vert au tissu imperméable et déchiré, avant d'étendre celui-ci dans l'herbe pour que le soleil matinal fasse sécher la colle. Une fois sortis des casseroles, la toile de jute et le sisal teints arborèrent diverses nuances de vert qui s'assombrissaient par endroits jusqu'à un vert foncé presque noir. Il étendit ces accessoires près du poncho pour les faire sécher, puis passa l'après-midi à tenter de rattraper son retard sur les travaux du bungalow.

Plus tard, il mit la machine à café en route et alla chercher les derniers articles dont il avait besoin : plusieurs sacs non teints en toile de jute, des ciseaux, une grosse aiguille à coudre et la bobine de ligne de pêche monofilament dont il s'était servi pour suspendre les vésicules de porc dans le hangar. Il avait gardé les bouchons des bouteilles de vin apportées par Sara. Des gants de jardin marron, des torchons bruns élimés, un t-shirt beige en coton qui avait toujours été un peu petit. Il mit tout ça dans son sac à dos.

Dans la montagne, il se dirigea vers un gros rocher d'où il pouvait surveiller la pente au-dessus du poste des appâts, tout en entamant la tâche longue et fastidieuse consistant à découper la toile de jute en bandes, puis à attacher celles-ci aux morceaux de filet et à en effilocher le bout. Il coupa les torchons et le t-shirt, avant de coudre les pièces de coton plus claires parmi la toile de jute et la ficelle teintes. Vers sept heures et demie, lorsque la lumière déclina dans la gorge, il étendit sa bâche derrière le rocher, puis continua de travailler à la lueur de sa lampe frontale en écoutant la forêt. La rosée se déposa durant toute la soirée, aussi humide qu'une légère averse.

Quand il eut fixé tous les morceaux de tissu qu'il avait apportés – il comptait ajouter plus tard encore de la toile de jute –, il coupa des touffes d'herbe et des branches feuillues, qu'il attacha au coton et au jute sur les épaules et la capuche. Il lui faudrait répéter ce processus tous les jours, se débarrasser des anciens végétaux et les remplacer par un nouveau feuillage pour se fondre dans le paysage environnant. Enfin, il alluma son briquet à butane pour brûler une extrémité d'un bouchon de bouteille de vin. Le bouchon s'enflamma et il le tint bien droit afin de le laisser se consumer quelques secondes avant de souffler dessus pour l'éteindre. Dès qu'il fut refroidi, il en frotta l'extrémité carbonisée sur son nez, ses pommettes, son menton, son front pour noircir toutes les surfaces luisantes et saillantes de son visage.

Le poncho lui allait comme une peau animale, les couches de tissus et de matériaux végétaux plus épaisses sur le dos, les épaules, et la capuche pour gommer la silhouette typiquement humaine de la tête posée sur le corps. Il découvrit qu'il pouvait marcher presque sans bruit à condition de se déplacer lentement et avec précaution ; il savait que, lorsqu'il s'agenouillait ou s'asseyait, il disparaissait, ses contours cachés dans les monticules sombres et flous des morceaux de tissus lacérés. Si l'on se faisait surprendre en terrain découvert avec une tenue *ghillie*, avait-il lu quelque part, sans endroit où se cacher à proximité, il suffisait de s'accroupir et de rester immobile ; un chevreuil, une antilope ou même un humain vous regarderait peut-être avec une certaine curiosité, mais sans jamais reconnaître en vous une menace potentielle.

Quand, vêtu du poncho et portant son sac à dos à la main, il rejoignit le poste des appâts, il faisait presque jour et sa chemise était trempée de sueur. Il avait prévu que ce serait un problème. Le poncho était imperméable et Rice allait transpirer s'il marchait avec. Il s'assit contre un tronc d'arbre parmi les feuilles et attendit. Vers l'ouest, les étoiles étaient visibles dans un trou de la canopée, là où un tulipier géant était tombé des années plus tôt. Il l'avait déjà remarqué, mais à présent il se demanda si c'était pour cette raison que les braconniers avaient choisi cet endroit, s'ils voulaient avoir un peu de lumière pour leurs lunettes de vision nocturne.

Deux chouettes rayées traversèrent la forêt en s'appelant avec des voix surnaturelles. Un gros ours ignora le vieil appât, puis renifla si longtemps les restes des deux carcasses que Rice décida que l'animal rendait son hommage funèbre ou bien dévorait le peu de viande encore fixée aux os. Deux biches passèrent ensuite à proximité et juste avant l'aube un raton laveur escalada l'enclos à appâts. Dans la trouée des branches, le ciel prit une couleur dorée aveuglante. Il mit sa main en visière et distingua deux corbeaux qui décrivaient des cercles à des centaines de pieds d'altitude, échangeaient des croassements, scintillaient comme des éclats d'obsidienne au soleil.

Tandis qu'il attendait, le temps se dilatait et se contractait – une guêpe noire chasseuse d'araignées mit plusieurs minutes à passer devant son visage, mais le soleil franchit la crête de la montagne en quelques secondes. Il était maintenant habitué à ce genre de distorsion – s'il s'agissait bien de cela – et il ne luttait pas contre. Le scientifique en lui résistait à cette sensation, mais il avait conscience de s'approcher d'une compréhension nouvelle. Le soleil monta et la lumière matinale se glissa à travers le feuillage. La tête de la vache restait accrochée immobile, sans savourer le grand jour – les joues caves toutes déchiquetées, elle endurait les déprédations des corneilles et des vers, les vingt centimètres de fer à béton dépassant de chaque orbite souillés des excréments crayeux des oiseaux. Il avait vu des corneilles perchées sur la tige métallique, une de chaque côté, se tordre pour plonger le bec dans la gueule ouverte de la vache.

Toute une guilde de petits oiseaux des bois fit son apparition sous la canopée : bruyantes mésanges à tête noire, mésanges huppées, juncos, piverts duveteux, sittelles torchepots à gorge rouge ou blanche, aux cris claironnants et nasillards. Un grimpereau brun montait et descendait les troncs des arbres telle une souris emplumée, muet hormis un rare pépiement haut perché pour réduire au silence les espèces plus loquaces. Ces oiseaux avaient faim et se nourrissaient, mais ils ne semblaient pas désespérés – on remarquait plutôt chez eux l'activité industrieuse et détendue d'un jour de travail comme les autres.

Deux mésanges à tête noire se posèrent sur le buste de Rice et entreprirent d'arracher des brins de toile de jute. Son rire étouffé agita le tissu et plongea les volatiles dans la perplexité, mais ils ne s'envolèrent pas. Une mésange parut deviner que Rice était un être vivant et elle sauta sur la capuche pour examiner son œil. Sara avait un jour déclaré que les mésanges à tête noire possédaient des caractéristiques agréables qui poussaient les humains à les adorer, à les considérer avec un regard anthropomorphique – le front arrondi et protubérant, le bec court, leur corps minuscule couvert de plumes, leurs grands yeux. Rice examina la face de l'oiseau à quelques centimètres de son propre visage. L'œil noir et luisant braqué sur le sien. Pas si mignon que ça, finalement, pensa-t-il. Il semblait farouche, différent, impitoyable. Il sentit l'éclair d'une brusque reconnaissance le traverser.

Il cligna des yeux et la mésange s'envola. La petite bande des oiseaux disparut bientôt dans le bas de la pente, en route vers la gorge intérieure, emportant avec eux leurs projets aviaires. Une sorte de connexion persista néanmoins et, sans bouger, sans avoir l'intention de le faire, Rice les suivit. Il se surprit à reconnaître au niveau cellulaire et comme pour la première fois que ces créatures ne cessaient pas d'exister en l'absence d'un public humain.

Les oiseaux se trouvaient maintenant dans les falaises, où ils se nourrissaient tranquillement tout en sautillant et en voletant parmi les lauriers enracinés dans la pierre des parois. Il les voyait très clairement et se déplaçait parmi eux. Était-il en train de tout imaginer ? C'était peut-être dû à la tenue *ghillie*, à ce camouflage parfait, ou à trop de nuits d'insomnie passées à observer la forêt. Ou peut-être s'agissait-il d'une chose entièrement différente.

Il tenta d'entrer en contact avec les oiseaux, s'en approcha en imagination. Il eut l'impression de demander la permission de se joindre à eux. La mésange à l'œil vif bondit soudain et un petit scarabée noir fut dans son bec, les pattes s'agitant, l'exosquelette craquant, un goût huileux. Boire un peu de rosée à une goutte suspendue au bout d'un brin d'herbe. Lorsque les oiseaux s'envolèrent de la falaise, Rice s'envola avec eux, défiant tout bon sens, il nagea à travers l'air invisible, un moment de vertige quand tout en bas la rivière scintilla au soleil, la cime des arbres, les nuages dans le ciel infini, puis un temps d'arrêt pour reprendre ses esprits – une syncope musicale, un battement de cœur en moins, une longue goulée d'air dans les poumons – et une immense valve cosmique s'ouvrit, la vision de la gorge explosa dans son esprit, toute la gorge à la fois, toutes les couleurs, de l'infrarouge à l'ultraviolet, tout était vivant, des millions de voix parlaient en une fantasmagorie de présences bien réelles, le champ magnétique de la planète elle-même pulsait puissamment autour de lui.

Il cria, s'éveilla d'un coup. Il était toujours là, près du poste des appâts.

La forêt, de nouveau tranquille, chauffait dans les chatoiements de lumière et l'air immobile. Venait-il de crier pour de bon ? Sa tête se mit à palpiter, de manière agréable, comme si une main minuscule, une patte d'oiseau, s'était glissée dans la blessure infligée par le vieux demeuré avec la bûche et massait doucement le lobe frontal de son cerveau selon un rythme ternaire.

Il venait de franchir une frontière puis de revenir de l'autre côté, mais des traces de ce lieu nouveau

233

s'accrochaient comme de la boue. Il respira et se riva au sol, sentit le mouvement de la Terre dans ses os, la lente rotation de la planète lourdement inclinée sur son axe, voyageant selon sa trajectoire habituelle autour du soleil. Les plaques continentales luttaient et frémissaient. Très loin, le soleil vaporisait l'eau des océans et la faisait retomber en pluie sur les terres. La vie jaillissait et se tortillait, inspirait et expirait, parlait et pleurait, s'épanouissait et mourait.

Il attendit une autre heure. Quand il se leva, son camouflage *ghillie* bruissa doucement. Il se sentit calme et fort.

29

Dès qu'il se mit à porter le poncho *ghillie*, les autres animaux oscillèrent entre curiosité et acceptation, mais la plupart l'ignorèrent. Rice, quant à lui, devint prédateur. Il avait eu faim durant des jours, mais maintenant, tel un loup de dessin animé, il se mit à cataloguer les animaux qu'il croisait selon la saveur supposée de leur chair. Une dinde traversant la forêt lui apparaissait plumée et cuisinée, tout juste sortie du four, la peau bien grillée et croustillante. Les lapins de garenne embrochés sur une pique tournaient au-dessus des braises, tout luisants de graisse. Les chevreuils, il les découpait mentalement en pièces traditionnelles : cuissots, côtes, filets. Sans vraiment réfléchir aux implications de son geste, il fabriqua une lance, rien de plus compliqué qu'un long bâton à la pointe effilée, puis il se mit à chasser.

Quand il réussit enfin à empaler un écureuil fauve sur le tronc d'un érable, l'animal ne mourut pas aussi paisiblement que Rice l'avait espéré, mais il piaula et se débattit pour tenter de se libérer. Cédant à la panique, Rice prit son couteau pour mettre un terme à sa vie et à ses souffrances, mais l'écureuil lui mordit le doigt juste avant qu'il ne lui tranche la colonne vertébrale à la base du crâne.

Bourrelé de remords, il s'arracha à sa transe de prédateur. Il souleva le corps tiède couvert de fourrure, l'approcha de son visage pour regarder les yeux de l'animal. Il n'y avait plus personne. La vie avait palpité là, une présence consciente, et en un instant elle venait de disparaître. Où était-elle allée ? Comment l'univers pouvait-il fonctionner ainsi ?

Convaincu que ce serait sans doute utile, il s'excusa auprès de l'écureuil comme il savait que les autochtones américains le faisaient lorsqu'ils tuaient un animal pour le manger. Ses excuses restèrent sans effet, mais il comprit qu'il importait d'aimer et de respecter l'espèce des écureuils, d'accepter le cadeau de viande et de nutriments accordé par chaque membre de cette espèce. C'était difficile, car l'acte de tuer supposait toujours une suspension de l'empathie chez le prédateur, une transformation d'autrui en pur objet, la destruction de centres sensoriels et d'univers sûrement très différents du sien, mais néanmoins significatifs et dignes de respect. Il avait passé bien assez d'heures à observer des animaux sauvages pour être incapable de l'oublier.

Avait-il endurci son cœur ? se demanda-t-il. Endurcir son cœur aiderait à éviter la souffrance, mais il était certain que cela endommageait aussi la conscience. En d'autres circonstances, il serait resté assis plus longtemps afin de réfléchir à ce problème, mais il avait faim. Dans la fente d'une pierre, il fit un feu minuscule avec des brindilles de hickory, il dépiauta et vida l'écureuil, puis l'enfila sur un bâton en guise de brochette et le cuisit sur les charbons rougeoyants.

Il tua plus proprement à mesure que se développaient ses talents de chasseur, mais une mort rapide restait une mort. Une créature alerte, douée d'une volonté propre, vaquant à ses occupations, métamorphosée par un coup de lance de Rice en un cadavre inerte qu'il pouvait manger. Il trouvait cela étrange et bouleversant ; cette transformation brutale le confrontait à son propre caractère mortel, le faisait réfléchir au prix à payer pour cette viande, à toutes ces morts qui le sustentaient, lui. Malgré ses réticences, il élargit bientôt l'éventail de ses proies au-delà des écureuils fauves pour y inclure les écureuils gris, les lapins de garenne, les gélinottes. C'étaient des animaux de petite taille et il réussissait à en tuer un tous les deux ou trois jours, pas assez pour apaiser sa faim. Il se mit à penser aux dindes et aux cerfs. Il aurait sans doute besoin d'une meilleure arme.

Ce qui lui arrivait l'aiderait à attraper les braconniers, il en était sûr. Mais il y avait autre chose. Il sentit qu'il ne contrôlait plus tout à fait la situation. Des souvenirs qu'il enfouissait depuis longtemps remontaient à la surface. Les limites qu'il s'était posées se dissolvaient – l'objectivité scientifique, le langage, les récits, jusqu'à la conscience de soi. Il essaya de ne pas s'inquiéter.

30

Rice se tenait debout dans le bungalow, les yeux levés vers la chatte noire de Sara, perchée telle une chouette sur une poutre au-dessus de la salle de bains. Il ne savait absolument pas comment elle était entrée.

Attends un peu. Elle avait dû se glisser là pendant qu'il transportait le plancher à l'intérieur. Il avait oublié cette livraison – sa commande remontait à des semaines plus tôt – et les livreurs avaient déchargé leur marchandise devant le portail cadenassé. Il avait ensuite acheminé le tout dans son pick-up, près de trois cents mètres linéaires de planches à rainures et languettes, récupérées dans un entrepôt du XIXᵉ siècle quelque part en Pennsylvanie. STP avait trouvé une entreprise qui s'occupait de gens comme elle, des gens qui tenaient à connaître la provenance de leurs matériaux de construction, comme d'autres voulaient savoir la ferme d'où venaient leurs tomates, le nom du cochon à qui ils devaient leurs côtes de porc. C'était un bois splendide, lourd et sombre comme du whisky, aussi dur que le métal.

Il avait loué une scie circulaire sur table et une ponceuse électrique au magasin de Blakely, mais il ne les trouva pas dans le bungalow. Et pas davantage à l'extérieur. En avait-il eu seulement l'intention ?

238

À présent, l'outillage électrique lui semblait super-flu. Le monde où il évoluait était lointain, comme si lui-même pilotait le corps d'un autre avec des manettes glissantes et imprécises. Il se débrouillait correctement en forêt, mais maintenant qu'il venait de la quitter, il se sentait hésiter. À la lisière du pré il tergiversa, peu désireux de retrouver ce monde. La forêt le retenait, le dissuadait de retourner au chalet, comme s'il devait encore passer du temps à l'écart du monde des humains pour que les strates superposées de l'illusion se dissipent, telle la condensation s'évaporant d'une vitre embuée. Ou d'un miroir. Il ne savait pas s'il s'agissait d'une vitre ou d'un miroir. Il avait ôté sa tenue de camouflage *ghillie* avant de l'enfouir sous un tas de feuilles mortes et de terre, car il ne voulait pas que la moindre odeur civilisée l'imprègne.

Il fixa des yeux la chatte, qui lui rendit son regard, sa face noire indistincte dans la faible lumière, comme si elle portait une voilette dissimulant tous ses traits, sauf ses yeux d'un vert vif.

« Salut, Mel. »

Elle ne manifesta aucun signe de détresse, même s'il craignait qu'elle soit restée enfermée là depuis un bon moment. Il ne savait plus très bien quel jour de la semaine on était. Ç'aurait pu être n'importe lequel des sept. Il ne put en exclure aucun.

C'était peut-être le mois d'octobre maintenant. Il pourrait vérifier ça avec STP.

« Je suis censé te tuer, tu sais. »

Mel cligna des yeux sans cesser de l'observer. C'est bizarre, pensa-t-il. Il ferait bien de l'aider à descendre de là-haut, l'encourager à quitter le bungalow. Elle avait peut-être chié quelque part. Il ne sentait aucune odeur suspecte, seulement l'âcre térébenthine du plancher en cœur de pin. Devait-il aller chercher l'échelle ? Il constata qu'il ne pouvait pas bouger. Peut-être rêvait-il. Depuis un certain temps, il rêvait intensément, furieusement, avec désespoir, et il n'avait même pas besoin de fermer les yeux pour cela. Il avait renoncé à essayer de démêler le rêve et la réalité.

Un meuble haut et lourd commençait à basculer dans son subconscient, il le voyait maintenant, un antique vaisselier en bois massif, bourré de précieuse porcelaine, et qui basculait. Jusque-là il l'avait toujours arrêté à temps, puis remis en place, mais cela ne semblait plus aussi important désormais. Il recula – mieux valait ne pas rester sous un meuble pareil, autant le laisser tomber, le laisser s'écraser à vos pieds.

*
* *

Le gamin était maigrichon, plus grand qu'il ne s'y attendait. Plus jeune, aussi, peut-être dix-neuf ans, vingt et un tout au plus. Fringué comme un vrai narco, sinon en *sicario*, fringué consciencieusement. Cela avait embêté Rice un instant, tout le pathos de sa panoplie rétro, le blouson de soie, la grosse boucle de ceinturon en argent, les bottes en peau de serpent. Des tatouages sinuaient autour de ses poignets, de son cou. Des serpents, sans doute. Cheveux noirs coupés en brosse, large bouche, lèvres charnues, sourcils marqués. Des yeux très écartés, sombres, se plissant quand le gamin entendit Rice, un bruissement feutré quand il dégaina le pistolet et surgit de derrière une cabine publique Telmex hors d'usage. Le gosse commença de réagir, vite mais maladroitement à cause de l'alcool, il glissa la main sous son blouson, prit son arme dans son holster d'épaule, mais Rice tirait déjà en marchant vers lui, deux balles à la fois, se rappelant les leçons de Raoul Fernandez, tu es mort si tu hésites, et ne vise pas la tête, pas de putain de Mozambique, le *cabrito* est trop mariole pour porter un gilet pare-balles, tu vises la poitrine, tu lui balances autant de balles que tu peux, et il logea huit balles dans le haut du buste du gosse avec le 9 millimètres, sans rater une seule fois, puis le gamin s'effondra en saignant et en gargouillant sur la terre battue de la ruelle, sa jambe droite secouée de spasmes.

Rice disposait seulement d'une poignée de secondes avant que quelqu'un ne vienne.

Du bout de la chaussure, il ouvrit le blouson. Le holster d'épaule abritait un gros 9 millimètres européen, un HK. Un flingue de frimeur, hors de prix. Sur le haut du bras, le tatouage Santa Muerte de rigueur, mais ce n'était pas ce qu'il cherchait. Il le fit rouler sur le ventre en se sentant submergé d'horreur, comme si on l'avait berné et que c'était quelqu'un d'autre, pas le bon client, et qu'on lui avait demandé de supprimer un gosse qui n'avait rien à voir avec rien, mais alors il le vit, le masque maya hurlant de l'autre côté de son cou, caché sous le col.

Ses organes internes cessèrent de se liquéfier, chaque cellule de son corps reprit courage. Ce n'était pas un gamin banal qui mourait dans la rue, mais un sadique psychotique et un assassin. Celui d'Apryl. La proie toute désignée de Rice.

Le masque tatoué était comme un blason familial. Le frère aîné, celui qui devait ensuite traquer Rice, arborait ce tatouage sur la nuque.

Il essuya le Beretta désormais inutile, le posa sur la cabine téléphonique, puis s'éloigna vers le nord.

*

* *

Il leva les yeux vers la chatte qui l'observait toujours depuis la poutre supérieure. Ce regard impitoyable. Il pouvait la tuer avec sa lance, lui ôter la vie à elle aussi. Comme un autre écureuil, un autre lapin. Il était un tueur, il pouvait le faire. Mais ses yeux s'embuèrent.

Il n'avait jamais repensé à l'horreur de ce qu'il avait fait subir à ce gamin à Juárez. Il s'était mis en quatre pour ne jamais douter. Que lui arrivait-il maintenant ? Quelle chose était la pire ? La ressentir ou ne pas la ressentir ? Sa maxime préférée, Apryl l'avait surnommée le Paradoxe Universel de Rice Moore et la Source de Tous ses Malheurs : « Individuellement, les organismes n'ont aucune importance, mais individuellement, les organismes comptent énormément, bla bla bla. » Il s'efforçait de vivre ce paradoxe, sans en oublier la première ni la seconde partie.

« Je m'en fiche, dit-il à la chatte.

— Non, tu ne t'en fiches pas, rétorqua-t-elle.

— Rien à foutre. »

Pas de réponse. Il secoua la tête et se releva, épousseta son fond de pantalon. Retira ses gants et les laissa tomber par terre. Regarda la chatte une dernière fois. Elle était toujours assise et immobile. Les hallucinations devenaient routinières. Il laissa la porte ouverte en partant.

31

Il marchait calmement parmi les feuilles, une longue et lente balade vers le haut du canyon en suivant la pente orientale de la gorge. La lune gibbeuse croisait très haut dans un ciel dégagé et jetait sur le sol de la forêt des taches de douce lumière blanche. Il n'avait pas dormi. Son régime de viande d'écureuil et d'asimines ultramûres lui ayant détraqué l'estomac, il s'était mis à jeûner. Il ne savait plus depuis combien de temps. Trois, quatre jours. L'absence de toute alimentation avait d'abord provoqué des vertiges, puis des crampes dues à la faim, qu'il ignora jusqu'à ce qu'elles disparaissent. Il se déplaçait désormais dans un perpétuel rêve éveillé.

Ses pensées étaient devenues inarticulées, la voix masculine dans sa tête réduite au silence par la faim et la privation de sommeil, par le temps excessif passé dans les bois, par cette chose qui depuis des mois prenait lentement possession de lui. Ce matin, alors qu'il déambulait parmi les vieux arbres de la gorge intérieure, il avait senti quelque chose lui serrer la nuque et le soulever comme un chaton. Il se trouva transporté le long des fûts massifs des troncs, jusqu'aux branches basses. À ses pieds, un homme débraillé en tenue de camouflage *ghillie*, une faible lumière verte tombant autour de lui, son visage noirci à l'expression enfantine et perdue.

Plus haut dans la montagne, un grand-duc d'Amérique hulula cinq fois. L'air nocturne s'écoulait sur son visage comme de l'eau. La forêt resta longtemps silencieuse et il eut l'impression d'être l'un des rares animaux qui ne dormaient pas à cette heure. Comme pour répondre à ses pensées, un renard jappa deux fois quelque part derrière lui. Il n'avait pas sommeil. Il se sentait désormais au moins aussi à l'aise en forêt pendant la nuit que durant la journée.

Il passa un certain temps prisonnier de sa transe et, lorsqu'il revint à lui, un ours gravissait la pente dans sa direction, traversant des zones éclairées puis sombres. C'était un grand mâle, vieux et grisonnant, qui boitait. L'ours semblait conscient de sa présence, capable de le voir malgré sa tenue de camouflage. Rice attendit sans peur, curieux de ce qui allait arriver. L'ours entra dans l'ombre, puis un homme émergea de cette ombre au clair de lune. C'était le ramasseur de champignons, avec son sac à dos, qui montait la pente raide.

Dans son état présent, Rice ne s'étonna pas outre mesure de cette métamorphose. Il jugea plus important d'expliquer qu'il traquait les braconniers qui avaient tué l'ourse, mais l'homme lui fit signe de se taire. Il mit un genou en terre et retira son sac à dos. Il le posa entre eux dans une tache de lune et en ouvrit le rabat supérieur. Rice s'accroupit pour voir. L'homme glissa la main à l'intérieur, tâtonna, puis en sortit un oiseau mort, une crécerelle mâle. Il le posa doucement sur le rabat du sac, les ailes repliées, la tête tournée sur le côté, le bec pointu et incurvé d'un jaune pâle virant au noir, le bleu des rémiges et le roux profond du dos trop vifs et saturés pour le clair de lune. Les yeux de la crécerelle étaient d'un noir liquide et brillant. Était-elle vraiment morte ? Rice ne parvenait pas à regarder ailleurs, ému par la beauté de cet oiseau et se demandant ce que cela signifiait.

Le ramasseur de champignons fouilla de nouveau dans le sac, puis y prit un sachet plastique, un ancien emballage multicolore de pain Rainbo, fermé à un bout par un nœud grossier. Serrant le sachet contre son buste avec son moignon, il défit le nœud et sortit trois champignons pâles et séchés, gros comme l'ongle de son pouce, avant de les offrir sur sa paume ouverte. Rice hésita. On aurait dit des champignons magiques, des psilocybes. Ce n'était pas le moment de s'envoyer en l'air.

« Il faut que j'aie la tête claire pour attraper les braconniers », dit-il.

L'homme acquiesça et tint les champignons un peu plus haut, comme s'il les avait apportés pour cela. Une autre faille temporelle s'ouvrit, les champignons restèrent là immobiles devant le visage de Rice tandis qu'il cherchait à prendre une décision, la partie raisonnable de son esprit soudain ralentie, déshabituée à réfléchir de manière structurée.

Rice ne savait pas très clairement comment ces champignons allaient l'aider à trouver les braconniers d'ours. Un trip risquait de l'entraîner au-delà du seuil où il séjournait depuis un moment. Peut-être disparaîtrait-il tout bonnement, pour se fondre avec la forêt, achever le processus dont il sentait qu'il avait déjà commencé. Encore un fantôme qui hanterait Turk Mountain. Sara partirait enfin à sa recherche et découvrirait le tas de ses vêtements vides, le poncho *ghillie* en haillons et désormais inutile. Il deviendrait un fantôme vengeur, un dur à cuire, qui tourmenterait les braconniers et autres

245

intrus malfaisants. Lesquels auraient une peur bleue de le croiser.

Il attendit que le ramasseur de champignons lui demande pourquoi il souriait ainsi, mais il ne semblait rien remarquer. L'homme était bizarrement insistant. Offrir ce cadeau à Rice était apparemment d'une grande importance à ses yeux. Rice baissa le regard vers la crécerelle, à présent vivante, perchée sur le sac en toile, observant Rice en penchant la tête.

Il prit les champignons et les posa sur sa langue. Il mastiqua, puis avala. Ils lui laissèrent en bouche un désagréable goût amer. Le ramasseur de champignons sourit alors, ses dents brillèrent dans l'ombre noire de sa barbe. Il prit la crécerelle – morte ou de nouveau endormie –, la remit dans son sac à dos, referma le rabat, passa les lanières à ses épaules et s'éloigna sans un mot.

Trois gros ours firent bientôt leur apparition près du poste des appâts vide, se dressant sur leurs pattes arrière pour renifler et gratter l'écorce des arbres là où l'on avait mis de l'huile sucrée. Rice eut l'impression d'avoir la même vision infrarouge que les appareils photo placés sur les sentes : ces ours se réduisaient à des silhouettes uniformément noires devant un fond d'un blanc scintillant. Ils se mirent à jouer, à se battre, à s'étreindre, au ralenti. D'autres ours arrivèrent, tous énormes, tant des mâles que des femelles, qui se saluèrent familièrement. Ils finirent par s'asseoir, réunis là et formant leur conclave en vue de quelque objectif commun. Une douzaine d'ours s'installèrent ainsi selon un cercle approximatif dans la clairière et sous la tête de vache. Plusieurs d'entre eux se tournèrent vers Rice d'un air interrogateur. Il comprit qu'ils lui adressaient une sorte d'invitation. Il se sentit tenté, mais aussi, maintenant qu'il était au pied du mur, apeuré. S'il se joignait à eux, cela impliquerait une sorte de mort. S'il traversait à nouveau cette frontière, il ne pourrait plus jamais retourner en arrière. N'était-ce pas ce qu'il désirait ?

Ils attendaient. Rice pressentit que son esprit battait de nouveau la campagne.

Un peu plus tard, il roula sur le flanc et s'assit, des feuilles sèches accrochées à ses manches. Le poncho *ghillie* était tout entortillé autour de son corps. Il se leva, allongea les jambes, cambra les reins. Il n'était plus à proximité du poste des appâts. La pente dégringolait sur plusieurs centaines de mètres vers une bande de terrain éclairée par la lune, où la forêt faisait place au sommet des falaises. Il devina qu'il se trouvait à huit cents mètres au nord-ouest de l'endroit où il avait rencontré le ramasseur de champignons. Avait-il vraiment franchi cette distance à pied dans son sommeil ? Durant son adolescence, après la mort de son père, il avait fait des crises de somnambulisme, mais cela ne s'était pas reproduit depuis longtemps.

Le clair de lune trouait la canopée derrière lui et sur sa gauche. L'astre se coucherait bientôt, il devait être environ minuit, peut-être un peu plus tard. Il venait de dormir, ou de marcher en dormant, pendant au moins une heure. Il n'avait pas goûté à un aussi long sommeil depuis belle lurette. Il entreprit d'arranger le poncho sur ses épaules, puis se figea. Il retint son souffle, l'oreille aux aguets.

Un grondement sourd, faible mais distinct. Il se souvint des ours, qui l'attendaient. Mais ce n'était pas un son produit par un ours. Il lui sembla que ses perceptions étaient aiguisées, qu'il repérait aussitôt ce qui détonnait sur l'univers sonore habituel. Ce bruit venait de la partie supérieure de la gorge, loin vers l'est, et ce n'était pas un animal mais un moteur, assourdi, qui descendait la pente à un régime élevé. Il trottina vers ce grondement en se déplaçant en travers de la pente. Ce n'était pas un quad, de toute façon la pente était trop abrupte pour ce type de véhicule. Une moto tout-terrain aurait été plus bruyante, aussi stridente qu'une tronçonneuse. Cela ne ressemblait à aucun bruit qu'il connaissait.

Une faible lueur rouge apparut au-dessus de lui, disparaissant parfois parmi les arbres. Il se rappela la lampe torche équipée d'un filtre rouge de l'acheteur de vésicules. Il s'immobilisa dans son poncho et attendit pendant que la lueur allait et venait, descendait lentement. Un homme sur une espèce de moto, avec un gros sac à dos noir, progressait vers le bas du versant pentu en enchaînant les épingles à cheveux. Il fit trente mètres vers la gauche, négocia avec prudence un virage à cent quatre-vingts degrés, peut-être pour ne pas soulever trop de terre, ne pas laisser de traces trop évidentes, puis quarante mètres vers la droite selon un angle très faible, puis un autre virage et il repartit à gauche en poursuivant sa descente zigzagante, patiente, parfaitement maîtrisée le long d'une pente que Rice aurait jugée trop forte pour n'importe quel véhicule. La moto devrait remonter ensuite de la même manière prudente.

Rice procéda à une rapide estimation, il se déplaça d'une centaine de mètres à gauche et s'accroupit sous les branches d'un gros rhododendron. Le motard traversa une tache de clair de lune vers la droite. C'était une enduro Honda équipée de gros pneus en partie dégonflés. Un silencieux surdimensionné dépassait sur le côté de la moto. On l'aurait dit fait maison, de la taille de deux rouleaux de serviettes en papier mis bout à bout et dressés de manière à ne pas toucher le sol dans les virages en épingle à cheveux. De près, le bruit du moteur évoquait une toux étouffée.

Lors du virage suivant, le conducteur de l'engin passa tout près au-dessus du rhododendron de Rice, son visage éclairé par la lampe frontale. Rice ne le connaissait pas. Ce n'était pas un Stiller, ni Jesse le maigrichon. Ce n'était pas non plus l'acheteur de vésicules rencontré sous le pont. Ce type était plus jeune, plus massif, presque de la taille de Rice. Une barbe soignée, une peau claire, des cheveux noirs, des yeux sombres profondément enfoncés dans les orbites, des pommettes saillantes. Un air sérieux. Un sac militaire sur le dos, une arbalète, un carquois et une grosse lunette de visée nocturne fixés sur le dessus. Il avait amarré ce qui ressemblait à un sac de gravats sur une barre métallique en forme de U installée derrière le siège. Ce sac semblait plein, mais il ne pouvait pas être très lourd – des pâtisseries avariées et du pop-corn pour le poste des appâts.

Rice demeura invisible, même dans la lueur de la lampe frontale. Le type ne le remarqua pas. Au passage de l'enduro, Rice tendit la main et toucha la barre métallique, son gant en coton effleura l'arrière du sac de gravats. Une impression de toute-puissance le submergea, la puissance indéniable, enivrante, de l'invisibilité, du chasseur furtif. Un frisson parcourut tout son corps.

Le motard vira encore et Rice tourna avec lui pour le suivre ; il descendit d'une trentaine de mètres vers l'aval pour tenter d'intercepter la trajectoire erratique de l'enduro. Les gaz d'échappement nauséabonds du moteur lui irritaient la gorge. Tous deux s'approchaient de l'intérieur du canyon. Encore trois virages, calcula Rice, et le type atteindrait le sommet des falaises, où il devrait descendre dans la vallée encaissée pour rejoindre le poste des appâts.

Sans même savoir qu'il l'avait décidé, il se dressa sur l'avant des pieds et sprinta vers la gorge avec son poncho *ghillie*, ses chaussures silencieuses touchant à peine terre, sombre monstre informe volant au-dessus du sol de la forêt moucheté de clair de lune.

32

Le grondement lointain revint. Il essaya de se réveiller. La fatigue pesait agréablement sur sa poitrine comme un chat familier endormi là, l'empêchant de se redresser. C'était un endroit douillet et confortable, mais la chose qui émettait ce bruit approchait. Il força ses paupières à s'ouvrir. Il était dans son lit, la lumière entrait à flots par la fenêtre.

Il plissa les yeux en regardant la blancheur du plafond, les ombres vagues des rideaux agités par la brise. Il avait mal à la tête et réussit difficilement à lui faire quitter l'oreiller. L'adrénaline se rua aussitôt dans ses veines.

Des pneus sur le gravier, qui s'approchaient dans la partie basse du pré.

Il roula sur le côté, posa les pieds par terre, ouvrit le tiroir de la table, en sortit le .45. Il commença la routine d'urgence, mais ses mains refusèrent de lui obéir. Les doigts de sa main droite ne se fermaient pas complètement et sa main gauche refusa de saisir la glissière. Il posa le pistolet à côté de lui sur la couverture en laine.

Armé et verrouillé.

Qu'est-ce qui ne tournait pas rond chez lui ? Assis au bord du lit, il portait un pantalon large en toile, sale et déchiré, souillé de boue et d'éclaboussures plus sombres en haut des cuisses, peut-être du sang, un t-shirt vert tout aussi déchiré, de bizarres chaussettes en laine. Il avait dormi tout habillé.

Son poncho *ghillie* faisait un tas mou par terre, près de son sac. C'était idiot. Il n'aurait jamais dû l'emporter à l'intérieur. Il jeta un coup d'œil à son oreiller, à la taie maculée de sang séché sombre, entièrement imprégnée et toujours humide par endroits.

Les chaussures, près de la porte. Quand il tenta de se lever, son genou droit céda sous son corps, il trébucha, atterrit sur les mains en position accroupie, mais sa paume gauche se fendit et il s'effondra sur le coude.

La frustration fit place à la panique. Le genou gauche ramené sous le buste, il poussa sur sa main droite, se dressa sur la jambe gauche, testa la droite, se pencha pour tâter le genou enflé et mou, regarda sa paume et la profonde entaille d'où suintait un mélange liquide de sang et de plasma. La main droite n'était guère en meilleur état, les phalanges toutes gonflées et tuméfiées, l'ongle du pouce en partie arraché. De nouveaux signaux douloureux incendièrent d'autres parties de son corps, les côtes droites s'enflammèrent, une brûlure sous le bras gauche, la nausée et la migraine arrivant à fond de train, une migraine qui lui fit se demander s'il avait déjà souffert d'une vraie migraine. Toute cette douleur était presque audible. Un haut-le-cœur convulsif lui contracta le buste, mais rien ne vint.

Il jeta un coup d'œil par la fenêtre, la lumière crue planta comme des ongles pointus derrière ses globes oculaires. La poussière s'élevait dans l'air immobile du matin, un reflet éblouissant sur un pare-brise, cela roulait vite. Il boitilla en chaussettes jusqu'à la porte de derrière, le pistolet à la main, remarqua le soleil qui tapait, l'humidité chaude, les chants d'oiseaux, la stridulation des insectes. Il savait que ses rêves avaient été saisissants, dérangeants, mais rien de précis ne lui revenait en mémoire.

Il dépassa le hangar vers sa cachette derrière le bungalow, quand la Subaru de Sara fut soudain là, garée sur le parking. Ses freins se bloquèrent, elle dérapa sur le gravier. Sara bouche bée sous ses grandes lunettes de soleil le regardait à travers le pare-brise.

Le pistolet. Il le dissimula derrière son dos, le glissa dans sa ceinture. Un bloc de glace contre sa peau. Il boitilla jusqu'à la voiture.

« Bonjour », dit-il, mais la première syllabe fut à peine chuchotée et la seconde évoqua un grognement. Cela devait faire un bon moment qu'il n'avait pas prononcé une parole.

Quand il essaya de sourire, la peau sous sa mâchoire s'incendia, la chair se déchira, encore une plaie qui se rouvrait. Il y porta le bout des doigts, eut une sensation d'humidité, vit une tache de sang.

Sara le dévisageait en écarquillant les yeux, le moteur toujours en marche. Puis elle coupa le contact et descendit de voiture, referma la portière et s'y adossa, des ondes de chaleur et des cliquètements émanant du véhicule. Elle remonta ses lunettes de soleil sur sa tête. Grimaça, fit mine de lever la main pour le toucher, s'arrêta, croisa les bras sur la poitrine.

« Mon Dieu, Rice. »

Il baissa les yeux vers son t-shirt crasseux, sa main gauche qui pendait le long du corps, regarda avec un détachement rêveur son index ensanglanté frotter contre son pouce. Du sang coula de l'entaille de sa paume, ruissela le long du petit doigt. Une goutte tomba sur le gravier. Il se pencha sur le côté pour tenter d'apercevoir son reflet dans la vitre de la voiture, et le voilà, déformé, les traits charbonneux et boueux, les vestiges de son maquillage de camouflage. Il portait la barbe. Il se toucha le menton pour en avoir le cœur net, eh oui, une barbe, mais qui n'avait pas poussé très vite. Plusieurs semaines sans se raser, en tout cas. Sur son visage, certaines taches plus sombres ressemblaient davantage à du sang qu'au liège brûlé d'un bouchon.

Sara l'observait, sans étonnement désormais, d'un œil plus analytique. Il tenta encore de sourire, essaya de s'arracher à la stupeur et la fascination que lui inspirait son état.

« La nuit a été rude, dit-il.

— Les deux dernières semaines et demie ont été rudes, je suppose. » Elle semblait irritée.

« Ça ne fait pas si longtemps. »

Un autre long silence. Elle l'examinait toujours. « Starr m'a demandé de venir voir comment tu allais. Apparemment, tous les deux vous avez eu une conversation intéressante l'autre jour. »

Il fronça les sourcils, secoua la tête.

« Tu te souviens d'avoir parlé avec elle ?

— Hmm. » Sa mémoire ne conservait aucune trace d'un tel événement.

« Bon Dieu, Rice, qu'est-il arrivé ? Pourquoi ce pistolet ? Tu as trouvé les braconniers ? C'est ça ? »

Il vit un visage barbu dans la lueur rouge d'une lampe frontale, un visage passant très vite, à portée de main. Il y avait le grondement sourd d'un moteur équipé d'un silencieux. La puanteur des gaz d'échappement près de lui. Il se pencha en avant et s'envola, rapide et silencieux, une chouette fondant sur sa proie. Il eut un vertige et chancela, son genou droit commença à céder sous son corps, mais il rétablit son équilibre.

« Rice ?

254

— Je ne sais pas. Je crois, peut-être. Le pistolet n'est pas... Je ne l'emporte jamais là-haut. »

Elle secoua la tête. Tout au fond du cerveau de Rice, un observateur détaché remarqua le cri ténu d'une buse à épaulettes toute proche. Sa perception du monde environnant allait et venait et, comme une vague déferlant sur lui, il sentit à nouveau la brûlure du soleil, entendit en arrière-fond sonore les trilles des sauterelles. En moins d'une minute, les yeux bleu clair de Sara étaient passés de la panique à l'inquiétude, puis à la déploration ; mais tandis qu'elle examinait le gardien de la réserve, son humeur habituelle reprit le dessus. Elle cligna des yeux au ralenti.

« Ils ne t'ont pas laissé les prendre en photo, c'est ça ? » Ses lèvres s'allongèrent en un début de sourire, mais s'arrêtèrent là. Il apprécia le tact avec lequel elle négociait cette rencontre. Il se rappela qu'elle-même en avait bavé ici, suffisamment pour que d'autres emmerdements ne la surprennent pas. Il aimait ça chez elle, c'était une chose qu'ils partageaient.

« Tu t'es encore fait casser la gueule ? » demanda-t-elle.

Il ne comprit d'abord pas très bien ce qu'elle voulait dire par « encore », puis cela lui revint, le vieux chasseur d'ours lui flanquant un grand coup de bûche sur le crâne. Il en avait sans doute parlé à STP.

Alors elle sourit pour de bon, tout en gardant sa posture désapprobatrice, adossée à sa voiture, les bras croisés.

« Starr t'a pris pour un dur. C'est pour ça qu'elle t'a embauché. »

Il haussa les épaules. « Tu devrais voir l'autre type. » De cette phrase, il fit une question.

Le sourire de Sara se figea sur ses lèvres, devint chagriné. Elle soupira.

« Tu as blessé quelqu'un, cette fois ?

— Non. Je ne crois pas.

— Tu ne crois pas.

— Je crois que je me suis enfui. »

Ils restèrent là sans parler. Il pensa qu'il l'avait déçue. Un geai bleu émit un cri de faucon à la lisière de la forêt. Sans doute pour se moquer de la buse, lui faire la nique.

« Tu pues comme un bouc », dit-elle.

Il renifla sa propre odeur. Rien. Il s'y était sans doute habitué.

Sara soupira encore. Elle prenait peut-être un peu de plaisir à cette situation. « Starr a dit que tu n'étais pas tout à fait cohérent – je cite son expression – au téléphone.

— Et comment.

— Tu prends des trucs, Rice ? Des substances ?

— Café et miel. Je manque cruellement de sommeil. Je crois qu'hier soir j'ai pris des champis. »

Une expression sceptique, mais elle joua le jeu. « Tu les as trouvés où ?

— Le ramasseur de champignons. » L'absurdité criante de ce qu'il venait de dire le frappa de plein fouet, il sourit et dit : « Qui veux-tu que ce soit d'autre ? » Mais l'expression de Sara ne se modifia pas. « Le type qui m'a montré l'ourse, ajouta-t-il.

— Tu l'as revu ?

— Il me semble.

— Tu peux me dire ce qui s'est passé ? »

Il réfléchit, essaya de se rappeler, mais cet effort faillit lui faire perdre conscience.

« Pas vraiment. »

33

Elle insista pour le conduire aux urgences de la clinique de Blakely. On la connaissait là-bas, on transférerait la facture à la Fondation Traver. Avant de quitter le chalet, il passa par le lavabo dans la salle de bains pour ôter de son visage les traces de sang, de boue et de noir de bouchon, se mettre du déodorant, enfiler des vêtements sales légèrement plus propres. Tout son corps lui faisait mal, mais il somnola dans la voiture de Sara, le soleil brûlant lui donnant envie de dormir, et il rêva à demi d'images surréelles qu'il sentait associées aux événements de la nuit passée : le ramasseur de champignons lui offrait sa drogue, les ours se battaient sous la tête de vache suspendue à une branche, la lueur rouge d'une lampe frontale se déplaçait dans la forêt. Lorsqu'un inconnu lui planta un couteau dans les côtes, il bondit de son siège et se réveilla en hurlant. Sara lui lança un coup d'œil, mais n'émit aucun commentaire.

À la clinique, une infirmière l'emmena dans une salle d'examens, lui fit enfiler une longue blouse, le mit sous perfusion. Elle nota dans un carnet les blessures de Rice en lui posant des questions auxquelles il ne put répondre. Il dit ne pas se rappeler grand-chose, répéta la fiction assez absurde mise au point par Sara et lui : il collectait des échantillons sur un versant rocheux très abrupt, en se servant d'un couteau tranchant pour découper de minuscules fragments d'une plante rare, avant de les analyser. Il était tombé, sa tête avait heurté les rochers et il s'était sûrement coupé en dégringolant le long de la paroi. Il se sentit étrangement heureux de s'endormir, convaincu que l'infirmière avait sans doute mis un somnifère quelconque dans la perfusion.

Deux ou trois heures plus tard, il était prêt à partir ; une fois habillé, il retrouva Sara dans la salle d'attente, qui travaillait sur un petit ordinateur portable. Il avait maintenant l'impression d'être plus fort et plus lucide, il en avait même parlé à l'infirmière qui lui avait rétorqué que la réhydratation par perfusion était le traitement médical qui se rapprochait le plus d'une cure miracle. On lui avait recousu la paume et la mâchoire – une partie de sa barbe était rasée – ainsi qu'une profonde entaille dans son *latissimus dorsi* gauche. Une ecchymose nouvelle lui couvrait le côté de la tête et il souffrait d'une légère commotion cérébrale. L'ancienne blessure infligée par le vieux avec sa bûche était presque guérie, mais elle aurait mérité plusieurs points de suture et il aurait désormais une cicatrice à la racine des cheveux. Il avait quelques côtes abîmées, mais rien de cassé. Il s'était fait une entorse du genou et il devrait prendre rendez-vous à la clinique orthopédique si d'ici deux ou trois jours ce genou ne réussissait toujours pas à supporter le poids de son corps. Sinon, il souffrait d'une déshydratation sévère, d'anémie et d'épuisement. On le renvoya chez lui avec une poignée de Tylenol 3, on lui dit de manger quelque chose et d'aller se coucher. De s'hydrater, de s'obliger à boire pour garder des urines claires. Sara et lui s'arrêtèrent dans un petit centre commercial de la banlieue de Blakely, entrèrent dans un *deli* où elle lui acheta deux sandwichs à la dinde, qu'il mangea sur le trajet du retour vers le chalet. Il se mit au lit et s'endormit très vite en écoutant Sara parler au téléphone avec STP, lui présenter une version des faits témoignant de son dévouement pour son boulot de gardien.

La première fois où il se réveilla, il trouva un mot de Sara sur la table de la cuisine disant qu'elle devait retourner enseigner, mais le priant de l'appeler, de se servir du téléphone qu'elle avait laissé branché et posé sur la table du bureau. Suivaient quelques instructions ironiques sur le fonctionnement du cadran rotatif et la meilleure manière de coincer le combiné entre la joue et l'épaule. Elle soulignait aussi que, s'il ne l'appelait pas, elle devrait dès le lendemain quitter de nouveau Blacksburg au volant de sa voiture pour monter jusqu'ici, ce qu'elle n'avait vraiment pas le temps de faire ; s'il lui fallait revenir ici, elle ne pourrait pas respecter la date butoir d'une demande de bourse pour leur étude de la gorge intérieure, moyennant quoi s'il avait la moindre considération pour son travail à elle, il décrocherait ce fichu téléphone pour appeler Sara, Starr ou les deux. Enfin, il devrait aller faire un tour à l'épicerie, car il n'y avait plus rien à manger au chalet.

Il appela Sara et parla à son répondeur, lui dit qu'il allait bien, qu'il se reposait et buvait de l'eau, que ses urines étaient claires.

Il avait mal partout, et c'était pire qu'avant : la tête, les côtes, le dos, le genou. Ses trois coupures palpitaient comme si elles étaient vivantes. Il fit tomber trois comprimés de Tylenol dans sa paume, puis les avala avec un grand verre d'eau. Il se recoucha et resta allongé là en écoutant le tonnerre lointain. Au bout d'un moment, une grosse averse s'abattit bruyamment sur le métal du toit, des gouttelettes entrèrent par la moustiquaire de la fenêtre et humectèrent son visage comme des embruns marins. Il sombra dans le sommeil et commença de rêver : un très vieil ours couvert de cicatrices se dressait au clair de lune, juste devant lui, assez près pour qu'il puisse le sentir, le toucher. Il se réveilla en sursaut. S'assit, repoussa drap et couverture. Un air frais au parfum d'herbe mouillée par la pluie entoura son dos et ses épaules nus.

Impossible de se rappeler ce qui s'était passé dans la forêt. Une chose grave, assez grave pour oblitérer sa mémoire. Sûrement une rencontre violente, traumatisante, peut-être un épisode psychotique. Il se souvenait de quelques fragments, mais n'arrivait pas à démêler les hallucinations du reste. Il s'assit au bord du lit, les pieds posés par terre, les coudes sur les genoux, la tête baissée, les yeux fermés, et il se concentra à la recherche de la dernière chose dont il gardait un souvenir à peu près net.

Une vague image de lui-même dans les bois, se sentant invisible et amorphe, pas tout à fait humain... quoi que cela veuille dire. Il s'efforça de ressaisir quelque chose, des bribes de souvenir auxquelles s'accrocher, un fil narratif cohérent, mais il ne trouva rien d'autre qu'une sensation saisissante, sauvage. Pendant un temps très long et indéterminé, il avait écumé la forêt jour et nuit dans sa tenue de camouflage *ghillie*, et son mental s'était apaisé. Il semblait avoir perdu depuis un moment la présence incessamment bavarde qu'il avait prise pour lui-même. Puis, plus distincte qu'avant, une séquence de la nuit : le ramasseur de champignons, la crécerelle, les champignons. La réunion des ours, leur invitation à les rejoindre, son mystérieux transport jusqu'à une autre partie de la gorge, le braconnier sur une moto enduro équipée d'un gros silencieux, sa proximité, sa dégringolade sauvage et enivrante vers le bas de la montagne. Et puis le néant. Rien de rien. Il vit presque l'écran blanc et vide, entendit presque l'extrémité de la bobine du film claquer dans le projecteur de cinéma.

Il se leva et ferma la fenêtre, en essuya le rebord avec une serviette. La codéine commençait à agir, il se rallongea en se sentant très bien et s'abandonna au sommeil. Quand un homme tenant un couteau plongea vers lui dans une flaque de clair de lune, il se réveilla de nouveau en sursaut. La même image entraperçue dans la voiture de Sara. Il y réfléchit. Elle était convaincante, réelle ; elle corroborait un souvenir fragmentaire qu'il retrouva alors, long d'une seconde ou d'une demi-seconde, une forme sombre accroupie bondissant soudain, percutant son flanc gauche, pas un couteau mais une flèche, un carreau d'arbalète équipé d'une pointe sinistre et noire, à quatre lames. Elle expliquait la blessure qu'il avait sous le bras. Mais il repensa à la poudre blanche qu'il avait découverte sur les plaies des deux carcasses d'ours. Ils n'avaient pas couru bien loin. Pourquoi lui-même n'était-il pas mort ?

34

La pluie avait cessé lorsqu'il se réveilla. Une lumière assourdie au-dehors, comme si c'était l'aube. S'il avait encore rêvé, il ne s'en souvenait pas. Aucune autre réminiscence de cette fameuse nuit ne lui revint. Il se doucha et se rasa, en faisant attention aux points de suture de sa mâchoire ; puis, dans la cuisine, il laissa la radio allumée assez longtemps pour écouter le bulletin météo. Le front orageux qui avait traversé la région la veille n'était qu'un simple avant-goût de ce qui se préparait – un ouragan de classe 3, baptisé Julia, avait touché la péninsule de la Floride et s'abattait déjà sur le nord de la Géorgie, les montagnes de la Caroline du Nord. On diffusait des alertes d'inondations dans tous les États mitoyens de la côte atlantique. On était le mardi 7 octobre. Il venait de dormir un jour et demi.

Il ouvrit le frigo et les placards : Sara avait raison, il n'y avait plus rien à manger. Au congélateur, un sac en papier froissé contenait encore un peu de café. En l'absence de lait, il but un café noir. Le rayon de miel sauvage avait disparu du congélateur. Il se demanda ce qu'il avait bien pu en faire. Il ne l'avait tout de même pas mangé entièrement. À moins que si...

Le café descendit plus facilement qu'il ne s'y attendait, puis la caféine l'aida à se concentrer. Il s'installa sur les marches de la galerie où Sara s'était assise avec son carnet, il finit sa tasse et regarda les premières lueurs d'un jour gris. Il ressentait toujours l'attrait névrotique de la montagne, le désir d'y déloger les braconniers ; cet après-midi, il grimperait là-haut pour explorer les environs du poste des appâts, essayer de se rafraîchir la mémoire, prendre une décision. Mais d'abord, une virée en ville s'imposait pour faire des courses. Une liste commença à se former dans son esprit, c'était un truc qui datait de l'école : imaginer une enveloppe froissée, voir ses paumes l'aplatir sur une table, puis un crayon dans sa main, enfin écrire ce dont il devait se souvenir. Et tout ce qu'il notait se gravait aussitôt dans sa mémoire, aussi sûrement que s'il avait gardé cette enveloppe dans sa poche. Avant de partir, il inspecta le bungalow, où les planches qu'il se rappelait à peine avoir empilées là attendaient toujours d'être posées. Il passa un coup de balai, mit de l'ordre dans ses outils, fit l'inventaire de ses fournitures, ajouta quelques achats à sa liste mentale.

Après les gros orages, un automne frais et lumineux était arrivé en avance, quelques érables et chênes d'un rouge humide vers le haut de la montagne, la forêt vert pâle sur les contreforts. Quand il fut assez près de Blakely pour capter la station de radio publique sur le poste du pick-up, il entendit un autre bulletin météo sur l'ouragan Julia, désormais rétrogradé en tempête tropicale, et l'éventuelle fin officielle de la sécheresse estivale. Rice, qui n'avait jamais vécu le moindre ouragan, trouva cela difficile à imaginer, surtout en cette paisible matinée d'automne. Julia avait sûrement aspiré toute l'humidité dans cette partie du monde, laissant derrière lui un ciel bleu et une douce brise bien sèche.

Chez *Lowe's*, ses blessures et ses contusions faciales attirèrent l'attention de la jeune caissière timide et trapue, qui le prit sans doute pour un nouvel ouvrier du bâtiment amateur de bagarres. Au magasin de location de matériel, il choisit une scie circulaire et une ponceuse électrique pour le plancher.

Il garda l'épicerie pour la fin, remplit un chariot avec ses provisions habituelles : bière, pain, beurre de cacahuète, flocons d'avoine, céréales, thon en boîte, café, lait. Un gros morceau de cheddar blanc. Une douzaine de sachets de légumes congelés, des pommes locales, des bananes. Il avait perdu sept bons kilos, il lui fallait reprendre des forces. Un homme affamé dans une épicerie pouvait se révéler dangereux, même dans des conditions ordinaires ; mais après toutes ces semaines passées seul en forêt, Rice se sentait dans la peau d'un chasseur-cueilleur parachuté dans un étrange paradis alimentaire. D'où provenait donc toute cette nourriture ?

Au rayon boucherie, il commanda cinq livres de dinde hachée. Pendant que l'employé emballait la viande, Rice regarda derrière la vitrine en verre les pièces de bœuf sanguinolentes, les pâles blancs de poulet, et il se rappela pour la première fois les animaux qu'il avait tués. Des écureuils, des lapins, des gélinottes. Toutes ses chasses lui revinrent en mémoire avec une surabondance de détails. Il vit des cerfs passer devant lui, inconscients de sa faim, de son désir de gibier. Il se rappela avoir consacré toute une journée à la fabrication d'un arc et de flèches, un effort enfantin qui avait échoué lamentablement, l'arc se tordant dès qu'il le bandait, les flèches imparfaites filant en tous sens. Son problème était qu'il ne disposait d'aucune personne d'expérience pour lui apprendre ; il s'était résolu à consulter Internet pour trouver la solution. Adolescent, il avait manifesté quelque talent avec un arc et une flèche. Il fabriquerait ses propres armes et tuerait deux biches pendant la saison de chasse à l'arc, avant que les gars du coin arrivent pour perpétrer leur massacre. Il serait dorénavant dispensé d'acheter la moindre viande.

Tout cela attendrait encore un peu. Pour l'instant, il se trouvait dans le magasin, où il était si facile de se servir. En proie à un accès de gloutonnerie et à un léger vertige, il fourragea sous les néons, emplit son chariot à ras bord, joua poliment des coudes avec d'énormes matrones qui hurlaient en dialecte local dans leur téléphone portable. Se constituant des stocks avant la tempête, elles empilaient de gros cartons de lait, des paquets de couches, des packs de jus d'orange et des boîtes de croquettes congelées dans leur chariot grinçant, sans accorder la moindre attention à Rice.

Puis il quitta l'agglomération vers l'ouest au volant de son pick-up, choisissant le chemin le plus long pour rentrer au chalet, à travers une succession de vallées pastorales, s'engageant enfin sur le gravier d'une route secondaire qui longeait la rive sud de la Dutch River. Cette route sinuait autour de minuscules hameaux désertés dans les hauteurs, longeait des champs de foin dans la plaine inondable, traversait de petites parcelles boisées où les frondaisons des vieux arbres se rejoignaient au-dessus de la chaussée. L'air qui s'engouffrait par les fenêtres ouvertes du pick-up était frais et sentait les feuilles détrempées, l'herbe sèche, la poussière du gravillon. Le soleil semblait s'éloigner, épuisé. Dans le ciel, une volée de quiscales en migration évoluait en un nuage coordonné, leurs plumes iridescentes, d'un noir d'encre, et leurs yeux jaune vif, invisibles à cette distance. Une petite buse s'éleva au-dessus de la rivière et les quiscales virèrent sur l'aile en formant une pointe effilée afin de la poursuivre vers l'aval, tel un essaim d'abeilles dans un dessin animé. Il était maintenant sorti de Cereso depuis plus longtemps qu'il n'y était resté, mais même une brève incarcération pouvait changer la vision du monde, et presque un an après sa remise en liberté, le plaisir et le sentiment de nouveauté qu'il éprouvait en conduisant seul dans la campagne n'avaient pas diminué.

Quand il arriva devant l'entrée de la réserve, le portail était fermé, mais le cadenas ouvert au bout de sa chaîne. L'ancienne panique le submergea un instant, mais il s'agissait manifestement de quelqu'un qui possédait une clef. Pas Sara – elle avait les mêmes scrupules que Rice à garder le portail verrouillé ; il ne restait que les pompiers et les forces de l'ordre.

En remontant le chemin d'accès, il passa en revue diverses possibilités. Le garde-chasse l'attendait peut-être après avoir entendu parler des braconniers. Il y avait peut-être un incendie dans le chalet ou en montagne – une vengeance du braconnier –, mais en quittant la ville il n'avait vu aucune fumée dans le ciel. Le braconnier avait peut-être été trouver le shérif pour se plaindre d'avoir été attaqué sur la réserve par un cinglé en tenue de camouflage *ghillie*. Il lui faudrait alors reconnaître qu'il était entré sur une propriété privée pour approvisionner son poste d'appâts illégal, puis qu'il avait attaqué Rice avec un carreau d'arbalète, à la pointe empoisonnée ou pas. Ce genre d'escalade aboutissant à une tentative de meurtre éveillerait la suspicion dans le bureau du shérif. Qui d'autre ? Les frères Stiller cherchaient encore des ennuis ?

Il dépassa la dernière butte et trouva deux véhicules garés devant le bungalow, un Ford Expedition bleu nuit avec *Sherif's Department* écrit sur la portière du conducteur, et tout près un gros pick-up Chevy équipé d'une remorque où deux quads étaient arrimés côte à côte. Il tendit le bras vers le siège passager pour s'assurer que le .45 était toujours planqué au fond de sa cachette. S'ils avaient obtenu un mandat de perquisition et fouillé le chalet, qu'avaient-ils découvert ? Rien. En dehors de son pistolet, il ne possédait aucun objet illégal ou compromettant. Les deux mille dollars en liquide dans la boîte ignifugée dissimulée au grenier feraient tache, mais ces types ne bossaient pas pour le fisc. D'après lui, ils ne prendraient même pas la peine de grimper là-haut. Il fallait savoir où se trouvait la trappe, monter sur une chaise pour tirer sur le petit cordon, éviter de se faire assommer par l'échelle qui dégringolait alors vers votre tête.

Deux hommes et une femme se tenaient adossés au bout de la remorque, l'un des hommes portait un uniforme brun, le shérif de toute évidence, mince, les cheveux gris coupés court, sans doute bientôt septuagénaire. Il était plus âgé que Rice ne s'y attendait, mais STP lui avait dit qu'il était shérif depuis toujours. Les deux autres, à la fois petits, trapus et costauds, auraient pu être frère et sœur. Les trois policiers portaient un pistolet Glock dans un holster en plastique noir fixé à la hanche. La femme parlait dans une radio portative. Elle se détourna de la brise qui venait du pré pour écouter ce qu'on lui disait. Une longue queue-de-cheval sombre descendait dans son dos sur son blouson vert clair. Un sticker était collé sur la fenêtre arrière de la cabine du pick-up, la silhouette noire d'un fusil militaire M4.

Il se gara près du véhicule du shérif. Quand il sortit, le shérif s'approcha et lui tendit la main. « Monsieur Morton, je suis le shérif Mark Walker. Désolé de vous déranger sans vous prévenir, mais nous cherchons une personne disparue dans votre montagne. »

Rice déglutit, serra la main du visiteur. Walker avait une vigoureuse poignée de main – celle de Rice lui faisait toujours un mal de chien, il dut se retenir pour ne pas grimacer – et il prolongea son étreinte un instant de plus en le fixant dans les yeux. Rice avait déjà vu des flics si idiots qu'on se demandait comment leur épouse pouvait les laisser quitter la maison tout seuls, avec une arme à feu et le pouvoir délégué par l'État. D'autres étaient plus malins que n'importe qui sur terre. Ce shérif Walker semblait faire partie de la seconde catégorie. Il avait bien sûr remarqué les points de suture sur la mâchoire de Rice et, mine de rien, il l'observait avec attention.

« Personne n'a vu ce type depuis trois jours. Deux témoins affirment l'avoir vu rouler avec une moto tout-terrain sur le plateau de son pick-up vendredi ou samedi. Une battue a été organisée ce matin et on a retrouvé son véhicule garé au bout d'une voie d'accès des Eaux et Forêts, de l'autre côté de Serrett Mountain ; quelqu'un l'avait vandalisé, brisant toutes les fenêtres et tailladant les pneus. Pas de moto, mais on a repéré ce qui ressemblait à des traces partant vers l'est. Évidemment, après l'orage, il ne restait pas grand-chose. Certains participants à la battue… excusez-moi, voici mes adjoints, Bayard Stimson et Janie Broad. »

Rice leur adressa un signe de tête, qu'ils lui rendirent.

« Les membres de la battue ont sillonné tous les chemins de bûcherons avec des chiens, dans toute la région située à l'est du pick-up, mais sans résultat : pas d'autres traces de pneus, pas de moto, aucun indice de la personne disparue. Nous nous demandions si vous aviez vu quelqu'un. » Cette dernière phrase était une question pleine de tact, posée par un shérif aux sourcils haussés, le visage arborant toujours un sourire d'excuse officiel. Comme s'il accordait encore le bénéfice du doute à ce Rick Morton qui n'était certes pas un gars d'ici. Mais on lui avait peut-être rapporté ses démêlés avec les frères Stiller, et puis le fait qu'il était une espèce d'ermite écolo-radical vivant tout seul ici, et puis Dieu sait quoi encore, et voilà maintenant qu'il découvrait ce Rick bien amoché après une autre échauffourée, et puis il y avait cet acte de vandalisme, une personne disparue sur la réserve de Turk Mountain ou à proximité.

Rice prit tout cela en ligne de compte et hésita sur la marche à suivre. Cela dura seulement un instant, mais il vit alors le regard du shérif se modifier. Ses yeux acquirent une acuité nouvelle, son corps se tendit, une légère crispation, et Rice devint aussitôt *suspect*. Le sourire de Walker ne trembla pas sur ses lèvres. Rice avait déjà vécu ce genre de situation. Sans qu'un seul autre mot soit prononcé, l'atmosphère changea, les rôles furent distribués, et face à ce genre de suspicion, la vérité – ou autant de vérité qu'il était possible – se révéla la seule échappatoire envisageable.

« J'ai vu un type à moto, une vieille enduro au silencieux bricolé, pour faire moins de bruit. Il était très haut en forêt, dans cette énorme gorge, de l'autre côté de la montagne. C'était dans la nuit de samedi, ou peut-être dimanche matin de bonne heure.

— Et...

— Il y a eu du braconnage dans la réserve, des ours morts abandonnés dans les bois.

— J'en ai entendu parler. Ils vendent les vésicules.

— Exactement. J'ai trouvé l'endroit où quelqu'un avait tué ces ours en les appâtant, la nuit, et j'étais là-haut, à guetter. Un type est descendu à moto à flanc de montagne, il avait une arbalète et une lunette de vision nocturne. Je l'ai accosté (cet euphémisme le fit frémir intérieurement) et il a pété les plombs, il a essayé de me tuer avec une flèche de son arbalète. » Rice releva la tête pour montrer la blessure au menton. « Je suis parti et je crois qu'il a filé. »

Rice soutint le regard du shérif, maintenant cent pour cent sceptique et professionnel, mais durant la longue pause qui suivit il constata que son histoire décontenançait le représentant de la loi. C'était le genre de merde qui ne s'inventait pas. Pour rien au monde, compte tenu des circonstances. N'importe qui aurait concocté une histoire moins compromettante. À la lisière de son champ visuel, il vit les adjoints échanger un regard perplexe.

« Comment se fait-il que vous ne soyez pas venu en parler dans nos bureaux ? S'il vous a attaqué, comme vous dites. Une agression armée est le genre de choses que la plupart des gens rapportent à la police.

— Je vais bien. Et je me faisais davantage de souci pour le braconnage des ours. J'ai envisagé d'avertir le garde-chasse, mais il n'aurait pas pu faire grand-chose. Je crois que ce braconnier sait maintenant que je suis à ses trousses et il ne reviendra peut-être pas. »

Le shérif se contenta de le regarder sans la moindre expression. « Pourquoi donc ?

— Je lui ai peut-être flanqué la trouille. Il faisait nuit. Je crois que c'est pour ça qu'il m'a attaqué.

— Vous ne lui en voulez donc pas d'avoir tenté de vous tuer avec une flèche ?

— Je ne dirais pas ça. Mais que pouvais-je bien rapporter à la police – à vous tous, dans vos bureaux ? Il s'est fait la malle. C'était la nuit… Je n'ai pas réussi à bien voir son visage. » Rice se rappela les traits ciselés dans la lueur rouge de la lampe frontale. Il leva la main pour saisir son propre menton entre pouce

270

et index. « Il avait une barbe, une petite barbe. Il ne m'a bien sûr pas dit son nom.

— Et maintenant il a disparu. Et quelqu'un a vandalisé son pick-up.

— Je ne sais rien à ce sujet.

— Hum hum. » Walker se tourna vers les deux autres, leur adressa un signe de tête, puis ils enlevèrent les sangles des quads, les firent descendre de la remorque. « Ça vous dérangerait de nous montrer où tout ça s'est passé ? »

35

Tous les quatre remontèrent la piste coupe-feu sur les quads, Rice assis derrière Bayard, le shérif Walker derrière Janie Broad. Rice avait suggéré aux trois autres de se mettre en route sans lui pendant qu'il rangeait ses courses au congélateur et dans le réfrigérateur. Il pouvait laisser la scie circulaire et la lourde ponceuse sur son pick-up pour l'instant, mais il refusa de laisser se gâcher toutes ses provisions. Walker lui avait jeté un regard surpris, puis dit qu'ils attendraient. Comme si Rice risquait de s'échapper avec son pick-up, ou qu'il ne pourrait pas rattraper les quads à pied.

Ils dirigeaient maintenant ces véhicules bien peu maniables à travers les jeunes pins poussés sur la piste, allant à peine plus vite qu'un marcheur ; mais il se dit que sauter à terre et se mettre à trottiner devant n'impressionnerait sans doute pas le shérif. Son genou ayant un peu enflé au cours de sa matinée en ville, il s'exhorta à se détendre et à apprécier la balade.

Bayard s'était présenté en lançant un peu amical « Appelle-moi Stoner » ; il voulait sans doute dire par là, supputa Rice, que personne, hormis le shérif, n'avait le droit de l'appeler par son vrai prénom. C'était un type musclé et énergique, qui avait la boule à zéro, sentait l'eau de Cologne et une sueur saine. Rice s'interrogea sur ce surnom. C'était peut-être ironique. Ce flic patibulaire et remonté à bloc était soit un ancien militaire soit un gars qui aurait bien aimé l'être. Avant d'enfourcher le quad, Stoner avait retiré le Glock de son holster pour l'enfermer dans une petite boîte plastique située sous le guidon. Cette précaution avait fait sourire Rice, et Stoner, lui rendant son sourire, dit : « Si ça tenait qu'à moi, t'aurais déjà les menottes. » Tout le long du trajet sur la montagne, il n'ouvrit pas la bouche. Il semblait avoir décidé que le motard disparu était tombé par hasard sur le laboratoire clandestin de Rice, lequel l'avait buté avant d'enterrer le corps quelque part.

En fait, Rice était parfaitement conscient qu'il ne se rappelait pas ne *pas* avoir tué le braconnier. Le vandalisme du pick-up ne lui disait strictement rien, mais qui sait ? Une bagarre avait eu lieu sans aucun doute possible – ses blessures étaient bien réelles, et ses visions récurrentes du type en train de le poignarder avec sa flèche trop saisissantes pour relever de la simple imagination. Il était au moins plausible que Rice ait remporté le combat, qu'il ait blessé ou tué le braconnier avant de s'éloigner en proie à la rage et à l'amnésie, pour démolir le pick-up de son agresseur. Il envisagea de guider les policiers vers un tout autre endroit de la gorge, puis de retourner plus tard et seul sur les lieux pour les passer au peigne fin, juste au cas où. Mais il avait déjà évoqué le poste des appâts, les carcasses d'ours, et les flics voudraient absolument voir ça. Par ailleurs, s'il avait tué quelqu'un, il savait d'expérience qu'il ressentirait quelque chose au fond de son être, malgré tous ses efforts pour oublier son crime, et pour l'instant il ne ressentait absolument rien.

Ils garèrent les quads sur la piste coupe-feu à l'endroit où Rice la quittait d'habitude pour obliquer vers la gorge. Janie avait averti les autres membres de la battue par radio, et bientôt quatre autres quads avec cinq personnes et trois chiens apparurent sur la piste coupe-feu en descendant. Comme Rice avait réparé la clôture près du portail des Eaux et Forêts, là où les Stiller l'avaient franchie, ces gens devaient avoir la clef des pompiers pour ouvrir les cadenas. Il faillit leur demander comment ils s'étaient débrouillés avec le nid de guêpes, mais tout le monde affichait un air sévère et le considérait avec une hostilité non feinte.

Deux des chiens étaient des labradors, un jaune et un noir, des femelles pleines d'allant et de gaieté, qui trottaient devant les véhicules. Le troisième était un gros berger allemand mâle installé sur une plate-forme comme les chiens de chasse à l'ours des Stiller, une solide laisse en cuir fixée à son collier, l'autre extrémité tenue par une grande femme assise derrière un des conducteurs. Les nouveaux arrivants coupèrent le contact de leurs moteurs quand le berger allemand remarqua Rice et chargea, arrachant la laisse des mains de la femme. Celle-ci et le conducteur de son quad se mirent à crier, « Derek, non ! », mais Rice s'accroupit, son genou hurlant de douleur, et tendit les mains en avant, les paumes tournées devant lui, en pensant : Merde alors, qui peut bien appeler un chien Derek ? Le berger s'arrêta en dérapant des quatre pattes et lui renifla les doigts, sa grosse queue s'agitant de droite et de gauche en un arc gracieux. La femme de grande taille marcha lentement vers eux en parlant d'une voix calme et basse, disant des choses comme *hou là, hou là* et *restez bien tranquille, monsieur* et *hé, Derek, gentil chien.* Deux moteurs de quad tournaient toujours, mais leurs conducteurs semblaient paralysés, incapables de réagir. Chacun restait là où il se trouvait, à regarder Rice et le berger allemand.

La voix du shérif, calme mais ferme : « Tiens ton chien, Sue Ann.

— Salut, Derek, dit Rice. Tout va bien. » Il pensa que tous ces gens étaient un peu trop à cran. Le chien le regarda dans les yeux, s'approcha et se mit à lui lécher le menton, jusqu'au moment où il trouva la plaie à la mâchoire et entreprit de la lécher avec encore plus de vigueur. L'haleine de Derek était brûlante et humide. Elle sentait la terre et les croquettes pour chien.

La femme se tenait immobile sur la piste, les bras le long du corps. Elle renonça à essayer d'amadouer le berger allemand, se contentant de regarder la scène.

« Merde », lâcha quelqu'un.

Rice leva la main pour gratter le poil luisant derrière les oreilles dressées de Derek. C'était le plus gros berger qu'il ait jamais vu, presque aussi grand que le chien jaune de Bilton Stiller. S'il l'avait voulu, il aurait pu prendre la tête entière de Rice dans sa gueule. Au bout de quelques secondes, il eut l'impression que la langue de Derek commençait d'arracher les points de suture de sa chair, mais quand Rice tenta de le repousser doucement, Derek s'arc-bouta sur ses pattes et continua de lécher. Rice poussa plus fort, mais Derek resta inébranlable, si bien que l'homme abdiqua et endura les attentions de l'animal en espérant que la bave de berger allemand avait des vertus thérapeutiques.

« Ce clebs a envoyé quatre criminels à l'hôpital, monsieur Morton. » C'était Stoner qui parlait. « Vous avez un sacré bol.

— J'aime les chiens, ils le sentent. » Rice se releva, grimaça encore à cause de son genou, tendit à Sue Ann la laisse de Derek. Il se retourna vers Stoner : « Et je ne suis pas un criminel. »

Il guida la petite troupe à travers le bosquet de rhododendrons et de lauriers, vers le bas de la pente raide et boisée, vers le poste des appâts, en marchant lentement. Tous les autres avaient bien du mal à rester debout, ils dérapaient sur les feuilles humides, s'accrochaient aux jeunes arbres, glissaient sur les fesses. Derek voulait être devant avec Rice et les autres chiens, et sa maîtresse fut contente de rendre la laisse du berger allemand au gardien de la réserve. Apparemment, les deux labradors étaient des bêtes qui « sentaient l'air » et travaillaient sans laisse, tandis que Derek était plutôt un pisteur.

Rice constata que les membres de la battue se montraient plus avenants envers lui – Derek avait sans doute une réputation de fin connaisseur de la personnalité humaine – et tous semblaient maintenant lui faire confiance comme à un guide les emmenant dans la gorge. Les deux labradors se fiaient à lui pour savoir où aller et il tenait fermement la laisse du chien pisteur. S'il dirigeait ce groupe droit vers le corps de sa victime, il passerait pour le criminel le plus stupide qu'on ait jamais vu.

36

La descente à pied vers le poste des appâts prit un peu moins d'une heure et, lorsqu'ils y arrivèrent, le ciel visible à travers les trouées de la canopée avait une teinte verdâtre, laiteuse, striée de nuages d'altitude, et de soudaines bourrasques commençaient d'agiter la cime des arbres. Ces gens étaient plus lents que Sara ne l'avait été, et ils avaient le pied moins sûr. La plupart, en tout cas. La grande femme qui s'occupait de Derek paraissait rencontrer moins de problèmes que les autres, et Stoner se donnait un mal fou pour rester à la hauteur de Rice. Le groupe restait silencieux, sans doute préoccupé à l'idée de devoir bientôt remonter vers les véhicules.

Au poste des appâts, Rice leur montra la tête de vache suspendue, les restes épars et desséchés des carcasses d'ours, les griffures sur l'écorce du chêne où les braconniers avaient utilisé des crampons d'escalade. Ils remontèrent ensuite sur huit cents mètres le long de la pente sud et, après une brève recherche, Rice localisa le gros rhododendron où il avait attendu que le braconnier passe tout près de lui.

Il resta à côté de cet arbuste haut de six mètres. Les autres se rassemblèrent autour de lui en le regardant. Voici le dernier endroit dont je me souvienne, pensa-t-il.

« J'étais caché ici et le type à moto descendait la pente en enchaînant les épingles à cheveux, j'entendais le grondement sourd de son moteur, et puis j'ai vu sa lampe frontale rouge.

— On choisit la couleur rouge pour pas se bousiller les yeux la nuit, dit Stoner.

— Oui, j'ai cru qu'il portait des lunettes de vision nocturne, mais sa lunette de visée était fixée à son arbalète et je crois qu'il se débrouillait seulement avec sa lampe frontale. Je l'ai vu quand il est arrivé tout près, peut-être là-bas, lorsqu'il a dépassé ce gros chêne blanc. » Il tendit la main et revit aussitôt la lueur rouge disparaître quand la moto fut cachée par le tronc, puis réapparaître de l'autre côté, ralentissant avant d'entamer un autre virage. « Il roulait droit sur moi, sans même soupçonner ma présence. » Il hésita. Ils découvriraient la vérité plus tard, s'ils fouillaient le hangar du tracteur ; alors autant cracher le morceau dès maintenant, en restant aux commandes de son récit. « Je portais un vieux poncho que j'avais customisé pour en faire une tenue *ghillie*.

— Une tenue *ghillie* ?

— Ma version personnelle en tout cas. » Tous semblaient savoir ce qu'était une tenue de camouflage *ghillie*. Le visage du shérif Walker ne trahissait pas grand-chose, mais Stoner et deux ou trois autres ébauchèrent un sourire en se retenant de ne pas réclamer la suite. *Bien sûr que vous portiez une tenue* ghillie.

« Je suis censé surveiller la faune sauvage ici, noter tout ce que je vois et où. Je me suis dit qu'un bon camouflage me servirait. J'ai pris l'habitude de l'endosser quand je pars en forêt. » Il haussa les épaules. Le moment était venu d'inventer quelques conneries. « J'étais donc accroupi ici dans les buissons, avec mon poncho (il montra l'endroit précis), et il était là-bas quand je me suis levé. Ça l'a surpris, je pense. Sa moto a dérapé, glissé, puis coincé sa jambe, mais il s'est tout de suite relevé. J'ai commencé à lui dire que c'était une propriété privée, qu'il était en infraction, à lui demander son nom, je ne sais plus jusqu'à quand j'ai pu lui parler avant qu'il... » La tête soudain ailleurs, Rice se tut. Cette fameuse nuit lui revint en mémoire, par bribes au début, mais avec une netteté saisissante. Alors qu'il se tenait là immobile, il se sentit s'élever et voler vers le bas de la montagne.

« Ça va ?

— Oui, désolé. J'essayais de me rappeler exactement ce qui s'était passé. C'est un peu perturbant. Il a tiré une de ses flèches hors du carquois fixé à l'arbalète et il a tenté de me tuer avec.

— On dit : "un carreau", rectifia Stoner.

— Et puis j'ai tracé. Je me suis enfui vers le bas de la montagne, par là. » Il indiqua la direction qu'il avait suivie derrière le braconnier après que celui-ci fut passé près de lui. Il se mit à descendre en traquant le souvenir qui reprenait vie dans son esprit. En même temps, il essaya de concocter une histoire plus savoureuse pour son public. Il avançait à grands pas, en glissant sur les feuilles qui tapissaient la pente abrupte, et les autres le suivaient en moulinant des bras pour conserver l'équilibre, tâcher de rester debout. Il eut le ventre noué en revivant la course vertigineuse de son sprint final vers le braconnier.

Cinquante mètres plus bas, il sentit l'impact, la brusque compression des côtes du motard sous son épaule, il entendit l'air violemment expulsé hors de ses poumons. La vitesse de sa course souleva le braconnier de sa moto, le sac plastique de l'appât pour ours explosa, une odeur douçâtre de puanteur sur son visage, Rice et le braconnier s'envolèrent ensemble, le corps de ce dernier se détendit, devint presque mou, il s'était sans doute évanoui. Il s'accrocha au sac du type, l'écarta de son visage, l'arbalète fixée dessus oscilla follement. Ils percutèrent durement la pente et glissèrent parmi l'épaisse couche de feuilles mortes.

Il s'arrêta à l'endroit où ils avaient atterri, attendit que les autres l'aient rattrapé et l'entourent à nouveau. Personne ne pipait mot.

« J'ai couru jusqu'ici, mais il m'a suivi sur sa moto. » Malgré la pluie de la veille, le sol de la forêt était encore sens dessus dessous et l'on distinguait un large sentier sinueux menant vers la falaise qui dominait la gorge intérieure. « Il a laissé sa moto quelque part et il est venu vers moi à pied. Il avait un gros sac plastique, avec l'appât, et j'ai senti son odeur, le sac avait dû s'ouvrir. » Il se pencha en avant, passa la main parmi les feuilles pourrissantes trempées de pluie. « Les animaux ont sans doute déjà presque tout mangé, mais il devrait quand même rester un peu de cette saleté quelque part. »

Derek et les autres chiens la trouvèrent, en grattant parmi les feuilles, agitant la queue et reniflant le pop-corn détrempé, les fragments de beignets au sucre. La grande femme se baissa pour voir ce qu'ils venaient de trouver, puis elle félicita les chiens.

Lorsqu'il se releva, il eut du mal à tenir sur ses jambes ; le combat lui revenait en temps réel.

Ils roulèrent deux fois, trois fois, très vite, la lampe frontale rouge s'éteignit et Rice tenta de se dégager en une ultime roulade pour se retrouver sur ses pieds, mais le braconnier reprit conscience, des mains vigoureuses s'attaquèrent au poncho, passèrent derrière le dos pour serrer la nuque de Rice, tirer, essayer de le faire basculer. Quand Rice balança sa jambe pour immobiliser la cuisse de son adversaire et s'arc-bouter contre lui, la tête de l'homme bascula violemment en arrière pour l'assommer. Rice eut à peine le temps de tourner la sienne, mais le crâne de l'autre percuta durement sa tempe et un éclair orange éblouissant l'aveugla un instant. Ce type débordait d'énergie, Rice voulut l'achever. Il débloqua sa jambe, s'accrocha au sac, le tordit pour coincer son adversaire dans les lanières, puis il se remit debout, pivota et, profitant de ce qu'il restait de leur élan, projeta le braconnier à toute volée contre un tronc d'arbre.

Cette attaque aurait dû mettre un terme au combat. Ce qui se passa ensuite n'aurait jamais dû arriver. Cette remémoration fit naître en lui de la surprise, un peu d'admiration, un soupçon de peur. Il savait qu'il devait dire quelque chose au shérif et aux autres – immobiles, ils l'observaient et attendaient –, mais il ferma les yeux, vit le type rebondir contre l'arbre en grognant, pivoter, bouger très vite au ras du sol comme une araignée-loup parmi les mouchetures du clair de lune, se débarrasser de son sac à dos et prendre un carreau dans le carquois de l'arbalète en un seul mouvement invraisemblable, plonger sur Rice en brandissant son arme aux lames tranchantes. Il sentit la pointe s'emmêler dans les couches de jute du poncho et il se jeta en arrière pour échapper à cette nouvelle menace, son adversaire avançant en enchaînant de brèves attaques efficaces avec sa flèche.

« Il tient le carreau équipé d'une pointe de chasse à lames aiguisées, je le sais, je la vois au clair de lune. » Il s'efforça de contrôler sa respiration pour parler, mais son corps réagissait aux souvenirs, qui injectaient de l'adrénaline dans son sang, l'empêchant de se concentrer. « J'ai cru que cette pointe était empoisonnée. Il avait utilisé du poison pour les ours. J'ai cru qu'il allait me tuer. Si je n'avais pas porté ce *ghillie* avec toutes ces épaisseurs de toile de jute, il m'aurait transpercé. » Il recula sur le vague sentier de feuilles déchiquetées laissé par le braconnier et lui, en mimant à demi et au ralenti ses propres réactions durant le combat. Cela lui vint tout seul, il n'eut pas à se forcer. « Il m'a donné des coups de flèche, il m'a touché plusieurs fois, pas très profond. Je reculais tant bien que mal pour essayer de m'éloigner de lui. »

Il battit très vite en retraite, s'abrita un instant derrière des troncs d'arbre, tâta les feuilles au sol pour trouver un bâton, une pierre, n'importe quoi. Le braconnier avait le souffle court, il peinait à retrouver une respiration normale, mais il avançait toujours, sans rien dire, ombre implacable anticipant les déplacements de Rice sans lui laisser le temps de reprendre ses esprits ni de trouver une arme. Rice comprit alors qu'il devait inventer quelque chose s'il ne voulait pas mourir : il fit semblant de trébucher, déplaça son poids sur la jambe gauche et se prépara à décocher un coup de son pied droit. Le braconnier tomba dans le panneau et s'approcha encore, les lames de la pointe sifflèrent dans l'air quand il la propulsa vers le visage de Rice pour lui crever un œil. De la main, Rice arrêta le carreau et décocha son coup de pied très bas pour que son tibia percute l'extérieur du genou du braconnier et le démolisse, mais en même temps les lames de la pointe de chasse percèrent le gant en coton, s'enfoncèrent dans sa paume, et il pensa au poison, il comprit en un éclair et se dit : Maintenant je suis mort, ce connard vient de me tuer.

Il conservait seulement une conscience très vague du shérif et des autres. Cette immersion dans ses souvenirs était une variante de ses absences et de ses transes habituelles ; à un certain niveau il devinait qu'il se comportait bizarrement, mais il avait aussi la conviction que, s'il résistait à ses visions, il ne saurait peut-être jamais ce qui s'était passé. Il se laissa donc envahir par le flot des souvenirs en redoutant un peu ce qu'il allait découvrir. Tout en reculant parmi les feuilles, il vit la fin du combat se dérouler dans son esprit.

Il saisit le poignet du braconnier pour retenir le carreau d'arbalète et avança assez près pour multiplier les coups de poing sur le côté de la tête et sur le visage de son adversaire, mais ce type était costaud et la main de Rice avait beau lui serrer le poignet, le carreau entailla sa mâchoire et se ficha dans son flanc gauche à un endroit où la toile de jute était moins épaisse qu'ailleurs. C'était sans importance. Il se moquait désormais du poison. Il plaqua sa paume contre la tête du type, enfonça le pouce dans l'orbite de l'œil et l'homme éructa un juron pour la première fois tandis que Rice le poussait vers la droite, l'obligeait à déplacer son poids sur la jambe gauche, puis il profita de cette posture quasi immobile pour lui donner un autre grand coup de pied au genou. Cette fois quelque chose craqua et il tomba, une roulade arrière contrôlée, il entraîna Rice dans sa chute, essaya de l'attirer vers la pointe du carreau de chasse, pour l'empaler dessus. Mais Rice poussa sur ses jambes, bondit en avant à la dernière seconde, fit un saut périlleux au-dessus de l'arme mortelle et ce fut comme s'il avait plongé dans le néant. La prise du type sur son poncho se relâcha, puis le sol se déroba sous lui jusqu'à ce que ses pieds percutent un massif de rhododendrons et qu'il parcoure une bonne quinzaine de mètres en glissant sur le cul, saisissant des branches au passage pour tenter de freiner sa descente, la douleur lui poignardant le corps dès que son genou, ses côtes ou sa tête percutaient un rocher.

Il se tenait au bord de la falaise où il avait dégringolé. Il avait de la chance ; la pente aboutissant à la plate-forme où sa glissade s'était arrêtée n'était pas absolument verticale et des broussailles y poussaient en abondance. Les feuilles avaient commencé à se faner sur les branches qu'il avait brisées en tombant. Les autres l'avaient suivi et, quand il se retourna pour les dévisager, seul Stoner avait l'air sceptique. L'histoire de Rice était vraie, vraie pour le shérif, vraie pour les autres. Il ne jouait pas la comédie. Ils ignoraient qu'il s'en souvenait pour la première fois – ils voyaient seulement un homme racontant une expérience traumatisante et cela accordait à son récit une authenticité qui dépassait de loin la performance d'un bon acteur.

« Je suis tombé jusqu'ici. Je n'ai pas choisi de le faire, mais c'est ce qui m'a sauvé. Les broussailles ont ralenti ma chute. Je suis resté un moment inconscient sur cette plate-forme rocheuse ; quand je suis remonté là-haut en me traînant, tout était tranquille. Il était parti, vers le haut de la pente, je suppose. » La main de Rice zigzagua dans l'air pour décrire le chemin suivi par son agresseur, la seule façon de faire sortir une moto tout-terrain de cette gorge encaissée. « Il s'est sûrement dit qu'il m'avait tué.

— Il vous a tailladé le corps. Vous vous êtes sans doute trompé pour le poison. »

Rice regarda Stoner. « J'imagine. »

D'autres souvenirs : un moribond assoiffé de vengeance et presque impotent remonta la falaise en rampant, sa jambe droite quasiment inutile, submergé d'une violente nausée, de haut-le-cœur et d'une colère terrible, invraisemblable. À un moment il essaya de courir afin de poursuivre le braconnier, mais son genou ne supportait plus le poids de son corps. La douleur l'aveugla, il s'appuya contre un arbre, vomit une bile aqueuse et rien d'autre. Le poison commençait sans doute à faire son effet. Il espéra avoir causé de vrais dégâts au genou du type. Son œil gauche lui ferait mal pendant un moment. Il tituba vers le bord de la falaise et s'assit sur une pierre. Son pouls battait toujours la chamade, mais il retrouva une respiration à peu près normale. Les épisodes cruciaux de son existence ne défilèrent pas devant ses yeux. Il se sentait épuisé. Son ventre fut pris de convulsions. Pas d'hallucination, pas d'expérience transcendante, seulement la douleur, une douleur écrasante, mais qu'il supporta. Il se demanda comment le poison allait le tuer. Des spasmes incontrôlables ? Une hémorragie interne ? Allait-il vomir du sang ? Il espéra que ses sphincters tiendraient bon. Il faillit céder à une crise de panique, mais réussit à la surmonter.

Il attendit de mourir dans la lumière déclinante, la lune avait disparu du ciel nocturne et la forêt s'assombrissait au fond de la gorge. Au moins, c'était un bon endroit pour quitter ce monde. Mais les minutes passèrent et son état n'empira pas. En fait, au bout d'une petite demi-heure, il se sentit légèrement mieux, la nausée s'atténua comme elle le faisait d'habitude lorsqu'il se blessait le genou. Ayant toujours eu des rotules de verre, il avait dû apprendre très tôt à maîtriser la douleur. Il décida enfin qu'il n'était pas en train de mourir et il entama le long trajet du retour vers le chalet, qui fut son chemin de croix. Mais aucun détour pour vandaliser le moindre pick-up ; non, pas dans cet état. Il était rentré tout droit chez lui.

« Vous savez, dit Stoner, ça m'étonne pas que Mirra vous ait sauté dessus comme ça, avec son carreau d'arbalète. Cet enfoiré ressemble à une grenade dégoupillée.

— La ferme, Stoner, dit Janie.

— Vous le connaissez tous ? » Le braconnier, depuis si longtemps une énigme agaçante, avait donc un nom. *Mirra*. Rice se demanda pourquoi personne ne l'avait prononcé plus tôt.

« Ce qui me surprend, poursuivit Stoner en ignorant et l'ordre et la question, c'est que vous respiriez encore. À mains nues, c'est déjà une putain de terreur, mais quand ce genre de mec t'attaque avec une arme quelconque, disons même *un stylo bille*, alors t'es foutu de chez foutu.

— Bayard. » C'était le shérif. Stoner la boucla.

Rice acquiesça, pour une fois d'accord avec l'adjoint. Il en rêverait sans doute : l'ombre furtive d'une araignée ultrarapide, le carreau projeté vers lui, les lames noires au clair de lune.

« Je respire encore, dit-il, parce que j'ai couru en arrière le plus vite possible et que je suis tombé de cette fichue falaise. »

Cela les fit tous rire, même le shérif Walker, même Stoner au bout d'un moment.

Rice sourit, jouant son rôle, mais il n'eut pas envie de rire. Il se demanda où ce Mirra avait bien pu passer. Que personne n'en ait la moindre idée n'était pas pour le rassurer.

37

Au chalet, le shérif répondit à un appel sur son portable et s'assit dans son 4 × 4 pour parler pendant que Stoner et Janie remettaient les quads sur la remorque. Ils comptaient aller sur le versant opposé de la montagne et remonter la route du service des Eaux et Forêts pour rejoindre les autres membres de la battue. Ils étaient tous d'accord : s'ils devaient retrouver Mirra, il fallait que ce soit avant l'arrivée de la tempête. Le groupe s'était donc séparé dans la gorge, deux types avaient utilisé des cordes pour descendre en rappel avec le plus petit labrador afin d'explorer la base de la falaise. Rice leur avait dit qu'ils pourraient remonter à environ deux kilomètres vers l'amont de la rivière. Leur intrusion dans la gorge intérieure le mit mal à l'aise, mais compte tenu des circonstances il ne pouvait pas y faire grand-chose. Les autres, accompagnés de Derek le berger allemand et du plus massif des deux labradors, étaient partis en suivant les traces de la moto, mais apparemment les pneus en caoutchouc ne laissaient guère d'odeur repérable par les chiens, surtout après une grosse averse.

Rice rangea le restant de ses courses ; quand il en eut terminé, Walker était toujours au téléphone, mais Stoner et Janie étaient repartis, sans lui. Le shérif avait demandé son permis de conduire à Rice et quelqu'un vérifiait à présent sa validité ainsi que ses plaques minéralogiques, ce qui posait problème. On disait que, depuis quelques années, les plus gros cartels étaient cinglés d'informatique et qu'ils avaient embauché une poignée de super hackers originaires d'Europe de l'Est pour infiltrer les réseaux d'ordinateurs utilisés par les organismes liés à la police américaine. Le simple fait de chercher son nom dans la base de données des immatriculations de l'Arizona reviendrait à déclencher une alerte électronique : *Rice Moore est dans le comté de Turpin, en Virginie.* À moins que ce ne soit pas aussi précis. À moins que toute cette histoire soit de l'esbroufe, et que ses potes de Cereso lui aient bourré le mou.

Il allait mettre en route la machine à café quand il entendit la portière de l'Explorer claquer, puis le pas lent et sonore de Walker sur les marches de devant. Rice le retrouva sur la galerie. Il fronçait les sourcils et serrait les lèvres comme s'il retenait sa colère.

« Rice est votre nom de famille ? C'est bizarre. »

Merde. « Le nom de jeune fille de ma mère. Je ne sais pas très bien pourquoi ils me l'ont donné comme prénom, mais c'est comme ça.

— Et vous utilisez le nom "Rick Morton" pour éviter de vous faire repérer par le cartel de la drogue mexicain contre lequel vous avez témoigné l'an dernier.

— Je n'ai jamais témoigné au sens propre, mais oui, pour eux je suis un poil à gratter. Disons un petit souci. Je crois que, s'ils me trouvent, ils essayeront de m'éliminer.

— Mais vous ne figurez pas sur la liste des témoins à protéger. Vous vous planquez de votre propre chef. »

Rice acquiesça. Walker était furieux, mais apparemment pas contre lui. D'étranges bourrasques soufflaient du sud, tièdes et moites. Rice en était désormais certain : le temps allait changer de manière brutale, inhabituelle.

« Vous voulez entrer ? Je fais du café. »

Les traits de Walker se détendirent un peu. Rice crut deviner le début d'un lent sourire. Son suspect numéro un dans une affaire d'homicide pressenti lui offrait un café. « Ce sera très bien dehors, monsieur Moore. » Il s'approcha de la rambarde, posa les mains dessus en s'inclinant, contempla la vaste vue. Presque tous les gens qui passaient plus de quelques secondes sur cette galerie faisaient la même chose. Rice lui-même ne s'en était pas privé. Ce jour-là, la vallée semblait floue et lointaine dans l'étrange lumière qui tombait de ces nuages d'altitude verts. Il observa discrètement Walker, puis lui demanda :

« Alors, on fait quoi ?

— Eh bien, j'ai un type qui sort de prison, qui est la dernière personne à avoir vu Mirra et qui reconnaît s'être battu à mort avec lui la nuit où il a disparu.

— C'est moi qui ai failli mourir. Pas lui. »

Walker ne dit rien. Sous les yeux de Rice, son cerveau paraissait s'activer pour aboutir à une décision. Le moment était bien choisi pour plaider un peu sa cause.

« Shérif, je vous ai dit la vérité là-haut. Et mes délits, ces trucs au Mexique, n'ont jamais abouti à la moindre violence. Aucune raison de penser que je pourrais blesser quelqu'un. Toutes ces bêtises et ce monde-là sont derrière moi. J'ai pris un nouveau départ ici.

— Bon, très bien, j'ai parlé à votre boss, elle s'est portée garante de vous. Mais j'ai gardé le meilleur pour la fin : je viens de parler à quelqu'un qui insiste sur le fait que vous êtes bel et bien violent, un *hombre* dangereux, et il veut que je vous mette derrière les barreaux. »

Ça n'avait aucun sens. Rice se renfrogna, mais ne répondit pas.

« Il croit que vous avez tué Mirra et caché son corps. C'est un agent fédéral. »

La voix de Walker resta calme, mais on y entendait ce qu'il pensait des flics débarquant ici pour donner leurs ordres aux shérifs locaux.

Rice secoua la tête. Ça n'avait toujours pas de sens. Il hésita. « Je n'ai pas tué ce mec. Vous savez que je ne l'ai pas fait.

— Je ne sais rien. Si nous découvrons le cadavre d'Alan Mirra sur cette montagne et s'il est mort d'autre chose que d'une morsure de serpent à sonnette, Bayard reviendra ici avec les menottes. » Il se détourna un moment comme pour dissimuler le sourire qui envahissait enfin son visage. Il imaginait sans doute Mirra forçant Rice à sauter du haut de la falaise. « Mais je crois à votre histoire. À presque tout.

— Merci. » Il n'avait sans doute plus qu'à prier les dieux de la montagne pour que Mirra se pointe ivre mort quelque part, avec son entorse du genou et un œil au beurre noir. Des côtes cassées. Une oreille tout enflée. Merde. « Cet agent fédéral, comment me connaît-il ? »

Walker haussa les épaules. « C'est lui qui m'a signalé en premier la disparition de Mirra. Il me tanne – il tanne Suzy – depuis hier matin. Je lui devais une mise à jour. Quand j'ai mentionné votre nom, votre vrai nom, et le fait que vous êtes le gardien de la réserve, il a bien failli grimper aux rideaux. Il connaissait votre dossier par cœur. Il a dit qu'il avait relevé vos empreintes. Je ne crois pas qu'il vous aime beaucoup.

— Où diable a-t-il relevé mes empreintes ?

— Mystère.

— Je n'ai absolument aucune idée de qui est ce type, de comment il me connaît, ni où – et pourquoi – il aurait relevé mes empreintes.

— Je ne peux pas vous aider sur ce point. » Walker commença à descendre les marches en parlant par-dessus son épaule d'un air plus décontracté que lors de son arrivée. Rice y vit un signe encourageant. « Retrouvez-moi à mon bureau dans une heure. Votre ami des stups sera là. Nous déciderons quoi faire. »

Rice regarda le véhicule de Walker reculer, faire demi-tour puis s'éloigner sur le chemin. Les stups. Il avait sans doute lâché cette info exprès. Rice resta là à réfléchir longtemps après que les feux arrière du shérif eurent disparu dans la forêt, mais il ne réussit pas à trouver une hypothèse même farfelue expliquant pourquoi un flic des stups de Virginie pouvait bien le détester à ce point.

38

Il se gara en épi pour une durée de deux heures dans Main Street et trouva le bureau du shérif à l'entresol de l'ancien tribunal, un bâtiment en brique. L'employée de la réception était au téléphone, elle parlait de l'ouragan à quelqu'un, expliquant sans beaucoup de patience que si l'eau entrait dans la maison, alors il faudrait quitter cette maison. Elle brandit un doigt et montra les chaises en plastique alignées contre le mur. Quand elle raccrocha, il revint vers elle et lui dit qu'il avait rendez-vous avec le shérif Walker. Elle fit rouler son fauteuil en avant, lui jeta un coup d'œil digne d'un bar pour célibataires, et dit : « Il sera là dans une minute, il a dû s'arrêter chez lui pour se changer. Vous ressemblez pas à une mule.

— Merci. Vous êtes sans doute Suzy. »

Elle tapota sur quelques touches de son clavier et regarda son écran. « Vous voulez pas que je vous mette en détention, pas vrai ?

— Comment le savez-vous ?

— Le shérif a dit que vous étiez parano. » Elle sourit, prit un stylo en plastique, s'adossa à son fauteuil, glissa le bout du stylo entre ses dents. Elle était bien en chair mais jolie, plantureuse et habillée pour le montrer, sans doute pas beaucoup plus âgée que lui.

« De toute façon, je ne m'attendais pas à être arrêté.

— Vous ne l'êtes pas. Avez-vous été contraint d'avaler des préservatifs bourrés d'héroïne ? »

Il sourit. « Jamais de la vie.

— Tant mieux. »

Il savait qu'elle flirtait et cela le laissait pantois. C'étaient sans doute ses cicatrices et ses ecchymoses super sexy. Il regarda la main gauche de Suzy, pas d'alliance. Il n'en portait pas non plus, bien sûr, et pourtant ils avaient l'âge. Avait-il perdu tout goût pour ce genre de bagatelle ? Il était autrefois un type relativement normal.

« Vous ressemblez à cet acteur... Viggo Mortensen ? Mais c'est pas à votre avantage. Vous voyez ? comme dans *La Route* ? »

Il ne savait pas très bien quoi répondre. Il n'avait pas vu le film.

Le jaugeant toujours, elle ajouta : « On dirait que vous ne dormez pas assez. »

Walker franchit la porte, l'air soucieux. Il avait mis un jean, des chaussures de ville et une chemise bleue à manches courtes dont il n'avait pas rentré les pans. Une casquette de base-ball de Virginia Tech, un blouson de golf beige sous le bras.

« Des nouvelles du type disparu ? » demanda Rice.

Walker secoua la tête. « Non, mais j'en ai assez d'entendre votre nom. Vos noms. Bilton Stiller a appelé pour accuser Rick Morton d'avoir assassiné trois de ses chiens de chasse à l'ours. Il dit qu'ils ont disparu voilà deux semaines sur Turk Mountain. Il a entendu parler d'Alan Mirra, et il pense que vous êtes devenu cinglé, que vous tuez les hommes et les chiens sur cette montagne.

— M. Stiller regarde trop la télévision.

— M. Stiller est un connard. » Dixit Suzy.

Walker fit la sourde oreille. « Je lui ai demandé combien de bières il avait déjà éclusées depuis l'aube et il a rigolé avant de raccrocher. Vous êtes prêt ?

— Nous allons quelque part ?

— Nous devons rejoindre discrètement un ancien motel sur la Route 22 pour rencontrer ce personnage. Autant que vous conduisiez. Tout le monde connaît mon pick-up.

— Il est ici incognito ou quoi ?

— Exactement, monsieur Moore. L'agent Johns me fait royalement chier incognito.

— Amusez-vous bien », dit Suzy.

Dehors, des nuages sombres s'accumulaient au sud, lançaient des tentacules sinueux et des bras épais vers le nord, comme si la tempête annoncée envoyait des patrouilles de reconnaissance. Rice conduisit, Walker abaissa sa casquette et s'affala sur son siège. Le cul du shérif du comté sur la planque de son calibre .45 illégal accélérait la respiration de Rice, mais il avait lui-même testé le siège côté passager quand il avait commencé à planquer son flingue dans la bourre de l'assise. Rice pesait vingt-cinq kilos de plus que le shérif et il n'avait rien remarqué. Walker ne devait donc rien sentir sous ses fesses.

« Je suis trop âgé pour ces simagrées dignes d'un vieux film de cape et d'épée. J'espère que vous aimez ça.

— Mais oui, shérif. » Quand un feu passa à l'orange, il accéléra. Qui donc allait l'arrêter ? « Vous connaissez bien la famille Stiller, j'imagine ?

— Je les connais par cœur, hélas. Bilton est OK.

— Mais les fils ?

— Où voulez-vous en venir, monsieur Moore ? »

Autant vider son sac. « Je crois qu'ils ont violé Sara Birkeland. Eux et ce Jesse qui traîne toujours avec eux.

— Et pourquoi pensez-vous une chose pareille ?

— Ils avaient une bonne raison : l'intimider, la forcer à partir. Les vésicules d'ours valent beaucoup d'argent. Ils l'ont menacée. »

Il jeta un coup d'œil à Walker. Il secouait la tête.

« J'ai interrogé l'un des frangins à ce sujet. Il s'est défilé d'un air coupable.

— Ah. Je devrais boucler ces gars.

— Sara a dit qu'ils avaient soi-disant des alibis.

— Je ne veux pas parler de ça avec vous. Prenez la prochaine à droite. »

Quittant la Route 22 au nord de la ville, ils entrèrent sur un parking couvert de mauvaises herbes devant un centre commercial abandonné. À un bout du centre se trouvait un petit motel et Walker dit à Rice de le contourner pour que son pick-up ne soit pas visible depuis la route. Un F-150 bleu nuit était déjà garé là, et la porte d'une des chambres décrépites était ouverte. Quand ils entrèrent, Rice comprit que ses ennuis recommençaient.

39

« Vous me reconnaissez sans doute », dit l'homme en interrompant la tentative de présentations de Walker.

Le shérif ferma la porte derrière lui avec un *clic* sourd et l'obscurité envahit la pièce, hormis une lueur orangée émanant du rideau tiré. Rice pivota aussitôt, colla son dos contre le mur le plus proche et s'accroupit en position de défense. C'était un simple réflexe, mais son mouvement soudain alerta l'agent Johns qui dit « Hé ! » en faisant très vite un pas de côté vers la fenêtre.

Walker demanda ce qui se passait, bon Dieu, une question adressée tant à l'agent Johns qu'à Rice. Il semblait agacé. Après tout, il s'était contenté de fermer la porte. Johns ouvrit le rideau et la lumière entra dans la pièce. Il tenait son pistolet dans l'autre main, braqué sur Rice. C'était le même que précédemment, un SIG compact avec un trou de calibre .45 intimidant au bout du canon. Pendant un moment, personne ne parla. Rice leva les mains et sourit en se demandant si sa vie n'atteignait pas le comble de l'absurdité.

« Le sac plastique », dit-il.

Johns abaissa le pistolet, mais ne le rengaina pas. Sa barbe était bien coupée, il semblait d'une propreté irréprochable, comme s'il venait de prendre une douche, mais il portait un jean taché de boue et le même blouson Carhartt que l'autre fois. « Vous n'étiez manifestement pas un bouseux chasseur d'ours. J'étais curieux. Je le suis devenu encore plus quand j'ai eu accès à votre dossier.

— Mais vous ne m'avez pas trouvé.

— C'est bien dommage. »

Remis de sa surprise initiale, Walker s'interposa entre les deux hommes. « Rangez donc ça, Johns. Il n'est pas armé.

— Vous êtes sûr ?

— Je ne suis pas armé », confirma Rice.

Walker regarda Johns avec insistance jusqu'à ce que l'agent remette le pistolet sous son blouson, derrière la hanche. Comme le shérif semblait attendre des explications de la part de Johns, Rice resta silencieux et jeta un coup d'œil à la pièce. La moquette marron était déchirée, tachée et puait le moisi. Au fond, un comptoir et un évier, un miroir brisé reflétant la fenêtre et le parking.

« Ma couverture, dit Johns. Acheteur d'organes d'ours au marché noir. C'est juste une entrée. M. Moore a essayé de me vendre des vésicules de porc. J'ai démasqué son arnaque et il est devenu violent. »

Walker se tourna vers Rice. Les yeux arrondis, sans sourire, mais peut-être pas très loin de sourire.

Rice haussa les épaules. « C'est lui qui a commencé. »

Johns fit la sourde oreille. « Une mule minable trafiquant de la drogue en Arizona, puis fourguant de fausses vésicules d'ours en Virginie, ça n'avait aucun sens avant que vous m'appreniez qu'il est le gardien de cette réserve naturelle. Alors là je pige. Il essayait de localiser les braconniers. Il prend son boulot un peu trop à cœur, il rêve d'être un de ces rangers surveillant les rhinos dans ce putain de Zimbabwe. Il n'a plus les yeux en face des trous, il est convaincu qu'il a le droit de tirer sur tout ce qui bouge. Il a trouvé un braconnier dans les bois et il lui a flanqué une balle dans le dos. »

Rice éclata de rire. « En fait, j'ai trouvé un braconnier dans les bois et lui a bien failli me tuer.

— Le shérif Walker m'a raconté votre histoire. Si Mirra vous avait attaqué, vous seriez mort.

— C'est ce que tout le monde dit. » Il leva sa main bandée. « Vous voulez voir les points de suture ? Ici, sur mes côtes ? Regardez donc ça. » Il leva le menton. « Je croyais qu'il utilisait des carreaux empoisonnés pour les ours. Quand il m'a blessé, je me suis vu mort.

— Il utilise du poison, c'est vrai. Mais ce n'est pas comme au cinéma où l'Indien trempe sa pointe de flèche dans le putain de curare. Il fourre de l'Anectine en poudre – du chlorure de suxaméthonium – dans une gousse en caoutchouc fixée derrière la pointe de chasse. Le caoutchouc s'ouvre quand la pointe pénètre dans l'ours. S'il vous avait attaqué comme vous prétendez qu'il l'a fait – en vous poignardant à plusieurs reprises avec son carreau de chasse –, la gousse aurait explosé et vos plaies seraient remplies de cette merde. Là encore, vous seriez mort.

— Je crois que j'ai eu de la chance.

— Personne ne peut être aussi chanceux.

— Un peu de Sux dans une coupure, ce n'est pas mortel, dit le shérif à Johns. Ce que vous affirmez est ridicule. »

Johns se mit à arpenter la pièce de long en large en passant devant Walker, la peau de ses joues et de son front tendue et toute rouge. « Ça ne modifie en rien mes conclusions. Mirra est un ancien marine, un dur, quatre tours de service, il a participé à davantage de combats que n'importe qui, sélectionné par les forces spéciales, un des meilleurs éléments de sa promo au centre de formation des marines. C'est pas seulement un dur, c'est un expert. » Il s'arrêta brusquement devant Rice, lui pointa un index sous le nez. « Vous m'avez surpris cette nuit-là sous le pont, j'ai dû mettre un terme au combat, alors d'accord, vous êtes compétent, violent, vous vous débrouillez pas trop mal. Mais je ne suis pas un vrai dur à cuire. Contrairement à Mirra. Vous ne pouvez pas espérer vous en tirer à aussi bon compte face à ce mec, *surtout* s'il a une arme et vous pas. »

Rice ne broncha pas, il se rappela comment le braconnier – Mirra – avait encaissé le premier choc qui aurait dû le mettre au tapis. Rice avait jailli de nulle part, une surprise complète. Il lui avait sans doute brisé quelques côtes. Sept secondes plus tard, lui-même était sur la défensive et se demandait comment sauver sa peau.

Johns prit un air théâtral pour examiner Rice de la tête aux pieds. « Êtes-vous un vrai dur à cuire, monsieur Moore ? »

Walker, appuyé contre un bureau branlant en bois plaqué dans un angle proche de la fenêtre, observait Johns les bras croisés. Il n'y avait pas de lit dans la pièce, mais on voyait bien l'endroit où il avait été installé, le rectangle de moquette plus foncée qu'ailleurs.

Le shérif se tourna vers la fenêtre. « J'ai connu Alan Mirra quand il était plus jeune », dit-il.

Le bureau craqua lorsque Walker se hissa dessus, les pieds dans le vide. Comme il faisait une chaleur étouffante, on aurait pu croire l'espace d'un instant qu'il allait essayer d'ouvrir la fenêtre. Mais il retira son blouson et se pencha en avant, porta son poids sur ses paumes posées au bord du bureau. La transpiration assombrissait le tissu sous ses aisselles. Il se mit à raconter une histoire qui, selon Rice, devait être

299

assez banale dans la région, celle du père alcoolique, abusif, et du fils adolescent se rebellant contre lui. Sauf qu'au lieu de se faire tuer, Mirra avait envoyé son papa à l'hôpital en lui intimant de ne pas revenir.

« Vous pouvez vous arrêter ? » lança Walker.

Johns n'avait pas cessé d'arpenter la petite pièce. Il s'immobilisa et regarda Walker.

« Quoi ?

— Vous pouvez rester tranquille une minute ?

— OK. Pourquoi pas. » Il se mit à danser d'un pied sur l'autre. Ce type était remonté à bloc. Rice se dit qu'il avait sûrement pris quelque chose. Les flics en civil étaient souvent accros à une merde quelconque.

Walker le foudroya du regard, puis il renonça et reprit son récit. Rice rejoignit le fond de la pièce et s'assit sur le comptoir, près de l'évier. Le meuble s'affaissa un peu, mais supporta son poids. Dans la salle de bains mal éclairée située à gauche, la cuvette des toilettes était sèche, encroûtée de dépôts calcaires. Une tringle à rideau de douche gisait, brisée, sur le sol.

Mirra avait plaqué le lycée à la première occasion, poursuivit Walker, avant de rejoindre un gang de bikers dans le nord du pays. La police de Philadelphie le surprit à voler des voitures, puis un juge devina sans doute en lui des capacités cachées et lui posa un ultimatum : soit la prison, soit l'armée. Il choisit l'armée et trouva sa vocation.

« En quelques années il devient un authentique héros militaire, destiné aux forces spéciales comme vous l'avez dit. Mais il est blessé et le voilà soudain de retour au pays, avec ses décorations et son certificat de bonne conduite. Je le surveille de loin en espérant qu'il est rentré dans le droit chemin. Il se tient tranquille un certain temps. Puis des rumeurs commencent à circuler à cause de son comportement imprévisible, violent ; il plaque son boulot à l'usine de Coalville, il retrouve son ancienne bande de bikers et il dépense sans compter même s'il n'a aucune rentrée d'argent évidente. »

C'était la clef. Rice sentit avec plaisir un déclic se produire en lui : le lien entre Mirra et les frères Stiller était établi. Mirra était sûrement le cador dont le barman du *Ape Hanger* lui avait parlé. Comme l'avait expliqué Boger, les frères Stiller n'avaient pas assez de cervelle pour monter une entreprise à eux tout seuls. Mais Rice les voyait bien dans le rôle d'hommes à tout faire pour un caïd comme Mirra. Il se rappela l'histoire de Sara sur les ours munis de colliers radio-émetteurs. Mirra avait sûrement les compétences nécessaires pour bidouiller un peu d'électronique.

Johns essaya de l'interrompre, mais Walker n'avait pas fini, il leva la main et continua de parler : « Maintenant il disparaît et vous passez des coups de fil, vous prenez des risques pour me contacter, vous organisez une réunion ici en plein jour, bon Dieu, vous en pissez presque dans votre froc. Je comprends, il bosse pour vous et vous êtes inquiet. Mais comme l'a dit M. Moore, Mirra croit sans doute qu'il a tué un homme. Même les stups ne peuvent pas le protéger face à un homicide. Il a peut-être paniqué en découvrant l'état de son pick-up et il s'est enfui à moto.

— Quoi, vous croyez qu'il s'est fait la malle sur cette putain de bécane ? » Johns ne semblait pas avoir envisagé cette hypothèse précédemment et, confronté à elle, il fut scandalisé, laissant sa voix enfler un peu plus que nécessaire. « Si on veut disparaître, on ne part pas sur un monstre rugissant comme cette enduro. Les gens vous remarquent. Je parie que personne n'a appelé votre bureau pour dire : "Ouais, j'ai vu Alan Mirra qui fonçait vers le Mexique sur sa moto tout-terrain" ? »

Rice tapa des talons contre la porte déglinguée du placard situé sous le comptoir. « Personne ne s'enfuit plus au Mexique, dit-il. Je ne conseillerais vraiment pas le Mexique. »

Les deux autres le regardèrent comme s'ils avaient oublié sa présence.

Il leva l'index vers le plafond. « Le Canada.

— Il ne manque pas de ressource, dit le shérif. Il a sans doute un téléphone jetable, il a contacté l'un de ses potes bikers. Il est déjà très loin d'ici. » Il sauta du bureau. « Ou alors il a eu un accident de moto en forêt et il est tombé sur une de ses flèches. À un endroit où nous ne sommes pas encore allés. » Il rejoignit la porte, l'ouvrit, resta un moment immobile sur le seuil. Comme si la claustrophobie avait eu raison de lui. Les bourrasques malmenaient la porte et il tint la visière de sa casquette. Un gobelet plastique traversa le parking en rebondissant bruyamment.

« Et Moore ? demanda Johns.

— Quoi, Moore ?

— Pouvez-vous le garder sous le coude jusqu'à ce qu'on découvre ce qui est arrivé à Alan ? Quarante-huit heures ? »

Le dos toujours tourné vers la pièce, Walker répondit comme s'il s'adressait à un enfant : « Je n'ai pas de corps, agent Johns. Si vous me trouvez un corps, peut-être que j'arrêterai quelqu'un. »

Johns abattit la paume contre le bureau où Walker s'était assis. Rice en conclut que c'était sans doute une nouveauté pour lui, un shérif local lui tenant la dragée haute.

« Vous êtes certain qu'il ne va pas filer, shérif ? J'ai passé quelques coups de fil à Tucson, parlé à des gens qui l'ont connu avant, et à votre place je ne lui ferais pas aussi vite confiance.

— À qui avez-vous parlé ? » voulut savoir Rice.

Mais Johns se contenta de dévisager le gardien de la réserve avec son arrogance coutumière. Rice se demanda s'il pourrait lui balancer un coup de poing avant que ce type dégaine son fichu pistolet. Sans doute que non.

« Des agents ? Des infiltrés ? Leur avez-vous dit où j'étais ? »

Johns ne répondit pas. Rice se sentit sombrer. C'était bien pire que les alertes électroniques déclenchées par ses plaques minéralogiques et ses empreintes digitales. Il y avait là-bas des taupes du cartel à peu près partout, des infiltrés changeant de commanditaires au gré des variations saisonnières. Jusqu'à cet instant précis et malgré toute l'attention que lui accordait le shérif Walker, il avait réussi à conserver un mince espoir de pouvoir rester sur la réserve.

« Merci, agent Johns. Et le cartel de Sinaloa vous remercie aussi.

— Conneries ! Ce n'est pas le cartel qui est à vos trousses. D'après ce que je sais, votre copine était en selle, elle bossait pour nous, et le cartel l'a éliminée pendant que vous étiez en prison au Mexique. Le Sinaloa vous aurait volontiers oublié, mais après votre libération vous avez fait une petite bêtise à Juárez. » Ici, Johns prit un ton plus guilleret. « Tout le monde s'en fout, non ? C'est une zone de guerre, putain. Ce que les gens font là-bas échappe aux écrans radar. Mais le plus beau, c'est que vous avez réussi à transformer en ennemi mortel le seul type sur la planète que je ne voudrais mécontenter à aucun prix. » Il aboya d'un rire désagréable et demanda à Walker s'il savait ce qu'était Los Ántrax. Walker ne répondit pas.

« Ce sont les hommes de main du cartel de Sinaloa, les forces spéciales de la mafia. » Il souriait maintenant à Rice, secouait la tête avec un faux air de pitié. « Enfin, ce sont peut-être des couillonnades, à moins que M. Moore soit un justicier qui assassine les gens qui selon lui le méritent.

— M. Moore n'ira nulle part, dit Walker. Il va rester dans le comté de Turpin. Je m'assurerai tous les jours de sa présence. Si Mirra ne refait pas bientôt surface, j'aurai d'autres questions à lui poser. Vous pourrez lui poser les vôtres. Nous aurons l'occasion de reprendre cette petite séance. Mais, s'il vous plaît, pas ici. »

Toujours assis sur le comptoir contre le mur du fond, Rice hésitait à partir sans savoir exactement quand Johns avait « passé quelques coups de fil à Tucson ». C'était crucial, mais il ne voulut pas procurer à Johns la satisfaction de l'interroger davantage.

Une autre bourrasque entra par la porte ouverte. Walker remit son blouson et regarda Rice comme si le moment était venu de partir.

« Venez, monsieur Moore, j'ai besoin de vous pour me ramener au bureau avant que Suzy fasse une dépression. Les catastrophes naturelles lui font une peur bleue. »

40

Il trouva le rayon des cadenas, choisit le plus gros, lut le texte sur l'emballage pour voir s'il résistait aux coupe-boulons. On ne le précisait pas, mais il était moitié plus lourd que l'actuel cadenas du portail d'entrée, avec un moraillon plus épais. Il faillit le lâcher. Sa main avait dégonflé, il n'y avait rien de cassé, mais les phalanges restaient gourdes, les doigts maladroits.

Le magasin allait fermer et un adolescent dégingandé, aux cheveux noirs coupés court, l'observait depuis l'accueil. Des plantes grimpantes couvertes d'épines décoraient ses bras au-delà du t-shirt et s'enroulaient autour de son cou. Pas le genre de fantaisie qu'on s'attendait à voir dans la coopérative agricole du comté de Turpin. Il traversa le magasin et jeta un œil par-dessus l'épaule de Rice. Lequel se retourna et lui lança un regard noir.

« Je remarque que vous examinez les cadenas, dit le gamin. Ce Master, que vous tenez, est le meilleur que nous ayons. » Il semblait nerveux, comme si on lui avait dit de s'occuper des clients, mais qu'il n'avait aucun goût pour ça.

« Il m'a l'air assez costaud », dit Rice. Le gamin avait un badge indiquant son nom sur son t-shirt noir. « Vous savez faire marcher ce coupe-chaîne, là-bas, Damien ? J'aurais besoin de deux mètres de la plus grosse.

— Vous voulez protéger un objet précieux ?

— Juste un portail. Quelqu'un a bousillé l'ancien cadenas avec un coupe-boulon.

— Vous pensez que cette personne reviendra ? »

Drôle de question. « Peut-être. Ou quelqu'un d'autre. » L'image qui l'avait poussé à faire une halte à la coopérative agricole après avoir déposé le shérif Walker lui revint en mémoire : une camionnette poussiéreuse immatriculée à Sonora s'arrête devant le portail, un *sicario* agile se laisse glisser de son siège pour examiner la chaîne cadenassée, le tatouage du masque maya lançant son regard fou depuis l'arrière du crâne rasé.

« Parce qu'un type équipé d'un coupe-boulon d'un mètre de long pourrait se débarrasser de ça sans même essayer, expliqua Damien. Ou il pourrait l'asperger de fréon et le démolir à coups de marteau, ou bien il pourrait le triturer ou le cogner s'il sait s'y prendre correctement. »

Rice soupesa le cadenas dans sa paume. Il coûtait trente-sept dollars quatre-vingt-dix-neuf. Il dévisagea Damien en haussant les sourcils. « Vous êtes un sacré vendeur.

— Un Abloy à anse protégée et une chaîne de moto de seize millimètres en composite de bore serait la meilleure solution. Mais le gars pourrait toujours aller de l'autre côté et arracher le portail avec un marteau.

— Non, fiston, on a ce qui se fait de mieux en goujon inversé. »

Le gamin sourit pour la première fois. Il avait de bonnes dents, des piercings à la narine gauche et au sourcil droit. Il y avait juste les trous, rien dedans, sans doute une concession à la clientèle de la coopérative.

« Vous êtes un spécialiste de la sécurité, Damien ?

— Mon père est serrurier à Pittsburgh. On fait un peu de consulting. » Rice parut incrédule. Le vendeur expliqua qu'il étudiait à Tech pour devenir ingénieur en mécanique, qu'il prenait un semestre sabbatique et habitait à Blakely chez son oncle pour conserver une adresse dans l'État.

Rice croisa les bras. Cet adolescent avait des yeux bruns au regard posé, engageant.

« Faut que vous gardiez tout ça pour vous. »

Il décrivit la réserve de Turk Mountain, les braconniers qui venaient en quad, le long chemin d'accès. Le portail de l'entrée principale était en acier soudé et s'ouvrait vers l'extérieur depuis le montant central, taillé dans un vieux poteau téléphonique, tout comme le montant latéral. Un profond fossé longeait presque tout le devant, avec une clôture neuve en acier tressé et des poteaux aux extrémités traitées au sel. Il pensa alors que la Fondation Traver avait sans doute installé ce portail et cette clôture quand Sara avait emménagé là-bas comme gardienne. Ils en avaient eu deux ou trois avant elle, mais d'après les registres, elle était la première gardienne embauchée par la fondation.

Damien réfléchit un moment, hocha la tête, se gratta le ventre. « Je devrais regarder une carte. »

Rice resta derrière le comptoir à l'observer créer un plan de la réserve de Turk Mountain sur son ordinateur portable, télécharger des cartes pour les taxes foncières depuis le site du comté et les superposer à une carte topographique. Il trouva des estimations de la circulation sur la Route 608 sur le site du département des Véhicules, puis il téléchargea des photos aériennes fournies par celui du ministère de l'Agriculture.

« C'est la maison, dans la grande pâture ? » Il zooma et montra le rectangle noir figurant le chalet. Deux rectangles plus petits pour le hangar du tracteur et le bungalow se trouvaient à proximité, aux endroits adéquats. « Qui d'autre aurait envie de franchir ce portail ? Il n'y a que les braconniers ?

— Disons qu'il pourrait y avoir quelqu'un de plus dangereux. »

Damien s'adossa à sa chaise, pencha un peu la tête, montrant ainsi le tatouage compliqué de son cou, le feuillage vert clair, les longues épines noires incurvées. Rice avait décidé qu'il s'agissait d'une plante imaginaire, qui ne ressemblait à aucune des productions de la nature.

« Disons qu'il y a une femme vivant là toute seule, poursuivit Rice. Quelqu'un l'a menacée. »

Damien acquiesça, tapota sur quelques touches du clavier, fit apparaître un tableau vierge sur l'écran, continua de taper sur le clavier tout en parlant. « La première chose à comprendre, c'est qu'il n'y a aucun moyen d'empêcher une personne d'entrer si elle le désire vraiment. »

Rice le savait déjà, mais entendre quelqu'un d'autre le dire le déprima. Il entrevit toutes les conséquences dramatiques de l'initiative de l'agent Johns bousillant ses mesures improvisées de protection de témoin. Sara allait décrocher la bourse à la réserve et elle envisageait de s'installer dans le bungalow dès la fin de ses cours. Il lui faudrait affronter seule les Stiller et divers autres individus du coin hostiles à sa présence, mais ce n'était pas ce qui inquiétait Rice. La nouvelle Sara saurait se débarrasser de ces clowns. Il se tracassait pour une autre raison. Il comptait rendre son propre départ assez visible, dans l'espoir d'entraîner dans son sillage le danger lié au cartel, mais quelqu'un se pointerait peut-être malgré tout pour fouiller la réserve. S'il ne trouvait pas Rice, il interrogerait sans doute la personne qu'il rencontrerait alors.

Damien décrivit les outils auxquels « un intrus déterminé » pouvait recourir : le spray au fréon, les coupe-boulons manuels ou pneumatiques, la scie à métaux, la meuleuse d'angle, le chalumeau à découper, divers kits de crochetage, des marteaux, des forets, des coupe-câbles, une tronçonneuse, même un pare-buffle de pick-up pour défoncer le portail. Dans un environnement rural, dit-il, le mieux qu'on puisse faire c'était d'expulser les intrus ordinaires et donner un peu de fil à retordre aux sales types.

« Le temps dont vous disposerez dépendra de la qualité de votre protection, de la complexité des procédures mises en place pour entrer ou sortir, et de l'argent que vous pourrez investir. On arrive très vite à de faibles retours sur investissements, surtout parce que quelqu'un de très motivé se débrouillera toujours pour entrer en coupant la clôture avant d'enfourcher un quad, ou bien deux types pourront soulever une moto tout-terrain pour la faire passer de l'autre côté et vous tomber dessus à toute vitesse.

— Une moto tout-terrain. Merde. » Au Mexique, les assassins se servaient en permanence d'une moto, le tireur occupant la place du passager. C'était une tactique qu'ils avaient piquée aux Colombiens. « Pour l'instant, ce que vous me dites ne me rassure pas beaucoup.

— On peut toujours contrôler la situation. » Damien se remit à taper sur le clavier tout en expliquant comment remédier aux points faibles de l'entrée. Il posa des questions sur le chemin d'accès, le temps qu'on mettait pour rejoindre la maison en voiture depuis la route. Rice entretenait ce chemin en installant une lame sur le tracteur, mais les évacuations d'eau qui contrôlaient le ruissellement faisaient aussi office de ralentisseurs. Dix minutes, estima-t-il, même quand on était pressé.

« OK, c'est votre point fort, en dix minutes on a largement le temps de se préparer. Une alarme sur le chemin vous donnera le temps de charger le fusil, de passer un coup de fil, de rejoindre un local sécurisé... Elles sont bon marché et efficaces, nous en avons en stock. Ça détecte le champ magnétique d'un véhicule et vous êtes prévenu si quelqu'un franchit le portail et entre dans la propriété. Nous pouvons vous commander un cadenas et une chaîne costauds qui dissuaderont les braconniers. Alors, si l'alarme se déclenche, vous saurez que vous avez affaire à un autre genre de problème. »

Ou à quelqu'un muni d'une clef, pensa Rice.

Il rentra vite chez lui sous une pluie battante, arriva à l'entrée juste avant la tombée de la nuit. Des nuages bas et rapides masquaient la montagne, le monde fumait et luisait dans le jour verdâtre qui s'en allait. Il se dit qu'après tout Damien était un bon vendeur. Sur le plateau du pick-up, ils avaient chargé des fers à béton d'un mètre de long, une pioche neuve, plusieurs tubes et tuyaux en PVC. Sur le siège, une alarme qui détecterait un véhicule passant au-dessus d'elle et enverrait un signal radio à un petit talkie-walkie faisant office de récepteur. Celui-ci et la batterie du transmetteur étaient branchés sur l'allume-cigare, en charge. Il avait aussi commandé l'énorme cadenas et la chaîne de moto, avec une livraison express pour qu'il puisse les installer avant de partir. STP allait devoir payer une jolie somme sur le compte de la fondation, mais elle accepterait de bon cœur dès qu'elle comprendrait que c'était pour Sara. Elle serait moins enthousiaste à la perspective de devoir trouver un nouveau gardien pour le remplacer.

Sur le chemin, il fit un trou avec la pioche, enfouit le détecteur dans un bout de tuyau en PVC, à une centaine de mètres du portail, assez loin pour qu'un véhicule l'ayant contourné soit de retour sur le chemin d'accès et déclenche l'alarme. Il creusa une tranchée peu profonde et enterra le fil du détecteur dans le tube flexible qui, vingt mètres plus loin, aboutissait au boîtier du transmetteur, qu'il vissa sur la partie cachée du tronc d'un gros pin blanc, là où l'on ne pouvait pas le voir depuis le chemin. Il installa les batteries, puis cacha le petit panneau solaire – il dirait à Sara de trouver une meilleure exposition dès qu'il ferait beau –, il régla la fréquence et alluma le récepteur. Lorsqu'il fit passer son pick-up au-dessus du détecteur, une voix virile et péremptoire sortit du boîtier posé près de lui sur le siège : « Alerte. Zone Un. » Elle répéta ce message jusqu'à ce qu'il appuie sur le bouton *reset*.

Trempé de sueur et de pluie, il repartit en pick-up vers l'entrée et braqua les phares sur le portail. Pour décourager les intrus potentiels de couper les montants à la tronçonneuse – ainsi que les premiers poteaux de clôture situés de part et d'autre –, Damien lui avait recommandé d'enfoncer dans la terre trois ou quatre fers à béton à côté de chaque poteau, puis de les fixer au poteau avec une grosse agrafeuse à clôture. On aurait un mal de chien à les ôter de là. Mais il hésita alors, en se demandant à quoi ça allait ressembler. STP était soucieuse d'esthétique. La pluie s'était temporairement arrêtée et il rejoignit la chaussée mouillée. Le portail et la clôture se trouvaient à une vingtaine de mètres en retrait de la route, séparés de celle-ci par une petite esplanade couverte de gravier où le battant pivotait. Il se dit que, depuis la route, on ne remarquerait pas les fers à béton.

Le bruit d'un moteur, un diesel, des phares éblouissants dans la ligne droite. Encore plus nerveux qu'à l'ordinaire, il alla chercher le pistolet dans le siège passager, le glissa dans son pantalon, puis interposa le bloc moteur de son pick-up entre lui et le véhicule qui approchait.

Celui-ci ralentit, hésita, puis le pick-up de Dempsey Boger se gara sur le bas-côté. Sadie, la setter à la patte cassée, se redressa sur le siège et passa la tête par la fenêtre ouverte. Rice contourna l'avant du pick-up.

« Dempsey. Sadie. » Quand il s'approcha pour la caresser, elle remua la queue et lui renifla les mains. Boger termina sa cigarette et écrasa le mégot dans le cendrier ouvert sous le tableau de bord.

« On lui a enlevé le plâtre, constata Rice. Comment va sa patte ?

— Ça lui fait pas trop mal, on dirait. Mais le véto pense qu'elle restera un peu raide. »

Sa patte arrière gauche pointait vers le tableau de bord, en effet.

« Elle a l'air très contente. Comme ça elle se balade avec toi dans le pick-up. »

Boger jeta un coup d'œil vers le portail fermé. « T'as perdu ta clef ?

— J'allais bosser sur les montants, leur ajouter quelques barres de renfort. » Ça ne mangerait pas de pain, pensa-t-il, si les chasseurs d'ours du coin apprenaient qu'il peaufinait la sécurité.

« J'ai commandé un nouveau cadenas, et puis une chaîne.

— T'as bien fait. » Boger rit sous cape, coupa le contact, éteignit ses phares. Il mit pied à terre, laissa la portière ouverte, la lueur jaunâtre de la cabine éclairant le plateau. Il s'étira, puis rejoignit l'arrière du pick-up, monta sur le pare-chocs, se pencha pour poser ses avant-bras musclés en haut du hayon, ses grosses mains calleuses de bûcheron pendant dans le vide. Il leva la tête vers le ciel noir, les arbres agités dans le vent tiède.

Rice se dit qu'ils allaient parler de la pluie et du mauvais temps qui s'annonçait, mais Boger le regarda dans la lueur de la cabine. « T'as pas l'air trop en forme, dit-il.

— Merci. »

Rice quitta la chienne dont la tête dépassait toujours par la fenêtre et s'appuya au bord du plateau, juste derrière la boîte à outils en aluminium argenté.

« Voilà maintenant que tu t'en prends aux anciens marines qui braconnent l'ours au milieu de la nuit ? »

Rice eut l'impression que Boger était assez content de lui, comme si cet épisode confirmait ses prédictions les plus pessimistes, ses soupçons envers Rice.

« Non. C'est rien que des ragots. » Il leva la main pour toucher les points de suture sur sa mâchoire. Sa plaie lui faisait toujours mal après sa rencontre avec Derek, ce si sympathique chien policier. Il laissa le silence se prolonger encore, se demanda s'il devait solliciter Boger pour garder un œil sur Sara après son départ. À condition qu'ils parviennent à dépasser leurs différends philosophiques. Rice était sur le point d'annoncer son départ imminent quand Boger parla, sa voix perdant son rythme paresseux comme s'il luttait contre ce qu'il devait néanmoins dire.

« Un truc que tu devrais savoir. Les frères Stiller déblatèrent à qui mieux mieux, ils ont la trouille, sans doute à cause de ce que t'as fait à Alan Mirra. Ils disent que le gang de bikers de Mirra va se débarrasser de toi. »

Rice faillit éclater de rire, mais Boger ne plaisantait manifestement pas. « Se débarrasser de moi ? Dans quel sens ?

— J'en sais fichtre rien. Ce gang auquel ils appartiennent. Sers-toi de ton imagination.

— Il a refait surface ? Mirra ?

— Pas à ma connaissance.

— Ça n'a pas l'air de te surprendre, qu'il braconne. »

Boger resta silencieux. Une violente bourrasque secoua la pluie des arbres sur la route. Rice comprit que, loin de passer par hasard, Boger était venu le prévenir. Et qu'il devait prendre la situation au sérieux.

« Je crois que Mirra et les frères Stiller bossaient ensemble sur ce coup, dit Rice. Ils installaient les appâts, tuaient les ours, vendaient les vésicules. Tu étais au courant ? »

Tous deux regardèrent le plateau vide du pick-up. Cabossé et éraflé, nettoyé hormis un peu de sciure imprégnée d'huile devant les passages de roue. Pas de réponse. Rice se retint de sourire. Quand Boger jugeait que vous racontiez n'importe quoi, il faisait simplement comme si vous n'étiez pas là. Comme si vous n'aviez rien dit. C'était assez efficace.

« Il faut que je parle à ces abrutis d'enfoirés. Tu sais où ils habitent ? Bilton n'a pas voulu me le dire.

— Ils louaient quelque part près de l'autoroute, mais en juillet dernier ils se sont fait licencier de la scierie et on les a virés de leur appart. Paraît qu'Alan Mirra les a laissés s'installer dans une vieille caravane sur son terrain. » Boger soutint un moment le regard de Rice : il gardait peut-être des informations par-devers lui ou bien il n'en savait pas plus et Rice devrait se contenter de ça. Mais il venait malgré tout de lâcher quelques renseignements, d'en faire cadeau à un étranger et, en dépit de son animosité envers les Stiller, cela allait contre sa politique habituelle. Rice avait intérêt à ne pas en perdre une miette. Puis Boger contourna son pick-up, bâilla, posa la main sur la portière ouverte côté conducteur.

Sadie gémit en regardant Rice. Quand il lui gratta la gorge, elle leva la tête vers lui, la posa sur sa paume. Il sourit à Boger de l'autre côté de la cabine. « Et où est-ce qu'il crèche, cet Alan Mirra ? »

41

Roulant au sud de Wanless, il bifurqua dans Cougar Lane en se demandant comment on attribuait un nom à une rue et quelle psychologie compliquée, contradictoire, avait bien pu pousser les gens du coin à choisir le nom d'un prédateur chassé jusqu'à son extinction définitive, voilà bientôt cent ans. Croyaient-ils avoir aperçu un couguar dans les environs ? On entendait souvent des gens l'assurer, mais l'animal en question se révélait toujours être un gros chat domestique, un lynx, voire un golden retriever. Il se dit qu'un couguar se cachait peut-être dans la gorge de la réserve, mais il n'en avait jamais vu la moindre trace.

Il n'eut aucun mal à trouver l'endroit où habitaient les Stiller, il lui suffit de suivre les Harley et les pick-up. Il avait prévu de frapper à la porte et de voir ce qui se passerait ensuite, mais une fête se déroulait dans une caravane déglinguée, éclairée d'une lumière jaunâtre par un spot de sécurité fixé sur un poteau. Une seconde caravane, à environ quatre cents mètres vers le fond de la parcelle boisée, aux fenêtres obscures, éclairée par un autre spot de sécurité installé au-dessus, était sans doute celle de Mirra. Devant la caravane la plus proche, on avait attaché deux grandes bâches bleues à un échafaudage métallique pour faire une sorte d'auvent qui claquait dans les bourrasques, des guirlandes de Noël accrochées dessus.

Rice s'arrêta pour observer la scène depuis l'entrée de l'allée. Des gouttes de pluie ruisselaient sur les rallonges électriques, puis vers les crânes indifférents d'une demi-douzaine de gros types barbus aux gilets de cuir noir brillants et trempés. Une poignée d'hommes plus jeunes à l'air zélé leur tournaient autour, allaient leur chercher des bières et allumaient leurs cigarettes. Des femmes aux silhouettes et aux âges divers entraient dans la caravane et en sortaient, tandis qu'à l'intérieur d'autres gens se déplaçaient derrière les fenêtres. Trois tonnelets de bière rafraîchissaient dans des baignoires remplies de glace. Il se mit à tomber des cordes, de violents ruisselets sillonnèrent le pare-brise. Il régla les essuie-glaces à la vitesse supérieure. Il lui fallait trouver un nouveau plan. Personne ne lui accordant la moindre attention, il poursuivit dans Cougar Lane jusqu'à croiser une ancienne route de bûcherons. Il y recula, coupa le contact et sortit, en tirant sur sa tête la capuche de son blouson imperméable. Il retourna à pied vers la fête.

Derrière la caravane, on avait construit des toilettes extérieures en bois, à l'ancienne, sans doute dépourvues de code d'accès. Une autre guirlande de Noël courait depuis la caravane jusqu'à ces toilettes, soutenue par deux poteaux métalliques. La rangée d'ampoules passait sous l'avant-toit des toilettes pour éclairer l'espace intérieur. Pendant que Rice observait tout cela depuis la forêt, deux filles maigres en émergèrent, l'une en doudoune matelassée rouge, puis elles coururent sous la pluie en pestant jusqu'à la porte arrière de la caravane. La musique était très forte à l'intérieur, mais il entendait seulement la basse. On aurait dit du rock sudiste des années 1970 et 1980, suivi d'un peu de heavy metal stéréotypé qu'il ne réussit pas à dater. Des rires et des voix dures dominaient la musique. Peut-être trois douzaines d'hommes et de femmes agglutinés là-dedans et sous l'auvent. Un type contourna le devant de la caravane, puis pissa dans les mauvaises herbes à la lisière de la forêt, à moins de dix mètres de Rice. Il secoua sa queue deux fois, vivement, comme s'il ne voulait pas qu'on puisse croire qu'il se branlait. Il remonta sa fermeture Éclair, tourna les talons et rejoignit la fête.

Rice retourna à son pick-up, prit derrière les sièges un rouleau de ruban adhésif et une vieille corde d'alpinisme. Il ôta le magasin de son pistolet, éjecta la balle présente dans la chambre, rassembla les sept munitions du magasin, passa la main dans l'entaille du siège pour prendre le magasin de rechange, qu'il vida lui aussi sur le siège passager. Il retira ses chaussures et ses chaussettes humides, remit les premières et glissa les quinze balles dans une chaussette. Il l'enfila dans l'autre, puis noua le tout avec du ruban adhésif pour en faire une boule compacte au niveau des orteils. Un nœud à l'autre bout lui permettait de bien avoir en main sa matraque improvisée. La tenant juste en dessous du nœud, il fit décrire un bref arc horizontal à cette lourde masse, puis l'abattit contre sa paume.

Attendant de nouveau dans les bois derrière la caravane, il paria que Jesse serait la première de ses trois cibles potentielles à sortir pisser. Immobile, l'esprit en paix, il convoqua cette transe concentrée qu'il avait apprise en forêt durant ces dernières semaines. La patience du prédateur n'est pas un acte volontaire où l'on se refrène et bride son énergie, mais un acte de foi fondé sur l'absolue certitude que la proie va arriver. Pour Rice, un peu plus d'une heure s'écoula ainsi, plaisamment, sous l'orage, avant que DeWayne ouvre la porte arrière et fasse un seul pas dans l'herbe pour uriner. Trop paresseux pour marcher dans les bois.

« Hé, DeWayne ! » Rice s'approcha au bord du terrain et dirigea le faisceau de sa lampe torche parmi les herbes obscures derrière les toilettes. Il éclata de rire, fit comme s'il était saoul. « Y a une salope vautrée dans les buissons par ici !

— C'est qui ? » Il remonta sa fermeture Éclair, plissa les yeux à travers la pluie. Les guirlandes de Noël clignotaient et oscillaient dans le vent.

Rice savait que ce n'était pas très fair-play. Comme s'il imitait le cri d'un lapin à l'agonie pour attirer les coyotes et les lynx, il prit l'accent traînant et guttural du comté de Turpin pour décrire une groupie de biker imaginaire, une femme ivre morte qui avait baissé son pantalon pour pisser et s'était évanouie là, les parties génitales à l'air, exposées au regard avide de DeWayne.

42

Rice était tourné dans la direction de la caravane et surveillait la forêt obscure. Il avait pris son couteau et, l'air absent, taillait au jugé une mince badine verte de hêtre. La pluie et le vent rendaient la musique de la fête à peine audible. Pas de cris, pas de broussailles brisées ni de lampes torches fouillant les ténèbres. Il se tourna vers le hêtre, appuya deux fois sur le bouton de sa lampe. DeWayne Stiller était suspendu là, mains et bras immobilisés contre le corps par du ruban adhésif, dansant sur la pointe des pieds, tâchant de soulager la tension de la corde d'escalade nouée autour de son cou. Un œuf sombre grossissait sous son oreille, à la suite du coup de matraque improvisée. Dans la lumière il se mit à crier sous le ruban adhésif plaqué contre sa bouche et des filaments de morve ensanglantée lui sortirent du nez.

Un souvenir refit surface. DeWayne et les autres assis, le visage fermé, devant leurs bières à Wanless début septembre. Le jour où le ramasseur de champignons lui avait montré le premier ours mort. Le jour où tout avait commencé. Il avait cru qu'ils bossaient à la scierie, mais à l'époque ils s'étaient déjà fait licencier depuis plusieurs semaines. Aucune ancienneté. Il avait croisé DeWayne au magasin de son père, mais il ne semblait pas y travailler. C'était un délinquant sans emploi, devenu dealeur minable et potentiellement biker hors-la-loi. Il braconnait des ours et vendait les vésicules. Rice doutait qu'il ait fini ses études secondaires. Il se demanda s'il avait une petite amie, peut-être une des filles de la caravane.

Rice n'avait rien dit depuis que DeWayne était venu vers lui et, à cause de l'obscurité, il n'avait pas pris la peine de lui nouer un bandeau sur les yeux. Il s'approcha de lui et décolla le ruban adhésif sur sa joue. DeWayne cracha un glaviot sanglant, puis parla avec la voix de fausset paniquée du type au bord de l'effondrement total.

« Va te faire foutre, putains de graisseux[1] ! » Une bordée d'insultes plus ou moins compréhensibles et de promesses de vengeance s'ensuivit.

Rice se figea. *Graisseux* ? Il s'était attendu à de la confusion, de la colère, de la peur, mais DeWayne tremblait de terreur.

« Putain, tu vas me couper la tête ? » La question commença sur le ton du défi, mais s'acheva en un geignement plaintif, haut perché. Il se mit à respirer à toute vitesse en s'efforçant de se tenir en équilibre sur la pointe des pieds.

Rice ne disait toujours rien. Il se demanda par qui DeWayne pensait avoir été capturé. Il n'avait jamais entendu parler du moindre gang latino en activité dans cette partie de l'État. Il était possible que le big boss ait acheté en gros à l'un des cartels, mais un moins que rien comme DeWayne ne pouvait être mêlé à ce genre d'opération. À moins qu'il se soit mis en cheville avec Mirra. Ça semblait un peu tiré par les cheveux. Après une pause, DeWayne retrouva sa voix.

« Bande d'enfoirés, vous croyez foutre la trouille à tout le monde. Mais pas à nous. Diddy aurait pu

---

1. De l'américain *greaser*, terme injurieux désignant un Mexicain.

te buter, il a bien failli le faire. Il connaît ta gueule. On en a parlé au club. Ils vont rappliquer.

— T'as dit quoi au club ? » Rice posa sa question en un murmure rauque, mais à la réflexion il se fichait que DeWayne le reconnaisse, et il poursuivit de sa voix normale.

« Vous autres, les petites frappes, vous attaquez certaines personnes, hein, DeWayne ?

— Non ! Mirra a dit de pas le faire. Il a dit de pas bouger avant son retour.

— Tu as parlé à Mirra ? Où est-il ? »

DeWayne ne répondit pas. S'il avait reconnu la voix de Rice, il ne manifesta aucune surprise. De toute façon, il allait tourner de l'œil. Il rebondissait au bout de la corde, se penchait et se redressait, ses pieds s'agitant parmi les feuilles. Mirra éveillait la curiosité de Rice, mais il n'avait pas beaucoup de temps. Quelqu'un pouvait voir son pick-up, s'interroger sur les plaques minéralogiques de l'Arizona. Il était même possible, bien qu'improbable, qu'on ait remarqué l'absence de DeWayne à la fête et qu'on le recherche. DeWayne était un gros balourd qui devait friser les cent vingt kilos et Rice ne l'avait pas traîné plus profond dans la forêt.

Il prit une grande inspiration, ferma les yeux avant d'expirer, rassembla son courage, puis porta DeWayne contre le tronc du hêtre et, de l'avant-bras, lui coinça la tête contre l'écorce lisse. Dans cette position, le nœud devait lui serrer le cou et DeWayne ne pouvait sans doute plus respirer du tout, mais par précaution Rice lui plaqua la main sur la bouche. Il glissa la pointe de sa badine effilée dans l'oreille gauche de DeWayne et poignarda sèchement l'intérieur du canal. DeWayne gigota comme un poisson hors de l'eau et son hurlement suraigu se prolongea un moment, étouffé par la paume de Rice.

Rice se pencha et parla tout près de l'autre oreille comprimée contre le tronc. Il dit alors la chose suivante : si DeWayne ne lui révélait pas qui avait violé Sara Birkeland, la prochaine fois il enfoncerait sa badine jusqu'à ce qu'elle fasse un trou dans sa cervelle de moineau.

Il retira la badine, s'assura que le saignement était sans gravité et laissa le gros plein de soupe retrouver la position où il pouvait de nouveau soulager le poids de son corps sur ses orteils. DeWayne acquiesça spasmodiquement, en geignant et en gémissant. Les muscles de ses mollets commençaient à le lâcher. Il puait après s'être chié et pissé dessus.

Rice retourna vers la souche où il avait installé l'appareil photo de STP, appuya sur le bouton et commença la vidéo. Il dirigea le pinceau de sa lampe torche sur le visage de DeWayne – qui ferma aussitôt les yeux en grimaçant – pour qu'on puisse l'identifier. Ensuite, ce fut surtout un enregistrement audio. La pluie dégouttait régulièrement du feuillage supérieur, mais d'après ce qu'il avait compris, l'appareil photo était à peu près étanche. STP lui avait dit qu'elle craignait qu'il ne le laisse tomber dans un torrent.

Lorsqu'il le gifla sur la bouche, DeWayne poussa un couinement suraigu. Il se mit à pleurer et à secouer la tête en essayant de parler. Sa voix était rauque, chuchotante, son larynx tressautait sous la pression de la corde.

« Ils vont me tuer.

— Qui va te tuer ?

— Mirra et eux. Le club.

— Tu me dis que c'est Mirra et les bikers qui l'ont fait ? » Il ouvrit son couteau près de l'oreille intacte du gros lard, un clic sonore, et il se mit à effiler une nouvelle badine de hêtre. « Je croyais que c'était toi.

— Non ! J'ai rien à voir là-dedans. »

Rice attendit quelques secondes, s'éloigna un peu, tailla encore sa badine, revint. Adoucit sa voix. « Ou alors tu t'es contenté de regarder, Dee. Peut-être que c'était cet enfoiré de Jesse là-bas à la fête en train de se demander où t'es passé ? Ou ton frère ? Alan Mirra est ton putain de héros, tu l'as fait pour l'impressionner ? Il était là, bien sûr ? Il t'a dit de le faire ? C'était peut-être pas ta faute, après tout. Ou alors une initiation à la con pour le club ? »

Rice posa doucement la pointe de sa badine aiguisée contre l'oreille valide de DeWayne et il s'écarta en tirant pour que la corde se serre autour de sa gorge, l'empêchant à nouveau de respirer. Rice le laissa agiter les jambes dans le vide, puis toucher à nouveau le sol, obtenir un peu de mou. Les nœuds s'étaient sans doute desserrés. En attendant que DeWayne arrête de vomir, il se demanda s'il devait retendre la corde. Peut-être que non. Il manquait déjà de temps. Il ne fut pas certain de réussir.

« DeWayne, c'est facile. Tu me dis la vérité, je te libère. Tu sais foutrement bien que je peux pas te traîner devant les tribunaux avec ce que tu me dis. C'est juste pour mon information personnelle. Alors, c'étaient eux ? Mirra, Jesse et ton frère ?

— C'était pas nous. Ils logeaient chez Mirra.

— Les violeurs étaient les invités de Mirra ? »

DeWayne haleta et déglutit avant d'essayer de reparler. « Jesse et moi, on a juré de rien dire. Mirra nous a fait jurer, il a dit que, si on parlait, les autres nous tueraient.

— DeWayne, *c'est moi* qui vais te tuer, putain. Regarde-toi. Tu crois que je le ferai pas ? »

DeWayne s'effondra au bout de la corde. Il avait renoncé. Dans la lueur de la lampe torche, son visage était sombre, virant au bleu. Rice avança vers la branche à laquelle il avait attaché la corde et donna assez de mou pour que le pendu puisse s'adosser contre l'arbre. Une fois son larynx débarrassé de la pression, il fut saisi de spasmes et se remit à respirer bruyamment. Rice attendit. DeWayne parlerait maintenant. Entre deux haut-le-cœur il dit que Mirra s'était planqué à Philadelphie ces deux derniers jours, avec le club. « Il nous a seulement avertis ce soir qu'il était toujours vivant. » Nardo, Jesse et lui, dit-il, traînaient souvent chez Mirra, même avant de s'installer ici. Mirra leur donnait de la meth à vendre quand il pouvait en obtenir, et ils l'aidaient à braconner les ours. Les appâts, c'était son idée, les arbalètes la nuit, la gousse à poison, tuer tous ces ours porteurs de colliers radio-émetteurs. Mirra avait un contact, Jonas, qui achetait les vésicules, payait un bon prix.

Un jour de l'automne dernier, DeWayne et Jesse s'étaient pointés chez Mirra et il y avait là trois bikers, « des enfoirés de durs à cuire, des caïds, des huiles du club qui se vantaient de tuer des gens, d'exploser des flics ».

Ils essayaient de convaincre Mirra de former des membres du club aux tactiques de combat et Mirra négociait pied à pied, il voulait que le club s'empare du marché des organes d'ours, les exporte en Chine ou ailleurs, se fasse plein de fric. DeWayne resta évasif sur les détails. Jesse et lui essayèrent d'impressionner les pontes du club, mais à force de tirer sur la pipe de meth qui circulait ils n'avaient plus les idées très claires. Jesse se vanta de tuer des ours et les trois huiles, qui venaient de la ville, furent impressionnées. Ils dirent qu'ils voulaient aller chasser avec les chiens, tirer un ours depuis un arbre.

« On leur a dit qu'on pouvait les emmener à Turk Mountain, y avait plein de gros ours par là-bas, mais fallait faire gaffe à la gardienne parce qu'elle nous avait déjà balancés au garde-chasse, on devait attendre qu'elle soit partie dans la soirée, on connaissait ses horaires. Ces types nous ont traités de lavettes, ils se sont mis à poser des questions pour savoir où c'était, si elle vivait seule, des merdes de ce genre. Ils ont dit qu'ils allaient nous aider à lui donner une bonne leçon et qu'on allait tous là-bas pour attendre qu'elle s'en aille. Mirra nous a ordonné de la boucler. Il nous a flanqués dehors. »

Le lendemain matin, DeWayne et Jesse passèrent voir si les bikers voulaient toujours chasser, mais ils étaient partis et Mirra ne semblait pas avoir dormi de la nuit. Ils avaient appris la nouvelle pour la fille, ils demandèrent à Mirra si les gros pontes et lui l'avaient fait. Pile à ce moment, Jonas arriva en voiture, Mirra et lui se mirent à s'engueuler comme si DeWayne et Jesse n'étaient pas là, il était fou furieux à cause des trois pontes et de la fille, il voulait savoir pourquoi Mirra ne les avait pas retenus. Mirra dit qu'ils lui avaient volé son pick-up en le traitant comme une grosse merde parce qu'il s'était permis de donner des conseils à des caïds du club. Mirra avait passé la nuit sur sa Harley pour les retrouver, et à son retour chez lui il avait découvert son pick-up garé devant la caravane, les caïds et leurs motos disparus.

« Jonas nous a demandé à tous où on avait été, on devait s'assurer d'avoir des alibis, des témoins. Il nous a dit quoi faire, il avait apporté un aspirateur, il nous l'a fait passer dans le pick-up de Mirra pendant qu'eux prenaient un tuyau d'arrosage et nettoyaient la carrosserie et le châssis. Ils ont même changé les pneus, putain. Mirra nous a fait jurer d'en parler à personne, même pas à Nardo, il a promis de nous tuer si nous disions un seul mot, le club nous retrouverait et nous ferait la peau. Jesse et moi, on a juré de la boucler et on était bien décidés à tenir parole, bordel. C'est tout ce que je sais, je le jure.

— Je veux leurs noms. Le nom des trois bikers.

— J'en sais rien. Ils l'ont jamais dit !

— T'es prêt à mourir pour ces enculés, DeWayne ?

— Vous allez tous me tuer, de toute façon.

— Y a personne d'autre ici, Dee. Je vais te laisser retourner à ta fête.

— Ce Mexicain est ici, je sens sa présence, putain. »

Encore les Mexicains. « DeWayne, tu te fais des idées. Tu te montes le bourrichon tout seul. »

L'autre était maintenant frustré. « Nous savons ce que vous faites tous ! Vous nous prenez pour des cons ? On a toujours su que t'étais avec eux, on savait que vous alliez essayer de vous emparer du comté.

— C'est qui, "eux", Dee ? Tu parles de qui, putain ?

— Diddy l'a *vu*. Il est passé au magasin, il te cherchait. Diddy l'a fait partir, puis il nous a appelés, Nardo et moi. »

Et merde.

« Tu déconnes à plein tube. Personne me recherche. »

La certitude de DeWayne quant aux événements récents commença de faiblir. Pour la première fois, il parut peu sûr de lui. « Va demander à Diddy. Il est toujours au magasin à ranger des merdes au grenier. »

Ouais, pensa Rice avec lassitude. C'est ce que je vais faire.

« Il me faut ces noms.

— Ils nous ont jamais dit leur nom ! »

Avec son bras, il coinça de nouveau DeWayne contre l'arbre, tira sur la corde, annulant le mou, soulevant sa tête et lui tordant la colonne vertébrale. Il mit la lampe torche entre ses dents, posa la lame du couteau à plat sur la pommette de DeWayne, piqua la paupière inférieure avec la pointe, l'éloigna de l'œil.

DeWayne n'émit aucun son, il n'avait plus d'air, ses jambes s'agitèrent convulsivement. Ses intestins se vidèrent encore, bruyamment.

Rice laissa la pointe du couteau entailler la paupière, mais la tint à l'écart de l'œil.

« Tu sais comment ils s'appelaient entre eux. »

43

Les lumières jaunes de la vitrine du magasin Stiller semblaient accueillantes, chaleureuses, dans l'obscurité environnante. Il quitta la grand-route et se gara sur le parking en gravier, descendit du pick-up et regarda par la vitrine. M. Stiller portait une caisse de plastique bleue remplie de conserves de légumes qui avait l'air très lourde sur une échelle rétractable menant au grenier. Il paraissait épuisé. Il ne restait pas beaucoup de marchandises au rez-de-chaussée, mais il avait apparemment gardé le plus lourd pour la fin, en espérant peut-être que ses fils viendraient l'aider.

DeWayne, c'était certain, ne viendrait pas, même si Rice avait coupé presque tout le ruban adhésif avant de le laisser adossé à un tronc d'arbre détrempé, et il était maintenant sans doute de retour dans la caravane.

Rice avait promis à DeWayne que, s'il la bouclait, lui-même s'assurerait que le cartel de Sinaloa reste à l'écart du territoire de son club de bikers. Il lui avait aussi promis de montrer à son club la vidéo où il livrait les trois caïds si jamais il avait l'audace de faire n'importe laquelle d'une longue liste de choses, incluant le fait de rapporter au shérif ou à quiconque l'agression de Rice sur sa personne, de tenter la moindre vengeance contre Rice, de causer du tort à Sara ou de la menacer, ou de permettre à quiconque de le faire, ou de remettre les pieds sur la réserve de Turk Mountain sans la permission explicite de lui-même ou de Sara. Il suggéra à DeWayne de raconter à tous les fêtards qu'il était parti ivre mort pisser en forêt avant de tomber et de se cogner la tête contre un arbre.

La pancarte *Fermé* était tournée vers la rue, mais on n'avait pas verrouillé la porte vitrée. Rice la poussa alors que le vent devenait plus violent. La pluie tambourinait sur le toit métallique et contre les fenêtres orientées au sud. Quand il vit Rice, Stiller écarquilla les yeux et se fendit d'un grand sourire hypocrite, comme si l'arrivée de Rice dans son magasin était une agréable surprise. Stiller était un homme corpulent, pas très grand, sans doute toujours costaud alors qu'il frôlait la soixantaine. Un modèle chauve et réduit de ses fils : le visage rougeaud, couvert de taches de rousseur, les yeux rapprochés et méfiants. Rice le prenait pour un type hostile, qui en voulait au monde entier, mais surtout aux étrangers comme lui, dont il dépendait pour une grande partie de ses affaires.

« Regardez qui voilà ! » s'écria-t-il d'une voix plate, simulant une expression de bonheur idiot. Bilton Stiller faisait de l'ironie.

« Bonsoir, monsieur Stiller. Ça fait un moment que je voulais venir vous voir.

— Mais oui ! Dommage qu'il soit minuit passé et que nous soyons fermés.

— Vous avez besoin d'un coup de main ? »

Stiller, qui venait de disparaître dans le trou du plafond, ne répondit pas. Un petit téléviseur posé sur une étagère derrière le comptoir diffusait les nouvelles ; une image satellite de la météo dans l'est de l'Amérique du Nord montrait une large spirale tournoyant au nord du golfe du Mexique, l'ouragan Julia engloutissant la péninsule de la Floride avant de remonter vers l'Alabama et la Géorgie en perdant un peu de puissance mais pas beaucoup de vitesse pour filer vers le nord, les Appalaches et la Virginie.

Stiller parlait en redescendant les marches. « Cette merde est déjà ici, dit-il. Elle va démolir tous ces vieux arbres majestueux près de chez vous. Ils resteront par terre et pourriront en causant des problèmes à tout le monde. »

Il prononça ces mots avec une sorte de certitude résignée, comme s'il ne possédait pas grand-chose sinon cette sagesse durement gagnée. Rice était venu une bonne dizaine de fois dans ce magasin, mais son propriétaire ne lui avait jamais autant parlé que lors de cette brève tirade sur la tempête. Quand il se retourna, Stiller négociait la dernière marche de l'escalier amovible en souriant et en tenant le long de la jambe un vieux fusil à pompe au canon scié.

Rice lui rendit son sourire en découvrant le fusil. « J'espère bien que non, dit-il. Je croirais entendre Dempsey Boger. Il déteste voir tout ce bon bois se gâcher là-haut. »

Rice attendit de voir si sa suggestion d'un quelconque point commun avec Boger allait énerver le bonhomme, mais il se contenta de rester là au bas des marches avec son fusil, le portrait craché du *redneck* arrogant.

« Maintenant barre-toi, mon poussin. »

À la place, Rice souleva une caisse de ragoût Brunswick de Mrs Fearnow, qu'il transporta en haut de l'escalier. Il se fit la réflexion qu'il mourait de faim, qu'il n'avait presque rien mangé de la journée. Au grenier, une ampoule nue éclairait une réserve récemment balayée, plus grande qu'il ne l'avait imaginé, des caisses, des sacs et des cartons empilés au sol et rangés sur les étagères au fond de la pièce.

Bilton arriva sur ses talons, désormais furieux, penché en avant sur la pointe des pieds, le fusil tenu à un angle tel que, si jamais il faisait feu, il arracherait les jambes de Rice.

Rice découvrit une autre similarité avec son bibendum de fils, DeWayne, un réflexe de violence inné : si t'es pas sûr, cherche la bagarre.

« Tu fais quoi, bordel ?

— Je vous aide. » Il posa la caisse. « Pourquoi vos gars sont pas ici ?

— Parce qu'ils sont allergiques au travail.

— On dirait qu'ils fêtent l'ouragan chez eux. C'est votre bière qu'ils offrent ? »

Stiller se renfrogna, mais ne répondit pas. Rice le frôla, redescendit les marches, prit de grosses conserves de salades de fruits, qui le mirent en appétit. Quand il se retourna, Stiller soulevait une caisse de soupes en boîte, des portions individuelles munies de capuchons refermables. Le fusil était posé contre le mur au pied de l'escalier.

« On m'a dit qu'Alan Mirra était parti chasser sur Turk Mountain avant de disparaître comme un pet sur une toile cirée. On n'a même pas retrouvé sa moto.

— J'ai entendu pareil. » Apparemment DeWayne n'avait pas informé son papa de la résurrection de Mirra. Ainsi que Walker l'avait deviné, Mirra s'était planqué chez des membres du club en Pennsylvanie.

« T'as une caverne secrète où tu stockes les cadavres ? Quiconque s'approche de ton labo clandestin ou du truc que tu manigances là-haut se retrouve aussitôt éliminé ? T'as enterré Alan Mirra dans la boue à côté de mes chiens ? »

Rice pensa que Stiller était à moitié sérieux. « Vous avez appelé le shérif Walker pour m'accuser d'avoir causé du tort à vos chiens. Je trouve assez marrant que vous l'ayez contacté pour les chiens, sans même lui dire que j'avais cassé la figure à votre fils. »

L'autre fut un instant décontenancé. « Merde alors. De temps à autre, ce gars a besoin de se faire dérouiller. Mais on dirait qu'un vieux de la vieille t'a aussi un peu esquinté.

— On est donc quittes. »

Stiller haussa les épaules, scellant ainsi leur accord. Ces gens-là étaient fiables quand il s'agissait de comptabiliser les bagarres. Jusqu'à cette nuit, en tout cas. Impatient d'en finir, Rice empila puis monta quarante-cinq kilos de cartons de jus de fruits, de boîtes de lait condensé et de caisses de conserves non identifiées, des marchandises qui traînaient sans doute sur les étagères depuis la dernière grande inondation.

Il grogna en montant les marches une à une, ses côtes hurlèrent de douleur et il espéra que son genou n'allait pas céder. « Mais vous êtes furieux contre moi parce que certains de vos chiens manquent toujours à l'appel et vous croyez que je les ai tués.

— Tu leur as fait *quelque chose.*

— Non, je leur ai rien fait. » Il déposa son fardeau contre le mur et se redressa en se promettant de ne plus rien porter d'aussi lourd avant longtemps. Stiller arriva dans son dos avec un chargement de boissons énergisantes. « Je vais vous dire la vérité, monsieur Stiller. *J'aime* les chiens, même les molosses jaunes qui me regardent en grognant comme s'ils avaient décidé de me bouffer une jambe. J'aime les chiens bien plus que les gens. Je ne peux pas vous laisser chasser impunément sur la réserve, mais je n'en veux pas aux chiens. La prochaine fois, je les attacherai pour qu'ils se carapatent pas. »

Stiller regarda ailleurs et marmonna une réponse comme quoi la prochaine fois il ferait bien de laisser ses chiens en liberté s'il ne voulait pas qu'il lui arrive des bricoles. Rice se demanda si le bonhomme était au courant de l'incident avec le gros berger allemand dans la montagne.

« Ce gros clebs jaune était à vous ?

— Mack. Il est toujours pas revenu. Depuis le temps, soit il est mort, soit on me l'a volé. » Il ne manifesta aucune émotion. Stiller n'avait apparemment aucune tendresse particulière pour les chiens.

« Désolé de l'apprendre. » Rice doutait sérieusement qu'on ait pu lui voler ce chien, Mack. Il s'agissait du molosse géant, une vraie terreur. Si quelqu'un l'avait aperçu, sûr que cette personne aurait plutôt appelé la fourrière.

Le chargement suivant transporté par Rice était le dernier à être aussi lourd et, lorsqu'il redescendit du grenier, le fusil avait disparu et Stiller était assis derrière le comptoir pour regarder la télé.

« Vous auriez une bière bien fraîche à me vendre ? »

Stiller leva les yeux au ciel, et d'un signe de tête désigna l'armoire frigorifique. « Pas de ristourne, m'en fiche que tu m'aies aidé. »

Rice rejoignit la chambre froide et, comme chaque fois, la porte claqua derrière lui dès qu'il fut entré dans cet espace confiné. La lumière était faible et glacée, l'air sec lui irrita aussitôt la gorge. Tout le stock des produits frais était entreposé là, avec les caisses et les tonnelets de bière. La pancarte accrochée de ce côté-ci de la porte semblait on ne peut plus appropriée : *STOP ! PAS DE PANIQUE !* en grosses lettres maladroites. On lisait en dessous : *Poussez le bouton pour sortir.*

Il prit sans réfléchir un pack de six Corona et, de la hanche, poussa le bouton de la porte. Quand il sortit, Stiller lui lança un regard mauvais – *de la pisse de cheval mexicaine, j'aurais dû m'en douter*. Il fit sonner le tiroir-caisse. Alors qu'il lui tendait un billet de vingt, le bonhomme cracha enfin le morceau :

« Ton copain mexicain t'a trouvé ?

— Pardon ?

— Un gars est passé, il a demandé de tes nouvelles.

— Ouais, DeWayne m'en a parlé. C'était quand ?

— Juste après déjeuner, je crois.

— Il ressemblait à quoi ? » D'une main qui se voulait nonchalante, il posa le billet sur le comptoir.

« Il a dit qu'il était ton ami. Couvert de tatouages, mais bien fringué, avec des vêtements neufs. Il avait de l'accent, mais pas comme les graisseux de Marshalton, qu'on dirait une putain de pub pour Fritos. Il m'a montré ta photo, il voulait savoir si je te connaissais, il a dit qu'il était un ancien copain à toi dans l'Ouest, que ses affaires l'amenaient dans la région. »

Merde. Stiller lui rendit la monnaie et Rice laissa tomber par mégarde deux pièces de vingt-cinq cents. Elles roulèrent par terre dans deux directions opposées. Il s'accroupit pour les ramasser.

« Je connais personne de ce genre.

— Il a dit que tu t'appelais Rice Moore, pas Rick Morton. Il savait que tu créchais dans le coin, il a ajouté qu'il voulait te faire une surprise. Bah, ce type m'a donné l'impression de bosser dans le trafic de drogue, je me suis dit que lui et toi vous étiez dans le même gang. Que vous alliez peut-être chercher à vous installer dans un nouveau territoire.

— Je n'ai rien à voir avec le trafic de drogue, monsieur Stiller. »

Stiller pouffait de rire, il s'amusait. « Rice Moore, c'est ton nom dans le business ? Toi t'es "Riz Blanc" et ton pote c'est "Riz Brun".

— Il y avait juste un type ? Que lui avez-vous dit ? » Sa main à couper que Stiller l'avait envoyé avec joie directement à la réserve. À cette heure, il était sans doute assis sur la galerie du chalet avec une AK.

« T'as pas un rital dans ta bande qui s'appelle Riz-A-Roni[1] ? »

Rice le fixait des yeux, vaguement conscient que le bonhomme se payait sa tronche. Il laissa le silence durer. Une voiture passa, ses pneus couinant sur la chaussée trempée. Rice tendit l'oreille pour voir si elle ralentissait, mais elle s'éloigna. Il attendit que les provocations de jardin d'enfants de Stiller s'épuisent d'elles-mêmes.

« Ouais, il était seul. J'y ai dit que j'en avais rien à foutre des dealeurs de drogue étrangers à l'État de Virginie et qu'il pouvait rapatrier son cul graisseux de Mexicain là d'où qu'il venait. J'ai passé les mains sous le comptoir pour prendre mon calibre .12, histoire qu'il comprenne bien que je rigolais pas. » Content de lui, Stiller releva la tête et défia Rice du regard.

Rice eut envie de serrer dans ses bras ce vieux chnoque bougon. Il se demanda ce que ce salopard dirait s'il savait qu'il avait frôlé la mort.

« Et comment a-t-il réagi ?

— Il m'a regardé un moment en souriant... »

En décidant s'il allait te tuer ou pas, pensa Rice.

« ... puis il a tourné les talons et il est sorti, il est parti au volant d'un Tahoe noir flambant neuf immatriculé dans l'Arizona. Quand t'es arrivé, j'ai cru que t'allais me chercher des noises. J'ai cru que ton copain mexicain s'était peut-être vexé. »

---

1. Rice-A-Roni est une marque américaine de riz préparé.

44

Il avait ouvert une bière avant de quitter le magasin et maintenant, roulant sur la Route 608 vers l'entrée de la réserve, il envisageait sérieusement d'en boire une autre. Son .45 rechargé était posé sur le siège passager, mais la bière lui faisait davantage de bien que la présence de son arme à côté de lui. La bière était fraîche, comme il l'avait demandé. Le pistolet lui apparut minuscule et comique – il regrettait ce FN SCAR qu'il avait jadis enterré en Arizona. Ses yeux surveillaient le rétroviseur : personne ne le suivait. Devant lui, entre les coups de balai des essuie-glaces, la route semblait traîtresse dans la lumière des phares, maculée de pluie, grouillante de 4 × 4 noirs sortant sans cesse des allées bordées d'arbres ou des routes secondaires gravillonnées.

Son propre rire le surprit. Putain d'agent Johns. Il avait trouvé le numéro de ce type sur le mur des toilettes du *Beer & Eat*. Johns avait dû balancer sa planque des semaines auparavant. Il se demanda depuis combien de temps le Mexicain écumait la région.

Il accéléra et passa en trombe devant le portail. Aucun signe que quiconque l'attendait là. Il enfonça la pédale des freins à l'approche du virage suivant, le négocia en dérapant, roula encore sur deux kilomètres, puis fit demi-tour. Rien de particulier ni de suspect, pas de Tahoe noir. Il s'arrêta face au portail, se pencha au-dessus du volant, mit ses feux de route. La pluie avait diminué, mais le vent continuait d'agiter furieusement les arbres. Apparemment, personne n'avait essayé d'entrer. Il emporta son pistolet pour aller ouvrir. Puis il referma derrière le pick-up et verrouilla de nouveau. Aucune voiture ne passa sur la route. Il n'y avait ni empreintes de pas ni traces de pneus. Bien sûr, toute marque remontant à plus d'une heure aurait été effacée par la tempête, mais Rice ne pressentait aucune intrusion. Pas encore.

Le récepteur posé sur le siège le fit sursauter quand il passa au-dessus du détecteur, l'informant d'une intrusion en Zone Un. Il éteignit ses feux de route en sortant de la forêt et continua de rouler avec ses feux de position. Il se remit à pleuvoir à verse et il était tout près du parking lorsqu'il vit simultanément de la lumière dans le chalet et les réflecteurs d'une voiture garée à l'endroit où il stationnait d'habitude.

Tous feux éteints, le moteur arrêté, le pistolet en main, il se laissa glisser de la cabine du pick-up avant même d'avoir formé la moindre pensée consciente. Il referma doucement la portière, qui émit néanmoins un clic bruyant, puis il se cacha derrière le véhicule. Il s'agenouilla sur le gravier trempé et observa les environs. La pluie lui coulait dans le cou. Il ne se passait rien. Il se demandait maintenant pourquoi un assassin laisserait sa voiture bien visible et allumerait les lampes du chalet. Il s'avança en rampant et reconnut la Subaru de Sara. Le capot était froid. STP l'avait sans doute contactée après avoir parlé au shérif Walker dans la journée, elle avait sûrement demandé à l'ancienne gardienne de monter une fois encore pour voir si Rice allait bien.

Luttant pour chasser de son esprit des scènes de chaos et de meurtre, il gravit quatre à quatre les marches de la galerie et jeta un coup d'œil par la fenêtre située à gauche de la porte. Dans la grande pièce, la jeune femme était allongée sur le divan sous une couverture en laine prise dans la chambre inutilisée. Dès qu'il retrouva une respiration normale, il appela Sara et tapota contre la vitre. Elle n'aurait pas pu choisir pire moment.

« Hé, c'est moi. Je reviens tout de suite. »

Elle s'assit et le dévisagea. Elle n'avait sans doute pas dormi d'un sommeil bien profond. Elle semblait soucieuse. Un peu en colère.

Il lui adressa un signe de la main, repartit en courant vers son pick-up, le gara près de la Subaru, glissa le récepteur de l'alarme dans la poche de son blouson. Le pistolet au creux de ses reins. Quand il ouvrit la porte, Sara était toujours assise sur le canapé et le regardait en clignant des yeux. Il retira son blouson, l'accrocha sur la patère près de la porte, simulant un calme qu'il ne ressentait pas. Il consulta sa montre. Presque une heure et demie du matin.

« Tu es ici depuis quand ? »

Elle bâilla, repoussa la couverture, posa les pieds par terre. « Je ne sais pas. Il était neuf heures passées quand je suis arrivée. Serait-il indiscret de te demander où tu étais, toi ? »

Il n'arrivait pas à se calmer. Il se sentait agité, brûlant.

« Personne ne s'est pointé ? demanda-t-il.

— Non. Personne ne vient jamais ici. Tu attendais quelqu'un ? »

Il ne sut que répondre et, avant qu'il puisse expliquer quoi que ce soit, elle dit :

« Starr m'a appelée, parlé du type disparu, le braconnier. Elle en a discuté avec le shérif Walker. »

Il acquiesça, content de pouvoir aborder un sujet qu'il connaissait. « Il va bien. Quand on s'est battus, je suis tombé d'une falaise, il m'a cru mort et il a filé pour se planquer chez ses copains bikers à Philly. »

Elle sembla déroutée, mais ne dit rien. Il s'aperçut qu'il venait de parler à toute vitesse et tenta de ralentir son débit. Ce n'était vraiment pas le moment de se lancer dans des palabres, mais il s'assit dans un fauteuil. Son genou gauche tressautait malgré lui. Ça n'avait pas échappé à Sara. Il essaya de se contrôler.

« Ça paraît complètement fou. » Il se leva. « Écoute, Sara…

— Ils ont prononcé son nom, les types qui m'ont violée. En croyant que j'étais inconsciente. *Mirra*. J'ai dû confondre ce mot avec *miroir*, sur le moment ça m'a semblé absurde. Ensuite, quand Starr l'a mentionné, je m'en suis souvenue. » Très concentrée, elle regardait ses mains en forçant son esprit à retourner vers cette nuit-là, avec le plus grand calme, sans même un battement de paupière. Rice eut l'impression d'être un lâche à côté. « Je ne crois pas qu'il était là, mais ils le connaissaient. Mirra par-ci, Mirra par-là. Ils parlaient de lui et d'un autre type, ou de plusieurs.

— D'accord, oui, ça colle complètement. » Il s'approcha, s'assit au bord de la table basse, se pencha, les paumes sur les cuisses. Il ne parvenait pas à rester tranquille. « Hum… merde. » Elle le regarda. Elle venait de révéler une information qui aurait dû faire l'effet d'une bombe. Il savait que sa réaction sonnait faux.

« Il s'est passé beaucoup de choses aujourd'hui », dit-il. Il devina que la suite ferait à Sara l'effet d'un coup de poing à l'estomac, mais il n'avait pas de temps pour les subtilités. « Je crois savoir qui c'est. Ce sont des bikers du club de Mirra. Pas les Stiller, mais trois types qui viennent d'un autre État, des criminels endurcis. Je vais découvrir qui c'est, je te promets, et nous agirons. »

Elle ouvrit la bouche, aucun son n'en sortit.

« Sara. Bon Dieu. Je suis désolé, mais il y a autre chose. »

Un éclair illumina la nuit. Durant la brève pause avant le fracas du tonnerre, il se sentit détaché et exagérément dramatique, comme un gamin qu'on aurait convaincu de jouer un rôle dans la pièce du lycée.

« Nous devons partir d'ici. »

45

« Arrête. »

Il l'avait laissée assise sur le canapé pendant qu'il fourrait ses vêtements, presque tous sales, dans un sac-poubelle, mais elle se tenait maintenant au bas des marches du grenier et elle l'attendait. Il portait sous le bras sa lourde boîte ignifugée contenant l'argent. Quand il atteignit la marche du bas, elle posa sa main sur son torse.

« Pourquoi un type vient-il te tuer ? »

Il comprit qu'elle n'allait pas le laisser passer avant d'avoir obtenu une réponse. « Tu sais que j'ai été en prison toute l'année dernière, n'est-ce pas ? Mon associée et moi transportions des trucs de part et d'autre de la frontière pour un des cartels. Nos boulots de biologistes étaient notre couverture, notre raison d'être là-bas. La patrouille frontalière nous ignorait. Un jour, nous devions rencontrer de nouveaux clients de l'autre côté de la frontière, et des *federales* nous ont arrêtés en mettant de la drogue dans mon sac à dos. On s'est fait piéger, je ne sais toujours pas pourquoi. Ils ont refilé mon associée aux stups américains, mais ils m'ont gardé, ils m'ont enfermé dans une prison près de Nogales. Le cartel a essayé de me tuer à l'intérieur, mais ça n'a pas marché. Après ma libération, j'ai décroché ce boulot et disparu des écrans radar. » Il y avait beaucoup d'autres choses à dire, mais il espéra que cela suffirait.

Ses explications semblèrent rendre Sara encore plus furieuse. « Je croyais que tu avais seulement fait de la prison pour, je sais pas, possession de drogue ou un truc aussi banal. Que transportais-tu au juste ?

— On ne nous disait jamais ce qu'il y avait dans les sacs, mais nous pensions que c'était surtout du liquide, des cartes de crédit prépayées, des merdes de ce genre. Parfois de la drogue, qui partait dans l'autre sens, mais toujours à petite échelle en comparaison des tunnels, des voitures et des pick-up bourrés de came.

— Et pourquoi à ton avis ils te recherchent maintenant ?

— Ils n'ont jamais cessé de me traquer. À présent, ils savent où je suis. Toutes ces embrouilles avec le shérif, la disparition de Mirra. Il y a aussi un agent des stups qui a parlé de moi à des gens de Tucson.

— Appelons-le, appelons le shérif Walker. »

Rice secoua la tête en relevant l'escalier mobile avant de refermer la trappe, mais elle venait de lui rappeler une chose. Il posa la boîte contenant l'argent près de la porte d'entrée, à côté de son sac à dos et du gros sac-poubelle où il venait de fourrer ses vêtements. En dehors du pick-up, c'était à peu près tout ce qu'il possédait. « Le shérif Walker est occupé. »

Sara le suivit dans le bureau, où il avait laissé l'appareil photo de STP. « Quoi ? Tu veux parler de la tempête ? C'est pas plus grave que le temps qu'il fait ? »

Il sentit qu'elle ne le croyait pas entièrement. Sans doute se disait-elle qu'il pétait encore un câble. Il ne pouvait pas lui en vouloir.

« Walker n'est pas prêt pour ce genre de truc et je n'ai pas envie qu'il se fasse tuer pour moi. C'est plus sûr si nous partons. » Il retira la carte mémoire de l'appareil photo, la glissa dans une enveloppe qu'il referma et sur laquelle il écrivit *Shérif Mark Walker*. De retour près de la porte, il composa la combinaison de la serrure de sa boîte, prit son modeste butin en liquide et le glissa dans la poche du haut de son sac à dos. Il plaça l'enveloppe dans la boîte et la verrouilla. « Je vais mettre ça dans ta voiture et, s'il m'arrive quelque chose – je veux dire, si je meurs ou disparais –, donne-la à Walker, dis-lui que cette boîte contient des preuves irréfutables. Il pourra la faire ouvrir.

— Des preuves de quoi ? »

Il lui répondit que c'était lié aux trois bikers, mais que c'était compliqué, qu'ils pourraient en parler plus tard. Il exposa son plan : il partirait en premier avec le pick-up, elle devrait le suivre à quelques centaines de mètres. Les phares en code tout du long. Si la voie était libre au portail, il en ouvrirait le battant et l'attendrait. Le mauvais temps couvrirait leur fuite. Il improvisait à mesure et il n'aimait pas ça du tout.

« S'il se passe quelque chose sur le chemin d'accès, si tu vois des lumières, une autre voiture, quoi que ce soit – ils m'attendent peut-être à l'entrée –, fais demi-tour, reviens ici, cache-toi quelque part et appelle le 911. Ensuite, va te planquer dans les bois. Ils ne vont pas perdre leur temps à te rechercher. Tu as une arme ? En dehors du pistolet paralysant ? »

Elle acquiesça, mais il se souvint soudain de la carabine de calibre .22 dans le débarras. Autant la prendre. Dans le bureau, il ouvrit le placard, s'assura que le magasin était chargé. Quand il posa la carabine contre le mur près de la porte, Sara avait disparu.

« Faut y aller ! lança-t-il.

— Attends. » Dans la chambre de Rice, elle ôtait les draps du lit. « On peut faire comme si tu avais déjà déménagé. On va couper l'électricité. Mets dans un sac le contenu du frigo et du congélo. On va l'emporter.

— Y a pas le temps.

— C'est l'affaire de cinq minutes. S'ils croient que tu es parti pour de bon, ils te laisseront tranquille. »

Non, pensa-t-il, ils ne me laisseront pas. Et je ne les laisserai pas tranquilles non plus.

« Vas-y », le pressa-t-elle. Sara venait d'ouvrir un tiroir de la commode vide et pliait les draps sales dedans. « Les ordures de la cuisine aussi. »

Dans le cellier, il prit un autre grand sac-poubelle, ouvrit le réfrigérateur et se mit à jeter dans le sac toutes les courses qu'il venait de faire. La pluie torrentielle redoublait d'intensité, des rafales de vent tonnaient sur le toit métallique. Il se dit qu'il ne faisait pas seulement plaisir à Sara. Qu'elle avait peut-être une bonne idée.

Il transporta les derniers sacs jusqu'à son pick-up, revint en montant les marches de la galerie deux par deux. Tout était chargé dans la voiture et le pick-up. Sara l'attendait, calfeutrée dans son imperméable bleu, un torchon à la main pour effacer leurs traces de chaussures mouillées avant de quitter le chalet. Il venait d'insérer la barre d'acier dans les montants de la porte de derrière quand une voix virile s'adressa à eux depuis sa poche :

« Alerte, Zone Un. Alerte, Zone Un. »

Il consulta sa montre pendant que Sara le dévisageait en fronçant les sourcils :

« C'est quoi, ça ? »

46

Ils tournèrent à droite juste après le chalet et s'engagèrent sur la piste coupe-feu. Exactement huit minutes après le déclenchement de l'alarme, ils disparurent dans la forêt. Rice comptait sur la pluie diluvienne pour dissimuler la lueur de leurs feux de position – il avait conseillé à Sara de rester en première et de ne pas freiner. Il pénétra dans les sous-bois détrempés, s'arrêta, coupa le contact, sortit en blouson imperméable et rejoignit la voiture de Sara au pas de course.

Elle déplaça la sacoche de son ordinateur portable et il s'assit sur le siège passager. Il leva le bras pour éteindre le plafonnier de manière à ce qu'il ne se rallume plus, posa le récepteur de l'alarme sur le tableau de bord. Ils roulèrent encore sur une centaine de mètres, hors de vue de son pick-up, en direction des jeunes pins denses. À la première épingle à cheveux, elle s'arrêta et coupa le contact. L'obscurité était totale. Il sentit la forêt compacte les entourer tel un cocon protecteur, comme s'il revenait chez lui. Les arbres géants étaient malmenés par le vent. Le vacarme lui fit penser au fracas d'épées entrechoquées. Elle serait en sécurité ici, tant que la tempête ne ferait pas tomber une grosse branche sur sa voiture.

« Tu as du réseau sur ton téléphone ? »

Elle enfonça une touche et l'écran s'alluma. « Une barre. D'habitude c'est mieux que ça par ici. C'est sans doute l'orage. Tu veux que j'essaie le 911 ?

— Pas encore. Il est presque trois heures du matin. Si je ne suis pas de retour à neuf heures, appelle le shérif, raconte-lui tout. Dis-lui de faire gaffe, de ne pas venir seul, qu'il emmène Janie et Stoner.

— Si tu n'es pas de retour d'où ça ?

— Je redescends, vers le chalet. Il faut que je voie ce qui se passe. Qui c'est. Je dois m'assurer qu'ils ne montent pas jusqu'ici.

— Rice... commença-t-elle.

— Je sais que tout va très vite. Je suis désolé. Je t'expliquerai plus tard, c'est promis.

— C'est juste tellement absurde. Et subitement tu as installé ce système d'alarme ? » Elle lui saisit une main trempée de pluie, la tint un moment dans la sienne, en le regardant à la lueur de son téléphone. « Tu te rappelles à quoi tu ressemblais quand je suis montée en voiture ici, dimanche ? Il y a à peine trois jours. Je n'aurais jamais dû te laisser seul. Prends le temps de réfléchir une minute. Tout ça est disproportionné, non ?

— Tu as entendu l'alarme comme moi. Quelqu'un est sur le chemin d'accès. J'avais verrouillé le portail derrière moi.

— Peut-être que ton bazar fonctionne mal. Peut-être qu'un adjoint du shérif vient ici, pour te dire un truc à propos de la tempête ou de ce Mirra. »

Elle semblait avoir digéré pas mal d'informations durant le court trajet en voiture.

« Je te promets que je ne suis pas aussi fou que j'en ai l'air. S'il te plaît, attends-moi ici jusqu'à neuf heures.

— Je viens avec toi. » Elle passa la main sous son siège et en sortit une bombe aérosol. « Je peux t'aider.

— Un spray paralysant pour ours ?

— Mon père me l'a offert. J'ai aussi le pistolet paralysant. » Elle glissa la main sous son blouson, mais il lui posa aussitôt la sienne sur le bras. Elle vit son visage, fantomatique dans la lueur verticale du téléphone, et se figea.

« Tu n'as même pas un peu peur ? lui demanda-t-il.

— Non, je n'ai pas peur. Je suis furieuse. Tu ne peux pas me parquer ici comme une foutue plante verte ! »

Les gens courageux, il le savait, préféraient parfois affronter un danger réel plutôt qu'endurer l'angoisse liée au fait d'éviter ce danger. Sara préférait se confronter à ce danger réel ou imaginaire arrivant sur le chemin, et ne pas rester assise à mariner dans sa voiture. Loin de lui reprocher cette attitude, il l'appréciait, mais elle ne comprenait pas ce qui se préparait. Il sentit un début de panique et la maîtrisa. Il envisagea un instant d'attacher Sara au volant de sa Subaru avec du ruban adhésif. Au lieu de quoi il tenta de lui décrire le genre d'individus qui étaient à ses trousses, pas des bouseux armés de fusils à pompe, pas non plus des bikers violeurs, mais des tueurs professionnels.

« Si tu viens avec moi, je serai distrait. Ils nous tueront tous les deux. » Il tapota le récepteur d'alarme. « Ce truc t'avertira chaque fois que quelqu'un entrera ou sortira. Si tu dois te déplacer, enlève ce blouson bleu, c'est un camouflage merdique. Il est très important que tu n'appelles pas Walker avant neuf heures, mais si tu dois le joindre, ne te montre pas avant qu'il te rappelle et te confirme qu'il a la situation sous contrôle. »

Impatient, fébrile, il lui serra les doigts, son esprit s'envolant déjà devant lui vers le chalet. Elle semblait calme, mais il devina qu'elle était en colère et se débattait toujours contre son doute. Il lui redemanda de ne téléphoner à personne avant neuf heures. Il consulta sa montre à la lueur du portable de Sara. Dix-huit minutes depuis l'alarme. Il essaya de sourire, proféra une bêtise absurde comme quoi tout irait bien, qu'il ferait attention. Elle ne répondit pas ; il retourna le téléphone pour que l'écran soit contre le siège, descendit, ferma doucement la portière, retourna au pick-up chercher son poncho *ghillie* et la carabine de tir de précision. Le .45 était dans le holster derrière sa hanche.

Il déroula le *ghillie* et l'enfila. Portant la carabine avec le canon pointé vers le sol pour que l'eau de pluie n'y entre pas, il marcha en aveugle sur la piste coupe-feu en s'emmêlant les jambes dans les hautes herbes des bas-côtés. Il devrait y avoir un soupçon de lumière céleste lorsqu'il serait sorti de la forêt, mais il ne pouvait pas encore en être sûr.

Il s'arrêta, s'efforça de ralentir ses pensées. Si son esprit continuait à divaguer, il commettrait forcément une bourde. Il aurait accueilli avec joie un peu de ce pouvoir qu'il avait ressenti ces jours-ci dans la forêt, qu'il provienne de quelque mystérieuse entité sylvicole ou de sa propre psyché dérangée.

Les herbes sifflaient sous les rideaux de cette chaude pluie tropicale, qui sentait le sel marin et les marécages côtiers, des odeurs que l'ouragan Julia transportait sans doute depuis la lointaine Floride. Il renversa la tête en arrière et ferma les yeux, les grosses gouttes de pluie tombaient si vite et si dru qu'il parvenait à peine à respirer ; elles crépitèrent sur son visage, lui martelèrent le front et les paupières, se glissèrent entre ses lèvres, s'amassèrent en flaques dans ses orbites puis débordèrent pour se répandre comme des larmes le long de ses tempes. D'où venait donc toute cette eau ? Du golfe du Mexique ? Des Caraïbes ? Il imagina qu'elle avait le goût de l'océan. Julia venait de parcourir des milliers de kilomètres pour submerger le comté de Turpin avec de l'eau de mer évaporée. Un peu de cette eau s'abattait sur lui, mais c'était pur hasard. Des forces colossales étaient en jeu.

Redoutant à moitié de se noyer, il resta là, le visage levé vers la pluie, et son esprit s'apaisa. Au bout d'un moment, les premiers contours flous apparurent, le sentiment du lieu où il était, la piste coupe-feu en contrebas et derrière lui, une voie ouverte à travers les hautes herbes vers les bâtiments détrempés situés tout en bas, puis les formes ondoyantes du paysage environnant surgirent à sa vue, il les sentit aussi sûrement que la topographie de son propre corps, il sentit la montagne s'élever derrière lui, tous les arbres de la forêt penchés comme pour fuir le vent.

47

Ni lumière ni véhicule, seulement le vent et la pluie. Au bord du chemin d'accès, marchant sur le gravillon, il s'accroupit et ne repéra aucune trace de pneus dans la boue à l'endroit où Sara et lui avaient bifurqué vers la piste coupe-feu. Ces marques s'étaient déjà effacées.

Il s'agenouilla dans le pré, ouvrit son couteau, entreprit de découper des touffes d'herbe qu'il ajusta à la capuche et aux épaules de son poncho, coinça sous les morceaux de filet, attacha avec les bouts de ficelle qui en pendaient. Il explora sa poche à la recherche du bouchon brûlé et des gants teints, mais ils avaient disparu ; à la place, il prit de la boue au creux de sa paume et s'en barbouilla le visage et le dos des mains.

Tenant la carabine dans ses bras, il rampa vers le chalet en suivant la légère pente et en serrant les dents pour dominer la douleur de son genou. Quand il arriva à la limite de la cour, il recula de quelques pas, arrangea l'herbe devant lui pour disposer d'une ligne de mire incluant le chalet et le hangar. Il sortit son pistolet, puis le coinça dans son blouson, juste en dessous de la poitrine. Il mit des herbes mouillées sur le canon de la carabine et s'allongea pour attendre.

La pluie tombait sans discontinuer, elle tambourinait sur le toit des bâtiments et formait des flaques à la verticale des avant-toits. Il estima que trente ou trente-cinq minutes s'étaient écoulées depuis le déclenchement de l'alarme, tout le temps d'arriver jusqu'ici en voiture, mais les intrus se seraient arrêtés à l'orée de la forêt pour éteindre leurs phares comme Rice venait de le faire un peu plus tôt, puis rouler doucement en feux de position, la pluie diluvienne rendant leur approche invisible. Une équipe se serait déployée à partir du véhicule, pour se disperser et aborder l'objectif sous divers angles, procéder à une attaque foudroyante, fatale. Un seul assassin prendrait plus de temps, serait plus furtif et patient. Que personne ne se soit encore manifesté allait dans le sens d'un unique assaillant.

Il souleva la carabine et la cala contre son épaule, lui fit décrire un bref arc de cercle à droite puis à gauche, avant de poser le canon sur son poing gauche et d'attendre encore. La pluie diminua bientôt, mais le vent devint plus fort et plus frais qu'auparavant. Il n'avait pas envie de dormir, mais il se mit à frissonner, car la terre détrempée absorbait la chaleur de son corps. Aucun bruit de moteur, aucun crissement de pneus sur le gravillon. Seulement le *ploc-ploc-ploc* métronomique de la pluie dégouttant du toit.

Il prit le pistolet à l'intérieur de son blouson et le posa dans l'herbe à un endroit où il pouvait s'en saisir rapidement.

La masse sombre du chalet apparut au-dessus de son tunnel d'herbe, ou plutôt il comprit à un moment donné qu'il le voyait depuis un certain temps déjà. Le ciel s'éclaircit, Rice distingua les contours des autres bâtiments. Entre le hangar situé à droite et le chalet, il crut distinguer le gravillon sombre et mouillé du parking et, au-delà, l'herbe moins foncée. Il était

351

encore trop tôt pour les premières lueurs de l'aube, mais la pleine lune éclairait toujours le ciel au-dessus de la tempête en déclinant vers les montagnes de l'ouest. Les nuages étaient moins consistants, le plus gros de l'orage filait vers le nord, ses nuées se dispersaient peu à peu. Des bourrasques de vent frais agitèrent longtemps les hautes herbes mouillées avant de diminuer d'intensité, laissant seulement le bruit de l'eau qui dégoulinait selon un rythme qui allait ralentissant.

Il y avait quelqu'un. Rice ne pouvait pas le voir, mais tout son corps frémissait de certitude.

Une tache sombre apparut sous la fenêtre de sa chambre. Elle s'allongea lentement vers le haut, se redressant pour jeter un coup d'œil dans la pièce obscure. Pas de lampe torche, il devait donc être équipé de lunettes de vision nocturne. Voilà pourquoi il avait attendu – la plupart des appareils de vision nocturne ne fonctionnaient pas quand il pleuvait beaucoup. La silhouette s'immobilisa quelques secondes, puis se rétracta, s'accroupit, passa à la fenêtre suivante, celle du bureau, et reprit son manège. Rice haussa la carabine de quelques centimètres et visa, même s'il ne distinguait pas les mires. Se déplaçant encore, l'intrus contourna l'angle suivant, inspecta la cuisine, avança avec précaution sur la galerie de derrière, en examinant toutes les fenêtres, puis il disparut de l'autre côté du chalet. Rice reposa la lourde carabine et respira à fond, plusieurs fois. Cinq minutes passèrent. Il était maintenant à l'intérieur, après avoir crocheté la serrure de la porte d'entrée, à moins qu'il n'ait découpé la moustiquaire d'une fenêtre donnant sur la galerie de devant, pris un coupe-verre pour enlever prestement un morceau de vitre, passé la main à l'intérieur et tiré le loquet.

352

Dix autres minutes s'écoulèrent. Il devait explorer le chalet, fouiller chaque pièce, tous les placards ; inspecter aussi le grenier. Seulement des matelas nus sur les sommiers, l'électricité débranchée, le réfrigérateur et le congélateur vides et ouverts, la glace fondue faisant une flaque par terre. Sara avait même versé du détergent dans la cuvette des toilettes.

« Ils sentiront l'odeur, avait-elle dit. Ils sauront que tu es parti depuis longtemps. »

Là. Il marchait entre le chalet et le hangar. De profil, son visage semblait affublé d'un long bec, les lunettes de vision nocturne.

Rice le visa avec la carabine jusqu'à ce que l'homme ait disparu derrière le hangar du tracteur. Un grand bruit métallique quand il fit glisser la grosse porte sur son rail. Quelques secondes plus tard, la porte percuta sa butée, puis plus rien. Il inspectait sans doute le bungalow. C'était un chantier, qui attendait le retour des menuisiers.

Un troglodyte de Caroline se mit à pépier et à gazouiller, s'échauffant en vue de son récital d'avant l'aube. L'homme ne revenait toujours pas. Dix minutes, quinze. Rice attendit ; il ne pouvait pas être déjà reparti. Vingt minutes. Et puis le son d'un gros moteur à bas régime, se rapprochant sur le chemin d'accès. Sans phares ni feux de position, l'intrus devait utiliser ses lunettes de vision nocturne. Le véhicule traversa le parking pour se garer derrière le hangar du tracteur, là où quelqu'un arrivant du chemin ne pourrait pas le voir.

La portière s'ouvrit côté conducteur – aucune lumière intérieure ne s'alluma ; il se laissa glisser de son siège et referma la portière doucement. Rice observait sa silhouette floue au-dessus du canon de la carabine. Il s'appuya à la portière. Il avait retiré ses lunettes et regardait nonchalamment la montagne sombre, l'horizon et le pré argenté au clair de lune. Il faisait face à Rice, mais ne le voyait pas. L'orage se dispersait, la lune à l'ouest éclairait le paysage par intermittences, les nuages filaient, poussés par un vent violent. Il était grand et mince. Il portait un bonnet sombre, son visage paraissait pâle – peut-être l'effet du clair de lune.

L'homme semblait croire qu'il n'y avait plus le moindre danger. Il était donc vulnérable et Rice allait le tuer.

Il comprit que ç'avait tout du long été son projet. Sans jamais en décider consciemment, il traquait ce type depuis qu'il avait laissé Sara dans sa voiture. Il s'en étonna un instant, mais sa surprise fut éphémère, elle troubla à peine la surface étale de sa concentration, avant de disparaître. Ses pensées se concentraient sur le moment présent, analyse et prise de décision, l'une entraînant l'autre sans avoir besoin de ralentir pour trouver leur cohérence. Il n'était plus question d'épiloguer.

Il tenta de regarder à travers les mires de la carabine, mais on les avait conçues pour tirer en plein jour sur des cibles fixes situées à moins de vingt mètres, et elles étaient maintenant inutiles. Il avait appris à tirer en gardant les deux yeux ouverts et, se fiant en quelque sorte à la seule estime, il sut qu'il pouvait loger la petite balle dans la poitrine de l'homme, peut-être atteindre sa colonne vertébrale, son cœur.

Mais il comprit aussi qui était sûrement ce type. À moins qu'il réussisse un tir particulièrement chanceux, le tueur réagirait aussitôt et riposterait avant que Rice ait le temps d'actionner la culasse.

Le .45 était prêt, à portée de sa main droite. S'il réussissait un bon tir avec un de ces gros pruneaux, l'homme ne riposterait pas, ou sans la moindre

354

précision. Un coup difficile néanmoins, à cette distance, dans l'obscurité, et puis l'autre portait peut-être un gilet pare-balles.

Il lui faudrait attendre une meilleure lumière. Il avait eu raison de prendre la carabine. Son pistolet était plus puissant, mais ce n'était pas l'arme d'un tireur embusqué ; à cette distance, la carabine serait assez précise pour un tir à la tête. Avec une bonne lumière, il ne pourrait pas rater son coup.

Il attendit donc. Une patience mortelle s'installa dans ses os, riva son corps au sol.

Alors, comme pour réagir aux doléances de Rice, l'homme plongea la main dans une poche, une fois, deux fois, puis porta les mains à son visage, la flamme d'un briquet s'alluma, puis s'éteignit. La cigarette émit une lueur orange quand il tira dessus, éclairant très bien la cible de Rice : centré dans le guidon arrière, le cercle métallique de la mire avant encadra le visage orangé ; à trente mètres, un tir facile dans la cavité oculaire. Même si la balle rebondissait sur un os, elle étourdirait l'homme assez longtemps pour que Rice puisse saisir son pistolet et le décharger sur lui.

Il ôta le cran de sûreté. La cigarette rougeoya, s'obscurcit. Rougeoya encore. Le cercle de la mire avant resta rivé sur le visage de l'homme.

Attends. Cette voix lui parla si clairement qu'il s'inquiéta : l'homme adossé au véhicule l'avait sûrement entendue et son premier réflexe fut de la faire taire. Mais elle poursuivit : *Tu ne peux pas l'assassiner comme ça.*

Il hésita, sa transe de chasseur s'envola. Sa propre voix se remit à babiller dans sa conscience. Soudain, ça t'importe, pensa-t-il. Tu tortures un minable dealeur de drogue, un bouseux au chômage, dont le plus grand espoir dans la vie est de rejoindre un putain de gang de bikers, mais tu refuses de rayer de la carte un assassin psychopathe et récidiviste, venu exprès ici pour te buter ?

L'homme éteignit sa cigarette contre la semelle de sa chaussure. Il fourra le mégot dans sa poche, alluma une petite lampe torche et disparut derrière le chalet.

48

Rice tremblait, les genoux et les coudes engourdis, ses mains maladroites tenant la carabine. Il déplaça son corps pour activer la circulation sanguine, mais des mouvements trop vifs risquaient d'être visibles depuis l'intérieur du chalet. Il s'aperçut que, pour la première fois depuis longtemps, il avait peur.

L'agent Johns avait eu raison sur un point : de tous les sales types qui écumaient la planète, vous ne vouliez surtout pas que celui-ci soit à vos trousses. Si par chance vous aviez l'occasion de le tuer, vous deviez sauter dessus. N'essayez surtout pas de le capturer ni de le blesser volontairement, de lui tirer une balle dans la jambe ou l'épaule comme le héros plein d'honneur d'un western débile. Il a déjà été blessé de cette manière, il peut fonctionner à près de cent pour cent malgré des blessures par balles sur le pourtour de son corps, des blessures qui vous mettraient aussitôt à terre, hurlant de douleur. S'il entend une voix lui commander de lever les mains ou tout autre stupidité, ce type réagit et tire en une fraction de seconde. Vous aurez beau avoir votre arme braquée sur lui et lui tirer dessus à l'instant précis où il vous glissera entre les pattes, vous pourrez peut-être le toucher, mais pas là où il faudrait, et il vous butera bien avant de se mettre à saigner.

Rice aurait dû le tuer quand il en avait eu l'occasion, il aurait dû lui flanquer une balle en pleine tête quand sa putain de cigarette lui éclairait la face.

Mais il avait toujours l'avantage. L'homme se croyait seul. Il avait baissé la garde. Il se baladait comme s'il était en vacances. Rice pouvait encore le tuer.

L'aube approchait. Il n'y avait plus que quelques nuages, les premières lueurs du jour remplaçaient le clair de lune. Loin sur sa gauche, l'horizon oriental s'éclairait, éteignait les étoiles. Il pouvait aussi laisser ce type s'en aller. Le plan de Sara marcherait peut-être. L'homme pourrait croire que Rice avait déménagé, qu'il était de nouveau en cavale.

Il était depuis longtemps dans le chalet. La lumière de sa lampe torche bondissait par la fenêtre de la chambre, dans le bureau, la cuisine. Il procédait à une fouille approfondie, cherchait des morceaux de lettres, des notes, un répondeur contenant des messages sauvegardés, n'importe quel indice suggérant la nouvelle destination de Rice. Il cherchait un téléphone afin d'appeler le dernier numéro composé par Rice, mais dans le bureau il allait tomber sur cette antiquité verte au cadran rotatif. Il remarquerait les étagères, tous ces os, ces crânes, ces peaux animales, le bassin de vache en forme de casque. Il y verrait des totems, ces ossements l'impressionneraient, mais Rice ne pouvait imaginer ce qu'ils signifieraient pour ce type. Comparées aux narcocultes quasi mystiques, les religions officielles passaient pour le summum de la cohérence.

Sur le visage de Rice, une légère brise, beaucoup plus fraîche, plus sèche. Une bonne dizaine d'espèces d'oiseaux chantaient pour célébrer le beau temps revenu, la fin de la tempête.

La porte-moustiquaire claqua sur la galerie de devant, des pas sur les marches, insouciants, le voilà, retournant vers le Tahoe selon une trajectoire quasi rectiligne. Les deux yeux grands ouverts, Rice centra le visage de l'homme dans le cercle de sa mire. Le cran de sûreté était enlevé. Son corps brûlait, son pouls palpitait si fort qu'à chaque battement de cœur la mire s'écartait complètement du visage de l'homme.

Même s'il s'en va, pensa Rice, il continuera de chercher. Il sera une menace pour quiconque pourrait savoir où je suis. Sara. STP. Même Boger, le shérif Walker.

Un deux trois, il respira, quatre cinq six, se calma. À son douzième battement de cœur, la carabine ne bougeait plus. Il faut que tu le tues, se dit-il. Il n'y a pas d'autre solution.

Attends-le. Il est encore trop loin. Il vient vers toi. Attends d'être sûr de ton tir. Encore dix pas.

Alors, un mouvement, quelque chose de nouveau, sur la gauche, un petit animal noir. Il se trouvait au-delà du champ de vision de Rice, mais il le vit malgré tout : Mel la chatte noire avançait collée au sol sous la galerie arrière, les yeux fixés droit devant elle, ignorant Rice dissimulé dans l'herbe, et l'homme qui allait franchir l'angle du chalet – oublieuse de tout sauf de sa proie.

Elle se figea, les pattes repliées sous le corps, elle frémit puis bondit en avant, parcourut deux mètres en un éclair, se déplaçant avec une rapidité irréelle – des pattes ne pouvaient pas transporter un corps aussi vite –, pour rejoindre l'angle du chalet. Un pépiement paniqué, strident ; elle leva la tête avec une bouchée d'herbe et un campagnol détrempé qui se tortillait entre ses crocs.

Mel et le tueur se découvrirent en même temps. Elle se retourna et détala, de grands bonds allongés vers les herbes hautes, pas le proverbial chat échaudé, mais quelque chose de moins matériel, une ombre, une illusion, trop brève pour que l'œil puisse s'adapter. L'homme avait déjà réagi, pivoté sur la plante des pieds, en position semi-accroupie, un pistolet dans la main, si vite, le bras presque tendu, l'autre main rejoignant presque la première.

Ne bute pas cette putain de chatte, pensa Rice. Il recentra le visage du type dans l'anneau de sa mire. Il vida ses poumons, commença à presser sur la détente.

Tout ralentit. S'arrêta.

Le pistolet était un gros bloc noir, un Glock. Mel disparut parmi les herbes. L'homme sourit, parut dire quelque chose comme *el gato negro*. Le pistolet s'inclina de quelques degrés vers le sol, les épaules se détendirent ; mais tout à coup le sourire se figea, son regard changea et Rice comprit ce qui se passait : un signal d'alarme s'était déclenché dans l'esprit du tueur – si un chat domestique était là, il ne pouvait plus être sûr que Rice était parti –, toutes ses antennes se rebranchèrent, le sixième sens du *sicario* fut activé, son antique cerveau reptilien détecta un danger dans le chaos inoffensif et échevelé du pré. Le feuillage hirsute et informe, imperceptiblement trop foncé, que composait Rice devenait maintenant visible, sans doute évident à la périphérie de son esprit sinon dans sa conscience, cette partie de son esprit encore obnubilée par la présence du chat noir. Rice retrouva sa perception du temps, passa d'un temps immobile à un temps ralenti. Ses yeux le piquaient, mais il ne cilla pas. Il observa l'expression de l'homme dont l'attention se détachait de l'animal pour réagir au noyau paléozoïque de son cerveau qui lui criait qu'il y avait quelque chose dans le pré, quelque chose qui n'allait pas. Son regard se fixa sur Rice, tandis que ce dernier tentait de rapetisser, de s'évaporer, mais sa propre masse soumise malgré elle à la gravité était palpable, attirant les yeux de l'homme vers le tas informe du *ghillie* parmi les herbes hautes de la fin de saison, aimantant sa tête, ses épaules, le triangle de ses bras et le pistolet en son sommet, ses hanches pivotèrent, obéirent à l'attraction, se tournèrent vers Rice en décrivant un arc lent, qui accéléra soudain.

49

Le Glock cracha une rafale comme une mitraillette, deux balles claquèrent dans la terre humide assez près de Rice pour l'éclabousser de boue. Mais l'homme tombait déjà en appuyant sur la détente, inconscient. Son corps soudain mou, il percuta le sol en soulevant une petite gerbe d'eau, avant de s'immobiliser par terre.

Rice lâcha la carabine et ramassa son .45, le braqua lentement à droite puis à gauche. Il était sûr que ce type était venu seul, mais il attendit malgré tout. Trente secondes. Une minute.

Son esprit était en effervescence comme s'il avait pris des amphétamines. Tous ces coups de feu simultanés, la carabine de Rice et les explosions jaillissant du pistolet du tueur, c'était quoi, bordel ? Ces balles dans le sol juste à côté.

Il a bien failli m'avoir.

N'y pense pas tout de suite.

Sois patient, se dit-il, ne merde pas.

Trois minutes. Il se débarrassa du poncho *ghillie* trempé de pluie, entra sur l'aire de stationnement et resta là, son pistolet pointé sur le type allongé à plat ventre dans l'herbe. Une plaie béante près de la limite des cheveux, sous le bord du bonnet. Pas de pouls. Au moment du coup de feu, il était légèrement en contrebas de Rice, penché en avant dans sa posture de tireur ; la balle de Rice, entrée dans le crâne par l'œil gauche, avait traversé la partie inférieure de la cavité crânienne, endommageant le tronc cérébral et provoquant presque instantanément la perte de conscience.

Le soleil éclairait la montagne. Le jour commençait : l'herbe verte détrempée ployait sous le poids de l'eau ; les feuilles jaunes, rouges, orange, viraient à des teintes encore plus vives ; les derniers coups de vent de la tempête en provenance du sud-ouest déclenchaient de bruyantes cascades d'eau de pluie dans la forêt. De lointains gazouillis d'oiseaux. Une matinée fraîche et paisible, l'atmosphère lavée, limpide. Rice croyait comprendre ce qui venait de se passer, mais la succession des événements lui échappait sans cesse.

Avec son pied, il fit rouler l'homme sur le dos.

Ses traits ne lui disaient rien. Il pensait découvrir un visage connu, peut-être un air de famille, mais il ne trouva pas. Entre ses lèvres écartées, les dents brillaient d'un blanc d'os, mais son œil gauche se réduisait à un trou sanguinolent. L'autre œil, d'un beau brun foncé, regardait fixement le ciel bleu azur, où des cumulus compacts fuyaient, poussés par un vent très fort, passant devant le soleil ainsi qu'ils l'avaient fait devant la lune, ménageant des alternances d'ombre et de lumière tel un obturateur se fermant puis s'ouvrant.

Les informations sur l'univers s'écoulaient de cet œil ouvert comme du gaz empoisonné. Toutes ces choses qu'on connaissait, mais qu'on devait feindre d'ignorer pour tenir le coup jusqu'à la fin du jour.

Il se baissa et, du pouce, ferma cet œil. La paupière se rouvrit lentement, à demi. Il la referma, elle se rouvrit encore.

L'hystérie flottait dans l'air comme un papillon au fond de sa gorge.

50

Son index inséré dans la découpe circulaire du chiffre trois pousse le cadran rotatif vers le bas et le fait pivoter jusqu'à l'ergot métallique, s'écarte, laissant le disque perforé retourner vers sa position initiale. Son doigt trouve le huit, tire plus longtemps, provoque un long retour. Puis les autres chiffres du numéro du shérif, lentement, l'un après l'autre. Ça sonne. Le shérif Walker répond en personne, Rice lui explique la situation. Le shérif réfléchit un moment. Bon Dieu, dit-il enfin, je me passerais volontiers de toute cette paperasse. Pourquoi n'emportes-tu pas ce corps dans la montagne pour l'y enterrer ?

Il baissa les yeux vers le cadavre, le soleil matinal venait de franchir la crête et réchauffait l'herbe mouillée.

Une autre transe, peut-être deux ou trois minutes d'absence.

Inutile d'appeler le shérif. Oui, c'était de la légitime défense, enfin presque. Mais il ne contacterait pas le shérif.

Il mit le cran de sûreté et rengaina le .45 dans le holster. Légère nausée. Le souffle court. Les mains qui tremblent.

Il venait de tuer quelqu'un. Pour s'assurer qu'il saisissait bien la situation, il prononça ces mots, non pas à voix haute, mais dans son for intérieur. Ce n'était même pas sa première fois. Combien de personnes sur terre en avaient tué d'autres ? Volontairement ? En avaient tué plus d'une ? Il ne pouvait pas y en avoir tant que ça. Surtout si l'on ne comptait pas les soldats et la police. C'était dingue qu'il soit l'un d'entre eux. Comment avait-il pu devenir ce genre d'individus qui en tue d'autres ? Il ressentit le besoin de s'asseoir.

Arrête. Concentre-toi. Plus tard, tu auras tout le temps de te poser ce genre de questions.

Il lui fallait un plan, quelque chose de simple, un plan à court terme, une manière d'organiser le chaos présent qui déclenchait sans cesse ses transes. Il consulta sa montre, même pas sept heures et demie, mais Sara avait sans doute entendu les coups de feu ; cédant à la panique, elle envisageait sûrement de contacter le shérif. Il devait la rejoindre au plus vite, la rassurer, l'empêcher de passer un coup de fil malencontreux. Mais avant tout, il ne fallait pas qu'elle voie le corps.

Donc, en priorité : le cadavre dans le 4 × 4, puis le 4 × 4 dans le hangar du tracteur.

Il courut vers le Tahoe en se disant ne touche à rien, ne laisse pas d'empreintes – il prit son bandana pour ouvrir la portière. Les clefs étaient sur le contact, ça sentait la cigarette. Les lunettes de vision nocturne étaient posées sur le siège passager. Il noua son bandana autour de sa main pour tourner la clef, enclencher la marche avant, tenir le volant, avancer entre le chalet et le hangar, puis reculer vers le cadavre.

Les chaussures du type étaient noir mat, à semelles de crêpe, silencieuses. Son jean était noir, large, trempé de pluie, et il portait un t-shirt noir moulant sous un blouson en stretch noir, le genre de tissu qui ne faisait aucun bruit quand on se déplaçait. Des tatouages sur le cou : crânes, roses, mots espagnols stylisés que Rice n'avait pas envie de déchiffrer pour l'instant. Le bonnet noir serrant le crâne. Il voulut en avoir le cœur net : il retira le bonnet, tourna la tête sur le côté, écarta les cheveux foncés coupés court au-dessus de la nuque du type, découvrit d'autres tatouages aux couleurs vives. Il regarda à droite puis à gauche, oui c'était bien ça : les yeux fous, la bouche ouverte.

Il était venu ici pour supprimer Rice. Et il était venu seul. Rice avait sciemment signé son contrat de gardien de la réserve pour échapper à ce chien de l'enfer, et maintenant le tueur était mort.

La traque était peut-être terminée.

C'était une bonne nouvelle, au-delà de ses espérances. S'il ne faisait pas d'erreur au cours des prochaines heures, il pourrait peut-être rester sur la réserve, après tout.

Il palpa les chevilles, remonta la jambe de pantalon – un petit SIG .380 dans un holster de cheville – et arracha les bandes Velcro pour le détacher. Il ramassa le Glock à l'endroit où il était tombé dans l'herbe. Il y avait un trou en haut de la glissière, qui révélait des entailles de compensation sur le canon, et un taquet qui ressemblait à une sécurité sur la face gauche de la glissière, choses que Rice n'avait jamais vues. Il examinerait ça plus tard. Il posa les pistolets sur le siège passager à côté des lunettes, retourna sur les lieux de la fusillade, ramassa quatre douilles de 9 millimètres dans l'herbe, qu'il mit dans sa poche.

Un couteau pliant Spyderco dans la poche gauche du pantalon de l'homme ; dans la droite, le mégot de cigarette fourré là un peu plus tôt. La peau des cuisses était froide, comme de la viande.

Il ne s'était pas écoulé cinq minutes.

Rice se redressa, ferma les yeux. Devait-il s'excuser, ainsi qu'il l'avait fait pour les animaux qu'il tuait en forêt ? Il respira plusieurs fois à fond, luttant contre son envie de vomir.

Continue de t'activer.

Un holster Kydex à la ceinture du type, un téléphone dans une poche intérieure du blouson. Dans une poche latérale, une petite lampe torche similaire à celle de Rice, un autre magasin chargé pour le Glock, un paquet souple de Camel à moitié vide et un briquet jetable. Dans l'autre, un petit pistolet paralysant de couleur noire, plus petit que celui de Sara, et dix gros liens en plastique.

Il prit ces liens au creux de la main.

« Et ça, putain, c'est pour quoi faire ? » L'homme gisait là, le visage relâché. Sans répondre.

Il jeta le contenu des poches sur le siège passager, puis, tenant toujours son bandana, il ouvrit le lourd hayon. Les cylindres pressurisés levèrent lentement l'immense mâchoire.

À l'intérieur il trouva comme il l'avait imaginé des coupe-boulons, ainsi qu'une bâche plastique verte toute neuve, très grande, toujours pliée dans son emballage transparent, et deux sacs de courses Walmart. Il regarda ces sacs un bon moment avant d'examiner leur contenu. Il découvrit dans le premier une paire de gants en caoutchouc montant jusqu'au coude, une boîte de gants en latex bleus, un paquet de résilles à cheveux jetables, une paire de bottines en plastique fermant avec des élastiques en haut de la cheville, trois rouleaux de ruban adhésif et le paquet ouvert des liens en plastique. Dans l'autre sac, un pic à glace bon marché et un sécateur de jardin, tous deux emballés dans leur blister transparent.

Bien sûr. Un simple assassinat ne constituait pas une vengeance suffisante pour un type comme lui.

Beaucoup trop gentil. Il ne l'aurait même pas envisagé. Non, il voulait surprendre Rice au lit, le réduire à sa merci avec le pistolet paralysant, l'attacher avec les liens plastique au montant du lit, puis aller chercher le Tahoe avec le reste du matériel. Dans un endroit isolé comme celui-ci, toute hâte aurait été superflue. Il aurait eu tout le temps du monde.

Rice savait à quoi ces articles achetés au Walmart servaient, et comment les utiliser. Il comprenait ce qu'on avait prévu pour lui. Il avait été bien formé. Tout avait commencé comme une petite distraction, pour Fernandez d'abord, puis plusieurs autres *sicarios* mourant d'ennui, qui tous durent reconnaître quelque chose chez Rice : une puissante volonté de survivre à toutes les épreuves, une aptitude latente à la violence, le désir de tuer. D'indéniables capacités physiques. Sans nul doute une bonne mémoire, même s'il aurait préféré oublier la plupart de ses souvenirs. Sa certitude concernant ce qu'il avait toujours cru être le bien et le mal avait vacillé, avant de se déformer pour épouser les contours du monde nouveau qu'il habitait. Il avait aussi appris à reconnaître la déprimante banalité de la violence professionnelle. Les *sicarios* étaient des types très bien entraînés qui brûlaient d'infliger leur violence à d'autres êtres humains, mais à maints égards c'étaient des hommes ordinaires. Après l'assassinat d'Apryl, cette formation donna à Rice non seulement une stratégie de survie, mais aussi une histoire à laquelle s'accrocher, un récit de vengeance qui l'anima, assura la cohésion des atomes de son corps.

Il avait par exemple appris qu'on pouvait utiliser une pointe effilée pour infliger une douleur intolérable dans le canal auditif sans répandre de sang, de fragments de chair ni de traces d'ADN qui auraient ensuite nécessité un nettoyage minutieux. Le pic à glace sous blister à l'arrière du Tahoe était aussi idéal pour chatouiller les os : on traversait les chairs jusqu'à un gros os – fémur, pelvis – puis on déplaçait la pointe le long du périoste en raclant toutes les terminaisons nerveuses, ce qui donnait l'impression que les os étaient brisés, encore et encore. De nouveau, beaucoup de souffrance, peu de sang. Si Rice avait eu un pic à glace dans son pick-up, s'en serait-il servi sur DeWayne ?

Et le sécateur de jardin, sûrement *made in China*, coûtait moins de dix dollars. À quoi bon dépenser plus ? Ses lames étaient bien assez coupantes. Si rien d'autre ne marchait – ou quand on était pressé –, les sujets interrogés devenaient soudain très loquaces lorsqu'on commençait à découper des parties de leur corps. À ce moment-là de sa formation, son instructeur avait secoué la tête en faisant semblant de s'étonner des bizarreries de la psyché humaine. Perdre des bouts de soi-même dépassait l'entendement. Les gens ne le supportaient pas.

Non, il n'aurait jamais fait une chose pareille. Bien sûr que non. Jamais de la vie.

Épuisé et les nerfs à vif après ce qu'il avait *réellement* fait au cours des douze dernières heures, Rice sentit la terreur et le soulagement, la colère et la honte rivaliser pour s'emparer de son esprit. Il se dit que, sans l'avertissement de DeWayne concernant le Mexicain, à l'heure qu'il était il aurait déjà perdu un certain nombre de parties de son corps. Et Sara, que lui serait-il arrivé ? Il prit bonne note de se montrer dorénavant plus aimable envers DeWayne.

OK, suffit.

Le corps dans le 4 × 4.

Il s'approcha tout près, s'accroupit en gardant le dos bien droit, passa la main droite sous la ceinture en cuir noir au niveau de la boucle, réunit les pans du blouson dans sa main gauche et souleva.

Une poupée de chiffons géante, gorgée d'eau.

Toutes les parties du corps attachées au tronc s'affaissèrent : la tête bascula en arrière, les bras et les jambes pendirent dans le vide. Il se dressa de toute sa taille sur la pointe des pieds, releva très haut les épaules, propulsa le corps en avant à grands coups de hanche. La tête cogna contre le pare-chocs chromé. Les chaussures traînèrent dans l'herbe. Sa prise sur le blouson commença de glisser et, l'espace d'un instant désespéré, il vit ce qui allait se passer, il l'observa d'un point de vue aérien situé derrière son épaule droite, un match de lutte grotesque et paniqué contre ce cadavre peu coopératif, saisir une cheville, un coude, les fourrer dans le coffre du Tahoe, les membres flasques, la tête sanglante pivotant sur le cou tatoué et mou, le visage du mort grimaçant contre le plancher caoutchouté, le regard furieux de l'œil unique.

Attends. Attends attends attends. Réfléchis.

Il reposa le corps dans l'herbe. Une puanteur fécale, une tache plus sombre à l'entrejambe du pantalon noir. Une traînée de sang sur le pare-chocs. Il allait devoir l'essuyer. Une autre tache sombre de sang frais, grosse comme le poing, sur la jambe de pantalon de Rice. Voulait-il vraiment mettre du sang dans tout le compartiment arrière ? Tous ces trucs rassemblés là : les sacs Walmart, le ruban adhésif.

La bâche. La bâche censée envelopper le cadavre de Rice.

Il éclata de rire. Ce fut irrésistible. L'ironie, il le savait, était une force fondamentale à l'œuvre dans l'univers, comme la gravité et l'électromagnétisme.

« Rice ? »

Il plongea derrière le Tahoe, sa main passa dans son dos pour prendre le .45, mais bien sûr c'était seulement Sara, elle avait dû l'entendre rire. Elle se leva à l'endroit du pré où elle s'était cachée. Elle tenait quelque chose, sans doute la bombe aérosol pour les ours. Elle avait enfilé une des chemises sombres à carreaux de Rice sur son blouson bleu. Ses cheveux blonds brillaient au soleil. Il aurait dû y penser, et lui dire de se couvrir la tête.

« Sara, reste en arrière. » Il contourna le Tahoe puis marcha vers elle, content qu'elle ne puisse pas voir le corps depuis le pré.

« Qu'est-il arrivé ? Tu vas bien ? J'ai entendu des coups de feu. » Sa voix tremblait. Ne tenant aucun compte de ses instructions, elle avança, traversa les lourdes herbes trempées jusqu'à la cour, où elle s'arrêta. « À qui est ce véhicule ?

— As-tu appelé Walker ? » demanda-t-il.

Elle secoua la tête. Tant mieux. Il se détendit un peu. « Tu étais en train de rire ? »

Se sentant bien incapable de lui répondre, il resta silencieux.

« Je ne t'ai pas vraiment cru.

— Je sais.

— On aurait dit une mitraillette. Je savais que tu n'avais pas de mitraillette.

— Non. »

Elle lui redemanda ce qui s'était passé et pourquoi il riait, puis elle voulut savoir si quelqu'un était mort, mais il resta muet. La chemise de Rice était trop grande pour elle, Sara l'avait boutonnée de travers et le vêtement pendouillait sur une épaule. Son pantalon était trempé jusqu'aux cuisses à cause des hautes herbes.

« Je vais appeler le shérif Walker. » Elle prit son téléphone. « On a besoin d'une ambulance ?

— Attends. »

Elle ouvrit de grands yeux. Rice comprit à quoi ressemblait la situation pour elle : il venait très certainement de tuer quelqu'un, peut-être en état de légitime défense, il éclatait de rire, et maintenant il ne voulait pas appeler le shérif ?

Il tenta d'adoucir sa voix. « Si nous parlons de ça au shérif, si nous mêlons la justice à ça, j'aurai toute l'organisation Sinaloa aux trousses dans moins de quarante-huit heures. Je ne vivrai pas longtemps. Ç'a déjà été assez moche avec un seul type.

— Je n'y comprends rien.

— Je sais, excuse-moi. » Il redouta que la suite soit encore plus dure à avaler. « Je dois te demander un grand service. J'aimerais que tu retournes à ta voiture, que tu partes tout de suite d'ici, que tu rentres chez toi. Tu risques de finir en prison si tu restes. Tout ce que tu sais, c'est que j'ai flanqué la trouille à un méchant qui a détalé dans la forêt en laissant sa bagnole ici. Et je t'ai renvoyée chez toi. Tu n'as rien vu d'autre. Je t'appellerai...

— Je ne pars pas. »

Il se tut. Il n'avait pas de plan pour ça.

« Tu comptes me descendre aussi ? »

Il la dévisagea, bouche bée. « Quoi ? Non. Sara, m'as-tu écouté ?

— Je suis vraiment désolée, Rice, mais il faut que tu me dises ce qui s'est passé. Sinon j'appelle le shérif et c'est à lui que tu raconteras tout. » Elle marqua une pause, soupira. Tous deux savaient qu'elle ne le ferait pas. Quand elle reparla, sa voix s'était apaisée. « Tu ne peux pas continuer de tout faire seul. Si tu es aussi malin que tu crois l'être, alors il faut que tu me laisses t'aider. »

51

Sara remonta à pied la piste coupe-feu pendant que Rice mettait une résille sur ses cheveux et tentait de glisser ses mains, qui tremblaient toujours, dans une paire de gants en latex. Sa connaissance du droit criminel était ancienne et superficielle, mais si Sara devait être complice des divers crimes qu'il commettait, il valait mieux qu'elle ne voie jamais le corps. L'autoriser à rester était irresponsable, mais c'était une jeune femme obstinée et il se dit qu'il n'y avait aucun moyen de la faire partir contre sa volonté.

Il lui avait avoué avoir toujours eu pour projet de descendre ce type à la première occasion, tout en insistant sur le cas de conscience auquel il avait été confronté. Il ne jugea pas nécessaire de lui préciser qu'il aurait sans doute tué ce type de sang-froid si la chatte Mel n'avait pas fait des siennes, transformant un meurtre en une situation de légitime défense durant laquelle il avait frôlé la mort. Lorsqu'il lui eut montré, avec une décontraction étudiée, les mottes d'herbe soulevées par les balles du tueur qui avaient bien failli lui transpercer le corps, elle lui avait demandé où les autres balles s'étaient perdues.

« Il n'a pas tiré sur Mel, n'est-ce pas ?

— Non, Sara, seulement sur moi.

— Tant mieux. »

Quand il lui avait demandé pourquoi elle n'était pas plus horrifiée par ce qu'il venait de faire, pourquoi elle ne s'enfuyait pas sur le chemin pour appeler le shérif Walker avec son portable, elle avait écarté la question d'un nonchalant « C'est sans doute ce que je devrais faire », mais ses traits restaient indéchiffrables. Après réflexion, il avait décidé que le flegme apparent de Sara trahissait en partie un dilemme angoissant : dans les circonstances critiques où tous deux se trouvaient, pouvait-elle, oui ou non, faire confiance à Rice ? Demeurait malgré tout une évidence presque gênante : elle revendiquait une dureté de cœur susceptible de choquer n'importe quelle âme sensible.

Il déplia la bâche verte sur l'herbe, puis il en lesta les angles avec des bûches prises sur le tas de bois, en prenant garde de ne pas choisir celle utilisée par le vieux chnoque pour l'assommer – elle portait sans doute des traces de son ADN.

Les semelles du type étaient boueuses. Comme la terre locale présentait peut-être certaines particularités, il dénoua ses chaussures, les retira et les mit de côté. Il y avait d'autres éclaboussures de boue sur l'ourlet de son pantalon, sur son blouson à hauteur de la hanche gauche, et sur l'épaule, là où il avait percuté le sol. Rice utilisa son couteau de poche pour ouvrir l'emballage du sécateur. Il découpa verticalement les deux jambes de pantalon depuis l'ourlet jusqu'aux genoux, révélant des mollets musclés, couverts de barbelés tatoués. Il défit la ceinture, ôta le holster noir Kydex. Enfin, il découpa les manches du blouson depuis les poignets, en remontant le long des bras, puis en travers du buste jusqu'à la fermeture Éclair. Il le lança en tas dans l'herbe avec le bonnet, les chaussures et les jambes de pantalon.

Une fois le corps centré à un bout de la bâche, il replia les bords sur la tête et les pieds pour que les deux pans se chevauchent, il la fixa avec du ruban adhésif, puis enveloppa le corps dedans, le plus serré possible, comme s'il roulait un tapis. Il l'emballa avec un rouleau entier de ruban, encore et encore, superposant trois épaisseurs d'adhésif sur la couture pour que rien ne puisse fuir.

Cette fois, quand il souleva le corps, ce fut plus facile : il se laissa charger aisément à l'arrière du Tahoe. Rice eut à peine à l'incurver pour qu'il rentre sans avoir à baisser les dossiers des sièges arrière. Après qu'il eut tiré le cache-bagages et fermé le hayon, le cadavre emballé était invisible aussi bien de l'intérieur que de l'extérieur du véhicule. Il alla chercher un sac-poubelle dans le chalet, y mit les chaussures et les vêtements du mort, puis jeta le tout sur le siège arrière.

Sara avait garé sa voiture à l'endroit habituel et retournait dans la forêt pour récupérer le pick-up de Rice. La porte coulissante du hangar se bloqua à mi-parcours et il dut se battre afin de l'ouvrir, mais le tracteur démarra du premier coup. Il le conduisit sur le chemin, non loin du chalet, actionna la manette en position trois points pour lever au maximum la débroussailleuse comme s'il allait en aiguiser la lame. Le Tahoe rentra parfaitement dans le hangar à la place du tracteur. Il verrouilla le véhicule, puis referma la porte du bâtiment.

Le corps dans le 4 × 4, le 4 × 4 dans le hangar.

Une dernière chose avant le retour de Sara : il prit le tuyau d'arrosage sous la galerie de devant et lava le sang dans l'herbe. Quand elle gara le pick-up près du chalet, à côté de la Subaru, il était dans le bureau et composait un numéro sur le vieux téléphone, exactement ainsi qu'il l'avait imaginé dans sa transe. Il tomba directement sur la boîte vocale du

375

shérif Walker, la voix de Suzy le remerciant de bien vouloir laisser un message.

Ils rétablirent l'électricité, remirent les affaires de Rice dans le chalet. Sara rangea ses courses au frigo et dans le congélateur – d'après elle, rien ne s'était perdu – tandis qu'il retournait au hangar et passait presque une heure à fouiller le Tahoe. Après quoi il prit une douche rapide. Les vêtements qu'il venait d'ôter rejoignirent la machine à laver, qu'il programma pour du linge très sale et avec un double rinçage.

Ils petit-déjeunèrent en vitesse, l'homicide restant sans effet sur leur appétit. Les assiettes furent lavées et mises à sécher, le marc de café jeté dans un sac-poubelle neuf. Tout était normal. Rice posa sur la table de la cuisine les objets qu'il venait de trouver dans le Tahoe. Dans la boîte à gants, une inscription à la Services Corporation, 77th Avenue, Phoenix, Arizona. Peut-être un véhicule du cartel, sans doute pas volé. Aucun compartiment secret que Rice ait pu repérer. Sous le siège du conducteur, deux petits sacs Ziploc, l'un contenant quelques dizaines de balles à pointe creuse de 9 millimètres, l'autre celles du calibre .380. Un sac de gym Nike noir avec des vêtements, un nécessaire de toilette, un exemplaire plié du *Turpin Weekly Record*. Il jeta tout cela à la poubelle, puis mit de côté les deux pistolets, les munitions, les lunettes de vision nocturne, les objets provenant des diverses poches du sac de gym. Le Glock était un G18C, un modèle dont il ignorait tout ; le petit taquet qui ressemblait à un cran de sûreté était en fait un sélecteur de tir, qui permettait au pistolet de tirer des rafales en mode automatique. Ce flingue était radioactif – s'il se faisait prendre avec une arme à feu automatique, il croupirait des années en prison –, mais il ne put se résoudre à s'en débarrasser, pas encore. Car l'avenir était toujours incertain. Il pensa à Alan Mirra et à son club de bikers, à la possibilité que le cartel découvre ce qui s'était passé et décide de représailles. Il était sans doute dangereux de garder ces pistolets, mais on pouvait penser qu'il serait encore plus risqué de s'en séparer.

Sara ouvrit une grosse enveloppe qu'il avait trouvée sur la banquette arrière, dont elle sortit vingt-sept billets de cent dollars, répartis en deux liasses attachées par des élastiques, une carte annotée du comté de Turpin, des photocopies des portraits de Rice pris par la police après son transfert depuis Cereso, et un rapport imprimé établissant les résultats de la traque de Rice depuis plusieurs mois. Un mince portefeuille en cuir contenait quatre cents autres dollars et quelques petites coupures, une carte Visa prépayée, un permis de conduire de l'Arizona avec une photo du tueur, au nom de Paul Martin, une adresse à Phoenix.

Elle rangea ces objets sur la table en les examinant tour à tour. « Tu connais ce type ?

— Jamais rencontré.

— Mais tu sais qui c'est. Qui c'était.

— Je sais qu'il ne s'appelait pas Paul Martin.

— Hum. Et qu'est-ce qui te fait croire que celui qui l'a envoyé ici ne va pas se mettre à sa recherche ?

— Je suis presque sûr qu'il avait lui-même décidé de me donner la chasse. Une sorte de projet personnel. Il a engagé lui-même un pisteur. » Le rapport était destiné à Paul Martin, à l'adresse d'une boîte postale de Tempe.

« Je pensais que le cartel voulait t'empêcher de témoigner ou un truc de ce genre. » Elle se pencha en avant dans son fauteuil. Elle était concentrée, mais semblait calme ; Rice sentit que la présence de Sara l'aidait à garder son sang-froid lui aussi.

« Rice, commença-t-elle, j'ai vraiment une patience d'ange à te tirer aussi doucement les vers du nez. Tu apprécies, j'espère ?

— Oui.

— Alors...

— Il s'appelle Delgado. Andrés Delgado. Je n'ai pas témoigné contre le cartel. J'ai tué son petit frère.

— Merde, Rice, comment bon Dieu...

— Crotalito. C'est comme ça qu'ils l'appelaient, le petit frère. C'était un *sicario*, un tueur lambda pour le cartel. Je n'ai jamais connu son vrai nom. » Il se passa la main dans les cheveux, puis sur le visage comme s'il essayait d'en effacer les rides ou d'en ôter une substance désagréable. Ces mots qu'il prononçait, il ne s'autorisait même pas à y penser depuis si longtemps. « Quand ils ont vu qu'ils n'arriveraient pas à me buter en prison, ils ont envoyé Crotalito pour supprimer mon associée, s'assurer qu'elle ne parlerait pas. C'était son premier vrai boulot et ce devait être un simple kidnapping, suivi d'un assassinat et d'une disparation, mais Crotalito était une petite merde sadique, ç'a été plus fort que lui, il l'a violée et torturée, puis il a paniqué et abandonné le corps du côté américain de la frontière. Les journaux en ont parlé. Ça n'a pas plu au cartel. »

Les amis de Rice à Cereso avaient mené leur enquête, tiré quelques ficelles, utilisé les canaux secrets. Le projet plaisait au cartel, car il permettait d'éliminer Crotalito sans s'aliéner le frère aîné, très puissant et efficace. Le prix à payer, c'était que l'identité de Rice serait révélée à Andrés. Désespéré et assoiffé de vengeance, le petit ami de la fille avait découvert et tué son frère. C'était tout à fait regrettable.

Rice cacha au grenier le sac de gym contenant les affaires de Delgado, après avoir pris quelques billets de cent dans la grande enveloppe. La carabine de la Fondation Traver, hier innocente, était désormais l'arme d'un crime. Mais la balle qui avait tué Delgado avait disparu quelque part là-bas dans l'herbe, à jamais enterrée, et Rice s'était donc contenté de nettoyer le canon, d'huiler les pièces métalliques avant de la ranger dans le débarras.

Sara accepta de garder la boîte verrouillée et, ainsi qu'elle le formula, « toutes les merdes secrètes que tu y as enfermées ». Elle la garderait dans son appartement de Blacksburg. Le tracteur retourna dans le hangar et Rice conduisit le Tahoe jusqu'à l'entrée, Sara le suivant à bonne distance. Il laissa le portail ouvert pour qu'elle le referme après l'avoir franchi à son tour. Delgado avait coupé le cadenas et Rice se trouvait à court de solutions, au moins jusqu'à l'arrivée du nouveau Abloy commandé à Damien, mais Sara avait dit qu'elle nouerait la chaîne autour du montant pour que les gens passant sur la route croient qu'il était verrouillé.

Lorsqu'il s'engagea sur la Route 608, aucun véhicule n'était en vue. Personne ne vit un Tahoe immatriculé dans l'Arizona quitter la réserve de Turk Mountain. Le conducteur portait une casquette de base-ball ordinaire, des lunettes de soleil, un blouson de toile, une paire de vieux gants, en cuir, qu'il avait trouvée au chalet. L'horloge digitale du tableau de bord indiquait dix heures cinquante-deux. Le réservoir d'essence était aux trois quarts plein. Rice laissa branché le portable de Delgado, le chargeur inséré dans l'allume-cigare : ainsi, au cas improbable où quelqu'un traçait son téléphone, il constaterait qu'Andrés Delgado venait de quitter la réserve de Turk Mountain et roulait vers le nord.

52

Sara apparut au seuil de la cuisine alors qu'il venait de démarrer la machine à café. Une matinée brumeuse, une faible lumière grise entrant par la fenêtre. Elle n'avait pas les yeux bien ouverts, ses cheveux partaient dans tous les sens. Elle y porta la main et tenta de les aplatir, puis renonça et s'assit à la table sur une chaise, en face de Rice qui mangeait un bol de céréales. Il avait mis un bol et une cuillère pour elle. Sara contempla longuement les deux boîtes posées sur la table comme si le simple fait de choisir entre ces deux marques dépassait ses capacités.

« J'ai senti le café », dit-elle.

La machine émettait ses borborygmes habituels et Sara la regarda.

« Encore une ou deux minutes », fit-il.

L'après-midi de la veille, il avait abandonné le Tahoe dans une banlieue du sud-ouest de Washington réputée pour son taux élevé de meurtres, de trafic de drogue, de cambriolages et de vols de voitures. Il était risqué de conduire le 4 × 4 de Delgado en zone urbaine, mais il avait scrupuleusement respecté toutes les limitations de vitesse et, avant de partir, il s'était assuré que les phares, les clignotants et les feux des freins fonctionnaient. Il avait trouvé une rue tranquille susceptible d'être fréquentée de nuit par la faune adéquate, puis laissé la clef sur le contact. Même s'il portait toujours les gants, il avait pris des lingettes pour nettoyer tout ce qu'il avait touché. Cédant à une intuition subite, il avait décidé au dernier moment de conserver le téléphone de Delgado, en avait retiré la batterie et la carte SIM, puis avait glissé le tout dans une poche de son blouson. Avant de s'éloigner à pied pour retrouver Sara à quelques rues de là, il avait coincé un minuscule porte-clefs dans le loquet du hayon, dont il avait ainsi empêché la fermeture. La personne qui accepterait le cadeau du véhicule de Delgado accepterait aussi Delgado. Sara s'était opposée à ce plan, disant qu'ils refilaient leur problème d'assassin mort à des gens qui étaient par définition pauvres et assez désespérés pour voler une voiture, mais Rice pensait qu'ils leur refilaient aussi un SUV dernier modèle, que c'était une transaction à peu près équitable, certes accompagnée d'une contrepartie secrète et bien sûr désagréable. Le Tahoe finirait dans un atelier clandestin et, en retour, quelqu'un serait contraint de se débarrasser du corps, créant ainsi une disjonction de pur hasard dans la séquence des événements. Le fil rouge reliant Rice à Delgado s'effilocherait, s'effriterait avant de se désintégrer.

Sur le trajet du retour, ils s'étaient relayés pour conduire chacun une heure, car l'un comme l'autre se mettait très vite à somnoler au volant. Ils avaient quitté l'autoroute près de Woodstock et trouvé un *diner* : sandwichs au fromage grillé, et café pour tenir le coup durant la dernière étape. Ce fut l'occasion d'une belle dispute. Si Sara n'avait aucun problème avec l'homicide du jour, elle n'avait cessé de reprocher à Rice l'exécution de Crotalito, lui demandant quel âge avait le gamin, spéculant longuement sur la pauvreté inouïe qu'il avait sûrement connue, la vulnérabilité de son cerveau d'adolescent aux tentations du cartel, l'idolâtrie dont il entourait sans aucun doute son célèbre frère aîné, les pressions terribles qu'il avait subies, sa culpabilité supposée, son statut aussi ambigu que celui d'un enfant-soldat, et ainsi de suite jusqu'à ce que Rice lui dise qu'il refusait d'en parler davantage. Ce gamin avait violé et torturé sa petite amie de l'époque. C'était un tueur sadique. Rice l'avait supprimé. Il avait pensé un instant à développer une argumentation fondée sur ses souvenirs de chasse à l'écureuil dans la forêt – quelque chose sur la nécessité du prédateur et la suspension temporaire de toute empathie –, mais il était trop épuisé pour entreprendre une telle plaidoirie et il eut le bon sens de la boucler. Une fois au chalet, ils s'étaient mis d'accord pour constater qu'ils n'étaient pas d'accord et avaient rejoint chacun leur chambre. Incapable de trouver le sommeil, Rice avait passé presque toute la nuit à entrer dans l'ordinateur des données figurant dans les anciens registres des gardiens.

Sara contemplait toujours les boîtes de céréales. Peut-être essayait-elle de déchiffrer la liste des ingrédients. Sa main quitta ses cuisses comme si elle agissait de manière indépendante, pour saisir la boîte de flocons de blé bio. Elle fixa Rice tout en versant des céréales dans son bol.

« Tu l'as déjà appelé ? »

Il acquiesça. Elle rajouta du lait.

« Il a dit quoi ?

— J'ai parlé à Suzy. C'est la réceptionniste ou la standardiste. Je ne sais pas très bien ce qu'elle fait. Le shérif va organiser une rencontre. » Il avait expliqué à Sara qu'un agent des stups était mêlé à tout ça et qu'il pourrait peut-être faire quelque chose pour les trois bikers. Il avait aussi évoqué leurs liens avec Mirra et les Stiller, mais pas la manière dont il avait appris leurs noms.

« Suzy ?

— Quoi ? »

Les yeux bleu pâle de Sara se levèrent au-dessus de la boîte de céréales. Il avait sans doute rougi.

« Tu aimes bien Suzy ?

— Elle est OK. Elle est drôle.

— Drôle ?

— Oui. Drôle. »

Suzy lui avait appris que le shérif Walker était déjà sorti, occupé à exercer la justice dans un comté de Turpin détrempé, mais il lui avait demandé de dire à Rice, quand il appellerait, que l'agent Johns exigeait un nouveau face-à-face avec le gardien de la réserve, que les noms transmis par Walker à Johns avaient – elle procéda alors à une imitation stupéfiante de la voix de Walker – « retenu l'attention de cet enfoiré ». Elle avait ensuite demandé à Rice s'il aimait danser. Quand il avait répondu que non, elle avait soupiré comme si ç'avait été la réponse qu'elle attendait, avant de lui proposer un dîner et un ciné. Avec plaisir, avait-il répondu, mais n'aurait-elle pas des ennuis avec le shérif ?

« J'ai toujours des ennuis avec le shérif », avait déclaré Suzy.

« On fait quoi maintenant ? » demanda Sara. Elle avait un cours cet après-midi-là et voulait rentrer de bonne heure à Blacksburg.

Il se leva pour servir le café. « Je vais t'accompagner au portail, juste au cas où. Tu devrais rester à Blacksburg jusqu'à ce qu'on soit certains que tout baigne ici. Ça prendra une semaine ou deux.

— Pourquoi ?

— Eh bien, nous ne savons pas si c'est terminé, pas encore. Un flic a peut-être trouvé le Tahoe avant que quelqu'un s'en empare. Et je me trompe peut-être sur le côté free-lance de Delgado, son opération perso, sans le soutien du cartel. Ils pourraient envoyer un autre tueur. Si je suis encore vivant d'ici à deux semaines, alors je saurai que j'avais raison. »

53

La maison à la façade en forme de triangle équilatéral, typique des années 1980, se dressait dans l'ombre des sapins-ciguës sur une petite butte surplombant la Dutch River. Rice frappa à la porte-moustiquaire de derrière et Walker le fit entrer, le conduisit à travers une grande pièce sentant le renfermé jusqu'à une véranda, d'où l'on voyait un peu plus bas une courbe de la rivière. Cette maison appartenait à une amie de l'épouse de Walker. C'était un lieu privé, avait-il expliqué, fichtrement moins déprimant que le motel abandonné où ils s'étaient retrouvés la fois précédente. Il avait préparé une cafetière et des mugs.

« C'est un endroit civilisé, dit Rice.

— Pas sûr que le café soit ce dont Johns a besoin, mais je ne peux pas m'en passer. »

Il servit deux mugs, sans proposer de sucre ni de lait, et Rice but donc le café noir, à petites gorgées, en regardant la rivière. Elle était tumultueuse et trouble, mais la crue avait reflué, laissant à nu de larges bancs de galets boueux sur la berge opposée, des bosquets de saules et de jeunes sycomores toujours inclinés vers l'aval. Sur la route, il était passé devant le magasin de Stiller : la porte d'entrée était ouverte, Bilton et plusieurs autres personnes que Rice ne connaissait pas s'activaient à l'intérieur, passaient la serpillière sur le sol boueux.

Walker rejoignit Rice sur la véranda. « Je devine pourquoi ces bikers vous intéressent. »

Rice acquiesça. Il n'avait pas parlé de bikers, mais il avait prévu que le shérif se renseignerait lui-même sur ces noms. « Malheureusement, je n'ai rien qui puisse vous servir. C'est un peu compliqué.

— Bien sûr. »

Il allait lui demander des nouvelles de Suzy quand ils entendirent un véhicule arriver derrière la maison. Walker alla voir, puis Rice l'entendit maugréer : « Bon Dieu... »

Rice sourit en comprenant ce que Johns mijotait. De brèves salutations échangées à voix basse, des bruits de pas, plus de deux personnes, un grincement de gonds, une porte qu'on ouvre en poussant sur le ressort rouillé. Rice se retourna, son mug de café à la main.

« Monsieur Moore, dit Johns, à la fois belliqueux et content de lui, je crois que vous connaissez Alan. »

Mirra franchit la porte en boitant, donnant néanmoins une impression de violence rentrée. Une coque compliquée de métal et de tissu était fixée sur la jambe gauche de son jean. Il ne souriait pas. Sa barbe brune avait poussé en une semaine et son visage, comme celui de Rice, suggérait toujours qu'il s'était battu et n'avait pas beaucoup dormi depuis la bagarre. La sclérotique de son œil gauche était rouge foncé, les chairs gonflées et violacées sur son contour. Rice ne se souvenait pas de l'avoir frappé au nez, mais l'autre se l'était fait casser plus d'une fois. Sans doute âgé de moins de trente ans, il semblait en colère – mais peut-être paraissait-il toujours en colère. C'était le genre de visage sur lequel on ne pouvait imaginer qu'un sourire soit possible. Le regard qu'il adressa à Rice était ambigu. Rice aurait dit qu'il manifestait de la curiosité.

Il scruta un instant les yeux de Mirra, puis dit : « Alors c'est toi le type de mes pires cauchemars ? »

Un long silence s'ensuivit. Mirra semblait mener une bataille dans son esprit, comme si quelque chose devait céder en lui. Ce qui fut le cas. Un sourire, soudain. L'homme était plus compliqué qu'il n'y paraissait.

« Merde alors, je te retourne le compliment », dit-il.

Johns lança un regard assassin à Mirra, déçu que son protégé n'ait pas enfoncé Rice d'entrée de jeu. « Quoi, vous êtes potes, maintenant ? » Il prit le mug de café tendu par Walker, puis devint brutal, bureaucratique. Il avait une affaire à régler. Ce qu'il voulait de Walker, c'était de la place pour travailler, de la place pour Mirra et lui. Le même accord que celui passé avec le garde-chasse des mois plus tôt. « Vous êtes ici, dit-il à Rice, parce que vous êtes le justicier local qui a décroché un putain de sauf-conduit dans le bureau du shérif. Faut donc que je négocie aussi avec vous. »

Walker rétorqua que s'ils désiraient obtenir quoi que ce soit de lui, il allait falloir qu'ils expliquent leur projet ; et en l'occurrence, celui-ci consistait à acquérir des parties d'ours pour que le club des bikers les échange contre de la drogue en Asie orientale et du Sud-Est. Le club étendait ses opérations là-bas, s'assurait un approvisionnement bon marché de grosses quantités de meth, d'opiacés et de drogues synthétiques.

« Ces gens veulent des parties d'ours, expliqua Johns. Des parties d'ours *sauvages*, pas d'élevage : pour une raison à la con, ils sont convaincus qu'il y a une différence. » Un flux continu de vésicules et de pattes d'ours mettait de l'huile dans les rouages et donnait au club un avantage auprès des meilleurs fournisseurs. Les stups avaient procuré des fonds secrets à Johns et aujourd'hui, grâce aux investissements du club, Mirra et lui avaient développé un important marché de parties d'ours en Virginie, en Virginie-Occidentale et en Pennsylvanie.

« Il semble que vous teniez là une affaire florissante, dit Walker.

— Mirra et moi gravitons désormais dans les sphères les plus élevées du club. Là où l'on tire les ficelles du crime organisé.

— La base n'y a jamais accès », ajouta Mirra.

Il s'était étonné qu'un type comme Mirra trahisse la fraternité. Il devait avoir une dent contre la hiérarchie. Ça arrivait tout le temps, les pontes devenaient cupides et négligeaient le petit personnel ; Johns lui avait sans doute promis que seuls les plus hauts gradés du club seraient poursuivis. Ce qui serait peut-être le cas, ou pas.

D'après l'agent des stups, cette enquête avait le potentiel nécessaire pour rayer de la carte un pourcentage significatif du trafic de drogue dans les États de la côte Est. Et, pensa Rice, pour créer un vide qui serait occupé en moins de six mois par un cartel mexicain. Il valait mieux, et de loin, laisser les bikers en place. Il n'arrivait pas à imaginer que quelqu'un puisse encore prêter foi à toute cette arnaque de la guerre à la drogue. Johns ne lui faisait pas l'effet d'être un vrai convaincu, toute cette opération devait seulement bénéficier à sa propre carrière. Rice se demanda sur quel rivage Mirra se retrouverait échoué quand tout serait terminé. Il avait déjà vu ce qui arrivait aux informateurs des stups.

« Alors c'est pour la bonne cause, dit Rice. Massacrer tous ces ours. »

Les autres le regardèrent. « Ils veulent nos parties d'ours parce que leurs ours sauvages ont presque entièrement disparu. Vous commercialisez les ours d'ici et voilà ce que vous obtenez en échange.

— Les ours n'ont pas disparu d'ici, fit Mirra. Loin de là. »

« Six mois, un an maxi, dit Johns. Quand on se retirera du marché, les prix s'envoleront à nouveau. Et puis dans beaucoup d'endroits les ours sont devenus une sacrée nuisance. Les gens en dégomment pas assez.

— En tout cas, vous n'en dégommerez plus sur la réserve, pas tant que je serai là. La réserve de Turk Mountain n'est pas un terrain de chasse. En fait, mon périmètre inclut tous les lieux où je peux me rendre à pied, alors vous feriez bien de rester à l'écart de Turk Mountain dans son ensemble. Et de Serrett Mountain.

— Va te faire foutre, dit aimablement Mirra. C'est des territoires qui appartiennent à tout le monde.

— Mais que je surveille. »

Johns était plus outré encore que Mirra. « Vous êtes conscient de menacer un policier d'une agence fédérale en présence d'un shérif de comté. »

Rice comprit qu'il tenait le bon bout. « Je ne menace personne, répondit-il. Je vous transmets simplement des informations. Je vous explique la situation. Je fais partie du paysage. Si vous autres braconnez des ours près de Turk Mountain, vous aurez affaire à moi. »

Johns adressa un regard lourd de sens au shérif, en espérant sans doute son soutien, mais Walker se contenta de lever les yeux au ciel. Mirra souriait toujours, comme s'il venait de découvrir une nouvelle mimique faciale et qu'il ne pouvait plus s'en passer.

« Et mon pick-up ? » La question s'adressait à Rice.

Quand ce type concentrait son attention sur vous, c'était décidément flippant, pensa Rice. Même lorsqu'il souriait. Il avait presque oublié ce fichu pick-up.

« Laisse tomber. Tu sais très bien que je n'aurais pas pu faire un truc pareil.

— Je me suis dit que t'avais un comparse.

— Pas que je sache. C'est peut-être les ours qui ont fait le coup. » Il soupçonnait en réalité le ramasseur de champignons, qui ou quoi qu'il puisse être, mais il n'allait sûrement pas l'évoquer.

Johns voulait régler l'affaire, et vite. « Vous payez pour son pick-up, Moore. Vous êtes responsable, d'une manière ou d'une autre. Soit ça, soit vous lui remboursez la chirurgie de son genou, dont vous êtes indéniablement responsable. »

Dans la vision périphérique de Rice, le shérif Walker haussa les sourcils et Mirra se tourna vers Johns, l'air vaguement dangereux. « Tu as dit...

— Je sais ce que j'ai dit. L'agence couvrira tes frais médicaux. Mais nous ne pouvons rien pour ton véhicule. Moore paiera les réparations. »

Suivit une discussion surréaliste sur la franchise de l'assurance tout-risque de Mirra et l'opportunité de lui demander de faire une déclaration. Le shérif finit par promettre que le rapport de police dirait clairement que Mirra avait été victime d'un vandalisme anonyme, et le montant de la franchise se révéla être mille dollars. Rice se rappela alors les billets de Delgado et accepta. Il laisserait l'argent au bureau de Walker dès la semaine suivante.

Johns partit le premier avec Mirra, suivi par Rice.

Lorsqu'ils eurent franchi le portail ouvert en aluminium et rejoint le chemin de campagne gravillonné et creusé d'ornières qui remontait de la rivière, Johns se gara sur le bas-côté gauche.

Rice s'arrêta à sa hauteur, baissa la vitre, coupa le contact. L'air chaud sentait l'écrevisse. Mirra le dévisagea par la fenêtre ouverte. Il semblait toujours de bonne humeur, peut-être parce que Rice avait promis de lui donner mille dollars. Johns regardait droit devant lui, les avant-bras posés sur le volant.

« Où avez-vous trouvé ces noms, Moore ?

— Il y a tellement d'endroits où j'aurais pu me les procurer, pas vrai ? Mais ce que vous vous demandez vraiment, c'est si je sais que vous avez couvert le viol de Sara Birkeland et si j'en ai la preuve, si je vais la transmettre au shérif Walker. »

Johns ne parut guère surpris. « Vous croyez pouvoir me faire chanter ?

— D'une certaine manière. Je veux que vous trouviez moyen de mettre ces trois enculés hors d'état de nuire. Sinon pour le viol, alors pour autre chose.

— Vous savez foutrement bien que je ne peux pas toucher à ces types, pas encore. »

Rice s'adressa à Mirra. « Tu as été furieux de ce qu'ils ont fait, non ? Pas vraiment le comportement modèle de membres du club. Aucune loyauté. Ils t'ont piégé. Sans Johns, t'aurais fait de la taule pour un viol que t'as pas commis. »

Mirra ne lui répondit pas. La conversation ne semblait guère l'intéresser.

« Vous devriez gamberger là-dessus, tous les deux, poursuivit Rice. Histoire de trouver quelque chose. Nous en reparlerons dans un mois, pour voir ce qui en sort. »

Mirra parut se réveiller, comme s'il attendait de poser sa question. « Et le Mexicain ?

— Quel Mexicain ? »

Mirra se tourna à gauche et chuchota quelque chose à Johns comme *Je te l'avais dit, putain*, puis l'agent des stups se pencha au-dessus de lui pour

391

lancer à Rice un regard furieux, incrédule. L'idée qu'il ait pu survivre à une tentative d'assassinat parut le déranger plus que le chantage. « Los Ántrax, bordel de merde ! » Il fit démarrer son moteur, Mirra releva sa vitre, puis Johns enfonça l'accélérateur, projetant deux gerbes de gravier vers le bas du chemin. Il quitta le bas-côté en dérapant, franchit un virage et retourna sur la route à toute vitesse.

54

Rice roula vers l'ouest et franchit le pont de la Dutch River à l'aube. Ne voyant aucun véhicule arriver en sens inverse, il s'arrêta de l'autre côté de la route, laissa son pick-up et revint sur ses pas pour regarder la rivière. L'air limpide, lavé, et le ciel indigo qui avaient suivi la tempête tropicale n'avaient pas fait long feu. Une fine bruine impalpable l'entourait, une humidité de l'atmosphère elle-même plutôt qu'une précipitation tombant du ciel. Les averses nocturnes l'avaient réveillé plusieurs fois en tambourinant sur le toit du chalet. Au-dessus de la rambarde en béton, il regarda la rivière mousser autour des piles du pont, tourbillonner vers l'aval en remous écumants et marron qui piégeaient les ordures habituelles : briques de lait, bidons jaune vif d'huile de moteur, morceaux de polystyrène, sacs plastique.

Il avait appelé Boger la veille au soir pour le remercier de lui avoir parlé des Stiller et du gang de bikers, puis il lui avait demandé quand il pourrait passer chez lui avec quelque chose. Et puis, ayant mangé tout le miel laissé par Boger, il aurait aimé lui en acheter un peu, si c'était possible. « Eh ben, si t'es pas trop occupé là-haut à regarder les feuilles tomber des arbres, lui avait répondu Boger, tu peux passer demain à la première heure et m'aider à remplacer un ponceau. Je te refilerai ce foutu miel. »

Il roula lentement à travers un brouillard dense le long de Sycamore Creek. Quand il s'engagea sur le chemin gravillonné, une lueur jaune apparut à l'orée de la forêt, des formes indistinctes de chiens s'agitant dans le chenil tandis que Dempsey, éclairé par une ampoule nue dans l'appentis en bois, versait des croquettes dans de grosses gamelles rondes en aluminium. Ces chiens lui rappelèrent un souvenir, un cauchemar de la nuit précédente, et il freina trop fort, dérapa sur le gravillon. Il coupa le contact, mais n'ouvrit pas la portière. Les essuie-glaces s'arrêtèrent à mi-chemin sur le pare-brise, bientôt envahi de gouttelettes de pluie. Elles s'accumulèrent en gouttes plus grosses, qui éclataient soudain pour dégringoler vers le capot. Il regarda cette pluie devant lui, puis il revit son rêve, lui-même longeant à pied la base d'une haute falaise de la gorge intérieure, sous un vaste surplomb incurvé où de grandes nappes liquides, brillantes et silencieuses ruisselaient sur le roc lisse. Un campement, des abris accotés à la falaise, un cercle de pierres pour le feu dans une cavité en forme d'arche, à l'écart des intempéries, le sol en terre battue bien tassé et balayé ; des peaux animales tendues sur de grossiers cadres en bois, fabriqués avec des branches portant toujours leur écorce, une grande fourrure fauve disposée contre un rocher noirci par la fumée du feu.

Dempsey ferma la porte de l'appentis derrière lui et marcha vers le pick-up. Rice en descendit et enfila son blouson imperméable. Dempsey portait une veste en toile sombre, déjà trempée aux épaules.

« Un peu de boue, ça te dérange ?

— Non, m'sieur. »

Rice monta sur le skidder, Dempsey démarra le moteur atrocement bruyant, passa devant la maison et s'engagea sur un chemin de bûcherons très boueux où il prit de la vitesse. De toute évidence, les concepteurs du skidder n'avaient pas prévu de siège passager et Rice s'accrocha de son mieux, colla ses fesses contre les cages à chiens soudées au châssis tandis que l'engin gravissait le versant de la montagne en ruant et rugissant, ses énormes pneus à gros crampons l'éclaboussant de boue.

Au premier terre-plein, Boger arrêta le skidder près d'une remorque qui portait une pelleteuse Caterpillar jaune et deux gros tuyaux de ponceau en métal ondulé, enchaînés sur son flanc. Ils échangèrent le skidder contre la pelleteuse, puis poursuivirent sur encore huit cents mètres tandis que le chemin longeait le versant de la montagne vers le sud-ouest avant de bifurquer dans un ravin boisé. Un torrent tumultueux passait sur la route là où le ponceau était bouché en amont, puis entièrement mis à nu par l'érosion. C'était un vieux tuyau de fer rouillé, sans doute installé par les ancêtres de Boger.

« Celui-ci est pas trop amoché », dit Boger.

Ils creusèrent sous le tuyau avec des pelles à long manche, puis se vautrèrent dans la boue pour glisser de grosses chaînes par en dessous et permettre à Boger de le soulever avec la pelleteuse. Boger était très adroit aux commandes de cet engin, il réussissait des manœuvres incroyablement délicates avec sa pelle en acier denté de la taille d'une baignoire, mais une grande part du travail incombait à des pelles et à des barres à mine pour enlever les grosses pierres du trou, aménager des petits talus à chaque extrémité du ponceau afin d'éviter une érosion trop violente. Plus tard dans la journée, Rice se dit qu'il avait sans doute soulevé et déplacé une tonne et demie de pierres à la main. Boger était costaud et très en forme : ce travail tourna à une compétition entre les deux hommes, l'aîné refusant de se laisser en remontrer par un simple gardien de réserve naturelle. Rice commença de s'inquiéter lorsque les yeux de Boger devinrent vitreux et qu'il se mit à trébucher, mais cette crapule entêtée n'allait pas renoncer si vite, de sorte que Rice réclama une pause.

Le jour tombait quand à bord du skidder ils redescendirent les trois kilomètres d'épingles à cheveux jusqu'à la maison de Boger. Rice bondit à terre et Boger le regarda.

« T'as pas amené de vêtements de rechange, hein ?

— J'y ai pas pensé. » Les deux hommes étaient couverts de boue, de la tête aux pieds.

« Aucune de mes fringues t'ira. Retrouve-moi près du chenil, je vais te passer au jet. Tu seras toujours mouillé, mais moins boueux. »

Boger tenta de franchir le seuil de la maison, mais sa femme refusa de le laisser entrer, et il attendit là qu'elle lui tende un lourd sac de courses en papier. Il revint avec le sac dans une main et deux Bud dans l'autre, des serviettes pliées sous un bras et la setter Sadie sur les talons. Elle courut vers Rice dès qu'elle le vit, en évitant de s'appuyer sur sa patte arrière gauche. Il s'accroupit, gratta le poil soyeux et emmêlé derrière les oreilles. Elle renifla son visage maculé de boue, les poils de sa moustache lui chatouillant la joue pendant que son autre main ouvrait la bière.

Les chiens enfermés dans le chenil aboyèrent vers eux sans beaucoup de conviction et Boger dirigea sur Rice l'embout chromé du tuyau d'arrosage pour le nettoyer. Le jet était à haute pression, sans doute utilisé par Boger pour laver le sol en béton du chenil, et ça faisait sacrément mal, mais Rice ne moufta pas.

Boger lui lança une serviette, avec laquelle il s'essuya le visage et les cheveux. Il retira sa chemise, l'essora, la remit. Un peu d'eau ne ferait pas de mal au siège de son pick-up. Il tendit à Boger une enveloppe fermée sur laquelle était écrit *Réserve de Turk Mountain*.

« C'est une clef du nouveau cadenas de l'entrée principale, dit-il. Si tu perds tes chiens sur la montagne, suis le chemin d'accès jusqu'au chalet et on ira les chercher ensemble.

— Tes boss savent que t'as fait faire une clef pour un chasseur d'ours ?

— Pour un homme qui aime les chiens. Elle est au courant. La direction et elle veulent expérimenter une nouvelle approche. Nous n'autorisons pas la chasse à l'ours, mais nous allons essayer de faire participer certains habitants de la région à ce qui se passe sur la réserve. On commence avec toi parce que j'ai confiance en toi et je vais avoir besoin de ton aide pour certains projets là-haut. Si tu as le temps. »

Boger grommela quelques banalités qui n'engageaient à rien, mais elles ravirent Rice qui n'en attendait pas tant. Il avait ouvert la portière de son pick-up pour partir, quand Boger l'arrêta.

« Attends une minute. On est pas quittes, tous les deux. »

Rice sourit. « Tu m'as sans doute sauvé la vie. Je vais avoir du mal à te rendre la pareille.

— C'est pas ce que je veux dire. On est pas quittes, parce que t'as tué Monroe. »

Le chien de chasse à l'ours. Gisant sur le gravillon ce matin-là, la fourrure humide, les pattes déjà raides. Cela semblait dater de plusieurs années, mais il aurait dû savoir que Boger n'en avait pas fini. Il attendit.

Du menton, Boger désigna la maison. « Maryanne a trois vieux chiens qui vivent déjà avec nous. Elle refuse que je l'en débarrasse comme il faut, avec le .357. » Il ne sourit pas, mais Rice soupçonna que c'était pour jouer au dur. « Dès qu'y en a un qui meurt de vieillesse, en v'là un autre qu'arrive du chenil chez nous. Elle va en choisir un, le plus vieux, le plus faible, çui que les autres écartent de la gamelle, et moi faut que j'aille chercher et entraîner un nouveau clebs. Y a en permanence trois éclopés sous notre toit. Mais je pose des limites. Pas plus de trois. Y a pas de place pour Sadie. Faut que tu la prennes. Dans le sac y a une semaine de croquettes, pour qu'elle meure pas de faim avant que t'ailles au magasin. Ton miel est là-dedans aussi. »

Rice se sentit un peu éberlué, comme si Boger venait de lui mettre la tête à l'envers. Il mit un moment à répondre. « Tu veux que j'emmène Sadie ?

— J'ai pas dit autre chose.

— Je ne sais pas si...

— Elle balade bien, mais elle a toujours c'te patte folle. Ça te rappellera quel trouduc tu es.

— Je ne suis pas certain que ma situation soit idéale pour un chien.

— Je t'ai pas interrogé sur ta situation. »

Rice respira, sentit le vent tourner. Dempsey avait pris sa décision. Il acquiesça, puis parla à la chienne assise dans l'herbe entre eux comme si elle attendait son verdict.

« Ça me paraît assez juste. »

Ils arrivèrent au chalet après la nuit tombée. Rice lui ouvrit la portière, Sadie sauta du pick-up et poursuivit aussitôt un animal, une forme rapide, sombre, évanescente, qui se révéla être Mel. La chatte noire alla se percher sur les poutres de la galerie, Sadie dressée sous elle, le museau pointé dans sa direction, immobile hormis un léger mouvement de la queue.

Quand Rice alluma la lumière de la galerie, Mel le dévisagea. « Tu as *un chien* ? »

Il appela Sadie à l'intérieur, referma la porte-moustiquaire et alla se planter sous l'endroit où se trouvait la chatte, parfaitement calme à présent, muette, digne et indifférente.

« Tu sais que l'autre jour tu as bien failli nous faire tuer tous les deux », dit-il.

55

Une douce pluie froide tombait presque toutes les nuits et au matin un épais brouillard recouvrait la montagne comme des balles de coton géantes. Il travaillait toute la journée dans le bungalow et durant une partie de la soirée sans lune, tandis que Sadie explorait la lisière de la forêt ou se reposait sur la galerie en observant des choses que Rice ne pouvait voir. Il posa l'isolant et les cloisons de placoplâtre. Une équipe venant d'une entreprise du nord de la Virginie installa les placards anciens auxquels STP tenait. Le plancher fut posé à son tour, puis poncé, et il y appliqua la cire non toxique commandée par STP. Sadie passait la nuit sur une vieille serviette étendue dans sa chambre et elle empestait le poil humide, le réveillant lorsqu'elle gémissait en rêvant. Elle renonça à pourchasser la chatte et chacun des deux animaux fit comme si l'autre n'existait pas. Mel restait dans les parages, peut-être contente malgré tout de cette compagnie imprévue. Elle lapait l'eau des conserves de poisson de Rice, qu'il lui versait dans un bol à céréales posé sur la balustrade de la galerie.

Avant de se mettre au lit, il restait un moment assis dehors sur cette galerie avec Sadie couchée à ses pieds et la petite chatte noire faisant sa toilette

400

sur la balustrade. Il buvait deux ou trois bières pour se calmer et contemplait les lumières lointaines de la vallée.

Depuis la nuit de l'ouragan, Rice se découvrait attiré par l'eau. Certains matins, Sadie et lui descendaient à la rivière, où elle aimait ramper sur la berge et se mettre en arrêt devant des grenouilles comme s'il s'agissait de cailles. Rice s'asseyait pour écouter la ruée bruyante de l'eau sur le lit de galets et regarder la lumière éclairer doucement la surface agitée, une lumière plate et métallique tombant d'un ciel bouché. Après le déjeuner, il laissait la chienne le poursuivre parmi les herbes hautes du pré. Lorsqu'elle le rattrapait, elle lui donnait un petit coup de patte au mollet et il tombait sur le dos comme si elle l'avait mis K-O. Elle restait là en remuant la queue, ses yeux baissés rivés à ceux de son nouveau maître. Vaguement perplexe. Elle n'avait sans doute jamais interagi de la sorte avec un être humain. Elle le prenait sûrement pour un cinglé.

Il avait détruit le poste des appâts de Mirra, enterré la tête de vache déliquescente une fois ôté du crâne le fer à béton, qu'il avait emporté avec le câble. Les deux carcasses d'ours avaient presque disparu.

Dempsey Boger lui avait apporté trois longs tasseaux d'oranger des Osages venant de la ferme d'un cousin dans le Piedmont, et il avait tenté de tailler un arc. Son premier essai avait échoué, mais le second semblait réussir ; dès qu'il apprendrait à y ajuster une flèche, il commencerait à s'entraîner.

Plusieurs nuits il fut réveillé par le même rêve, l'alarme du chemin – *Alerte, Zone Un*. Il se redressait dans le lit, la main sur le .45, mais le seul bruit qu'il entendait était le léger ronflement de Sadie.

Lorsqu'il relevait des échantillons en suivant la ligne droite d'un transect à travers bois, il gardait Sadie au bout d'une laisse en corde pour qu'elle n'aille pas gambader de-ci de-là et modifier le décompte des espèces. Comme prévu, il procéda à un test de l'eau de la Perry Creek et au dernier prélèvement d'insectes aquatiques avant l'année suivante ; il changea les cartes mémoire de tous les appareils photo du chemin, chargea les images sur l'ordinateur portable, enregistra les données récoltées dans les tableaux préparés par Sara.

Tous les deux ou trois jours, il parlait avec Sara au téléphone. Elle surveillait les nouvelles, consultait les sites web de Washington, à l'affût du moindre indice suggérant qu'on avait retrouvé le corps de Delgado, même s'ils doutaient tous deux que ce genre d'événement puisse apparaître sur la toile. Delgado était rayé de la carte depuis un moment déjà, et plus le temps passait sans qu'on entende parler de lui, plus ils étaient en sécurité.

Il cacha au grenier le téléphone du Mexicain en se disant qu'il y jetterait un coup d'œil quand il se sentirait capable de le faire, qu'il lui faudrait peut-être quelqu'un pour l'aider à traduire ce qu'il y trouverait.

Deux semaines en devinrent trois. Le bungalow était presque prêt pour l'emménagement de Sara.

C'est alors qu'il trouva les coupures de journaux dans la boîte à lettres. Il appela Sara, monta dans son pick-up et fila à Blacksburg.

Elle lui ouvrit en jogging gris et brun de Virginia Tech, l'air inquiet. Ils restèrent debout dans la kitchenette tandis que Sadie inspectait le salon et reniflait avec délicatesse tous les objets à sa portée. Ils l'observèrent comme des adultes surveillant un enfant pour éviter toute interaction déplacée. Il prit enfin dans la poche de son blouson les pages du *Philadelphia Inquirer* et les étala sur le comptoir.

« Qu'y a-t-il ? »

Ce qu'il y a, pensa-t-il, c'est que je dois une fière chandelle à Alan Mirra et qu'un de ces quatre il va venir réclamer sa récompense.

Elle lut. Un accident de moto avait fait un mort, apparemment un membre d'un célèbre gang de bikers hors-la-loi. L'article le plus récent évoquait une fusillade entre gangs rivaux, l'attaque d'un laboratoire de drogue par ce même gang, mais les bikers étaient tombés dans une embuscade, un assaillant était décédé, le second aux soins intensifs à l'hôpital.

« Ce sont les hommes qui m'ont violée. »

Il acquiesça.

« Comment as-tu fait ? » Sa voix était montée d'une octave. Sadie, lovée sur le parquet en chêne brillant, le dos collé à la chaussure de Rice, leva la tête pour regarder Sara.

Il commença par dire qu'il n'y était pour rien, mais c'était un pur mensonge. Elle pleurait, sans parvenir à s'arrêter. Les larmes lui coulaient sur les joues et rejoignaient la commissure de ses lèvres avant qu'elle les essuie du dos de la main. Elle ne faisait aucun bruit. Devait-il la prendre dans ses bras ? C'était peut-être présomptueux. Il ne savait jamais quoi faire face à une femme en larmes. Dans sa jeunesse, il s'était parfois jeté à l'eau pour essayer de remédier à la raison de ces pleurs. Sauf quand lui-même était en cause. Ses tentatives ne réussissaient pas toujours. Sa mère n'avait pas pleuré souvent. Apryl avait une carapace beaucoup trop épaisse, Rice l'avait vue une seule fois en larmes, lorsqu'ils avaient découvert la première image du jaguar sur leurs appareils photo, dans les Pajaritos. Ensuite, elle avait refusé d'en parler, il croyait comprendre pourquoi.

Il ne savait pas quoi faire avec Sara. Il ne savait pas comment il aurait pu agir autrement. Il avait fait bien plus que ce qu'il lui avait dit, bien plus qu'il ne lui dirait jamais.

« Il faut que tu partes pour que je puisse pleurer toute seule. »

Il s'inquiéta, mais elle sourit et s'essuya le visage avec ses manches, dit qu'elle allait bien. De toute façon, il reviendrait d'ici à quelques semaines pour l'aider à déménager. Elle le poussa hors de la cuisine et il se laissa faire. Sadie se leva et le suivit.

À la porte, Sara s'approcha et l'embrassa très vite sur la bouche, sa main posée sur le coude de Rice comme pour s'assurer que là encore il se laisserait faire. Pas un baiser passionné, mais pas non plus un baiser de sœur. Davantage comme celui d'une ancienne petite amie, assez familière désormais pour embrasser sur les lèvres, mais sans essayer quoi que ce soit de plus.

Le matin après la première vraie gelée, il s'agenouilla sur un carré graisseux de bâche plastique posé dans le chemin d'accès et aiguisa la lame de la débroussailleuse, des étincelles jaunes et blanches jaillissaient de la meuleuse, rebondissant sur la carcasse en acier de la machine avant de tomber sur le gravier. Six bidons de vingt litres pleins de diesel attendaient alignés le long du mur à l'intérieur du hangar. Le lendemain, il entamerait la lente circumnavigation de la partie supérieure du pré, en première vitesse, debout au volant pour surveiller les branches mortes, les pierres, les serpents lymphatiques pas encore tout à fait entrés en hibernation.

Ce soir-là, sous un quartier de lune déclinante, il remonta la piste pare-feu au crépuscule avec Sadie courant devant lui, fantôme rapide dans la lueur pâle de la fin du jour. Ils marchèrent jusqu'au portail du service des Eaux et Forêts, puis partirent vers l'ouest de l'autre côté du col, parcourant cinq kilomètres jusqu'aux pentes orientales élevées de Serrett Mountain. Comme cette montée fit souffrir le genou qu'il s'était blessé en tombant de la falaise près d'un mois plus tôt, il contourna la montagne en suivant la ligne de niveau, puis descendit le long d'une crête pentue en direction du sud et de la Dutch River. La descente n'était guère plus aisée que la montée et, lorsqu'il atteignit la rivière, son genou lui faisait mal et était un peu enflé. Il entra dans l'eau froide. La force du courant et des tourbillons chassa la douleur. Il fit la planche et se laissa emporter au fil de l'eau. Sadie poussa un seul gémissement, puis comprit ce qu'elle devait faire. Elle le suivit depuis la berge en reniflant, à l'affût des rats musqués et des derniers crapauds-buffles. Presque deux kilomètres en aval, ils arriveraient à un ancien gué, puis une route envahie par la végétation les ramènerait au chemin d'accès et au chalet.

Il frissonna. Les versants abrupts et sombres qui se dressaient au nord et au sud de la rivière encadraient la Voie lactée, lui conférant une lumière étrange, brillante et surnaturelle, comme une photographie prise par le télescope Hubble, ou ce qu'on voyait à travers le hublot d'un vaisseau spatial. Quelques chauves-souris dansaient et zigzaguaient devant les étoiles pour gober les insectes qu'elles écholocalisaient. Elles auraient dû hiberner à cette période de l'année ; il se demanda si elles souffraient du syndrome du nez blanc et voulaient rester dehors à tout prix pour accumuler des réserves caloriques qui leur permettraient, ou pas, de survivre à l'hiver. Aucune autre créature ne percevait son environnement par écholocalisation comme ces petites chauves-souris ; lorsqu'elles auraient disparu, leur univers singulier serait à jamais perdu. Un monde de sensations uniques à jamais rayé de la carte.

Cette pensée déprimante lui rappela brusquement un souvenir, un cadeau des journées mystérieuses passées en forêt avant la rencontre avec Mirra : un matin de bonne heure, il avait regardé un minuscule œil sauvage placé à quelques centimètres de son visage, puis s'était ensuivi un rêve ou une vision où il survolait la gorge et comprenait tout, en un éclair. Il avait été terrifié sur le moment, mais à présent qu'il s'en souvenait, il ressentit le frisson optimiste de celui qui voit le verre d'eau à moitié plein, une attitude qui allait radicalement à l'encontre de sa nature profonde.

Il soupçonna qu'il avait conservé quelque part en lui un peu de la perception magique de ce matin-là, même s'il était plus raisonnable de parler d'hallucination. Par exemple, un ours le suivait parfois dans la forêt, un très gros ours reconnaissable entre tous, mais que Sadie ne remarquait jamais, et Rice en conclut que ce plantigrade n'était pas réel. Il était là à cet instant précis, Rice le savait, il le regardait depuis une butte surplombant la rivière.

Les yeux de l'ours brillaient dans sa face scarifiée : un masque, dénué d'expression. Il observait, mais de loin. Il était fort, rapide malgré son boitillement, le bout manquant à sa patte avant gauche.

« Il l'a sans doute perdu dans un piège, non ? » dit Rice.

Sadie s'arrêta en entendant le son de sa voix, mais elle comprit aussitôt que l'homme ne s'adressait pas à elle. Elle pataugeait en soulevant des éclaboussures le long de la berge et restait à la hauteur de Rice qui flottait en tremblant dans l'eau froide de la rivière et parlait aux ours fantômes. Il se laissa porter par le courant au-dessus des pierres lisses et regarda les chauves-souris voleter dans cette lumière surnaturelle.

Remerciements

Un grand merci à mon merveilleux agent, Kirby Kim, et aux autres vrais pros de Janklow & Nesbit. En plus de sages conseils et de la découverte miraculeuse du parfait éditeur pour mon livre, Kirby – avec Brenna English-Loeb – m'a suggéré des modifications qui ont fait de *Dans la gueule de l'ours* un bien meilleur livre que ma première version sauvée de la pile des manuscrits refusés.

Merci à mon éditeur tout aussi stupéfiant, Zachary Wagman, dont les intuitions et les avis judicieux ont très vite amélioré mon texte... et je ne crois pas que Zachary ait pris les moindres vacances depuis. Merci aussi à Dan Halpern, Miriam Parker, Sonya Cheuse, Meghan Deans, Emma Janaskie, Sara Wood et Renata De Oliveira. Toute ma gratitude va à Andy LeCount et à toute l'équipe commerciale de HarperCollins. C'est une expérience incroyable et qui incite à la modestie que de travailler pendant des années sur un récit, et tout à coup voilà un brillant éditeur et toute une maison d'édition qui croient à ce que vous avez écrit, qui se donnent un mal de chien et dépensent des sommes importantes pour l'offrir au monde sous la forme d'un livre. À tous, je suis infiniment reconnaissant.

Merci, Evelyn Somers, Speer Morgan et d'autres à *The Missouri Review* d'avoir accueilli pour la première fois l'histoire de Rice, de l'avoir magistralement revue et corrigée, et de m'avoir encouragé quand j'en avais sacrément besoin.

Au fil des années, un certain nombre de spécialistes talentueux et généreux m'ont apporté leur précieuse aide technique ; j'en nommerai seulement quelques-uns, en ajoutant qu'ils ne sont nullement responsables de mes erreurs factuelles ou de jugement. Le Dr David A. Steen, spécialiste de la faune sauvage. L'incomparable agent fédéral Matt Boyden. L'écrivain et naturaliste William Funk. Mon cousin, le célèbre écophysiologiste, le Dr Samuel B. McLaughlin. L'auteur et ancien gardien de parc naturel Jordan Fisher Smith. Le poète, maçon et professeur des arts aborigènes Alec Cargile. Le procureur et spécialiste des menaces en tous genres Paul Moskowitz. Mon cousin Peter McLaughlin, brillant musicien et rat du désert à temps partiel, qui m'a fait connaître le sud de l'Arizona.

Merci à toi, Dabney Stuart – poète préféré, mentor depuis des décennies, lecteur généreux, source d'inspiration. Merci, Michael Knight, pour ces années d'indéfectible soutien et de lecture attentive, merci de m'avoir montré comment un vrai écrivain s'y prend. Merci, cousin Gee McVey, qui m'a entre autres choses offert l'anecdote originelle de *Dans la gueule de l'ours* et plus d'un demi-siècle de sa précieuse amitié. J'ai une dette incalculable envers mon vieil ami Taylor Cole – partenaire en affaires, écologiste, expert de la ruralité en Virginie. Merci.

Les membres de ma famille ont veillé sur ce dernier-né peu prometteur et m'ont très tôt donné de bons livres à lire. De manière plus cruciale, vous avez été les guides et les compagnons avec qui j'ai vécu mes premières expériences enivrantes de l'immense nature. Merci, LeeBo, Nancy, Ginky, Ham, Nelle, Dr Busch, Rosy, Eric, oncle Roy Hodges (1912-1994) et Ed Carrington (1944-1986).

Il paraît qu'il ne faut pas inclure les quadrupèdes dans les remerciements. Bon, rien à foutre. Merci, Whiskey Before Breakfast, Big Fred, Barney, Habanero, Toso, Eight, Sam, Winifred, Odin, Little Bear, Roman. Sans vous j'aurais très vite calé.

Nancy Assaf McLaughlin : associée, partenaire d'aventure, éditrice, meilleure amie, épouse. Je vais essayer, mais je ne pourrai jamais assez te remercier pour ta patience, ton amour, ton soutien, ta foi.

Et merci, Rosa Batte Hodges McLaughlin (1919-2016). Tu aurais été fière et tu aurais gardé ce livre au salon sur la table basse en dépit de tous ces jurons qui t'auraient j'en suis sûr déplu, car ton amour et ta générosité ont toujours dépassé l'entendement.

Merci à vous tous.